Wir Kinder vom Bahnhof Zoo

Die Anklage

Auszüge aus der Anklageschrift des Staatsanwalts beim Landgericht Berlin vom 27. Juli 1977

Die Schülerin *Christiane* Vera F. wird angeklagt, als Jugendliche mit Verantwortungsreife in Berlin nach dem 20. Mai 1976 fortgesetzt vorsätzlich Stoffe bzw. Zubereitungen, die den Bestimmungen des Betäubungsmittelgesetzes unterstehen, ohne die erforderliche Erlaubnis des Bundesgesundheitsamtes erworben zu haben.

Die Angeschuldigte ist seit Februar 1976 Heroinverbraucherin. Sie injizierte sich – anfangs in Abständen, später täglich – ungefähr ein Szeneviertel. Seit dem 20. Mai 1976 ist sie strafrechtlich verantwortlich.

Anlässlich zweier Kontrollen am 1. und 13. März 1977 wurde die Angeschuldigte in der Halle des Bahnhofs Zoo und auf dem U-Bahnhof Kurfürstendamm angetroffen und überprüft. Sie führte 18 mg bzw. 140,7 mg einer heroinhaltigen Substanz mit sich.

Außerdem wurde am 12. Mai 1977 in der persönlichen Habe der Angeschuldigten ein Stanniolbriefchen gefunden, welches ebenfalls 62,4 mg einer heroinhaltigen Substanz enthielt. Bei ihr wurden auch Fixerutensilien gefunden. Die PTU-Untersuchung ergab auch, dass an den Fixerutensilien teilweise heroinhaltige Anhaftungen vorhanden waren. Auch die Urinprobe ergab einen Morphingehalt.

Am 12. Mai 1977 fand die Mutter der Angeschuldigten, Frau U. F., in der persönlichen Habe ihrer Tochter 62,4 mg einer heroinhaltigen Substanz, die sie der Kriminalpolizei übersandte.

In ihrer Einlassung gab die Angeschuldigte an, seit Februar 1976

Heroinkonsumentin zu sein. Sie sei außerdem im Winter 1976 der Prostitution nachgegangen, um so das Geld für den Heroinkauf zu beschaffen.

Es muss davon ausgegangen werden, dass die Angeschuldigte auch weiterhin Heroin konsumiert.

Das Urteil

Auszüge aus dem Urteil des Amtsgerichts Neumünster vom 14. Juni 1978. Urteil im Namen des Volkes

In der Strafsache gegen die Schülerin Christiane Vera F. wegen Op.-Vergehen.

Die Angeklagte ist des fortgesetzten Erwerbs von Betäubungsmitteln in Tateinheit mit fortgesetzter Steuerhehlerei schuldig. Die Entscheidung, ob Jugendstrafe zu verhängen ist, wird zur Bewährung ausgesetzt.

Gründe: Die Angeklagte hat bis zu ihrem 13. Lebensjahr eine normale Entwicklung durchlaufen. Sie ist überdurchschnittlich intelligent und hatte durchaus erfasst, dass der Erwerb von Heroin eine mit Strafe bedrohte Handlung darstellt. Zwar bestehen hinreichend Anzeichen dafür, dass die Angeklagte bereits am 20. Mai 1976 drogenabhängig war (vor der Strafmündigkeit). Dadurch war jedoch weder ihre strafrechtliche Verantwortlichkeit noch ihre Schuldfähigkeit ausgeschlossen. Die Angeklagte hatte zwischenzeitlich ihre Situation durchaus erkannt und sich selbst um einen Entzug bemüht. Sie war daher durchaus in der Lage, das Unrecht ihres Verhaltens einzusehen und nach dieser Einsicht zu handeln.

Die Prognose für die Zukunft ist jedenfalls im gegenwärtigen Zeitpunkt günstig, wenn auch nicht gesagt werden kann, dass bei der Angeklagten ein Rückfall ausgeschlossen ist. Der weitere Werdegang der Angeklagten muss zumindest in nächster Zeit mit Aufmerksamkeit verfolgt werden.

Es war wahnsinnig aufregend. Meine Mutter packte tagelang Koffer und Kisten. Ich begriff, dass für uns ein neues Leben anfing.

Ich war sechs geworden und nach dem Umzug sollte ich zur Schule gehen. Während meine Mutter pausenlos packte und immer nervöser wurde, war ich fast den ganzen Tag beim Bauern Völkel. Ich wartete, dass die Kühe zum Melken in den Stall kamen. Ich fütterte die Sauen und die Hühner und tobte mit den anderen im Heu. Oder ich trug die jungen Katzen herum. Es war ein herrlicher Sommer, der erste, den ich bewusst erlebte.

Ich wusste, dass wir bald weit wegfuhren, in eine große Stadt, die Berlin hieß. Zuerst flog meine Mutter allein nach Berlin. Sie wollte sich schon mal um die Wohnung kümmern. Meine kleine Schwester und ich und mein Vater kamen ein paar Wochen später nach. Für uns Kinder war das unser erster Flug. Alles war ungeheuer spannend.

Meine Eltern hatten herrliche Geschichten erzählt von der riesigen Wohnung mit den sechs großen Zimmern, in der wir nun wohnen würden. Und viel Geld wollten sie verdienen. Meine Mutter sagte, dann hätten wir ein großes Zimmer für uns ganz allein. Sie wollten tolle Möbel kaufen. Sie hat damals ganz genau erklärt, wie unser Zimmer aussehen sollte. Ich weiß das noch, weil ich als Kind nie aufgehört habe, mir dieses Zimmer vorzustellen. Es wurde in meiner Fantasie immer schöner, je älter ich wurde.

Wie die Wohnung aussah, in die wir dann kamen, habe ich auch nie vergessen. Wahrscheinlich, weil ich zunächst einen urischen Horror vor dieser Wohnung hatte. Sie war so groß und leer, dass ich Angst hatte, mich zu verlaufen. Wenn man laut sprach, hallte es unheimlich.

Nur in drei Zimmern standen ein paar Möbel. Im Kinderzimmer waren zwei Betten und ein alter Küchenschrank mit unseren Spielsachen. Im zweiten Zimmer war ein Bett für meine Eltern und im größten standen eine alte Couch und ein paar Stühle. So wohnten wir in Berlin-Kreuzberg, am Paul-Lincke-Ufer.

Nach ein paar Tagen traute ich mich mit dem Fahrrad allein auf die Straße, weil da Kinder spielten, die etwas älter waren als ich. In unserem Dorf hatten die Älteren immer auch mit den Kleinen gespielt und auf sie aufgepasst. Die Kinder vor unserer Wohnung sagten gleich: »Was will die denn hier?« Dann nahmen sie mir das Fahrrad weg. Als ich es zurückbekam, war ein Reifen platt und ein Schutzblech verbogen.

Mein Vater vertrimmte mich, weil das Fahrrad kaputt war. Ich bin dann nur noch in unseren sechs Zimmern mit dem Fahrrad gefahren.

Drei Zimmer sollten eigentlich Büro werden. Meine Eltern wollten da eine Heiratsvermittlung aufmachen. Aber die Schreibtische und Sessel, von denen meine Eltern sprachen, kamen nie. Der Küchenschrank blieb im Kinderzimmer.

Eines Tages wurden Sofa, Betten und Küchenschrank auf ein Lastauto geladen und dann zu einem Hochhaus in der Gropiusstadt gebracht. Da hatten wir nun zweieinhalb kleine Zimmer im 11. Stock. Und all die schönen Sachen, von denen meine Mutter gesprochen hatte, wären in das halbe Kinderzimmer gar nicht reingegangen.

Gropiusstadt, das sind Hochhäuser für 45000 Menschen, dazwischen Rasen und Einkaufszentren. Von weitem sah alles neu und sehr gepflegt aus. Doch wenn man zwischen den Hochhäusern war, stank es überall nach Pisse und Kacke. Das kam von den vielen Hunden und den vielen Kindern, die in Gropiusstadt leben. Am meisten stank es im Treppenhaus.

Meine Eltern schimpften auf die Proletenkinder, die das Treppenhaus verunreinigten. Aber die Proletenkinder konnten meist nichts dafür. Das merkte ich schon, als ich das erste Mal draußen spielte und plötzlich musste. Bis endlich der Fahrstuhl kam und ich im 11. Stockwerk war, hatte ich in die Hose gemacht. Mein Vater verprügelte mich. Als ich es ein paarmal nicht geschafft hatte, von unten rechtzeitig in unser Badezimmer zu kommen, und Prügel bekam, hockte ich mich auch irgendwo hin, wo mich niemand sah. Da man aus den Hochhäusern fast in jede Ecke sehen kann, war das Treppenhaus der sicherste Platz.

Auf der Straße blieb ich auch in Gropiusstadt erst mal das dumme Kind vom Land. Ich hatte nicht dieselben Spielsachen wie die anderen. Nicht einmal eine Wasserpistole. Ich war anders angezogen. Ich sprach anders. Und ich kannte die Spiele nicht, die sie da spielten. Ich mochte sie auch nicht. In unserem Dorf waren wir oft mit dem Fahrrad in den Wald gefahren, zu einem Bach mit einer Brücke. Da hatten wir Dämme gebaut und Wasserburgen. Manchmal alle zusammen, manchmal jeder für sich. Und wenn wir es hinterher wieder kaputt gemacht haben, dann waren wir alle damit einverstanden und hatten zusammen unseren Spaß. Es gab auch keinen Anführer bei uns im Dorf. Jeder konnte Vorschläge machen, was gespielt werden sollte. Dann wurde so lange rumkrakeelt, bis sich ein Vorschlag durchgesetzt hatte. Es war gar nichts dabei, wenn die Älteren mal den Kleinen nachgaben. Es war eine echte Kinder-Demokratie.

In Gropiusstadt, in unserem Block, war ein Junge der Boss. Er war der Stärkste und hatte die schönste Wasserpistole. Wir spielten oft Räuberhauptmann. Der Junge war natürlich der Räuberhauptmann. Und die wichtigste Spielregel war, dass wir alles zu tun hatten, was er befahl.

Sonst spielten wir mehr gegeneinander als miteinander. Es ging eigentlich immer darum, den anderen irgendwie zu ärgern. Zum Beispiel, ihm ein neues Spielzeug wegzunehmen und kaputt zu machen. Das ganze Spiel war, den anderen fertigzumachen und für sich selbst Vorteile herauszuschinden, Macht zu erobern und Macht zu zeigen.

Die Schwächsten kriegten die meisten Prügel. Meine kleine Schwester war nicht sehr robust und ein bisschen ängstlich. Sie wurde ständig vertrimmt und ich konnte ihr nicht helfen.

Ich kam zur Schule. Ich hatte mich auf die Schule gefreut. Meine

Eltern hatten mir gesagt, dass ich mich da immer gut benehmen müsse und zu tun hätte, was der Lehrer sagt. Ich fand das selbstverständlich. Auf dem Dorf hatten wir Kinder Respekt vor jedem Erwachsenen. Und ich glaube, ich freute mich, dass nun in der Schule ein Lehrer sein würde, dem auch die anderen Kinder gehorchen mussten.

Aber es war ganz anders in der Schule. Schon nach ein paar Tagen liefen Kinder während des Unterrichts in der Klasse herum und spielten Kriegen. Unsere Lehrerin war völlig hilflos. Sie schrie immer »hinsetzen«. Aber dann tobten die nur noch doller und die anderen lachten.

Ich habe Tiere schon als ganz kleines Kind geliebt. In unserer Familie waren alle wahnsinnig tierlieb. Deshalb war ich stolz auf unsere Familie. Ich kannte keine Familie, die so tierlieb war. Und mir taten die Kinder leid, deren Eltern keine Tiere mochten und die auch keine Tiere geschenkt bekamen.

Unsere Zweieinhalb-Zimmer-Wohnung wurde mit der Zeit ein kleiner Zoo. Ich hatte später vier Mäuse, zwei Katzen, zwei Kaninchen, einen Wellensittich und Ajax, unsere braune Dogge, die wir schon nach Berlin mitgebracht hatten.

Ajax schlief immer neben meinem Bett. Ich ließ beim Einschlafen einen Arm aus dem Bett baumeln, um ihn zu spüren.

Ich fand andere Kinder, die auch Hunde hatten. Mit denen verstand ich mich ganz gut. Ich entdeckte, dass außerhalb von Gropiusstadt, in Rudow, noch richtige Reste von Natur waren. Da fuhren wir dann mit unseren Hunden hin. Wir spielten auf den alten Müllkippen in Rudow, die mit Erde zugeschüttet worden waren. Unsere Hunde spielten immer mit. »Spürhund« war unser Lieblingsspiel. Einer versteckte sich, während sein Hund festgehalten wurde. Dann musste der Hund ihn suchen. Mein Ajax hatte die beste Nase.

Die anderen Tiere nahm ich manchmal mit in die Sandkiste und sogar in die Schule. Unsere Lehrerin benutzte sie als Anschauungsmaterial im Biologieunterricht. Einige Lehrer erlaubten auch, dass Ajax während des Unterrichts bei mir war. Er störte nie. Bis zum Pausenklingeln lag er bewegungslos neben meinem Platz.

Ich wäre ganz glücklich mit meinen Tieren gewesen, wenn es mit meinem Vater nicht immer schlimmer geworden wäre. Während meine Mutter arbeitete, saß er zu Hause. Mit der Ehevermittlung war es ja nichts geworden. Nun wartete mein Vater auf einen anderen Job, der ihm gefiel. Er saß auf dem abgeschabten Sofa und wartete. Und seine irrsinnigen Wutausbrüche wurden immer häufiger.

Schularbeiten machte meine Mutter mit mir, wenn sie von der Arbeit kam. Ich hatte eine Zeit lang Schwierigkeiten, die Buchstaben H und K auseinanderzuhalten. Meine Mutter erklärte mir das eines Abends mit einer Affengeduld. Ich konnte aber kaum zuhören, weil ich merkte, wie mein Vater immer wütender wurde. Ich wusste immer, wann es gleich passierte: Er holte den Handfeger aus der Küche und drosch auf mir rum. Dann sollte ich ihm den Unterschied von H und K erklären. Ich schnallte natürlich überhaupt nichts mehr, bekam noch einmal den Arsch voll und musste ins Bett.

Das war seine Art, mit mir Schularbeiten zu machen. Er wollte, dass ich tüchtig bin und was Besseres werde. Schließlich hatte sein Großvater noch unheimlich Kohle gehabt. Ihm gehörte in Ostdeutschland sogar eine Druckerei und eine Zeitung, unter anderem. Nach dem Krieg war das in der DDR alles enteignet worden. Nun flippte mein Vater aus, wenn er glaubte, ich würde in der Schule was nicht schaffen.

Da gab es Abende, die ich noch in allen Einzelheiten erinnere. Einmal sollte ich ins Rechenheft Häuser malen. Die sollten sechs Kästchen breit und vier Kästchen hoch sein. Ich hatte ein Haus schon fertig und wusste genau, wie es ging, als mein Vater sich plötzlich neben mich setzte. Er fragte, von wo bis wo das nächste Häuschen gezeichnet werden müsse. Vor lauter Angst zählte ich die Kästchen nicht mehr, sondern fing an zu raten. Immer, wenn ich auf ein falsches Kästchen zeigte, bekam ich eine geklebt. Als ich nur noch heulte und überhaupt keine Antworten mehr geben konnte, da ging er zum Gummibaum. Ich wusste schon, was das bedeutete. Er zog den Bambusstock, der den Gummibaum hielt, aus dem Blumentopf. Dann drosch er mit dem Bambusstock auf meinen Hintern, bis man buchstäblich die Haut abziehen konnte.

Meine Angst fing schon beim Essen an. Wenn ich kleckerte, hatte ich ein Ding weg. Wenn ich etwas umstieß, versohlte er mir den Hintern. Ich wagte kaum noch, mein Milchglas zu berühren. Vor lauter Angst passierte mir dann bei fast jedem Essen irgendein Unglück.

Abends fragte ich meinen Vater immer ganz lieb, ob er nicht wegginge. Er ging ziemlich oft weg und wir drei Frauen atmeten dann erst einmal tief durch. Diese Abende waren herrlich friedlich. Wenn er dann allerdings in der Nacht nach Hause kam, konnte es wieder ein Unglück geben. Er hatte meistens etwas getrunken. Irgendeine Kleinigkeit dann und er rastete total aus. Es konnten Spielsachen oder Kleidungsstücke sein, die unordentlich rumlagen. Mein Vater sagte immer, Ordnung sei das Wichtigste im Leben. Und wenn er nachts Unordnung sah, dann zerrte er mich aus dem Bett und schlug mich. Meine kleine Schwester bekam anschließend auch noch etwas ab. Dann warf mein Vater unsere Sachen auf den Fußboden und befahl, in fünf Minuten wieder alles ordentlich einzuräumen. Das schafften wir meistens nicht und bekamen noch mal Kloppe.

Meine Mutter stand dabei meistens weinend in der Tür. Sie wagte selten, uns zu verteidigen, weil er dann auch sie schlug. Nur Ajax, meine Dogge, sprang oft dazwischen. Sie winselte ganz hoch und hatte sehr traurige Augen, wenn in der Familie geschlagen wurde. Sie brachte meinen Vater am ehesten zur Vernunft, denn er liebte ja Hunde wie wir alle. Er hatte Ajax mal angeschrien, aber nie geschlagen.

Trotzdem liebte und achtete ich meinen Vater irgendwie. Ich dachte, er sei anderen Vätern haushoch überlegen. Aber vor allem hatte ich Angst vor ihm. Dabei fand ich es ziemlich normal, dass er so oft um sich schlug. Bei anderen Kindern in der Gropiusstadt war es zu Hause nicht anders. Die hatten sogar manchmal richtige Veilchen im Gesicht und ihre Mütter auch. Es gab Väter, die lagen betrunken auf der Straße oder auf dem Spielplatz rum. So schlimm betrank sich mein Vater nie. Und es passierte in unserer Straße auch, dass Möbelstücke aus den Hochhäusern auf die Straße flogen, Frauen um Hilfe schrien und die Polizei kam. So schlimm war es bei uns also nicht.

Mein Vater machte meine Mutter ständig an, sie gäbe zu viel Geld aus. Dabei verdiente sie ja das Geld. Sie sagte ihm dann manchmal auch, das meiste ginge für seine Sauftouren, seine Frauen und das Auto drauf. Dann wurde der Krach handgreiflich.

Das Auto, der Porsche, war wohl das, was mein Vater am meisten liebte. Er wienerte ihn fast jeden Tag, wenn er nicht gerade in der Werkstatt stand. Einen zweiten Porsche gab es wohl nicht in der Gropiusstadt. Jedenfalls bestimmt keinen Arbeitslosen mit Porsche.

Ich hatte natürlich damals keine Ahnung, was mit meinem Vater los war, warum er ständig regelrecht ausrastete. Mir dämmerte es erst später, als ich mich auch mit meiner Mutter häufiger über meinen Vater unterhielt. Allmählich habe ich einiges durchschaut. Er packte es einfach nicht. Er wollte immer wieder hoch hinaus und fiel jedes Mal auf den Arsch. Sein Vater verachtete ihn deshalb. Opa hatte schon meine Mutter vor der Ehe mit dem Taugenichts gewarnt. Mein Opa hatte eben immer große Pläne mit meinem Vater gehabt. Die Familie sollte wieder so toll dastehen wie früher, bevor ihr in der DDR der ganze Besitz enteignet wurde.

Wenn er meine Mutter nicht getroffen hätte, wäre er vielleicht Gutsverwalter geworden und hätte seine eigene Doggenzucht gehabt.

Er lernte gerade Gutsverwalter, als er meine Mutter traf. Sie wurde schwanger mit mir, er brach seine Lehre ab und heiratete sie. Irgendwann muss er dann auf die Idee gekommen sein, dass meine Mutter und ich schuld an seinem Elend seien. Von all seinen Träumen war ihm nur sein Porsche geblieben und ein paar aufschneiderische Freunde.

Er hasste die Familie nicht nur, er lehnte sie einfach total ab. Das ging so weit, dass keiner seiner Freunde wissen durfte, dass er verheiratet war und Kinder hatte. Wenn wir Freunde von ihm trafen oder wenn ihn Bekannte zu Hause abholten, musste ich ihn immer mit »Onkel Richard« anreden. Ich war mit Schlägen so darauf programmiert, dass ich da niemals einen Fehler machte. Sobald andere Leute da waren, war er für mich der Onkel.

Mit meiner Mutter war das nicht anders. Sie durfte vor seinen Freunden nie sagen, dass sie seine Frau war, und vor allem sich nicht so verhalten wie seine Frau. Ich glaube, er gab sie immer als seine Schwester aus.

Die Freunde meines Vaters waren jünger als er. Sie hatten das Leben noch vor sich, jedenfalls meinten sie das sicher. Mein Vater wollte einer von ihnen sein. Einer, für den alles erst anfing. Und keiner, der sich schon eine Familie aufgehalst hatte, die er nicht mal ernähren konnte. So etwa war das mit meinem Vater.

Ich hatte im Alter von sechs bis acht natürlich überhaupt keinen Durchblick. Mein Vater bestätigte mir nur die Lebensregel, die ich schon auf der Straße und in der Schule lernte: schlagen oder geschlagen werden. Meine Mutter, die in ihrem Leben genug Prügel bekommen hatte, war zu derselben Erkenntnis gekommen. Immer wieder bläute sie mir ein: »Fang niemals an. Aber wenn dir jemand was tut, hau zurück. So doll und so lange du kannst.« Sie selber konnte ja nicht mehr zurückschlagen.

Ich lernte das Spiel langsam: selber Macht über andere oder

unterdrückt werden. In der Schule fing ich bei dem schwächsten Lehrer an. Ich rief ständig etwas in den Unterricht. Die anderen lachten jetzt über mich. Als ich das auch bei den strengeren Lehrern machte, da fand ich endlich echte Anerkennung bei meinen Mitschülern.

Ich hatte gelernt, wie man sich in Berlin durchsetzte: immer eine große Schnauze haben. Am besten die größte von allen. Dann kannst du Boss spielen. Nachdem ich mit meiner Klappe so erfolgreich war, wagte ich auch, meine Muskeln auszuprobieren. Eigentlich war ich nicht sehr stark. Aber ich konnte wütend werden. Und dann habe ich auch die Stärkeren umgehauen. Ich habe mich nachher beinahe gefreut, wenn mir in der Schule einer blöd kam und ich ihn dann vor der Schule wiedertraf. Ich musste meistens gar nicht handgreiflich werden. Die Kinder hatten einfach Respekt vor mir.

Ich war mittlerweile acht. Mein sehnlichster Wunsch war, schnell älter zu werden, erwachsen zu sein wie mein Vater, wirkliche Macht zu haben über andere Menschen. Was ich an Macht hatte, probierte ich inzwischen aus.

Mein Vater hatte irgendwann Arbeit gefunden. Keine, die ihn glücklich machte, aber eine, mit der er Geld für seine Sausen und seinen Porsche verdiente. Ich war deshalb nachmittags allein mit meiner ein Jahr jüngeren Schwester zu Haus. Ich hatte eine zwei Jahre ältere Freundin gefunden. Ich war stolz, eine ältere Freundin zu haben. Mit ihr war ich noch stärker.

Mit meiner kleinen Schwester spielten wir fast jeden Tag das Spiel, das wir gelernt hatten. Wenn wir aus der Schule kamen, suchten wir Zigarettenkippen aus Aschenbechern und Mülleimern. Wir strichen sie glatt, klemmten sie zwischen die Lippen und pafften. Wenn meine Schwester auch eine Kippe haben wollte, bekam sie was auf die Finger. Wir befahlen ihr, die Hausarbeit zu machen, also abwaschen, Staub wischen und was uns die Eltern noch so aufgetragen hatten. Dann nahmen wir unsere Puppenwagen, schlossen die Wohnungstür hinter uns ab und gingen spazieren. Wir schlossen meine Schwester so lange ein, bis sie die Arbeit gemacht hatte.

In dieser Zeit, als ich so acht, neun war, machte in Rudow ein Ponyhof auf. Wir waren zuerst sehr sauer, denn für den Ponyhof wurde so ziemlich das letzte Stück freie Natur, in das wir mit unseren Hunden flüchten konnten, eingezäunt und abgeholzt. Dann verstand ich mich mit den Leuten da aber ganz gut und machte Stallarbeiten und Pferdepflege. Für die Arbeit durfte ich ein paar Viertelstunden in der Woche frei reiten. Das fand ich natürlich wahnsinnig.

Ich liebte die Pferde und den Esel, den sie da hatten. Aber am Reiten faszinierte mich wohl noch etwas anderes. Ich konnte wieder beweisen, dass ich Kraft und Macht hatte. Das Pferd, das ich ritt, war stärker als ich. Aber ich konnte es unter meinen Willen zwingen. Wenn ich runtergefallen bin, dann musste ich wieder rauf. So lange, bis mir das Pferd gehorchte.

Mit den Stallarbeiten klappte es nicht immer. Dann brauchte ich Geld, um wenigstens eine Viertelstunde reiten zu können. Taschengeld bekamen wir selten. Da habe ich angefangen, ein bisschen zu betrügen. Ich habe die Rabattmarkenhefte eingelöst und die Bierflaschen von meinem Vater weggebracht, um das Pfandgeld zu bekommen.

So mit zehn fing ich auch an zu klauen. Ich klaute in den Supermärkten. Sachen, die wir sonst nicht bekamen. Vor allem Süßigkeiten. Fast alle anderen Kinder durften Süßigkeiten essen. Mein Vater sagte, von Süßigkeiten bekäme man schlechte Zähne.

Man lernte in Gropiusstadt einfach automatisch zu tun, was verboten war. Verboten zum Beispiel war, irgendetwas zu spielen, was Spaß machte. Es war überhaupt eigentlich alles verboten. An jeder Ecke steht ein Schild in der Gropiusstadt. Die sogenannten Parkanlagen zwischen den Hochhäusern, das sind Schilderparks. Die meisten Schilder verbieten natürlich Kindern irgendetwas.

Ich habe die Sprüche auf den Schildern später mal für mein Tagebuch abgeschrieben. Das erste Schild stand schon an unserer Eingangstür. Im Treppenhaus und in der Umgebung unseres Hochhauses durften Kinder eigentlich nur auf Zehenspitzen rumschleichen. Spielen, Toben, Rollschuh- oder Fahrradfahren – verboten. Dann kam Rasen und an jeder Ecke das Schild: »Den Rasen nicht betreten.« Die Schilder standen vor jedem bisschen Grün. Nicht einmal mit unseren Puppen durften wir uns auf den Rasen setzen. Dann gab es da ein mickriges Rosenbeet und wieder ein großes Schild davor: »Geschützte Grünanlagen«. Unter diesem Hinweis war gleich ein Paragraf aufgeführt, nach dem man bestraft wurde, wenn man den mickrigen Rosen zu nahe kam.

Wir durften also nur auf den Spielplatz. Zu ein paar Hochhäusern gehörte immer ein Spielplatz. Der bestand aus verpisstem Sand und ein paar kaputten Klettergeräten und natürlich einem Riesenschild. Das Schild steckte in einem richtigen eisernen Kasten drin, unter Glas, und vor dem Glas waren Gitter, damit wir den Quatsch nicht kaputt schmeißen konnten. Auf dem Schild stand also »Spielplatzordnung« und darunter, dass die Kinder ihn zur »Freude und Erholung benutzen« sollten. Wir durften uns allerdings nicht »erholen«, wann wir gerade Lust hatten. Denn was dann kam, war dick unterstrichen: »… in der Zeit von 8 bis 13 Uhr und 15 bis 19 Uhr.« Wenn wir also aus der Schule kamen, war nichts mit Erholung.

Meine Schwester und ich hätten eigentlich gar nicht auf den Spielplatz gedurft, weil man dort laut Schild »nur mit Zustimmung und unter Aufsicht des Erziehungsberechtigten« spielen durfte. Und das auch nur ganz leise: »Das Ruhebedürfnis der Hausgemeinschaft ist durch besondere Rücksichtnahme zu wahren.« Einen Gummiball durfte man sich da gerade noch artig zuwerfen. Ansonsten: »Ballspiele sportlicher Art sind nicht gestattet.« Kein Völkerball, kein Fußball. Für die Jungens war das besonders schlimm. Die ließen ihre überschüssige Kraft an den Spielgeräten und Sitzbänken und natürlich an den Verbotsschildern aus. Es muss einige Kohle gekostet haben, die kaputten Schilder immer wieder zu erneuern.

Über die Einhaltung der Verbote wachten die Hauswarte. Ich hatte schon ziemlich schnell bei unserem Hauswart verschissen. Nach unserem Umzug in die Gropiusstadt langweilte mich der Spielplatz aus Beton und Sand mit der kleinen Blechrutsche schon wahnsinnig. Da fand ich dann doch noch etwas Interessantes. Die Gullys im Beton, durch die das Regenwasser abfließen sollte. Damals konnte man das Gitter über dem Abfluss noch abheben. Später machten sie es dann fest. Ich hob also das Gitter ab und warf mit meiner Schwester allen möglichen Mist in den Gully. Dann kam der Hauswart, griff uns und zerrte uns in das Büro der Hausverwaltung. Da mussten wir beide, sechs und fünf Jahre alt, unsere Personalien angeben. So gut wir das schon konnten. Meine Eltern wurden benachrichtigt und mein Vater hatte einen guten Grund zum Prügeln. Ich begriff noch nicht so ganz, warum das so schlimm war, den Abfluss zu verstopfen. In unserem Dorf am Bach hatten wir ja ganz andere Sachen gemacht, ohne dass je ein Erwachsener gemeckert hätte. Ich begriff aber so ungefähr, dass man in Gropiusstadt nur spielen durfte, was von den Erwachsenen vorgesehen war. Also rutschen und im Sand buddeln. Dass es gefährlich war, eigene Ideen beim Spielen zu haben.

Das nächste Zusammentreffen mit dem Hauswart, das ich erinnere, war schon ernster. Das kam so: Ich ging mit Ajax, meiner Dogge, spazieren und kam auf die Idee, für meine Mutter Blumen zu pflücken. Wie ich es in unserem Dorf früher fast auf jedem Spaziergang gemacht hatte. Es gab aber zwischen den Hochhäusern nur die mickrigen Rosen. Ich machte mir die Finger blutig, um ein paar Blumen von den Strauchrosen abzuknicken. Das Schild »Geschützte

Gartenanlage« konnte ich noch nicht lesen oder habe es auch nur nicht kapiert.

Ich verstand aber sofort, als ich den Hauswart schreiend und fuchtelnd über den nicht zu betretenden Rasen rennen sah. Ich bekam panische Angst vor dem Typen und rief: »Ajax, pass auf!«

Mein Ajax spitzte natürlich gleich die Ohren, ein paar Nackenhaare gingen hoch, Ajax wurde steif und sah den Kerl mit den bösesten Augen an, die er machen konnte. Der Typ ging sofort rückwärts über den Rasen und wagte erst wieder zu schreien, als er vor dem Hauseingang war. Ich war froh, versteckte die Blumen aber, denn ich ahnte ja, dass ich wieder mal was Verbotenes getan hatte.

Als ich zu Hause ankam, hatte die Hausverwaltung schon angerufen. Ich hätte den Hauswart mit einem Hund bedroht, hatten sie gesagt. Statt des Küsschens von meiner Mutti, das ich mir mit den Blumen hatte einhandeln wollen, gab es den Hintern voll von Vati.

Im Sommer war die Hitze bei uns manchmal unerträglich. Die Hitze wurde regelrecht von Beton, Asphalt und Steinen gespeichert und zurückgestrahlt. Die paar mickrigen Bäume gaben keinen Schatten. Und der Wind wurde von den Hochhäusern abgehalten. Es gab weder ein Schwimmbad noch ein Planschbecken. Nur einen Springbrunnen mitten auf unserem Betonplatz. Da planschten und spritzten wir manchmal. War natürlich verboten und wir wurden auch immer schnell weggejagt.

Dann kam die Zeit, da wollten wir Murmeln spielen. Aber wo findest du einen Platz in Gropiusstadt, auf dem man murmeln kann. Auf Beton, Asphalt oder Rasen Marke »Betreten verboten« kann man eben nicht murmeln. In der Sandkiste auch nicht. Denn zum Murmeln braucht man einen einigermaßen festen Untergrund, in den man kleine Löcher buddeln kann.

Wir fanden eine beinah ideale Murmelbahn. Unter den Ahornbäumen, die sie bei uns gepflanzt hatten. Damit die Bäumchen nicht unter all dem Asphalt erstickten, hatte man für sie eine kreisrunde Öffnung im Asphalt gelassen. Der Kreis um den Stamm war aus fester, sauber und glatt geharkter Erde. Einfach ideal zum Murmeln.

Nun hatten wir aber, wenn wir dort unsere kleinen Kuhlen zum Murmeln buddelten, nicht nur die Hauswarte, sondern auch noch die Gärtner auf dem Hals. Wir wurden immer wieder unter wüsten Drohungen vertrieben. Eines Tages hatten die Vertreiber aber leider eine gute Idee. Sie harkten die Erde nicht mehr glatt, sondern gruben sie um. Aus war es mit dem Murmeln.

Bei Regen waren die Eingangshallen der Häuser eine fantastische Rollschuhbahn. Diese großen Hausflure wären jedenfalls fantastisch gewesen. Da unten keine Wohnungen waren, störte nicht einmal der Krach jemanden. Als wir es ein paarmal versuchten, beschwerte sich tatsächlich auch niemand. Bis auf die Hauswartsfrau. Die sagte, das Rollschuhlaufen mache Striemen auf dem Fußboden. War also auch nichts. Bis auf das Arschvoll von meinem Vater.

Bei schlechtem Wetter war es echt beschissen in der Gropiusstadt für uns Kinder. Freunde durfte eigentlich niemand von uns mit in die Wohnung nehmen. Dazu waren die Kinderzimmer auch viel zu klein. Fast alle Kinder hatten wie wir das halbe Zimmer bekommen. Bei Regen saß ich manchmal am Fenster und habe daran gedacht, was wir früher bei Regen machten. Geschnitzt haben wir zum Beispiel. Wir waren richtig auf Regenwetter vorbereitet. Wir hatten uns im Wald dicke Stücke Eichenrinde geholt und daraus schnitzten wir bei schlechtem Wetter kleine Boote. Und wenn es zu lange regnete, hielten wir es nicht mehr aus. Dann zogen wir Regenzeug an und gingen runter zum Bach, um unsere Boote auszuprobieren. Wir bauten Häfen und machten richtige Wettfahrten mit unseren Booten aus Eichenrinde.

Bei Regen zwischen den Hochhäusern rumzuhängen machte echt keinen Spaß. Wir mussten uns schon etwas einfallen lassen. Etwas,

was wahnsinnig verboten war. Das gab es auch: mit den Fahrstühlen spielen.

Zunächst mal ging es natürlich darum, andere Kinder zu ärgern. Da griffen wir uns ein Kind, sperrten es in einen Fahrstuhl und drückten alle Knöpfe. Den anderen Fahrstuhl hielten wir fest. Dann musste der bis zum obersten Stock hochjuckeln mit einem Halt in jedem Stockwerk. Mit mir haben sie das auch oft gemacht. Gerade wenn ich mit meinem Hund zurückkam und rechtzeitig zum Abendbrot zu Hause sein musste. Dann haben die alle Knöpfe gedrückt und es dauerte eine elend lange Zeit, bis ich im elften Stock war, und Ajax wurde dabei wahnsinnig nervös.

Gemein war es, jemandem alle Knöpfe zu drücken, der hochwollte, weil er musste. Der pullerte am Ende in den Fahrstuhl. Noch gemeiner allerdings war es, einem Kind den Kochlöffel wegzunehmen. Alle kleinen Kinder gingen nur mit einem Kochlöffel nach draußen. Denn nur mit einem langen hölzernen Kochlöffel kamen wir an die Fahrstuhlknöpfe ran. Ohne Kochlöffel war man also total aufgeschmissen. Wenn man ihn verloren hatte oder andere Kinder ihn weggenommen hatten, konnte man elf Stockwerke zu Fuß hochlatschen. Denn die anderen Kinder halfen einem natürlich nicht, und die Erwachsenen dachten, man wolle nur im Fahrstuhl spielen und ihn kaputt machen.

Die Fahrstühle waren oft kaputt und daran waren wir nicht schuldlos. Wir machten nämlich auch richtige Wettfahrten mit den Fahrstühlen. Die fuhren zwar gleich schnell, aber es gab einige Tricks, mit denen man ein paar Sekunden einsparen konnte. Die äußere Tür musste man schnell, aber mit viel Gefühl zumachen. Denn wenn man sie zu heftig zuschlug, ging sie noch einmal wieder ein Stück auf. Die Sicherheitstür ging automatisch zu, aber wenn man mit den Händen nachhalf, schloss sie sich schneller. Oder ging auch mal kaputt. Ich war ziemlich gut im Fahrstuhl-Wettfahren.

Unsere 13 Stockwerke reichten uns schon bald nicht mehr. Außerdem war uns der Hauswart natürlich ständig auf den Fersen. Das Pflaster wurde also immer heißer in unserem Haus. Das Betreten anderer Häuser war aber für Kinder streng verboten. Wir kamen da auch nicht rein, weil wir keinen Hausschlüssel hatten. Aber es gab immer einen zweiten Eingang. Für Möbel und irgendwelche großen Gegenstände. Der war mit einem Gitter abgesperrt. Ich fand heraus, wie man durch das Gitter kam. Mit dem Kopf zuerst. Es war richtig trickreich, wie man den Kopf drehen musste, um durchzukommen. Den Körper quetschten wir dann irgendwie durch. Nur die Dicken konnten nicht mit.

Ich habe uns so den Weg in ein richtiges Fahrstuhl-Paradies geöffnet. In ein Haus mit 32 Stockwerken und unheimlich raffinierten Fahrstühlen. Da entdeckten wir dann erst, was man mit Fahrstühlen alles machen kann. Besonders gern haben wir Hopsen gespielt. Wenn alle zusammen während der Fahrt hochsprangen, blieb das Ding stehen. Die Sicherheitstür ging auf. Oder die Sicherheitstür ging erst gar nicht zu. So eine Hopse-Fahrt war jedenfalls eine ziemlich spannende Sache.

Dann ein sensationeller Trick: Wenn man den Schalter für die Notbremse nicht nach unten, sondern zur Seite drückte, dann blieb die Sicherheitstür auch während der Fahrt auf. Da merkte man erst, wie schnell die Dinger fuhren. In einem irren Tempo sausten Beton und Fahrstuhltüren an uns vorbei.

Die schärfste Mutprobe war es, den Alarmknopf zu drücken. Dann ging eine Klingel los und die Stimme des Hauswarts kam durch einen Lautsprecher. Dann hieß es türmen. In einem Haus mit 32 Stockwerken hat man eine gute Chance, dem Hauswart zu entkommen. Der lag sowieso immer auf der Lauer, erwischte uns aber selten.

Das spannendste Spiel bei schlechtem Wetter war das Keller-Spiel.

Das war auch das verbotenste. Wir haben irgendwie einen Weg in den Hochhaus-Keller gefunden. Da hatte jeder Mieter eine Box aus Maschendrahtgitter. Die Gitter gingen nicht bis zur Decke. Man konnte also oben rüberklettern. Da haben wir dann Verstecken gespielt. »Verstecken mit alles« hieß das. Man konnte also überall reinklettern, um sich zu verstecken. Das war wahnsinnig gruselig. Es war an und für sich schon unheimlich zwischen all dem fremden Kram in ziemlich schummrigem Licht. Dazu kam die Angst, dass jemand kommen könnte. Wir ahnten ja, dass wir so ungefähr das Verbotenste überhaupt machten.

Dann haben wir auch gespielt, wer die tollsten Sachen in den Verschlägen fand. Spielsachen, Trödelkram oder Kleider, die wir uns anzogen. Nachher wussten wir natürlich nicht mehr so genau, wo wir den Kram herhatten, und schmissen ihn einfach irgendwo rein. Manchmal ließen wir auch was ganz Tolles mitgehen. Natürlich kam es raus, dass da unten jemand »eingebrochen« war. Aber uns schnappten sie nie. So lernte man also ganz automatisch, dass alles, was erlaubt ist, unheimlich fade ist und dass das Verbotene Spaß bringt.

Das Einkaufszentrum, das unserem Haus gegenüberlag, war für uns auch mehr oder weniger verbotenes Viertel. Da war ein ganz wilder Hauswart, der uns immer scheuchte. Am wildesten war er, wenn ich mit meinem Hund in die Nähe kam. Er sagte, wir machten den ganzen Dreck im Einkaufszentrum. Es war wirklich stinkig da, wenn man genau hinsah und hinroch. Die Läden taten einer feiner und vornehmer und moderner als der andere. Aber die Müllkisten dahinter quollen ständig über und stanken. Man trat überall in geschmolzenes Speiseeis oder Hundescheiße und trat gegen Bierdosen und Coladosen.

Der Hauswart da sollte das abends alles sauber machen. Kein Wunder, dass er den ganzen Tag lauerte, um jemanden zu erwischen, der Dreck machte. Aber gegen die Geschäftsleute, die den Müll neben die Kästen warfen, konnte er nichts machen. An die betrunkenen Halbstarken, die mit den Bierdosen rumwarfen, traute er sich nicht ran. Und die Omas mit ihren Hunden gaben ihm auch nur patzige Antworten. Da hielt er sich in seiner urischen Wut eben an die Kinder.

In den Läden mochte man uns auch nicht. Wenn einer von uns mal Taschengeld bekommen hatte oder sich sonst Geld ergaunert hatte, dann ist er in den Kaffee-Laden, wo es auch Süßigkeiten gab. Und die anderen natürlich hinterher, weil das ein kleines Ereignis war. Die Verkäuferinnen hat das unheimlich genervt, wenn da ein halbes Dutzend Kinder in den Laden kam und dann das Palaver anfing, was für die paar Groschen gekauft werden sollte. Wir bekamen irgendwie einen Hass auf die Ladenbesitzer und fanden es gut, wenn jemand von uns sie beklaut hatte.

Im Ladenzentrum gab es auch ein Reisebüro, da haben wir uns oft die Nasen an der Scheibe platt gedrückt, bis wir verscheucht wurden. Im Schaufenster standen herrliche Bilder mit Palmen, Strand und wilden Tieren. Dazwischen hing ein Flugzeugmodell. Und wir haben rumgesponnen, wir säßen in dem Flugzeug und flögen an diesen Strand da und kletterten auf die Palmen, von denen aus Nashörner und Löwen zu sehen waren.

Neben dem Reisebüro war die »Bank für Handel und Industrie«. Damals haben wir uns noch nicht gewundert, was eine Bank für Handel und Industrie ausgerechnet in der Gropiusstadt macht, wo doch Menschen wohnen, die allenfalls von Handel und Industrie ihren Lohn bekommen. Wir mochten die Bank. Die feinen Herren in den schnieken Anzügen waren nie unfreundlich zu uns. Sie hatten auch nicht so viel zu tun wie die Frauen im Kaffee-Laden. Bei ihnen konnte ich die Pfennige in Groschen eintauschen, die ich meiner Mutter aus der Pfennig-Flasche geklaut hatte. Denn im Kaffee-Laden rasteten die aus, wenn man mit Pfennigen bezahlte. Und wir bekamen, wenn wir artig bitte sagten, immer wieder irgendein Spartier. Vielleicht dachten die netten Herren ja, wir brauchten so viele Spartiere, weil wir so fleißig sparten. Ich habe allerdings nie einen Pfennig da reingesteckt. Wir haben mit den Sparelefanten und Schweinen im Sandkasten Zoo gespielt.

Als es immer doller wurde mit den Streichen bei uns, haben sie einen sogenannten Abenteuerspielplatz gebaut. Ich weiß nicht, was die Leute, die so was planen, unter Abenteuer verstehen. Aber wahrscheinlich heißen diese Dinger ja auch nicht so, weil Kinder da wirklich Abenteuerliches machen dürfen, sondern weil die Erwachsenen glauben sollen, ihre Kinder könnten da ganz tolle Sachen erleben. Eine Menge Kohle hatte das Ding sicherlich gekostet. Die haben jedenfalls ziemlich lange daran rumgebaut. Und als wir endlich draufdurften, da empfingen uns freundliche Sozialarbeiter: »Na, was möchtet ihr denn gern machen« und so. Das Abenteuer bestand darin, dass man auf diesem Spielplatz ständig beaufsichtigt wurde.

Es gab richtiges Werkzeug und fein gehobelte Bretter und Nägel. Da durfte man also was bauen. Und ein Sozialarbeiter passte auf, dass man sich nicht mit dem Hammer auf die Finger kloppte. Wenn ein Nagel drin war, dann war er drin. Dann konnte man nichts mehr verändern. Dabei wollte man doch, noch ehe etwas fertig war, dass es ganz anders aussehen sollte.

Ich habe so einem Sozialarbeiter mal erzählt, wie wir früher etwas gebaut hatten, Höhlen und richtige Baumhütten. Ohne Hammer und ohne einen einzigen Nagel. Aus irgendwelchen Brettern und Ästen, die wir fanden. Und jeden Tag, wenn wir wieder hinkamen, haben wir wieder daran rumgebastelt und alles verändert. Und das hat den Spaß gemacht. Der Sozialarbeiter hat mich sicherlich verstanden. Aber er hatte ja seine Verantwortung und seine Vorschriften.

Am Anfang hatten wir noch eigene Ideen, was man auf dem Abenteuerspielplatz machen könnte. So wollten wir einmal Steinzeitfamilie spielen und über einem Feuer eine richtige Erbsensuppe kochen. Der Sozialarbeiter fand die Idee prima. Aber leider, sagte er, Erbsensuppe kochen, das ginge nicht. Ob wir nicht eine Hütte bauen wollten. Mit Hammer und Nägeln – in der Steinzeit.

Bald wurde der Spielplatz wieder geschlossen. Sie sagten uns, sie wollten ihn umbauen, damit wir auch bei schlechtem Wetter spielen könnten. Dann wurden Eisenträger abgeladen, Betonmischmaschinen kamen und ein Bautrupp. Sie bauten einen Betonbunker mit Fenstern. Ernsthaft, so einen richtigen Betonsilo. Keine Blockhütte oder so etwas, sondern einen Betonklotz. Die Fenster waren schon nach ein paar Tagen eingeschmissen. Ich weiß nicht, ob die Fenster von den Jungen alle eingeschmissen wurden, weil das Betonding sie so aggressiv machte. Oder ob man unser Spielhaus gleich als Bunker baute, weil in Gropiusstadt alles kaputtging, was nicht aus Eisen oder Beton war. Der dicke Betonsilo nahm nun schon einen großen Teil des Abenteuerspielplatzes ein. Dann haben sie da noch eine Schule direkt drangebaut und die bekam ihren eigenen Spielplatz, den mit Blechrutsche, Klettergerüst und ein paar senkrecht eingegrabenen Holzbohlen, hinter denen man ganz gut pinkeln konnte. Der Schulspielplatz wurde in den Abenteuerspielplatz reingebaut und mit Maschendraht abgeteilt. Da gab es dann nicht mehr viel Abenteuerspielplatz.

Auf dem bisschen Abenteuerspielplatz, das dann noch war, machten sich immer mehr die älteren Jungen breit, die wir Rocker nannten. Sie kamen nachmittags schon besoffen da an, terrorisierten die Kinder und machten einfach kaputt. Kaputtmachen war so ungefähr ihre einzige Beschäftigung. Die Sozialarbeiter kamen gegen sie nicht an. Da war dann der Abenteuerspielplatz sowieso meistens geschlossen.

Dafür bekamen wir Kinder eine richtige Attraktion. Sie bauten einen Rodelberg. Im ersten Winter war das schon toll. Wir konnten uns unsere Pisten vom Berg selber wählen. Wir hatten eine Todesbahn und leichte Strecken. Die Jungs, die wir Rocker nannten, machten es gefährlich. Sie bildeten Ketten mit den Schlitten und legten es regelrecht darauf an, uns umzufahren. Aber man konnte ihnen auf andere Pisten ausweichen. Die Tage mit Schnee gehörten zu meinen schönsten Tagen in Gropiusstadt.

Im Frühling machte es dann auf dem Rodelberg beinah ebenso viel Spaß. Wir tobten da mit unseren Hunden rum und kugelten uns die Abhänge runter. Das Tollste war, mit dem Fahrrad da rumzugurken. Die Abfahrten waren irre. Es sah gefährlicher aus, als es war. Denn wenn man mal stürzte, fiel man auf dem Gras ja weich.

Das Spielen auf dem Rodelberg haben sie uns bald verboten. Sie haben gesagt, dass sei ein Rodelberg und kein Tobeplatz und schon gar keine Radrennbahn. Die Grasnarbe müsse sich erholen und so weiter. Wir waren nun schon so alt, dass wir uns aus Verboten überhaupt nichts mehr machten, und gingen weiter auf den Rodelberg. Da kamen eines Tages die Männer vom Gartenbauamt und legten einen richtigen Stacheldrahtverhau um den Rodelberg. Wir gaben uns nur für ein paar Tage geschlagen. Dann besorgte jemand eine Drahtschere und wir schnitten ein Loch in den Stacheldraht, das groß genug war, um mit Hunden und Fahrrädern durchzukommen. Wenn sie das Loch wieder flickten, schnitten wir es wieder auf.

Ein paar Wochen später rückten wieder Bautrupps an. Die begannen, unseren Rodelberg zuzumauern, zuzuzementieren, zuzuasphaltieren. Aus unserer Todesbahn wurde eine Treppe. Asphaltierte Wege durchschnitten fast alle Pisten. Auf die Plattform oben kamen Betonplatten. Ein Streifen Rasen blieb als Rodelbahn.

Im Sommer war auf dem Berg nichts mehr anzufangen. Im Winter war es auf der einen Bahn lebensgefährlich. Das Schlimmste aber war das Raufgehen. Da musste man jetzt über Steinplatten und Treppen. Die waren ständig vereist. Wir holten uns aufgeschlagene Knie, Beulen am Kopf und, wenn es böse kam, eine Gehirnerschütterung.

Es wurde eben alles immer perfekter mit der Zeit in Gropiusstadt. Als wir hinzogen, war die großartige Modellsiedlung noch nicht fertig. Vor allem außerhalb des Hochhausviertels war vieles noch gar nicht perfekt. In kleinen Ausflügen, die auch wir jüngeren Kinder schon alleine machen konnten, erreichte man richtig paradiesische Spielplätze.

Der schönste war an der Mauer, die ja nicht weit von Gropiusstadt ist. Da gab es einen Streifen, den nannten wir Wäldchen oder Niemandsland. Der war kaum 20 Meter breit und wenigstens anderthalb Kilometer lang. Bäume, Büsche, Gras so hoch wie wir, alte Bretter, Wasserlöcher.

Da kletterten wir, spielten Verstecken, fühlten uns wie Forscher, die jeden Tag wieder einen uns bis dahin unbekannten Teil des Urwäldchens entdeckten. Wir konnten da sogar Lagerfeuer machen und Kartoffeln braten und Rauchzeichen geben.

Irgendwann haben sie dann gemerkt, dass da Kinder aus Gropiusstadt spielten und Spaß hatten. Da sind wieder die Trupps angerückt und haben Ordnung gemacht. Dann haben sie Verbotsschilder aufgestellt. Nichts durfte man mehr, wirklich alles war verboten: Radfahren, auf Bäume klettern, Hunde frei laufen lassen. Die Polizisten, die wegen der Mauer da ständig rumlungerten, kontrollierten die Einhaltung der Verbotstafeln. Angeblich war unser Niemandsland jetzt ein Vogelschutzgebiet. Wenig später haben sie es zur Müllkippe gemacht.

Dann gab es noch den alten Müllberg, der mit Erde und Sand abgedeckt war und auf dem wir oft mit unseren Hunden spielten. Der wurde dann auch erst mit Stacheldraht, dann mit hohen Zäunen gegen uns gesichert, bevor sie anfingen, da ein Aussichtsrestaurant zu bauen.

Schön war es auch auf ein paar Feldern, die von den Bauern nicht mehr bestellt wurden. Da wuchsen noch Korn und Kornblumen und

Mohnblumen und Gras und Brennnessel, so hoch, dass man bald bis zum Kopf darin versank. Die Felder hatte der Staat gekauft, um sie eben zu echten Erholungsgebieten zu machen. Stück für Stück wurden sie weggezäunt. Auf dem einen Teil der alten Felder machte sich der Ponyhof breit, auf dem anderen wurden Tennisplätze gebaut. Da gab es dann eigentlich nichts mehr, wo wir hingingen, um aus Gropiusstadt herauszukommen.

Meine Schwester und ich arbeiteten und ritten dann ja wenigstens auf dem Ponyhof. Zunächst konnte man noch ausreiten, wohin man wollte. Dann wurde auf allen Straßen und Wegen das Reiten verboten. Sie hatten nämlich einen extra Reitweg angelegt. Schön mit Sand und wie ein ordentlicher Reitweg auszusehen hat. Kostete sicher eine Menge Geld. Dieser Reitweg führte direkt an den Bahngleisen entlang. Zwischen Zaun und Schienen waren so gerade zwei Pferdebreiten Platz. Da ritt man nun, und die Kohlegüterzüge donnerten vorbei. Es gibt wohl kein Pferd, das nicht ausrastet, wenn ein paar Meter neben ihm ein Kohlegüterzug vorbeidonnert. Unsere Pferde jedenfalls gingen dann meistens durch. Und man hat nur noch gedacht, hoffentlich läuft der Gaul nicht in den Zug. Aber ich war ja echt besser dran als die anderen Kinder, ich hatte meine Tiere. Meine drei Mäuse nahm ich manchmal mit auf den Spielplatz in die Sandkiste. An der Spielplatzordnung stand ja wenigstens nicht »Mäuse verboten«. Wir bauten ihnen Gänge und Höhlen und ließen sie darin laufen.

Eines Nachmittags lief eine Maus in das Gras, das wir nicht betreten durften. Wir fanden sie nicht wieder. Ich war ein bisschen traurig, tröstete mich aber mit dem Gedanken, dass es der Maus draußen viel besser gefallen würde als im Käfig.

Ausgerechnet am Abend dieses Tages kam mein Vater in das Kinderzimmer, sah in den Mäusekäfig und fragte ganz komisch: »Wieso sind da nur zwei? Wo ist denn die dritte Maus?« Ich witterte noch kein Unheil, als er so komisch fragte. Mein Vater hatte die Mäuse nie gemocht und mir immer wieder gesagt, ich solle sie weggeben. Ich erzählte, dass mir die Maus auf dem Spielplatz weggelaufen sei.

Mein Vater sah mich an wie ein Irrer. Ich wusste, dass er nun total ausrastete. Er schrie und schlug sofort zu. Er schlug und ich war eingezwängt in meinem Bett und kam nicht raus. Er hatte noch nie so zugeschlagen und ich dachte, er haut mich tot. Als er dann auch auf meine Schwester eindrosch, hatte ich ein paar Sekunden Luft und versuchte instinktiv zum Fenster zu kommen. Ich glaube, ich wäre rausgesprungen, aus dem 11. Stock.

Aber mein Vater packte mich und warf mich auf das Bett zurück. Meine Mutter stand wohl wieder weinend in der Tür, aber ich sah sie gar nicht. Ich sah sie erst, als sie sich zwischen meinen Vater und mich warf. Sie schlug mit Fäusten auf meinen Vater ein.

Er war völlig von Sinnen. Er prügelte meine Mutter auf den Flur. Ich hatte plötzlich mehr Angst um meine Mutter als um mich. Ich ging hinterher. Meine Mutter versuchte ins Badezimmer zu fliehen und die Tür vor ihm zuzumachen. Aber mein Vater hielt sie an den Haaren fest. In der Badewanne war wie an jedem Abend Wäsche eingeweicht. Denn zu einer Waschmaschine hatte es bisher bei uns nicht gereicht. Mein Vater stieß den Kopf meiner Mutter in die volle Badewanne. Irgendwie kam sie wieder frei. Ich weiß nicht, ob mein Vater sie losließ oder ob sie sich selbst befreite.

Mein Vater verschwand leichenblass im Wohnzimmer. Meine Mutter ging zur Garderobe und zog sich den Mantel an. Ohne ein Wort zu sagen, ging sie aus der Wohnung.

Das war wohl einer der schrecklichsten Momente in meinem Leben, als meine Mutter einfach, ohne ein Wort zu sagen, aus der Wohnung ging und uns alleinließ. Im ersten Moment dachte ich nur, nun kommt er wieder und schlägt weiter. Aber im Wohnzimmer blieb es ruhig bis auf den Fernseher, der lief.

Ich holte meine Schwester zu mir ins Bett. Wir umklammerten uns. Meine Schwester musste pinkeln. Sie traute sich nicht ins Badezimmer und zitterte. Sie traute sich aber auch nicht, ins Bett zu machen, denn darauf stand Prügel. Irgendwann habe ich sie an die Hand genommen und ins Badezimmer gebracht. Mein Vater sagte aus dem Wohnzimmer »Gute Nacht« zu uns.

Am nächsten Morgen weckte uns niemand. Wir gingen nicht zur Schule. Irgendwann vormittags kam meine Mutter zurück. Sie sagte kaum ein Wort. Sie packte ein paar Sachen von uns zusammen, steckte Peter, den Kater, in eine Tasche und sagte mir, ich solle Ajax an die Leine nehmen. Dann sind wir zur U-Bahn. Die nächsten Tage haben wir bei einer Arbeitskollegin meiner Mutter in einer kleinen Wohnung gewohnt. Meine Mutter erklärte uns, dass sie sich scheiden lassen wolle.

Die Wohnung der Arbeitskollegin war zu klein für meine Mutter, meine Schwester, Ajax, Peter und mich. Die Kollegin jedenfalls tat nach ein paar Tagen ganz schön genervt. Da packte meine Mutter wieder die paar Sachen, wir nahmen die Tiere und fuhren zurück zur Gropiusstadt.

Mein Vater kam in die Wohnung, als meine Schwester und ich gerade in der Badewanne saßen. Er ging zu uns in das Badezimmer und sagte in so ganz normalen Ton, so, als wäre überhaupt nichts los: »Warum seid ihr denn weggegangen? Ihr habt es doch wirklich nicht nötig, bei fremden Leuten zu schlafen. Wir drei hätten es uns schon schön gemacht.« Meine Schwester und ich sahen uns nur blöd an. Mein Vater tat an dem Abend so, als ob er meine Mutter gar nicht sähe. Dann guckte er auch an uns vorbei, als wären wir gar nicht da. Und er sagte auch kein Wort mehr zu uns. Das war irgendwie schlimmer als die Schläge.

Mein Vater schlug mich nie wieder. Aber dass er jetzt so tat, als gehöre er gar nicht mehr zu uns, war schrecklich. Jetzt spürte ich erst richtig, dass er mein Vater war. Ich hatte ihn ja nie gehasst, sondern nur Angst vor ihm gehabt. Ich war auch immer stolz auf ihn gewesen. Weil er tierlieb war, und weil er ein so starkes Auto hatte, seinen 62er Porsche. Nun war er irgendwie nicht mehr unser Vater, obwohl er noch mit uns in der kleinen Wohnung wohnte. Dann passierte noch etwas sehr Schlimmes: Ajax, meine Dogge, bekam einen Bauchhöhlendurchbruch und starb. Es war niemand da, der mich tröstete. Meine Mutter war ganz mit sich und der Scheidung beschäftigt. Sie weinte viel und lachte überhaupt nicht mehr. Ich fühlte mich sehr einsam.

Als es eines Abends klingelte und ich die Tür aufmachte, war es Klaus, ein Freund meines Vaters. Klaus wollte meinen Vater zu einer Kneiptour abholen. Aber der war schon los.

Meine Mutter bat den Typen rein. Er war viel jünger als mein Vater. So Anfang zwanzig. Und dieser Klaus fragte dann meine Mutter plötzlich, ob sie nicht mit ihm essen gehen wolle. Meine Mutter sagte sofort: »Ja, warum nicht.« Sie zog sich um, ging mit dem Mann los und ließ uns allein.

Andere Kinder wären vielleicht sauer gewesen, hätten Angst um ihre Mutter gehabt. Ich hatte wohl für einen Moment auch solche Gefühle. Aber dann freute ich mich ehrlich für meine Mutter. Sie hatte richtig fröhlich ausgesehen, als sie gegangen war, auch wenn sie das nicht so gezeigt hatte. Meine Schwester fühlte ähnlich wie ich und sagte: »Mutti hat sich richtig gefreut.«

Klaus kam nun öfter vorbei, wenn mein Vater nicht da war. Es war ein Sonntag, das weiß ich noch genau, da schickte mich meine Mutter die Mülleimer runterbringen. Als ich wieder raufkam, war ich ganz leise. Vielleicht war ich absichtlich sehr leise. Als ich in das Wohnzimmer guckte, da sah ich, dass dieser Klaus meine Mutter küsste.

Mir war ganz komisch. Ich schlich in mein Zimmer. Die beiden hatten mich nicht gesehen. Und ich sprach mit niemandem darüber, was ich gesehen hatte. Auch mit meiner Schwester nicht, vor der ich sonst kein Geheimnis hatte.

Der Mann, der jetzt immer kam, wurde mir unheimlich. Aber er war nett zu uns. Er war vor allem sehr nett zu meiner Mutter. Sie lachte wieder und weinte überhaupt nicht mehr. Sie fing auch wieder an zu träumen. Sie redete von dem Zimmer, das meine Schwester und ich bekommen sollten, wenn wir mit Klaus in eine neue Wohnung ziehen würden. Aber noch hatten wir die Wohnung nicht. Und mein Vater zog bei uns nicht aus. Auch nicht, als die beiden endlich geschieden waren. Meine Eltern schliefen im Ehebett und hassten sich. Und wir hatten immer noch kein Geld.

Und als wir endlich eine Wohnung hatten, eine U-Bahnstation weiter, in Rudow, da lief auch nicht alles so ideal. Klaus war nun fast immer da und er war irgendwie im Weg. Er war eigentlich noch immer nett. Aber er war einfach zwischen meiner Mutter und mir. Ich akzeptierte ihn innerlich nicht. Ich wollte mir von diesem Mann, der Anfang zwanzig war, nichts sagen lassen. Ich reagierte immer aggressiver auf ihn.

Wir bekamen dann auch Krach miteinander. Wegen Kleinigkeiten. Ich provozierte manchmal diesen Krach. Meistens ging es ums Plattenspielen. Meine Mutter hatte mir zum 11. Geburtstag einen Plattenspieler, so eine kleine Funzel, gekauft und ich hatte ein paar Platten, Disco-Sound, Teenie-Musik. Und abends legte ich mir dann eine Scheibe auf und drehte die Funzel so weit auf, dass es zum Ohrenzerreißen war. Eines Abends kam Klaus in das Kinderzimmer und sagte, ich solle den Plattenspieler leiser stellen. Ich tat das nicht. Er kam wieder und riss den Arm von der Platte. Ich legte ihn wieder auf und stellte mich so vor den Plattenspieler, dass er nicht drankam. Da fasste er mich an und schubste mich weg. Als dieser Mann mich anfasste, flippte ich aus.

Wenn wir diese Kräche hatten, stellte sich meine Mutter meistens vorsichtig auf meine Seite. Das war auch wieder blöd, denn dann wuchs sich das zu einem Streit zwischen Klaus und meiner Mutter aus und ich fühlte mich irgendwie schuldig. Es war jemand zu viel in der Wohnung.

Nicht, dass es gelegentlich Krach gab, war das Schlimme. Schlimm war es, wenn alles ruhig war zu Hause, wenn wir alle im Wohnzimmer saßen und Klaus in einer Illustrierten blätterte oder am Fernseher rumschaltete, wenn meine Mutter versuchte, mal mit uns zu reden und mal mit ihrem Freund, und keiner richtig reagierte. Dann war es einfach unheimlich ungemütlich. Meine Schwester und ich merkten, dass wir zu viele im Wohnzimmer waren. Und wenn wir sagten, wir wollten noch mal raus, widersprach keiner. Zumindest Klaus, schien es uns, war richtig froh, wenn wir draußen waren. Deshalb blieben wir auch so oft und so lange wie möglich weg.

Nachträglich gesehen mache ich dem Klaus gar keine Vorwürfe. Er war eben erst Anfang zwanzig. Er wusste nicht, was eine Familie war. Er checkte nicht richtig, wie sehr unsere Mutter an uns und wir an unserer Mutter hingen. Dass wir eigentlich meine Mutter ganz brauchten in der kurzen Zeit, die wir sie abends und an Wochenenden sahen. Er war wahrscheinlich eifersüchtig auf uns und wir bestimmt auf ihn. Meine Mutter wollte für uns da sein und ihren Freund nicht verlieren und war wieder überfordert.

Ich reagierte laut und aggressiv auf diese Situation. Meine Schwester aber wurde immer stiller und litt. Sie wusste sicherlich selber nicht genau, worunter sie litt. Aber sie sprach öfter davon, dass sie zu meinem Vater ziehen wollte. Das war für mich eine ganz verrückte Idee, nach all dem, was wir mit meinem Vater durchgemacht hatten. Aber nun bot er uns tatsächlich an, zu ihm zu kommen. Er war wie ausgewechselt, seit er von uns weg war. Er hatte eine junge Freundin. Und er schien immer guter Laune zu sein, wenn wir ihn trafen. Er tat unheimlich nett. Und er war es eigentlich auch. Er schenkte mir wieder eine Dogge, eine Hündin.

Ich wurde zwölf, bekam ein bisschen Busen und begann mich auf eine ganz komische Art für Jungen und Männer zu interessieren. Das waren für mich seltsame Wesen. Sie waren alle brutal. Die älteren Jungen auf der Straße genauso wie mein Vater und auf seine Art auch Klaus. Ich hatte Angst vor ihnen. Aber sie faszinierten mich auch. Sie waren stark und hatten Macht. Sie waren so, wie ich gern gewesen wäre. Ihre Macht, ihre Stärke jedenfalls zogen mich an.

Ich begann, gelegentlich mein Haar zu föhnen. Ich schnitt mir die Haare mit der Nagelschere vorn etwas kürzer und kämmte sie zur Seite. Ich machte mit meinen Haaren rum, weil man mir manchmal sagte, ich hätte so schönes langes Haar. Ich wollte nicht mehr die albernen karierten Kinderhosen tragen, sondern Jeans haben. Ich bekam Jeans. Ich wollte unbedingt hochhackige Schuhe. Meine Mutter gab mir ein altes Paar von sich.

Mit meinen Jeans und hochhackig lief ich fast jeden Abend bis zehn durch die Straßen. Ich fühlte mich zu Hause rausgeekelt. Aber ich fand die Freiheit, die ich hatte, auch toll. Vielleicht genoss ich es sogar, mich mit Klaus herumzustreiten. Es gab mir ein Gefühl von Stärke, mich mit einem Erwachsenen zu streiten.

Meine Schwester ertrug das alles nicht. Sie tat das für mich Unfassbare. Sie zog zu meinem Vater. Sie verließ meine Mutter und vor allem mich. Ich war nun noch etwas einsamer. Für meine Mutter aber war das ein ungeheurer Schlag. Sie weinte wieder. Sie stand da zwischen ihren Kindern und ihrem Freund und wurde wieder mit dem Problem nicht fertig.

Ich dachte, meine Schwester würde schnell wieder zurückkommen. Aber ihr gefiel es gut beim Vater. Sie bekam Taschengeld. Er bezahlte ihr die Reitstunden und schenkte ihr eine richtige Reithose. Für mich war das ganz schön hart. Ich musste mir die Reitstunden weiter mit Stallarbeiten verdienen. Aber das klappte nicht immer und meine Schwester mit ihren schicken Reithosen konnte bald besser reiten als ich.

Ich bekam dann aber eine Entschädigung. Mein Vater lud mich zu einer Reise nach Spanien ein. Ich hatte ein sehr gutes Zeugnis am Ende der 6. Klasse bekommen und war für das Gymnasium vorgeschlagen. Ich wurde bei der Gesamtschule in Gropiusstadt angemeldet. Bevor also ein neuer Lebensabschnitt begann, der mit dem Abitur enden sollte, flog ich mit meinem Vater und dessen Freundin nach Spanien, nach Torremolinos. Es wurde ein astreiner Urlaub. Mein Vater war prima. Ich merkte, dass er mich auf eine Art auch liebte. Er behandelte mich jetzt fast wie eine Erwachsene. Ich durfte sogar abends mit ihm und seiner Freundin noch ausgehen.

Er war richtig vernünftig geworden. Er hatte jetzt auch gleichaltrige Freunde und allen hatte er erzählt, dass er schon verheiratet gewesen war. Ich musste ihn nicht mehr Onkel Richard nennen. Ich war seine Tochter. Und er schien richtig stolz darauf, dass ich seine Tochter war. Allerdings, typisch für ihn: Er hatte den Urlaub so gelegt, wie es ihm und seinen Freunden am besten passte. Ans Ende meiner Ferien. Und ich kam gleich zwei Wochen zu spät in meine neue Schule. Ich begann also gleich mit Schulschwänzen.

Ich kam mir dann sehr fremd vor in der neuen Schule. In der Klasse hatten sich schon Freundschaften und Cliquen gebildet. Ich saß allein. Das Wichtigste aber war: In den zwei Wochen, die ich noch in Spanien gewesen war, hatte man den anderen das System der Gesamtschule erklärt, das ja ziemlich kompliziert ist, wenn man von der Grundschule kommt. Den anderen war geholfen worden bei der Auswahl der Kurse, die sie belegten. Ich stand jetzt ziemlich allein da. Ich hatte überhaupt keinen Durchblick in dieser Schule. Ich sollte ihn auch nie bekommen. Es gab ja keinen Klassenlehrer mehr wie in der Grundschule, der sich um die einzelnen Schüler kümmern konnte. Jeder Lehrer unterrichtete ein paar Hundert Schüler in verschiedenen Klassen und Kursen. Wenn man auf der Gesamtschule Abitur machen will, dann muss man schon selber wissen, wo es längsgeht. Da muss man sich freiwillig fürs Lernen entscheiden. Muss was tun, dass man in die Erweiterungskurse kommt. Oder man hat Eltern, die sagen, tu dies, tu das, und Dampf machen. Ich bekam einfach den Durchblick nicht.

Ich fühlte mich nicht anerkannt in der Schule. Die anderen hatten ja diese zwei Wochen Vorsprung. Das ist in einer neuen Schule ein großer Vorsprung. Ich probierte mein Rezept aus der Grundschule auch hier. Ich unterbrach die Lehrer mit Zwischenrufen, ich widersprach. Manchmal, weil ich recht hatte, und manchmal nur so. Ich kämpfte wieder einmal. Gegen die Lehrer und die Schule. Ich wollte Anerkennung.

Der stärkste Typ in unserer Klasse war ein Mädchen. Sie hieß Kessi. Sie hatte schon einen richtigen Busen. Sie sah wenigstens zwei Jahre älter aus als wir anderen und war auch erwachsener. Sie wurde von allen voll anerkannt. Ich bewunderte sie. Mein größter Wunsch war, dass Kessi meine Freundin würde.

Kessi hatte auch einen unheimlich starken Freund. Er ging in die Parallelklasse, war aber schon älter. Milan hieß er. Er war wenigstens 1,70 groß, hatte lange, schwarze, lockige Haare, die bis auf die Schultern gingen. Er trug enge Jeans und sehr schicke Stiefel. Auf Milan standen alle Mädchen. Und Kessi war nicht nur wegen ihres Busens und ihrer erwachsenen Tour voll anerkannt, sondern auch, weil Milan ihr Freund war.

Wir Mädchen hatten damals sehr bestimmte Vorstellungen von einem tollen Jungen. Er durfte nicht in Pluderhosen rumlaufen, sondern musste eben knallenge Jeans anhaben. Jungs mit Turnschuhen fanden wir blöd. Sie mussten irgendwelche modischen Schuhe tragen, am besten hochhackige Stiefel mit Verzierungen. Wir fanden die

Jungs dämlich, die in der Klasse mit Papierkugeln rumschnippten oder mit Apfelresten warfen. Das waren dieselben, die in der Pause auf dem Hof Milch tranken und mit einem Fußball rumbolzten. Stark waren die Jungs, die in der Pause gleich in der Raucherecke verschwanden. Und Bier trinken können mussten sie. Ich weiß noch, wie beeindruckt ich war, als Kessi mir erzählte, der Milan habe unheimlich einen in der Krone gehabt.

Ich dachte immerzu daran, wie ich so werden könnte, dass mich ein Junge wie Milan anquatschen und vielleicht mit mir gehen würde. Oder, und das war eigentlich dasselbe, dass Kessi mich akzeptieren würde. Ich fand schon ihren Spitznamen Kessi unheimlich stark. Ich wollte es so weit bringen, dass ich auch einen starken Spitznamen bekam.

Ich sagte mir, was interessieren dich eigentlich die Lehrer, die du mal für eine Stunde siehst. Warum sollst du denen gefallen. Wichtig ist, dass dich die Leute akzeptieren, mit denen du immer zusammen bist. Ich trieb es dann ziemlich schlimm mit den Lehrern. Ich hatte auch überhaupt keine persönliche Beziehung zu ihnen. Den meisten schien sowieso alles egal zu sein. Sie hatten keine wirkliche Autorität und pöbelten nur rum. Von mir bekamen sie immer volles Rohr. Ich konnte bald die ganze Klasse auf den Kopf stellen und eine Unterrichtsstunde schmeißen. Das brachte mir natürlich Anerkennung.

Ich kratzte alles Geld zusammen, um mir Zigaretten zu kaufen und in die Raucherecke gehen zu können. Kessi ging in jeder Pause in die Raucherecke. Und als ich dann auch immer in die Raucherecke kam, da merkte ich, dass Kessi mich immer mehr akzeptierte.

Wir unterhielten uns jetzt auch nach der Schule miteinander. Sie lud mich schließlich zu sich nach Hause ein und wir tranken Bier zusammen, bis mir ziemlich komisch im Kopf war. Wir unterhielten uns über unser Zuhause. Kessi war es ganz ähnlich gegangen wie mir. Eigentlich kam sie aus einer noch größeren Scheiße.

Kessi war nämlich unehelich. Ihre Mutter wechselte die Freunde öfter. Und die Männer akzeptierten Kessi natürlich nicht. Sie hatte gerade eine schlimme Zeit mit einem ausgeflippten Freund ihrer Mutter hinter sich. Der hatte auch geprügelt und eines Tages die ganze Wohnungseinrichtung demoliert und zum Schluss den Fernseher aus dem Fenster geworfen. Nur Kessis Mutter war anders als meine. Sie versuchte auch, im Gegensatz zu meiner Mutter, sehr streng zu sein. Kessi musste fast jeden Abend vor acht zu Hause sein.

Ich schaffte es dann in der Schule, das heißt, ich schaffte die volle Anerkennung durch meine Mitschüler. Das war ein harter, ständiger Kampf. Für das Lernen blieb kaum Zeit. Der Tag meines Triumphes war, als ich mich neben Kessi setzen durfte. Ich lernte von Kessi das Schuleschwänzen. Wenn sie keinen Bock hatte, dann blieb sie einfach einzelne Stunden weg, um sich mit Milan zu treffen oder sonst was zu tun, was ihr Spaß machte. Erst hatte ich Bammel davor. Dann merkte ich aber schnell, dass es fast nie rauskam, wenn man einzelne Stunden schwänzte. Nur in der ersten Stunde wurde eingetragen, wer fehlte. In den nächsten Stunden hatten die Lehrer ja viel zu viel Schüler, um einen Überblick zu haben, wer nun da war und wer nicht. Vielen war es wohl auch egal.

Kessi ließ sich in dieser Zeit schon von Jungen küssen und streicheln. Und sie ging schon in das »Haus der Mitte«. Das war ein Jugendhaus der evangelischen Kirche mit einer Art Diskothek im Keller, dem »Club«. In den Club durfte man erst mit 14 Jahren. Aber Kessi sah man es ja nicht an, dass sie gerade erst 13 war.

Ich bettelte so lange, bis mir meine Mutter einen Büstenhalter kaufte. Ich brauchte zwar noch keinen. Aber er machte meine Brust größer. Ich fing auch an mich zu schminken. Und dann nahm mich Kessi mit in den Keller, der um fünf Uhr nachmittags aufmachte.

Das Erste, was ich im Keller wirklich sah, war ein Junge aus unserer Schule. Er ging in die 9. Klasse und war mittlerweile für mich der stärkste Typ an unserer Schule. Noch stärker als Milan. Er sah besser aus. Er wirkte vor allem unheimlich selbstbewusst. Im Haus der Mitte bewegte er sich wie ein Star. Man merkte, dass er sich allen anderen überlegen fühlte. Er hieß Piet. Piet gehörte zu einer Gruppe, die immer abseits stand oder saß. Es wirkte jedenfalls so, als gehörten sie nicht zu den anderen Teenies, die da rumhingen. Die ganze Gruppe war wahnsinnig stark. Alle Jungen sahen klasse aus. Sie trugen knallenge Jeans, Stiefel mit unheimlich hohen Sohlen und bestickte Jeansjacken oder so Fantasiejacken aus Teppichen und anderen schönen Stoffen.

Kessi kannte die Jungs und stellte mich ihnen vor. Ich war aufgeregt und fand das ganz toll, dass Kessi mich an diese Jungen ranbringen konnte. Denn alle anderen im Haus der Mitte hatten Ehrfurcht vor dieser Clique. Wir durften uns sogar zu ihnen setzen.

Als ich den nächsten Abend in den Keller kam, hatte die Clique eine riesige Wasserpfeife mitgebracht. Ich wusste zunächst gar nicht, was das war. Kessi erklärte mir, dass die Haschisch rauchten, und sagte mir, dass ich mich dazusetzen dürfe. Ich hatte keine große Ahnung, was Haschisch war. Ich wusste nur, dass es ein Rauschgift war und ungeheuer verboten.

Sie zündeten das Zeug an und ließen den Schlauch rumgehen. Jeder zog an dem Schlauch. Auch Kessi. Ich lehnte ab. Ich wollte eigentlich nicht ablehnen. Denn ich wollte ja zu der Clique gehören. Aber ich brachte das einfach noch nicht: Rauschgift rauchen. Da hatte ich nun doch noch echt Angst.

Ich fühlte mich sehr unsicher. Am liebsten hätte ich mich in Luft aufgelöst. Aber ich konnte ja nicht mal weg von dem Tisch gehen, denn dann hätte das so ausgesehen, als mache ich mit der Clique Schluss, weil Haschisch geraucht wurde. Ich sagte denen dann, dass ich gerade einen Bock auf Bier hätte. Ich sammelte leere Flaschen ein, die überall rumlagen. Für vier leere Flaschen gab es 80 Pfennig oder eine volle Flasche Bier. Ich betrank mich zum ersten Mal in meinem Leben, während die anderen an der Wasserpfeife nuckelten. Sie sprachen über Musik. Über eine Musik, von der ich noch nicht viel verstand. Ich hörte gern Sweet. Ich stand auf die ganzen Teenie-Bopper-Gruppen. Ich konnte also sowieso nicht mitreden, und da war es gut, dass ich betrunken war und nicht so wahnsinnige Minderwertigkeitsgefühle kriegte.

Ich bekam dann schnell mit, was für Musik die stark fanden, und war auch sofort voll drauf auf deren Musik. David Bowie und so. Für mich waren die Jungs selber Stars. Von hinten sahen sie alle original aus wie David Bowie, obwohl sie erst so um die 16 waren.

Die Leute in der Clique waren auf eine für mich ganz neue Art überlegen. Sie waren nicht laut, sie prügelten sich nicht, sie gaben nicht an. Sie waren sehr still. Ihre Überlegenheit schienen sie einfach aus sich selber zu haben. Sie waren auch untereinander unheimlich cool. Da gab es nie Streit. Und jedes Cliquenmitglied wurde, wenn es kam, von jedem mit einem Küsschen auf den Mund empfangen. Die Jungs gaben zwar den Ton an, aber die Mädchen waren akzeptiert. Da gab es jedenfalls nicht diese blöden Kämpfe zwischen Jungen und Mädchen.

Ich schwänzte dann mal wieder mit Kessi die Schule. Die letzten beiden Stunden. Kessi hatte sich mit Milan auf dem U-Bahnhof Wutzkyallee verabredet. Wir lungerten also auf dem U-Bahnhof rum, warteten auf Milan und hielten nach Lehrern Ausschau, die um diese Zeit schon mal auftauchen konnten.

Kessi zündete sich gerade eine Zigarette an, da sah ich Piet und seinen Freund Kathi, auch ein Typ aus der Clique. Das war ein Moment, von dem ich oft geträumt hatte. Ich hatte immer Piet oder einen anderen aus der Clique am Tage treffen wollen. Und dann wollte ich fragen, ob er mit mir nach Hause kommt. Ich wollte bestimmt nichts von dem Jungen. Jungen als Männer interessierten mich eigentlich überhaupt noch nicht. Ich war ja erst 12 und hatte noch nicht mal meine Periode gehabt. Was ich wollte, war: erzählen können, dass der Piet bei mir zu Hause war. Dann hätten die anderen gedacht, ich gehe mit ihm, oder aber doch, dass ich ganz schön dick in dieser coolen Clique drin bin.

Da waren also Piet und Kathi. In unserer Wohnung war zu dieser Zeit niemand, denn meine Mutter und ihr Freund arbeiteten ja tagsüber. Ich sagte also zu Kessi: »Lass uns zu den Jungs gehen und ein bisschen quatschen.« Mir klopfte das Herz. Aber ich fragte Piet schon nach ein paar Minuten richtig selbstbewusst: »Habt ihr nicht Bock, mit zu mir zu kommen? Da ist niemand. Und der Freund meiner Mutter hat ein paar ganz geile Scheiben, Led Zeppelin, David Bowie, Ten Years After, Deep Purple und das Album vom Woodstock Festival.«

Ich hatte schon eine Menge gelernt. Ich kannte nicht nur die Musik, auf die sie standen, ich hatte auch ihre Sprache gelernt. Die war anders, wie alles bei ihnen. Ich hatte mich ganz auf die neuen Ausdrücke konzentriert, die ich von ihnen hörte. Das war mir wichtiger als Englischvokabeln oder Mathematikformeln.

Piet und Kathi waren sofort dabei. Ich freute mich riesig. Ich war ganz selbstbewusst. Zu Hause habe ich gesagt: »Leute, Scheiße, aber ich habe nichts zu trinken.« Da haben wir all unsere Groschen zusammengeworfen und ich bin mit Kathi losgezogen. Wir gingen in den Supermarkt. Bier war zu teuer. Da brauchte man einige Mark, um sich ein bisschen anzutörnen. Wir kauften eine Literflasche Rotwein für 1,98 Mark. Pennerwein nannten sie das.

Wir tranken also die Flasche aus und quatschten. Es ging meistens um die Polizei. Piet sagte, er müsse jetzt höllisch aufpassen vor den Bullen wegen des Dopes. Haschisch nannten sie Dope, das kam aus dem Englischen. Sie schimpften auf die Bullen und sagten, dass dies ein Bullenstaat sei.

Für mich war das alles wahnsinnig neu. Ich kannte bisher eigentlich nur Hauswarte als Autoritätstypen, die man hassen musste, weil sie einem immer im Nacken waren, wenn man Spaß hatte. Polizisten waren für mich noch eine unangreifbare Autorität. Jetzt lernte ich, dass die Hauswartswelt von Gropiusstadt eine Bullenwelt sei. Dass Bullen viel gefährlicher als Hauswarte waren. Was Piet und Kathi sagten, war für mich sowieso die reine und letzte Wahrheit.

Als der Wein alle war, sagte Piet, er habe noch Dope zu Hause. Bei den anderen war großer Jubel. Piet ging über den Balkon raus. Wir wohnten jetzt im Erdgeschoss und ich ging meistens auch über den Balkon. Das fand ich wahnsinnig toll nach den Jahren im elften Stock.

Piet kam mit einer Platte zurück, die war fast so groß wie eine Hand, unterteilt in Grammstücke für 10 Mark. Er holte ein Schillum raus. Das ist ein Holzrohr, etwa 20 Zentimeter lang. Er stopfte oben erst Tabak rein, damit man nicht bis auf das Holz rauchen musste. Dann mischte er Tabak und Hasch und tat die Mischung obendrauf. Zum Rauchen muss man den Kopf zurückbiegen und das Rohr möglichst senkrecht nach oben halten, damit keine Glut rausfällt.

Ich sah genau zu, wie die anderen das machten. Mir war klar, dass ich nun, wo ich Piet und Kathi bei mir zu Hause hatte, nicht Nein sagen konnte. Ich sagte also ganz cool: »Heute habe ich auch Bock auf Dope.« Und ich tat so, als wäre es mein soundsovieltes Schillum.

Wir hatten die Jalousien runtergelassen. In dem Licht, das noch durch die Jalousien kam, waren dicke Qualmwolken. Ich hatte eine Platte von David Bowie aufgelegt und zog an dem Schillum und hielt den Rauch in den Lungen, bis ich einen Hustenanfall kriegte. Alle wurden ganz still. Jeder döste irgendwie vor sich hin und hörte der Musik zu.

Ich wartete, dass mit mir etwas passierte. Ich dachte, jetzt, wo du Rauschgift genommen hast, muss irgendetwas wahnsinnig Neues mit dir passieren. Aber ich merkte eigentlich überhaupt nichts. Ich fühlte mich nur ein bisschen beduselt. Aber das kam eigentlich vom Wein.

Ich wusste noch nicht, dass die meisten beim ersten Mal Haschischrauchen gar nichts bewusst spüren. Man braucht also regelrecht ein bisschen Übung, bis man das Feeling, das Haschisch gibt, bewusst mitkriegt. Alkohol haut da viel mehr rein.

Ich sah, wie Piet und Kessi, die auf dem Sofa saßen, aneinanderrückten. Piet streichelte Kessis Arme. Nach einer Weile standen die beiden auf, gingen in mein Kinderzimmer und machten die Tür zu.

Ich war nun mit Kathi allein. Er setzte sich zu mir auf die Sessellehne und legte mir einen Arm über die Schultern. Ich fand sofort Kathi noch besser als Piet. Ich war ziemlich glücklich, dass Kathi zu mir kam und zeigte, dass er sich für mich interessierte. Ich hatte immer Angst, dass die Jungen mir meine 12 Jahre ansahen und mich als kleines Kind abtaten.

Kathi begann mich zu streicheln. Da wusste ich nicht mehr, ob ich das gut finden sollte. Mir wurde irrsinnig heiß. Ich glaube, vor Angst. Ich saß da wie aus Stein und versuchte irgendetwas über die Platte zu sagen, die gerade lief. Als Kathi mir an den Busen fasste, oder was noch richtiger Busen werden sollte, stand ich auf und ging zum Plattenspieler und fummelte da endlos rum.

Dann kamen auch Piet und Kessi wieder aus meinem Zimmer. Sie sahen ganz seltsam aus. Verstört und irgendwie traurig. Kessi war ganz rot im Gesicht. Die beiden sahen sich überhaupt nicht mehr an. Sie sagten auch kein Wort mehr. Ich fühlte, dass Kessi ein sehr schlechtes Erlebnis gehabt hatte. Dass es ihr jedenfalls bestimmt nichts gebracht hatte. Dass es sehr unbefriedigend für beide gewesen sein musste.

Piet fragte mich schließlich, ob ich abends auch zum Haus der Mitte käme. Das machte mich wieder glücklich. Ich hatte unheimlich viel erreicht. Es war genauso gekommen, wie ich es geträumt hatte. Dass ich Piet und Kathi zu mir nach Hause einlud und dann richtig zur Clique gehörte.

Piet und Kessi gingen über den Balkon nach draußen. Kathi stand noch immer im Zimmer rum. Ich bekam wieder so etwas wie Angst. Ich wollte nicht mit Kathi allein bleiben. Ich sagte ihm ganz direkt, dass ich jetzt aufräumen und dann Schularbeiten machen müsse. Es war mir plötzlich egal, was er dachte. Er ging auch. Ich legte mich in mein Zimmer, sah an die Decke und versuchte, Durchblick zu kriegen.

Echt gut sah Kathi ja aus, aber irgendwie gefiel er mir nicht mehr. Nach anderthalb Stunden klingelte es. Durch den Spion in der Haustür sah ich Kathi. Ich machte nicht auf und schlich mich auf Zehenspitzen in mein Zimmer zurück. Ich hatte wirklich Angst davor, mit dem Typ allein zu sein. In diesem Moment kotzte er mich richtig an und ich selber schämte mich irgendwie. Ich wusste auch nicht warum. Ob wegen des Dope oder wegen Kathi. Aber da war ja wirklich nichts gewesen.

Ich wurde ziemlich traurig. Jetzt, wo ich in die Clique aufgenommen war, dachte ich, dass ich ja eigentlich gar nicht zu denen gehöre. Für Sachen mit Jungs war ich zu jung. Ich wusste jetzt genau, dass ich das nicht bringen würde. Und was sie über Polizei und den Staat und so sagten, das war mir sehr fremd und es war auch nichts, was mich eigentlich direkt anging.

Trotzdem war ich schon um fünf Uhr beim Haus der Mitte. Wir gingen dann nicht in den Club, sondern ins Kino. Ich wollte zwischen Kessi und einem, den ich nicht kannte, sitzen, aber Kathi drängelte sich dazwischen. Als der Film lief, fing er wieder an mich zu streicheln. Irgendwann ging er mir mit der Hand zwischen die Beine. Ich wehrte mich nicht. Ich war richtig gelähmt. Ich hatte wahnsinnige Angst vor irgendetwas. Einmal wollte ich rauslaufen. Dann dachte ich wieder: »Christiane, das ist der Preis dafür, dass du jetzt in dieser Clique bist.« Ich habe alles über mich ergehen lassen und nichts gesagt. Ich hatte ja irgendwo auch die wahnsinnige Hochachtung vor diesem Typen. Nur als er sagte, ich solle ihn auch streicheln, und als er dann noch meine Hand an sich zu ziehen versuchte, da habe ich die Hände auf meinem Schoß ineinander verkrallt.

Ich war irrsinnig froh, als der Film zu Ende war. Ich bin sofort von Kathi weg und zu Kessi. Ich habe ihr alles erzählt und gesagt, dass ich von Kathi nichts mehr wissen wolle. Kessi hat es ihm bestimmt gesagt, denn etwas später kam raus, dass sie unheimlich in Kathi verknallt war. Da fing sie im Club an zu heulen, weil Kathi sie nicht mehr beachtete als die anderen Mädchen. Mir erzählte sie das dann mal, wie verknallt sie war und dass ihr immer zum Heulen zu Mute sei, wenn Kathi in der Nähe war.

Trotz der Sache mit Kathi gehörte ich nun zur Clique. Ich war für die anderen zwar die Kleine. Aber ich gehörte dazu. Keiner der Jungen versuchte, mich anzufassen. Es hatte sich wohl rumgesprochen und wurde voll akzeptiert, dass ich mich noch zu jung fühlte, um da irgendwie rumzumachen. Das war eben auch anders als bei den Alkis. Alkis nannten wir die Jugendlichen, die sich mit Bier und Schnaps antörnten. Bei denen wurden Mädchen unheimlich brutal behandelt, die sich zierten. Über diese Mädchen machte man sich lustig, die wurden beleidigt und waren unterdurch. Bei uns gab es überhaupt keine Brutalität. Wir akzeptierten uns gegenseitig, so wie wir waren. Wir waren ja irgendwie auch alle gleich oder doch auf demselben Trip. Wir verstanden uns ohne viel Gequatsche. Aus der Clique wurde nie jemand laut oder unflätig. Uns ging das Gelabere der anderen nicht viel an. Wir fühlten uns erhaben.

Außer Piet, Kessi und mir gingen schon alle zur Arbeit. Es war bei allen ähnlich. Ihnen stank es zu Hause und bei der Arbeit. Anders als die Alkis, die ihren Stress noch im Club mit sich rumtrugen und aggressiv waren, konnten die Typen in unserer Clique total abschalten. Sie schmissen sich nach Feierabend in ihre geilen Sachen, rauchten Dope, hörten coole Musik und es war der totale Frieden. Da vergaßen wir die ganze Scheiße, durch die wir den übrigen Tag draußen gehen mussten.

Ich fühlte mich noch nicht genauso wie die anderen. Dazu, glaubte ich, sei ich noch zu jung. Aber die anderen waren meine Vorbilder. Ich wollte möglichst so sein wie sie oder so werden. Von ihnen wollte ich lernen, weil ich dachte, sie wüssten, wie man cool lebt und sich von all den Arschlöchern und der ganzen Scheiße nicht anmachen lässt. Von Eltern und Lehrern ließ ich mir sowieso nichts mehr sagen. Für mich war die Clique nun alles, was in meinem Leben wichtig war – außer meinen Tieren.

Dass ich so total in diese Clique reinflippte, hatte Gründe auch bei mir zu Hause. Da wurde es mittlerweile unerträglich. Das Unerträglichste war, dass Klaus, der Freund meiner Mutter, ein echter Tierfeind war. Das glaubte ich jedenfalls damals. Es fing an damit, dass Klaus ständig rumlaberte, das ginge nicht mit all den Viechern in einer so kleinen Wohnung. Dann verbot er meiner neuen Dogge, die ich von meinem Vater bekommen hatte, im Wohnzimmer zu liegen.

Da rastete ich schon aus. Unsere Hunde hatten immer zur Familie gehört. Die waren behandelt worden wie alle anderen Familienmitglieder. Und nun kam dieser Kerl und sagte, die Dogge dürfe nicht ins Wohnzimmer. Es kam aber noch bunter. Er wollte mir auch verbieten, dass der Hund neben meinem Bett schläft. Ich sollte dann allen Ernstes in meinem winzigen Zimmer einen Verschlag für die Dogge bauen. Das machte ich natürlich nicht.

Dann hatte der Klaus seinen endgültigen Auftritt. Er erklärte, die Tiere müssten aus dem Haus. Meine Mutter stand ihm noch bei und meinte, ich kümmerte mich nicht mehr um die Tiere. Das fand ich das Letzte. Sicher war ich jetzt abends oft nicht zu Hause und da musste einer von den beiden noch mal mit dem Hund raus. Aber sonst, meinte ich, kümmerte ich mich jede freie Minute um den Hund und die anderen Tiere.

Mir half kein Drohen, kein Schreien und kein Heulen. Mein Hund wurde weggegeben. Er kam zu einer Frau, die ich noch ganz in Ordnung fand, die mochte ihn wirklich. Aber die Frau bekam dann gleich Krebs und musste den Hund weggeben. Ich hörte, er sei in eine Kneipe gekommen. Er war ein wahnsinnig sensibles Tier, das bei jedem Krach durchdrehte. Ich wusste, in einer Kneipe würde mein Hund kaputtgehen. Ich machte Klaus und meine Mutter dafür verantwortlich. Ich wollte nichts mehr mit Leuten zu tun haben, die so tierfeindlich waren.

Das war alles in der Zeit, in der ich begann zum Haus der Mitte zu gehen und die ersten Male Haschisch rauchte. Zwei Katzen waren mir geblieben. Aber die brauchten mich tagsüber nicht. Nachts schliefen sie in meinem Bett. Nachdem der Hund weg war, gab es für mich keinen Grund mehr, zu Hause zu sein. Ich hatte da keine Aufgabe mehr. Ich mochte auch allein nicht mehr spazieren gehen. Ich wartete nur darauf, dass es fünf wurde und der Club im Haus der Mitte aufmachte. Manchmal verbrachte ich auch die Nachmittage schon mit Kessi und anderen aus der Clique.

Ich rauchte jeden Abend. Diejenigen, die in der Clique Geld hatten, gaben den anderen was ab. Ich fand auch nichts mehr dabei, Haschisch zu rauchen. Wir machten das ja ganz offen im Haus der Mitte. Die Sozialarbeiter von der Kirche, die im Club aufpassten, quatschten uns gelegentlich an, wenn wir rauchten. Da gab es verschiedene Typen. Aber die meisten gaben gleich zu, dass sie auch schon geraucht hätten. Die kamen von der Universität, aus der Studentenbewegung, und da war wohl Haschischrauchen was ganz Normales gewesen. Und diese Typen sagten dann nur, wir sollten das nicht übertreiben und das nicht als Fluchtmittel gebrauchen und so etwas. Vor allem sollten wir nicht auf harte Drogen umsteigen.

Das ging bei uns zum einen Ohr rein und zum anderen wieder

raus. Was laberten die Typen auch, wo sie zugaben, selber zu rauchen. Einer von uns sagte so einem jungschen Typ mal: »Ihr glaubt wohl, wenn Studenten kiffen, dann ist das O.K. Die haben den Durchblick. Aber wenn Lehrlinge oder Arbeiter kiffen, dann ist das gefährlich. Solche Argumente laufen bei uns nicht.« Der Typ wusste nicht, was er antworten sollte. Der hatte ein richtig schlechtes Gewissen.

Ich rauchte nicht nur, ich trank auch Wein und Bier, wenn ich kein Dope hatte. Das fing schon an, wenn ich aus der Schule kam, oder auch schon vormittags, wenn ich die Schule schwänzte. Ich musste mich immer irgendwie antörnen. Ich war ständig im totalen Tran. Das wollte ich auch, um ja nicht mit dem ganzen Dreck in der Schule und zu Hause konfrontiert zu werden. Die Schule war mir ohnehin vollkommen egal. Ich sackte ganz schnell von zwei auf vier bis fünf im Durchschnitt.

Ich veränderte mich auch äußerlich total. Ich wurde irrsinnig mager, weil ich kaum noch was aß. Alle Hosen waren mir viel zu weit. Mein Gesicht fiel völlig ein. Ich stand viel vor dem Spiegel. Es gefiel mir, wie ich mich veränderte. Ich sah immer mehr so aus wie die anderen aus der Clique. Mein unschuldiges Kindergesicht war endlich weg.

Ich war total fixiert auf mein Aussehen. Meine Mutter musste mir hochhackige Schuhe kaufen und hautenge Hosen. Ich machte mir einen Mittelscheitel und kämmte die Haare ins Gesicht. Ich wollte geheimnisvoll aussehen. Niemand sollte mich durchschauen. Es sollte niemand merken, dass ich gar nicht die coole Braut war, die ich sein wollte.

Eines Abends fragte mich Piet im Club, ob ich eigentlich schon mal 'nen Trip geworfen hätte. Ich sagte: »Na klar, Alter.« Ich hatte schon viel von LSD gehört, das sie Pille oder Trip nannten. Ich hatte oft gehört, wenn jemand von seinem letzten Trip erzählte. Als Piet grinste und ich merkte, dass er mir nicht glaubte, dass ich schon einen

Trip geschmissen hatte, fing ich an zu spinnen. Ich klaubte zusammen, was ich von den Erzählungen der anderen behalten hatte, und fantasierte daraus meinen Trip zusammen. Ich merkte, dass Piet mir immer noch nicht glaubte. Ihm konnte man eben nichts vormachen. Ich hatte das auch schlecht gebracht und schämte mich regelrecht.

Piet sagte: »Wenn du mal probieren willst. Samstag habe ich echt gute Trips. Du kannst was abhaben.«

Ich freute mich auf den Samstag. Ich dachte, wenn ich erst wirklich auf Pille gewesen sei, dann gehörte ich total zu den anderen. Als ich zum Haus der Mitte kam, hatte Kessi ihren Trip schon geschmissen. Piet sagte: »Wenn du wirklich willst, ich gebe dir 'ne halbe. Das reicht fürs Erste.« Piet gab mir ein Klümpchen Zigarettenpapier, in das ein Pillenkrümel eingepackt war. Ich konnte das nicht vor den anderen so reinschmeißen. Ich war wahnsinnig aufgeregt. Ich hatte auch irgendwie Angst, entdeckt zu werden. Außerdem wollte ich es irgendwie feierlich machen. Ich ging also auf die Toilette, schloss mich ein und schluckte den Krümel.

Als ich wiederkam, meinte Piet, ich hätte die Pille ins Klo geschmissen. Ich wartete ungeduldig darauf, dass mit mir was passierte, damit die anderen glaubten, dass ich die Pille geschluckt hatte.

Als um zehn Uhr der Club im Haus der Mitte zumachte, merkte ich noch nichts. Ich ging mit Piet zum U-Bahnhof. Auf dem Bahnhof trafen wir zwei Freunde von Piet, Frank und Pauli. Sie waren im Partnerlook. Sie wirkten ungeheuer ruhig. Ich mochte sie. Piet sagte mir: »Die sind auf H*.« Also auf Heroin. Mir machte das im Moment keinen Eindruck. Ich hatte mit mir und der Pille zu tun, die allmählich wirkte.

Als wir in die U-Bahn stiegen und die U-Bahn dann losfuhr, flippte ich fast aus. Es war der reine Wahnsinn. Ich glaubte, ich wäre in einer Blechdose, in der einer mit einem Riesenlöffel rumrührt. Der

* H = aus dem Englischen, gesprochen ›Äitsch‹.

Krach dieser U-Bahn im Tunnel war Wahnsinn. Ich dachte, diesen Krach könne ich nicht aushalten. Die Leute in der U-Bahn hatten furchtbare Fratzen. Das heißt, eigentlich sahen sie aus wie immer, diese Spießer. Nur dass man in ihren Gesichtern jetzt noch viel deutlicher sah, was für ekelhafte Spießer das waren. Ich stellte mir vor, dass diese fetten Spießer jetzt aus irgendeiner Scheißkneipe oder von irgendeiner Scheißarbeit kamen. Dann gingen diese Schweinsgesichter ins Bett und dann wieder zur Arbeit und dann sahen sie fern. Ich dachte: Du kannst froh sein, dass du anders bist. Dass du die Clique hast. Dass du jetzt auf Pille bist und den Durchblick hast und siehst, was für Scheißspießer in der U-Bahn sind. So ungefähr dachte ich. Auch auf späteren Trips. Dann bekam ich Angst vor den Fratzen. Ich sah Piet an. Der war auch irgendwie hässlicher als sonst. Sein Gesicht war ganz klein im Gegensatz zu den Schweinsgesichtern. Aber er sah irgendwie noch normal aus.

Als wir in Rudow ausstiegen, war ich froh. Nun kam ich echt gut drauf. Alle Lichter waren wahnsinnig hell. Eine Straßenlampe über uns war heller, als ich die Sonne je gesehen hatte. In der U-Bahn hatte ich gefroren. Nun wurde mir richtig heiß. Ich dachte, ich sei irgendwo in Spanien und nicht in Berlin. Es war wie auf einem der schönen Plakate, die im Reisebüro der Gropiusstadt hingen. Die Bäume waren Palmen und die Straße Strand. Es war wahnsinnig hell. Ich sagte Piet nicht, dass ich drauf war. Ich wollte irgendwie allein sein auf diesem tierisch coolen Trip.

Piet, der ja auch drauf war, sagte, wir könnten noch zu seiner Freundin gehen, wenn ihre Eltern nicht da seien. Er hatte eine Freundin, die er sehr liebte. Wir gingen in die Tiefgarage vom Haus seiner Freundin. Er wollte sehen, ob das Auto der Eltern da war. In der Garage kam ich ein bisschen auf Horror. Die niedrige Decke kam immer weiter runter. Sie bog sich richtig durch. Die Betonsäulen schwankten hin und her. Der Wagen der Eltern war da.

Piet sagte: »Mann, ist das eine verdammte Garage hier.« Und dann dachte er wohl plötzlich, dass er allein drauf war, und fragte mich: »Na, wo hast du die Pille denn vorhin hingeschmissen?« Er sah mich an und sagte nach einer Weile: »Mensch, Mädchen, ich will ja nichts gesagt haben. Du hast ja Pupillen wie Saugnäpfe.«

Draußen war es wieder schön. Ich setzte mich ins Gras. Eine Hauswand war so orange, als spiegelte sich gerade die aufgehende Sonne in ihr. Die Schatten bewegten sich, als ob sie überall dem Licht Platz machen wollten. Die Hauswand wölbte sich und schien plötzlich in Flammen aufzugehen.

Wir gingen zu Piet nach Hause. Piet konnte unheimlich stark malen. In seinem Zimmer hing ein Bild von ihm. Da war ein unheimlich fettes Pferd drauf. Auf dem Pferd saß ein Skelett mit einer Sichel. Ich fuhr auf das Bild ab. Ich hatte es schon vorher ein paar Mal gesehen und nur gedacht, das sei der Tod. Nun erschreckte mich die Zeichnung überhaupt nicht. Ich hatte ganz naive Gedanken. Ich dachte, das Skelett kann diesen starken Gaul niemals beherrschen. Es hat schon die Gewalt über das Pferd verloren. Wir quatschten lange über das Bild. Piet gab mir dann noch ein paar Platten mit. Er sagte: »Das sind ungeheuer geile Abfahrten auf Trip und so.« Ich ging nach Hause.

Meine Mutter war natürlich noch wach. Es gab das übliche Gelabere. Wo ich gewesen sei. Das gehe nicht so weiter. Und überhaupt. Meine Mutter kam mir unheimlich lächerlich vor. Dick und fett in ihrem weißen Nachthemd, das Gesicht ganz verzerrt vor Wut. Wie die Spießer in der U-Bahn.

Ich sagte kein Wort. Ich redete sowieso nicht mehr mit ihr. Jedenfalls nur noch das Notwendigste und Belangloseste. Ich wollte von ihr keine Zärtlichkeit und keine Berührung. Ich bildete mir – jedenfalls manchmal – ein, ich brauche keine Mutter und keine Familie mehr.

Meine Mutter mit ihrem Freund und ich, wir lebten ja mittlerweile auch in ganz verschiedenen Welten. Sie hatten nicht die geringste Ahnung von dem, was ich machte. Sie dachten wohl, ich sei ein ganz normales Kind, das eben in die Pubertät gekommen ist. Was hätte ich ihnen auch erzählen können? Die hätten ja doch nichts begriffen. Allenfalls verboten hätten sie. Dachte ich. Meine Mutter tat mir höchstens noch leid. Wie sie total gestresst von der Arbeit kam und sich auf den Haushalt stürzte. Aber ich dachte, die Alte hat ja selber Schuld, wenn sie so ein Spießerleben führt.

Christianes Mutter

Ich habe mich oft gefragt, wieso ich nicht früher gemerkt habe, was mit Christiane los ist. Die Antwort ist einfach, doch ich konnte sie erst nach Gesprächen mit anderen Eltern ertragen, denen es mit ihren Kindern ähnlich ging: Ich wollte einfach nicht wahrhaben, dass meine Tochter rauschgiftsüchtig ist. Ich habe mir so lange wie möglich etwas vorgemacht.

Mein Freund, mit dem ich seit der Scheidung von meinem Mann zusammenlebe, hatte schon frühzeitig einen Verdacht. Ich habe dann immer nur gesagt: »Was du dir bloß einredest. Sie ist ja noch ein Kind.« Das ist wahrscheinlich der größte Fehler, sich einzubilden, die Kinder seien noch nicht so weit. Als Christiane anfing, sich zu isolieren, als sie immer häufiger den Kontakt zur Familie mied und an den Wochenenden lieber mit Freunden loszog, anstatt mit uns etwas zu unternehmen, da hätte ich nachhaken müssen mit »warum« und »weshalb«. Ich habe zu vieles auf die leichte Schulter genommen.

Wenn man berufstätig ist, achtet man wahrscheinlich nicht sorgfältig genug auf seine Kinder. Da will man selber seine Ruhe haben und ist ganz froh, wenn die Kinder ihre eigenen Wege gehen. Sicher, manchmal kam Christiane zu spät nach Hause. Doch sie hatte immer Ausreden parat und ich habe sie ihr allzu bereitwillig geglaubt. Ich hielt solche Unregelmäßigkeiten ebenso wie ihr mitunter recht widerspenstiges Gehabe für eine ganz normale Entwicklungsphase und dachte, das geht vorüber.

Ich wollte Christiane zu nichts zwingen. Damit hatte ich am eigenen Leib die schlimmsten Erfahrungen gemacht. Mein Vater war überaus streng. In dem hessischen Dorf, in dem ich aufwuchs, war er als Stein-

bruchbesitzer ein geachteter Mann. Doch seine Erziehung bestand nur aus Verboten. Über Jungen durfte ich nicht einmal reden, sonst setzte es Ohrfeigen.

Ich erinnere mich noch genau an einen Sonntagnachmittagsspaziergang mit einer Freundin. Weit mehr als hundert Meter hinter uns gingen zwei junge Männer. Da kam mein Vater zufällig vom Fußballplatz vorbei, hielt an und klatschte mir eine auf der Straße. Er zerrte mich in sein Auto und nahm mich mit nach Hause. Nur weil hinter uns die jungen Männer gingen. Das hat mich sehr bockig gemacht. Sechzehn Jahre war ich damals und ich habe gedacht: Wie kommst du hier bloß raus?

Meine Mutter, ein herzensguter Mensch, hatte nichts zu sagen. Ich durfte nicht einmal meinen Berufswunsch verwirklichen und Hebamme werden. Mein Vater bestand darauf, dass ich einen kaufmännischen Beruf erlerne, um ihm die Buchführung machen zu können. Zu dieser Zeit lernte ich Richard kennen, meinen späteren Mann. Er war ein Jahr älter als ich und machte eine Lehre als Landwirt. Er sollte Gutsverwalter werden. Auch auf Wunsch seines Vaters. Anfangs war es nur eine Freundschaft zwischen uns. Doch je mehr mein Vater unternahm, um sie kaputt zu machen, umso dickköpfiger wurde ich. Ich sah nur einen Ausweg: schwanger zu werden, um heiraten zu müssen und um so endlich meine Freiheit zu haben.

Mit achtzehn Jahren war es so weit. Richard brach sofort seine Lehre ab und wir zogen nach Norddeutschland in den Ort, wo seine Eltern wohnten. Die Ehe war ein einziges Fiasko, von Anfang an. Schon während der Schwangerschaft konnte ich nicht mit meinem Mann rechnen, er ließ mich nächtelang alleine. Er hatte nur seinen Porsche und hochfliegende Pläne im Kopf. Keine Arbeit war ihm recht. Er wollte unbedingt etwas Besseres sein und bei anderen Leuten etwas gelten. Er sprach gern davon, dass seine Familie vor dem Krieg auch etwas dargestellt habe. Seine Großeltern besaßen in Ostdeutschland eine Tageszeitung, ein Juweliergeschäft und eine Metzgerei. Und Landbesitz hatten sie auch noch.

Das war wohl sein Maßstab. Er wollte sich unbedingt selbstständig machen, wollte Unternehmer werden wie seine Vorfahren. Mal träumte er davon, eine Spedition zu gründen, mal wollte er einen Autohandel aufmachen, mal mit einem Bekannten ein Garten- und Landschaftsbau-Unternehmen gründen. Tatsächlich kam er nie über Anfangskontakte hinaus. Seinen Ärger ließ er zu Hause an den Kindern aus, und wenn ich dazwischenging, wurden die Auseinandersetzungen sogar recht handgreiflich.

Das Geld, das wir zum Leben brauchten, habe hauptsächlich ich verdient. Als Christiane vier Jahre alt war, bekam ich einen sehr guten Job in einer Ehevermittlung. Wenn am Wochenende Verträge abzuschließen waren, half Richard mit. Das ging zwei Jahre einigermaßen gut. Dann legte sich Richard mit dem Chef an und ich verlor den Job. Richard wollte jetzt selber ein Eheinstitut im großen Stil eröffnen. Als Firmenwohnsitz wählte er Berlin.

1968 zogen wir um. Mit dem Ortswechsel hoffte ich auch auf einen Neubeginn unserer Ehe. Doch statt in repräsentativen Wohn- und Geschäftsräumen landeten wir in zweieinhalb Zimmern in der Gropiusstadt am Rande von Berlin. Richard hatte das notwendige Startkapital nicht auftreiben können. Alles war wieder beim Alten. Richard ließ seine Wut an mir und den Kindern aus und jobbte bestenfalls einmal als Kaufmann. Er konnte sich einfach nicht damit abfinden, auch einer dieser kleinen Leute zu sein, die in Gropiusstadt wohnen.

Ich dachte häufig an Scheidung, hatte aber nicht den Mut dazu. Was ich an Selbstbewusstsein vor meinem Vater gerettet hatte, zertrümmerte mir mein Mann.

Zum Glück bekam ich in Berlin schnell eine solide Arbeit als Stenokontoristin für 1000 Mark netto. Das Gefühl, anerkannt zu werden und wieder etwas zu leisten, gab mir neue Kraft. Ich ließ mir von meinem Mann nicht mehr alles gefallen. Er kam mir allmählich lächerlich vor mit seiner Großmannssucht. Die Reibereien zwischen ihm und mir wur-

den immer unerträglicher. Mehrere Trennungsversuche klappten nicht. Ich hing doch sehr an ihm. Vielleicht, weil er der erste Mann für mich war. Und auch wegen der Kinder. Einen Kindergartenplatz kriegte ich für die Mädchen nicht. Ich hätte ihn auch gar nicht bezahlen können. Da war es mir schon lieber, dass wenigstens Richard hin und wieder zu Hause war. So schob ich die Scheidung immer wieder hinaus, bis ich 1973 stark genug war, meinen Irrtum zu korrigieren. Ich ging zum Scheidungsanwalt.

Was ich durchgemacht hatte, wollte ich Christiane ersparen. Schon bei ihrer Geburt hatte ich mir geschworen: Sie soll so aufwachsen, dass ihr das gar nicht erst passieren kann, in so eine Ehe reinzuschlittern wie ich. Sie soll sich frei entfalten können, nicht in eine Richtung gedrückt werden, soll anders als ich ihre Freiheit haben, so wie sich das für eine moderne Erziehung gehört. Dabei habe ich später wohl zu viel durchgehen lassen.

Nach der Scheidung musste ich mir erst mal eine neue Wohnung suchen, weil Richard sich weigerte auszuziehen. Ich fand eine im steuerbegünstigten Wohnungsbau. Die kostete 600 Mark Miete, inklusive Garage, obwohl ich kein Auto hatte. Das war für mich eigentlich viel zu teuer. Aber ich hatte keine Wahl. Ich wollte endlich raus aus der Ehe. Ich wollte um jeden Preis einen neuen Anfang für mich und die Kinder.

Richard war auch nicht in der Lage, für die Kinder zu zahlen. Ich habe mir gesagt, es bleibt dir nur eins übrig, du musst dich jetzt zusammenreißen, auch mal eine Überstunde machen, damit du den Kindern wenigstens etwas bieten kannst. Die waren ja inzwischen zehn und elf Jahre alt und hatten in ihrer Kinderzeit nur das Minimalste an Wohnungseinrichtung. Nicht mal ein anständiges Sofa war da, alles zusammengeschustert. Es hat mir in der Seele wehgetan, dass ich meinen Kindern nicht mal ein gemütliches Zuhause bieten konnte.

Das wollte ich nach der Scheidung wiedergutmachen. Ich wollte endlich eine hübsche Wohnung haben, in der wir uns alle wohlfühlen. Das war mein Traum. Dafür habe ich gearbeitet. Aber auch, um den Kindern mal einen Extrawunsch erfüllen zu können, schöne Anziehsachen und gemeinsame Ausflüge am Wochenende, die ruhig ein paar Mark kosten dürfen.

Ich verfolgte dieses Ziel mit Begeisterung. Sie kriegten eine Tapete nach Wunsch und ein Mädchenzimmer mit hübschen Möbeln, und 1975 konnte ich Christiane einen Dual-Plattenspieler schenken. Das waren Sachen, die mich glücklich machten. Ich war ja so froh, mir endlich mal etwas für die Kinder leisten zu können.

Und wenn ich am späten Nachmittag von der Arbeit nach Hause kam, konnte ich ihnen oft noch etwas mitbringen. Kleinigkeiten zwar. Aber ich hatte mein Vergnügen daran, bei Wertheim oder Karstadt etwas für sie zu kaufen. Meistens preiswerte Sonderangebote. Mal eine ausgefallene Süßigkeit, mal einen lustigen Bleistiftanspitzer oder anderen Schnickschnack. Dann fielen sie mir um den Hals. Das war für mich ein Gefühl wie Weihnachten.

Heute weiß ich natürlich, dass ich mich in erster Linie von meinem schlechten Gewissen freikaufen wollte, weil ich so wenig Zeit für die Kinder hatte. Ich hätte Geld Geld sein lassen sollen. Ich hätte mich um die Kinder kümmern sollen, statt arbeiten zu gehen. Ich begreif mich heute selber nicht mehr, warum ich die Kinder alleingelassen habe. Als ob man das mit schönen Sachen wieder wettmachen könnte. Ich hätte lieber von der Fürsorge leben sollen, solange mich die Kinder brauchten. Doch Fürsorge war für mich das Letzte. Schon im Elternhaus war mir eingebläut worden, dass man dem Staat nicht zur Last fällt. Vielleicht hätte ich ja auch meinen geschiedenen Mann auf Unterhalt verklagen sollen. Ich weiß es nicht. Auf jeden Fall hab ich vor lauter Anstrengungen für ein hübsches Zuhause völlig aus dem Kopf verloren, worauf es eigentlich ankommt. Ich kann das alles drehen, wie ich will, am Ende mache ich mir immer denselben Vorwurf. Ich habe die Kinder viel zu häufig sich selbst überlassen. Und Christiane hätte sicherlich mehr Halt gebraucht, mehr

Führung. Sie ist nun mal labiler und empfindlicher als ihre jüngere Schwester. Damals habe ich nicht im entferntesten daran gedacht, dass Christiane auf die schiefe Bahn geraten könnte. Obwohl ich sah, was sich in den Familien in dieser Trabantenstadt, wo wir wohnten, täglich abspielte. Da gab es Schlägereien am laufenden Band. Es wurde maßlos viel Alkohol getrunken und nicht selten lag eine Frau oder ein Mann oder ein Jugendlicher betrunken im Rinnstein. Aber ich bildete mir ein, wenn du deinen Kindern ein Beispiel bist, wenn du nicht rumschlampst und dich nicht gehen lässt, werden sie sich das doch zum Vorbild nehmen.

Ich dachte wirklich, jetzt geht es aufwärts. Vormittags gingen die Kinder zur Schule. Mittags machten sie sich ihr Essen selbst. Und nachmittags gingen sie oft auf den Ponyhof in der Lippschitzallee. Sie sind ja beide sehr tierlieb.

Das ging auch eine ganze Weile gut. Abgesehen von kleinen Eifersüchteleien zwischen den Kindern und Klaus, meinem Freund, der inzwischen bei uns wohnte. Außer meiner Arbeit, dem Haushalt und den Kindern hatte ich ja auch ihn, für den ich da sein wollte. Er war für mich so etwas wie ein ruhender Pol. Und da machte ich wohl noch einen gravierenden Fehler aus dem Wunsch heraus, mich meinem Freund mehr widmen zu können: Ich erlaubte Christianes Schwester, zu ihrem Vater zu ziehen, der sie mit allen möglichen Versprechungen zu sich gelockt hatte, weil er sich einsam fühlte.

Christiane war nun allein, wenn sie aus der Schule nach Hause kam. Zu diesem Zeitpunkt ist sie an Freunde geraten, die ihr zum Verhängnis wurden. Aber ich hatte dafür keinen Blick. Kessi, ihre Schulfreundin aus der Nachbarschaft, mit der sie nachmittags oft zusammen war, schien mir schon sehr vernünftig zu sein. Und Kessis Mutter warf ab und zu ein Auge auf die beiden. Mal war Christiane bei Kessi, mal war Kessi bei uns.

Die waren beide in einem Alter, so zwölf, dreizehn, wo man neugierig wird und alles einmal ausprobieren will. Und ich fand nichts dabei, wenn sie abends in den Jugendclub im »Haus der Mitte« gingen, einer Einrichtung des evangelischen Zentrums in Gropiusstadt. Ich war natürlich sicher, dass Christiane bei den Kirchenleuten in guten Händen war. Dass die Jugendlichen im Haus der Mitte Haschisch rauchen durften, darauf wäre ich im Traum nie gekommen.

Im Gegenteil, ich war beruhigt, dass Christiane sich zu einem fröhlichen Teenager entwickelte und nicht mehr so oft ihrer Schwester nachtrauerte. Seit sie Kessi zur Freundin hatte, lachte sie auch wieder öfter. Manchmal waren die beiden so ausgelassen albern, dass ich mitlachen musste. Woher sollte ich auch wissen, dass ihre Lachanfälle von Haschisch oder irgendwelchen Rauschgift-Tabletten ausgelöst wurden.

Meine Familie war die Clique. Da gab es so was wie Freundschaft, Zärtlichkeit und irgendwie auch Liebe. Schon der Kuss bei der Begrüßung gefiel mir eben wahnsinnig. Jeder küsste jeden zärtlich und freundschaftlich. Mein Vater hatte mich nie so geküsst. Probleme gab es in der Clique nicht. Wir redeten nie über unsere Probleme. Keiner belästigte den anderen mit seinem Scheiß zu Hause oder auf der Arbeit. Wenn wir zusammen waren, gab es für uns die miese Welt der anderen gar nicht. Wir redeten über Musik und Dope. Manchmal über Kleidung und manchmal über Leute, die der Bullengesellschaft in den Hintern traten. Wir fanden jeden gut, der einen Bruch macht, ein Auto klaut oder eine Bank ausraubt.

Nach dem Trip fühlte ich mich echt wie die anderen aus der Clique. Der Trip war unheimlich Schau gewesen. Ich war froh, dass ich nicht auf Horror gekommen war. Die meisten kommen bei der ersten Pille auf einen Horrortrip. Aber ich hatte das ganz cool durchgestanden. Ich fühlte mich bestätigt. Ich nahm die Pille jetzt, wenn ich sie bekam.

Ich kriegte zu allem ein ganz neues Verhältnis. Ich ging auch wieder in die Natur. Früher war ich mit meinem Hund in die Natur gegangen und hatte auch irgendwie durch den Hund die Natur erlebt. Nun zog ich vorher eine Pfeife durch, wenn ich nicht auf Pille war. Ich erlebte eine ganz andere Natur. Die war nicht mehr so, wie sie war. Die löste sich auf in Farben, Formen und Geräusche, die sich in meinen Stimmungen spiegelten. Ich fand das Leben, das ich führte, einfach unheimlich cool. Es kamen ein paar Monate, da war ich meistens mit mir selber zufrieden.

Irgendwann gab es dann aber einen Stillstand in der Gruppe. Shit, also Haschisch, und Trips gaben nicht mehr den richtigen Kick. Man hatte sich daran gewöhnt. Irgendwie war das der Normalzustand, auf Shit oder Pille breit zu sein. Es brachte keine neuen Erfahrungen mehr.

Dann kam einer aus der Clique in den Club und sagte: »Leute, ich habe was ganz Neues, Ephedrin. Das Zeug ist Schau.« Ich nahm zwei Pillen Ephedrin, ein Aufputschmittel, ohne genau zu wissen, was ich schluckte. Ich spülte sie mit einem Bier auf ex runter, weil ich das bei einem anderen gesehen hatte. Das fiel mir nicht leicht. Denn ich verabscheute Bier mittlerweile, weil ich die Leute verabscheute, die sich mit Bier volllaufen ließen.

Plötzlich waren jede Menge Pillen im Club. Ich nahm am selben Abend noch eine Mandrax, ein starkes Schlafmittel. Ich fand an diesem Abend wieder alles wahnsinnig cool und liebte die Leute aus der Clique. In den nächsten Wochen machten wir einen richtigen Streifzug durch die pharmazeutische Industrie.

In der Schule hatte ich immer mehr Schwierigkeiten. Ich machte überhaupt keine Schularbeiten mehr und war morgens nie ausgeschlafen. Trotzdem wurde ich in die 8. Klasse versetzt. In einigen Fächern wie Deutsch oder Gemeinschaftskunde brachte ich manchmal noch was, weil es mich gelegentlich interessierte und weil ich das auch irgendwie draufhatte.

Aber gerade in den Fächern, in denen ich nicht total abschaltete, bekam ich immer mehr Schwierigkeiten. Mit den Lehrern und auch mit der Klasse. Ich fand es einfach unwahrscheinlich mies, wie man in der Schule miteinander umging. Ich erinnere mich noch an einen großen Krach mit einem Lehrer, der mit uns über Umweltschutz sprechen wollte. Die Klasse war sowieso total apathisch. Das interessierte keinen Menschen. Weil es nichts zum Aufschreiben und zum Lernen gab. Mir ging aber auch das Gequatsche von dem Lehrer auf die Nerven, der an allen vorbeiredete. Da bin ich ausgerastet und habe ihn angebrüllt, so in dem Dreh: »Was erzählen Sie uns hier bloß für eine Scheiße. Was heißt hier Umweltschutz? Das fängt doch erst mal damit an, dass die Menschen lernen, miteinander umzugehen. Das sollten wir an dieser Scheißschule erst mal lernen. Dass der eine irgendein Interesse für den anderen hat. Dass nicht jeder versucht, das größte Maul zu haben und stärker zu sein als der andere, und dass man sich nur gegenseitig bescheißt und ablinkt, um bessere Noten zu bekommen. Und dass Lehrer überhaupt mal lernen, den Durchblick zu kriegen und die Schüler gerecht zu beurteilen.« Und so weiter. Ich mochte diesen Lehrer noch relativ gern. Deswegen wurde ich wohl auch so wütend und dachte, dass es einen Sinn hatte, ihn anzuschreien.

Mir stank diese Schule unheimlich. Es gab eben überhaupt keinen persönlichen Kontakt zu den Lehrern. Und auch in der Klasse wurde der Zusammenhalt immer loser, weil man ja in verschiedene Kurse ging. Es ging eigentlich wieder nur darum, sich gegenseitig fertigzumachen. Keiner half dem anderen, jeder wollte besser sein. Die Lehrer machten die Schüler fertig, weil sie die Macht hatten, Zensuren zu geben. Und die Schüler probten gemeinsam ihre Macht an Lehrern, die gutmütig waren und sich nicht durchsetzen konnten.

Ich sah das, machte aber trotzdem irgendwie weiter mit, wenn ich Grund oder auch nur Bock hatte, den Unterricht zu stören. Die meisten in der Klasse verstanden mich nur noch, wenn ich irgendwelchen Blödsinn dazwischenrief und nicht, wenn ich ernsthaft darüber zu reden versuchte, dass die Schule so scheiße war.

Mich störte das nicht mehr weiter, denn ich wollte ja nur von meiner Clique anerkannt werden, in der es eben den Scheißkampf und Scheißkrampf nicht gab. Aber auch in der Clique saß ich dann oft abseits. Ich beteiligte mich immer weniger an den Gesprächen. Es ging sowieso immer um dasselbe: Dope, Musik, der letzte Trip und dann immer mehr über die Preise auf der Szene für Shit, LSD und die verschiedenen Pillen. Ich war meistens so bedröhnt, dass ich nicht reden mochte und allein sein wollte.

Es gab für mich allerdings noch ein neues Ziel. Das hieß »Sound«. Das Sound war eine Diskothek an der Genthiner Straße im Bezirk

Tiergarten. In der ganzen Stadt klebten Plakate: »Sound – Europas modernste Diskothek.« Die Leute aus der Clique gingen da öfter hin. Aber da kam man erst ab 16 rein. Ich war aber nun erst gerade 13 geworden. Und ich hatte immer Angst, dass sie mich gar nicht erst reinlassen, obwohl ich mittlerweile schon das Geburtsdatum in meinem Schülerausweis gefälscht hatte.

Ich wusste, am Sound war die Szene. Da gab es alles zu kaufen. Vom Shit über Mandrax und Valium bis zum Heroin. Da waren also unheimlich coole Typen, dachte ich mir. Das war so ein Traumplatz für mich kleines Mädchen, das immer zwischen Rudow und Gropiusstadt hin- und herpendelte. Das Sound stellte ich mir wie einen richtigen Palast vor. Glitzer hier, Glitzer da. Wahnsinnige Lichteffekte und die geilste Musik. Und eben wahnsinnig coole Typen.

Ich hatte schon ein paar Mal geplant, mit den anderen mitzugehen. Aber es hatte nie geklappt. Nun machte ich mit Kessi einen genauen Schlachtplan. An einem Samstag erzählte ich meiner Mutter, dass ich bei Kessi schlafen wollte. Und Kessi erzählte bei sich, sie schlafe bei mir. Unsere Mütter fielen darauf rein. Eine Freundin von Kessi sollte auch noch mitkommen. Die war etwas älter als wir und hieß Peggy. Wir trafen uns am Samstagabend bei Peggy. Wir warteten auf Peggys Freund, Micha. Kessi erzählte mir sehr wichtig, dass Micha auf H war, also Heroin drückte. Ich war ganz gespannt, ihn kennenzulernen. Denn ich hatte bewusst noch nie einen Fixer erlebt.

Als Micha kam, war ich sehr beeindruckt von ihm. Er war irgendwie noch cooler als die Typen in unserer Clique. Aber ich hatte sofort wieder Minderwertigkeitskomplexe. Micha behandelte uns sehr von oben herab. Ich dachte mal wieder daran, dass ich erst 13 war und dass dieser Fixer viel zu weit, viel zu erwachsen für mich war. Ich fühlte mich unterlegen.

Übrigens war Micha ein paar Monate später schon tot.

Wir stiegen in die U-Bahn und fuhren bis zum U-Bahnhof Kurfürstenstraße. Das war damals für mich eine ziemlich lange Fahrt. Ich fühlte mich sehr weit weg von zu Hause. Die Kurfürstenstraße bei der Kreuzung Potsdamer sah ziemlich mies aus. Da hingen Mädchen rum. Ich hatte natürlich keine Ahnung, dass die auf den Autostrich gingen. Ein paar Typen latschten auch auf und ab. Peggy sagte, das seien Dealer. Wenn mir jetzt jemand gesagt hätte, dass ich auf diesem miesen Stück Kurfürstenstraße auch einmal fast jeden Tag rumhängen würde, hätte ich ihn für verrückt erklärt.

Wir gingen ins Sound. Als ich drin war, traf mich fast der Schlag. Das hatte nichts mit dem zu tun, was ich mir vorgestellt hatte. »Europas modernste Diskothek« war ein Keller mit einer sehr niedrigen Decke. Es war laut und dreckig. Auf der Tanzfläche hottete jeder für sich einen ab. Es gab irgendwie überhaupt keinen Kontakt zwischen den Menschen. Es war unheimlich miefig. Eine Windmaschine quirlte den Mief ab und zu durcheinander.

Ich setzte mich auf eine Bank und wagte nicht mehr, mich zu rühren. Ich hatte das Gefühl, dass mich die Leute anstarrten, weil sie merkten, dass ich hier nicht reingehörte. Ich war jedenfalls der totale Außenseiter. Kessi packte es sofort. Sie rannte die ganze Zeit rum und guckte nach starken Jungen. Sie meinte, sie hätte noch nie so viele starke Typen auf einem Haufen gesehen. Ich saß wie angewachsen. Die anderen hatten irgendwelche Pillen mit und tranken Bier. Ich wollte nichts. Ich hielt mich die ganze Nacht an zwei Gläsern Pfirsichsaft fest. Am liebsten wäre ich nach Hause gefahren. Aber das ging ja nicht, weil meine Mutter dachte, ich schlafe bei Kessi. Ich wartete nur, dass es fünf Uhr morgens werden würde und der Laden dichtmachte. Einen Moment wünschte ich mir, dass meine Mutter mir auf die Schliche gekommen wäre und plötzlich neben mir stünde und mich mit nach Hause nähme. Dann schlief ich ein.

Die anderen weckten mich um fünf. Kessi sagte, sie ginge mit Peggy nach Haus. Ich hatte wahnsinnige Bauchschmerzen. Niemand kümmerte sich um mich. Ich ging allein morgens um fünf die Kurfürstenstraße rauf zum U-Bahnhof. In der U-Bahn waren viele Besoffene. Ich fühlte mich zum Kotzen.

Seit langer Zeit war ich nicht mehr so froh, als ich die Tür zu unserer Haustür aufschloss und meine Mutter aus dem Schlafzimmer kommen sah. Ich sagte ihr, Kessi sei schon so früh aufgewacht und da wäre ich nach Hause gegangen, um in Ruhe ausschlafen zu können. Ich holte meine beiden Katzen zu mir ins Bett und kuschelte mich ein. Vor dem Einschlafen dachte ich noch: Christiane, das ist nicht deine Welt. Du machst irgendwas falsch.

Als ich mittags aufwachte, ging es mir noch immer schlecht. Ich hatte das Bedürfnis, mit jemandem über das zu reden, was ich erlebt hatte. Ich wusste, das würde niemand aus der Clique verstehen. Darüber konnte ich nur mit meiner Mutter reden.

Ich wusste nicht, wie ich anfangen sollte. Ich sagte: »Du, Mutti, hör mal, ich war gestern Abend mit Kessi im Sound.« Meine Mutter guckte entsetzt. Ich sagte: »Es war eigentlich ganz gut. Das ist ein unheimlich großer Laden. Da ist sogar ein Kino drin.«

Meine Mutter machte mir gleich ein paar der üblichen Vorhaltungen. Ich wartete auf Fragen. Aber meine Mutter stellte nicht viele Fragen. Sie war auch wieder gestresst an diesem Sonntagmittag. Haushalt, Essenkochen, Trouble mit Klaus. Sie wollte sich wohl nicht noch mehr Ärger aufladen, indem sie mit mir ein langes Palaver anfing. Vielleicht wollte sie auch gar nicht alles so genau wissen.

Ich hatte nicht den Mut zum Reden. Mir war auch gar nicht so richtig bewusst, dass ich reden wollte. Mir war in dieser Zeit nie etwas richtig bewusst. Ich lebte aus dem Unterbewusstsein, meinen Stimmungen. Ich dachte nie an morgen. Ich hatte keine Pläne. Was für Pläne auch? Wir sprachen alle nie über die Zukunft.

Am nächsten Wochenende musste Kessi bei mir schlafen, weil wir das meiner Mutter so verkauft hatten. Ich schleppte sie auch tatsächlich bis zu unserem Haus. Sie war voll breit. Auf Pille. Ich hatte auch einen halben Trip geschmissen, hatte aber noch Durchblick. Kessi stand auf der Straße vor unserem Haus und fand es unheimlich geil, dass da zwei Lichter auf sie zukamen. Ich musste sie von der Straße runterzerren, damit sie nicht von dem Auto überfahren wurde.

Ich schob sie gleich in mein Zimmer. Doch meine Mutter kam natürlich hinterher. Als sie in der Tür stand, hatten Kessi und ich das gleiche irre Bild: dass meine Mutter zu dick war, um durch den Türrahmen zu passen. Wir fingen an zu lachen und kriegten uns nicht mehr ein. Ich sah meine Mutter als dicken, gutmütigen Drachen mit einem Knochen im Haar. Wir lachten und meine Mutter lachte ganz fröhlich mit. Sie muss gedacht haben, was für zwei alberne Teenager wir sind.

Kessi nahm mich nun fast jeden Samstag mit ins Sound. Ich ging schon mit, weil ich sonst nicht gewusst hätte, was ich am Samstagabend tun sollte. Ich gewöhnte mich allmählich ans Sound. Ich sagte dann meiner Mutter auch, dass wir ins Sound führen, und sie erlaubte mir, bis zur letzten U-Bahn zu bleiben.

Das ging ein paar Wochen gut, bis zu einem Samstag im Sommer 1975. Wir wollten die ganze Nacht wegbleiben und hatten wieder zu Hause erzählt, wir schliefen bei unserer Freundin. Das lief immer noch, denn meine Mutter hatte damals noch kein Telefon. Die Mütter konnten uns also nicht nachspionieren. Wir gingen erst mal in das Haus der Mitte und machten zwei Flaschen Wein leer. Dann machten wir uns eine tierische Pfeife. Kessi warf noch ein paar Ephedrin ein und fing irgendwann an zu heulen. Ich kannte das schon. Nach Ephedrin kriegt man manchmal einen Moralischen.

Als Kessi plötzlich verschwunden war, machte ich mir doch Sorgen. Ich ahnte, wo sie war, und ging zum U-Bahnhof. Da hing sie auf einer Bank und schlief, vor sich auf dem Boden einen Haufen

Pommes frites. Ehe ich sie wecken konnte, kam eine U-Bahn. Kessis Mutter stieg aus. Sie war in einer Sauna beschäftigt und kam jetzt gegen zehn von der Arbeit. Sie entdeckte ihre Tochter, die sie bei mir zu Hause im Bett glaubte. Kessi bekam noch schlafend links und rechts ein paar an die Ohren. Es klatschte richtig. Kessi kotzte. Ihre Mutter fasste sie am Arm, richtig mit so einer Art Polizeigriff, und schleppte sie weg.

Die Ohrfeigen auf dem U-Bahnhof Wutzkyallee haben Kessi wahrscheinlich eine Menge erspart. Ohne diese Ohrfeigen wäre sie vielleicht noch vor mir auf der Szene und auf dem Strich gelandet und würde jetzt nicht das Abitur machen.

Jedenfalls wurde Kessi der Umgang mit mir verboten und sie durfte abends überhaupt nicht mehr raus. Das machte mich erst mal ziemlich allein. Die Clique im Haus der Mitte gab mir nicht mehr viel. Ich war mit ihr in der Woche noch zusammen im Club. Aber die Wochenenden konnte ich mir ohne Sound nicht mehr vorstellen. Ich fand das Sound und die Leute da immer stärker. Das waren jetzt die Stars für mich. Viel stärker als diese Typen, die nie so richtig aus Gropiusstadt rauskamen. Ich war jetzt immer sehr knapp bei Kasse. Denn Kessi hatte immer hundert Mark Taschengeld im Monat bekommen, das wir für Dope und Pillen ausgegeben haben. Nun musste ich mir mein Geld zusammenschlauchen und klauen.

Ich musste jetzt allein ins Sound gehen. Am nächsten Freitagnachmittag ging ich zur Apotheke und kaufte mir eine Packung Ephedrin für 2,95 Mark. Das war rezeptfrei. Ich nahm jetzt nicht mehr zwei Ephedrin, sondern vier bis fünf. Ich machte noch eine Zwischenstation im Haus der Mitte und schnorrte mir eine Pfeife zusammen. Ich ging zum U-Bahnhof und war irgendwie unheimlich geil drauf. Ich dachte nicht an Kessi, ich dachte überhaupt nicht dran, was war. Ich war einfach da. Ich schwebte einfach in einer ganz tollen, rauschigen Welt.

In der U-Bahn fand ich es an jeder Station geil, wie neue Leute einstiegen, denen man genau ansah, dass sie ins Sound wollten. Astrein in der Aufmachung, lange Haare und zehn Zentimeter hohe Stiefelsohlen. Meine Stars, die Stars des Sound. Ich hatte überhaupt keinen Bammel mehr, allein ins Sound zu gehen. Ich war wirklich toll drauf. Die Pfeife im Club war urisch gewesen.

Auf der Treppe ins Sound stieß ich mit einem Jungen zusammen. Er sah mich an und sagte was. Ich fand ihn wahnsinnig cool. Groß, schlank, langes blondes Haar und unheimlich ruhig. Ich fing noch auf der Treppe an, mit ihm zu quatschen. Ich war ja so gut drauf. Wir verstanden uns mit jedem Satz besser. Wir fanden die gleiche Musik geil und hatten sogar sehr ähnliche Erlebnisse auf Pille gehabt. Er hieß Atze. Er war der erste Junge, den ich echt astrein fand. Ich verknallte mich noch an diesem Abend. Ich war zum ersten Mal in meinem Leben verknallt.

Atze stellte mich seinen Freunden vor. Das war eine ganz coole Clique. Ich redete sofort voll mit. Es ging um Drogen und wie man sich am besten antörnte. Und da hatte ich mittlerweile nun wirklich nicht weniger Erfahrungen als sie. Sie redeten auch über H, über Heroin. Alle waren sich einig, dass das eine Scheißdroge sei, dass man sich auch gleich eine Kugel in den Kopf schießen könne, wenn man mit H anfinge. Ich sagte: »Das müssen doch Vollidioten sein, die drücken.« Dann redeten wir über das Engermachen von Hosen. Da hatte ich auch Erfahrung. Ich wurde nämlich so schnell dünner, dass ich bald jede Woche die Jeans enger nähen musste. Knallenge Hosen waren ja auch so eine Art Markenzeichen für die Leute im Sound. Ich konnte ihnen da noch Nähtipps geben. Hosen enger nähen war die einzige Handarbeit, die ich je gemacht hatte.

Ich war sofort anerkannt von Atzes Clique. Ganz ohne Kampf. Ich hatte auch eine Ruhe und ein Selbstbewusstsein auf diesem Törn, dass ich mich selber wunderte. Da war noch ein anderer Junge in der

Clique, den ich gleich sehr gern mochte. Er hieß Detlef. Er war ganz anders als Atze. Er sah sehr niedlich aus, war sehr weich und irgendwie noch kindlich. Sie nannten ihn Püppi. Er war 16. Mit ihm redete ich am freiesten. Dann war da noch eine tolle Braut. Astrid. Die hatte unheimlich viel drauf. Die ließ Sprüche los, dass sich alle vor Lachen bogen. Sie hatte immer einen passenden Spruch. Ich bewunderte das. Nur vor Blacky musste man sich in Acht nehmen. Der konnte sehr verletzend sein, wenn man was Falsches sagte. Als ich erzählte, dass ich einmal auf Trip in der U-Bahn mit einem kleinen Kind gespielt hätte und das Kind sei ein richtiger Engel gewesen, machte Blacky gleich eine dumme Bemerkung. Man musste also sehr aufpassen, was man redete. Nicht so toll fand ich auch Bienenstich. Der war ein Mädchenaufreißer. Und solche Typen konnte ich seit der Erfahrung mit Kathi überhaupt nicht ab. Aber Bienenstich gehörte auch nur so halb zur Clique.

Wir quatschten also und gingen zwischendurch raus, um uns eine Pfeife zu machen. Als das Sound morgens um fünf dichtmachte, zog ich mit den anderen noch zum Kurfürstendamm. In der U-Bahn nach Rudow fühlte ich mich dann unheimlich glücklich. Ich kam ganz sanft runter von Tabletten und Dope. Ich war angenehm müde und zum ersten Mal in meinem Leben verliebt.

Ich wartete jetzt nur noch auf die Wochenenden. Atze war ganz behutsam zärtlich. Als wir uns das dritte Mal im Sound sahen, küsste er mich, und ich küsste ihn wieder. Es war ein sehr unschuldiger Kuss. Mehr wollte ich nicht. Atze spürte das, ohne dass wir drüber sprechen mussten. Das war eben der Unterschied zwischen Drogis und Alkis. Die meisten Drogis hatten einen feinen Spürsinn für das, was mit dem anderen los war. Jedenfalls wenn er zur eigenen Clique gehörte. Die Alkis stürzten sich auf die Mädchen, wenn sie besoffen waren. Da ging es nur ums Bumsen. Bei uns waren ganz andere Sachen wichtig.

Atze und ich waren wie Bruder und Schwester. Er war mein großer Bruder. Wir gingen immer Arm in Arm. Für mich war das Beschütztwerden. Atze war 16 und machte eine Glaserlehre, die ihn unheimlich anstank. Er hatte ganz bestimmte Vorstellungen, wie ein cooles Mädchen aussehen sollte. Ich kämmte mir die Haare so, wie er es wollte. Weil er auf Mäntel stand, kaufte ich mir für 20 Mark in einem Trödel einen langen Mantel mit einem Schlitz bis zum Po. Ich konnte mir das Leben ohne Atze nicht mehr vorstellen.

Ich ging jetzt, wenn das Sound um fünf zumachte, nicht mehr gleich nach Hause. Ich blieb mit der Clique zusammen. Wir kamen gemeinsam von unseren Törns runter und verbummelten den Vormittag irgendwie in der Stadt. Wir gingen zu Ausstellungen, in den Zoo oder auf den Kurfürstendamm. Manchmal blieben wir noch den ganzen Sonntag zusammen. Meiner Mutter erzählte ich die Kessi-Geschichte und erfand neue Freundinnen dazu, bei denen ich angeblich schlief. Ich entwickelte eine unwahrscheinliche Fantasie, wenn es darum ging, meiner Mutter zu erzählen, wo und wie ich die Wochenenden verbrachte.

An den Wochentagen sah ich noch immer die alte Clique im Haus der Mitte. Ich saß immer ganz geheimnisvoll etwas abseits. Manchmal erzählte ich, was ich im Sound erlebt hatte. Ich glaubte, dass die mich jetzt schon bewunderten. Ich war einfach einen Schritt weiter als sie. Dass es ein Schritt weiter in die totale Scheiße war, wusste ich nicht. Und dass mir viele aus der alten Clique etwas später folgen würden, auch nicht.

Auf der Szene am Sound gab es alles an Drogen. Ich nahm alles an Drogen bis auf H. Valium, Mandrax, Ephedrin, Cappis, also Captagon, natürlich jede Menge Shit und wenigstens zweimal die Woche einen Trip. Aufputsch- und Schlafmittel schmissen wir mittlerweile gleich handvoll rein. Die Pillen lieferten sich im Körper einen wahnsinnigen Kampf und das gab das geile Feeling. Man konnte sich Stimmungen machen, wie man Bock hatte. Man konnte entweder mehr

Aufputscher oder mehr Beruhigungspillen fressen. Wenn ich also Bock hatte, im Sound abzuhotten, dann schluckte ich mehr Cappis und Ephedrin, wenn ich nur ruhig in der Ecke sitzen wollte oder im Sound-Kino, dann schmiss ich ordentlich Valium und Mandrax ein. Ich war mal wieder ein paar Wochen rundum glücklich.

Bis zu diesem total miesen Samstag. Ich kam ins Sound und traf Uwe, einen aus der Clique, auf der Treppe. Uwe sagte: »Weißt du schon, Atze hat seinen Job geschmissen.« Uwe war einen Moment still und sagte dann: »Atze ist jetzt jeden Abend hier.« Er sagte das irgendwie komisch und ich schaltete auch sofort. Wenn Atze jeden Tag im Sound war, dann musste er auch andere Mädchen kennengelernt haben.

Ich fragte: »Ist was mit Atze?«

Und Uwe antwortete: »Der hat eine Braut. Moni.«

Es war ein furchtbarer Schlag, als Uwe das sagte. Ich habe nur noch gehofft, das sei nicht wahr. Ich lief runter in die Diskothek. Atze stand allein rum. Es war wie immer. Er gab mir einen Kuss und schloss dann meine Sachen mit in sein Schließfach ein. Man schließt im Sound immer seine Sachen in einem Schließfach ein, weil da wahnsinnig geklaut wird.

Etwas später kam diese Moni, die ich vorher noch nie bewusst gesehen hatte. Sie setzte sich ganz selbstverständlich zur Clique. Ich hielt mich etwas abseits und beobachtete sie heimlich unentwegt.

Sie war ganz anders als ich. Klein und mollig und sie tat immer lustig. Sie schien Atze regelrecht zu bemuttern. Ich dachte immer wieder: »Das kann nicht wahr sein. Der kann mich doch nicht wegen dieser dicken, albernen Braut sitzenlassen.« Ich musste mir eingestehen, dass sie ein sehr hübsches Gesicht und sehr schöne, sehr lange blonde Haare hatte. Und ich dachte: Vielleicht braucht er so ein Mädchen, das immer den Gutgelaunten macht und ihn bemuttert. Ein anderer Verdacht wurde bei mir immer stärker: Atze braucht ein

Mädchen, mit dem er ins Bett gehen kann. Die ist so eine, die mit ihm ins Bett geht.

Ich war total nüchtern. Ich wollte auch nichts nehmen an diesem Abend. Als ich es nicht mehr ertragen konnte, die beiden zu beobachten, ging ich auf die Tanzfläche, um einfach abzuhotten. Als ich zurückkam, waren die beiden verschwunden. Ich rannte wie eine Wahnsinnige durch den Laden. Ich fand Atze und Moni im Kino. Eng umschlungen.

Ich bin irgendwie zurückgekommen zur Clique. Einer merkte sofort, was mit mir los war. Detlef. Er legte mir den Arm um die Schulter. Ich wollte nicht heulen. Ich dachte immer, es sei wahnsinnig kitschig, vor der Clique zu heulen. Ich weiß nicht, wie ich auf kitschig kam. Als ich die Tränen nicht mehr halten konnte, bin ich rausgerannt. Ich bin über die Straße rüber und dann in den Park gegenüber vom Sound. Das Wasser ist mir nur so übers Gesicht gelaufen.

Plötzlich stand Detlef neben mir. Er gab mir ein Tempo-Taschentuch und dann noch eins. Ich war zu sehr mit mir selber beschäftigt, um Detlef überhaupt richtig wahrzunehmen. Erst viel später ist mir klar geworden, wie lieb es von Detlef war, mich draußen zu suchen.

Ich wollte Atze nie wieder sehen. Ich dachte, ich könne es nicht ertragen, ihm noch mal in die Augen zu sehen. Nun, wo ich vor allen geheult hatte und damit gezeigt hatte, wie abhängig ich von ihm war. Aber Detlef zog mich zurück in das Sound.

Ich musste sowieso zurück, weil Atze ja den Schlüssel von dem Schließfach hatte. Ich habe mich unheimlich zusammengerissen, bin ins Kino rein, habe Atze aus dem Sessel geschreckt und mir den Schlüssel geholt. Nachdem ich meine Sachen hatte, war ich allerdings nicht mehr stark genug, den Schlüssel auch noch zurückzubringen. Detlef, der irgendwie immer in meiner Nähe war, machte das.

Es war fast zwei Uhr. Die letzte U-Bahn war weg. Ich stand vor dem Sound und wusste nicht wohin. Ich hatte unheimlich Bock, jetzt was anzutörnen. Ich brauchte das jetzt. Aber ich hatte überhaupt keine Kohle mehr. Da kam einer aus der Clique vom Haus der Mitte vorbei, Panther. Ich wusste, dass Panther ein bisschen mit LSD dealte und immer sehr gutes Zeug hatte. Ich haute ihn an, ob er mir nicht einen Trip schenken könne. Er gab mir was. Eine von den unheimlich guten Kristallpillen. Er fragte nicht mal, warum ich so spät noch unbedingt auf einen Trip gehen wollte.

Ich warf die Pille sofort ein und ging wieder runter auf die Tanzfläche. Ich flippte beim Tanzen total aus. Ich tanzte mindestens eine Stunde wie eine Wahnsinnige. Als ich aufhörte, merkte ich noch nichts von dem Trip. Ich dachte, Panther hätte mich gelinkt. Zum Glück waren ein paar Leute aus dem Haus der Mitte gekommen. Ich ging zu Piet. Der war auch auf Pille. Ich erzählte ihm die Geschichte mit Atze. Aber Piet war natürlich auf was anderes abgefahren und sagte nur »vergiss es, Mädchen« oder »mach dir nichts draus« und noch ein paar Sprüche.

Ich aß einen Vanillepudding und sagte: »Die ganze Welt ist öde und unheimlich scheiße.« Ich wollte die Puddingschüssel zurückbringen, um mein Pfandgeld zurückzuholen, denn im Sound muss man auf jedes Glas und jede Schüssel Pfand bezahlen, damit man nichts klaut. Da war ich innerhalb einer Sekunde voll drauf. Es war wie ein Flash. Ich kippte mit der Bank um. Ich tanzte dann, bis der Laden dichtgemacht wurde.

Draußen traf ich die Clique wieder und Atze und Moni. Es machte mir überhaupt nichts aus. Ich fuhr auf irgendein Sound-Plakat ab. Atze und Moni gingen zu Atze aufs Zimmer.

Wir anderen gingen in Richtung Zoo. Irgendjemand kam auf die Idee, ins Europacenter zu gehen. Wir landeten auf der Eisbahn im Europacenter. Es war eine ziemlich warme Nacht. Es hatte geregnet und auf dem Eis war Wasser.

Ich schlitterte durch das Wasser und dachte, ich ginge über ein Meer. Plötzlich hörte ich, wie eine Scheibe kaputtging. Die Jungs waren am Kassierer-Häuschen zugange. Einer langte durch die kaputte Scheibe in der Tür, brach auch noch eine Schublade auf und warf Geldrollen raus. Ehe ich richtig kapiert hatte, rannten schon alle. Ich fiel in meinen hochhackigen Stiefeln erst mal der Länge nach aufs Eis. Ich war durch und durch nass. Detlef wartete auf mich und nahm mich an die Hand.

Auf dem Kurfürstendamm vor dem Kranzler wurde die Beute geteilt. Jeder bekam was ab. Das fand ich wieder toll. Ich bekam zwei 5-Mark-Rollen. Alle waren unheimlich happy. Nicht so sehr wegen des Geldes, sondern weil wir die beiden Privatbullen, die das Europacenter nachts immer bewachen und schon oft hinter uns her gewesen waren, geleimt hatten. Wir waren ganz verrückt vor Freude. Wir brachen die Groschenrollen auf und warfen das Geld in die Luft. Vor dem Kranzler regnete es Groschen. Der Fußweg war mit Groschen übersät.

Wir gingen in eine Pinte im Bahnhof Zoo, die schon aufhatte. Ich kam sofort ganz mies drauf. Ich war zum ersten Mal auf dem Bahnhof Zoo. Es war ein ungeheuer mieser Bahnhof. Da lagen Penner in ihrer Kotze, überall hingen Besoffene rum. Was wusste ich, dass ich in ein paar Monaten hier jeden Nachmittag verbringen würde.

Gegen sechs Uhr fuhr ich nach Hause. In meinem Bett kam ich zum ersten Mal während eines Trips beinah auf Horror. Ich hatte ein Poster mit einer schwarzen Frau, die einen Joint raucht, an der Wand. In der rechten unteren Ecke war ein kleiner blauer Fleck. Der verwandelte sich plötzlich in eine wahnsinnige Fratze, in ein echtes Frankensteingesicht. Ich konnte mich gerade noch rechtzeitig auf was anderes konzentrieren.

Mittags wachte ich total abgestumpft auf. Ich war ganz gefühllos. Wie tot. Ich dachte nur: Was bist du nur für eine miese Braut, dass dich gleich dein erster Freund so sitzenlässt. Ich ging zum Spiegel, sah rein und hasste mich. Ich sah mein Gesicht, das ich gestern noch so cool, so geheimnisvoll, so echt wie das Gesicht einer Drogi-Braut gesehen hatte. Ich sah unheimlich kaputt aus. Unter meinen Augen waren schwarze Ränder wie Trauerbalken. Die Haut war käsig und fettig. Ich entdeckte Pickel.

Ich sagte mir: »So, Christiane, mit dem Sound ist also jetzt Schluss. Du kannst Atze und der Clique nie mehr unter die Augen kommen.« Ich versuchte in den nächsten Tagen, alle Gefühle für andere in mir abzutöten. Ich nahm keine Tabletten und nicht einen einzigen Trip. Ich trank den ganzen Tag Tee mit Haschisch drin und machte mir einen Joint nach dem anderen. Ich fand mich nach ein paar Tagen schon wieder echt cool. Ich hatte es geschafft, dass ich außer mir selber niemanden und nichts mehr liebte oder gernhatte. Ich dachte, nun hätte ich also meine Gefühle unter Kontrolle. Ins Sound wollte ich nie mehr.

Die nächste Samstagnacht war für mich die längste meines Lebens. Ich blieb zu Hause. Es war der erste Samstagabend seit vielen Wochen, an dem ich nicht ins Sound ging. Ich konnte nicht fernsehen und nicht schlafen. Ich hatte nicht mehr genügend Dope, um mich zu bedröhnen. Ich merkte, dass ich ohne das Sound und die Leute da gar nicht mehr leben konnte. Ohne sie wurde mein Leben total inhaltslos.

Ich freute mich dann auf den kommenden Freitag, bevor mir noch richtig klar war, dass ich wieder ins Sound gehen würde. Ich habe mich innerlich wieder auf das Sound vorbereitet. Ich fummelte an meiner Frisur rum und kam darauf, die Haare gar nicht mehr zu kämmen. Ich meinte, das gäbe mir noch mehr Geheimnisvolles.

Am Freitag ging ich erst mal los, um ein paar Valium aufzureißen. Ich kippte sie mit Bier runter und schluckte noch eine Mandrax hinterher, bevor ich ins Sound fuhr. Da hatte ich dann schon keine Angst mehr vor Atze und der Clique. Ich nahm kaum noch etwas wahr. Ich borgte mir einen großen Jeanshut, setzte mich an einen Tisch, legte den Kopf auf die Platte und pennte fast die ganze Nacht.

Als ich mal aufwachte, hatte Detlef mir den Hut aus dem Gesicht geschoben und streichelte mein Haar. Er fragte, was sei. Ich sagte, nichts sei. Ich war sehr abweisend, aber ich fand es doch unheimlich lieb, wie er sich um mich kümmerte.

Schon am nächsten Wochenende war ich fast die ganze Zeit mit Detlef zusammen. Ich hatte wieder einen Grund, ins Sound zu gehen: Detlef.

Es war eine ganz langsame Sache mit ihm. Das war nicht der große Knall wie bei Atze. Wir waren erst mal ganz einfach zusammen im Sound. Wir redeten viel miteinander. Ich verstand mich mit Detlef auf eine ganz neue Art. Keiner war der Überlegene, jedenfalls nicht in den Gesprächen. Ich konnte mit Detlef über alles quatschen, ohne Angst, dass er meine Schwächen ausnutzte. Keiner beharrte auf seinem Standpunkt. Jeder konnte den anderen mal überzeugen. Ich hatte Detlef ja vom ersten Sehen sehr gern gemocht. Aber er war für mich nicht der ganz starke Typ wie Atze gewesen. Dazu war er irgendwie zu niedlich und zu kindlich. Allmählich merkte ich aber, dass mir die Freundschaft mit Detlef viel mehr gab als die mit Atze. Ich hatte ihn von Wochenende zu Wochenende mehr lieb, obwohl ich mich dagegen sperrte, wieder von einem Jungen abhängig zu werden wie von Atze. Aber irgendwann musste ich mir zugeben, dass ich in Detlef echt verliebt war.

Ich wurde sehr ruhig. Das lag auch daran, dass ich immer mehr Beruhigungspillen einschmiss und nur noch selten Aufputscher. Meine ganze Hippeligkeit war weg. Ich ging nur noch selten auf die Tanzfläche. Ich hottete eigentlich nur noch ab, wenn ich kein Valium aufreißen konnte.

Zu Hause muss ich für meine Mutter und ihren Freund richtig angenehm geworden sein. Ich widersprach nicht, ich kämpfte nicht mehr mit ihnen. Ich lehnte mich gegen nichts mehr auf, weil ich es aufgegeben hatte, für mich zu Hause irgendetwas zu verändern. Und ich merkte, dass dadurch die Situation einfacher wurde.

Weihnachten 1975 – ich war jetzt dreizehneinhalb – glaubte ich, das Verhältnis zu meiner Mutter habe sich durch meine Resignation so entspannt, dass ich ihr einen Teil Wahrheit zumuten könne. Ich sagte ihr also, dass ich gar nicht immer bei Kessi geschlafen hätte, sondern manchmal auch die Nacht im Sound geblieben wäre, wenn die letzte U-Bahn schon weg war. Sie reagierte natürlich ziemlich sauer und machte starke Sprüche. Ich sagte ihr, es sei doch besser, ich bliebe mal eine Nacht in dieser Diskothek und käme dann wieder nach Hause, als abzuhauen wie andere Kinder in Gropiusstadt und auf Trebe zu gehen. Und ich sagte ihr, es sei doch besser, wenn sie die Wahrheit erführe und wisse, wo ich sei, als dass ich sie anlöge. Sie schluckte das.

Ich hatte eigentlich kein starkes Bedürfnis mehr, meiner Mutter etwas von mir zu erzählen. Aber die ewige Rumlügerei nervte mich an. Und es wurde auch immer schwieriger, glaubhafte Geschichten zu erfinden. Der Anlass für mein Geständnis war, dass ich über die Weihnachtsfeiertage und Silvester ins Sound gehen wollte und dafür keine richtige Geschichte fand. Meine Mutter erlaubte mir tatsächlich, während der Feiertage jeden Abend wegzubleiben. Ich war selber baff. Aber ich hatte meiner Mutter natürlich erzählt, was für eine solide, harmlose Teenager-Disco das Sound sei und dass da alle meine Freundinnen hingingen. Außerdem machte ich ihr klar, dass sie doch selber merke, wie viel ruhiger ich sei, nachdem ich mich einmal in der Woche richtig austobte.

Die Szene im Sound wurde inzwischen immer härter. Das Heroin kam rein wie eine Bombe. Auch in unserer Clique wurde jetzt ständig über H gequatscht. Eigentlich waren alle dagegen. Es gab ja für uns schon genügend Beispiele von Leuten, die das H kaputtgemacht hatte. Aber dann probierte doch einer nach dem anderen den ersten Druck und die meisten blieben dabei. Das Heroin zerstörte die Clique. Die schon H versucht hatten, gehörten sofort zu einer ganz anderen Gruppe.

Ich hatte einen urischen Horror vor H. Wenn es um H ging, wurde mir plötzlich wieder bewusst, dass ich erst dreizehn war. Andererseits hatte ich wieder diese Hochachtung vor den Gruppen, in denen gedrückt wurde. Das war wieder die nächsthöhere Clique für mich. Die Fixer sahen auf uns Hascher und Pillenschlucker mit einer ungeheuren Verachtung herab. Haschisch hieß bei ihnen die Babydroge. Irgendwo deprimierte es mich, dass ich dachte, in die Fixerclique, auf die echte Szene, käme ich nie. Dass es also keinen Aufstieg für mich mehr gab. Denn ich hatte eben einen Horror vor dieser Droge, von der ich wusste, dass sie wirklich das Ende war.

Es machte mir nicht so viel aus, dass unsere Clique am H kaputtging, weil ich Detlef hatte. Die anderen waren gar nicht mehr so wichtig. Mit Detlef wurde es immer besser. Einen Sonntag Anfang 1976 nahm ich ihn mit in unsere Wohnung. Ich wusste vorher, dass meine Mutter und ihr Freund nicht da waren. Ich kochte Detlef ein richtiges Mittagessen. Wir saßen dann am Tisch und aßen unser Sonntagsessen wie Mann und Frau. Ich fand das unheimlich cool.

Ich dachte danach die ganze Woche nur an Detlef und freute mich wahnsinnig auf Freitag und das Sound. Ich kam ganz nüchtern, aber richtig happy an diesem Freitag ins Sound. Detlef saß mit einer total abgewrackten Braut zusammen. Ich setzte mich dazu, aber Detlef beachtete mich kaum. Ich merkte, er war total auf etwas anderes fixiert. Ich dachte einen Moment, jetzt ginge das los wie mit Atze. Aber das war natürlich Quatsch bei dieser abgetakelten Braut.

Die beiden redeten erst gar nicht miteinander und dann in Brocken, die für mich keinen richtigen Sinn machten. Es ging jedenfalls um H Und plötzlich schnallte ich es irgendwie. Detlef wollte von der Braut H oder sie wollte ihm was andrehen. Ich kriegte Panik. Ich schrie richtig: »Mensch, Alter, bist du bekloppt. Du bist 16, du kannst doch kein H nehmen.«

Er schien gar nicht richtig zuzuhören. Ich sagte: »Schmeiß heute Abend drei Trips auf einmal. Ich besorg sie dir. Aber mach bitte keine Scheiße.« Ich bettelte richtig.

Als er nicht zu reagieren schien, machte ich einen riesigen Fehler, über den ich später oft nachgedacht habe. Ich wurde total panisch und schrie: »Wenn du H nimmst, will ich nichts mehr mit dir zu tun haben. Dann kannst du abhauen. Ich will dich nicht mehr sehen.« Danach bin ich sofort auf die Tanzfläche gegangen.

Ich hatte alles falsch gemacht. Ich hätte keinen Zirkus aufführen dürfen. Ich hätte in Ruhe mit ihm reden müssen, sobald wir allein waren. Er hörte ja auf mich. Ich hätte ihn vor allem keine Sekunde alleinlassen dürfen, denn er war schon ganz schön breit, als er mit der Braut sprach.

Schon nach zwei, drei Stunden erzählte mir jemand, dass Detlef sich zusammen mit seinem besten Freund Bernd einen Druck gesetzt hatte. Sie hatten gar nicht erst gesnieft. Sie hatten gleich gedrückt.

Ich sah Detlef dann noch in dieser Nacht. Er lächelte mir zu von ganz weit weg. Er schien sehr glücklich. Er hatte nicht einmal mehr das Bedürfnis, mit mir zu quatschen. Ich wollte nicht zu ihm. Das war eine noch miesere Nacht als dieser Samstag, an dem ich Atze verloren hatte. Detlef war weg. In einer Welt, zu der ich nicht gehörte. Mit einem Schlag, mit einem Druck war nichts Gemeinsames mehr zwischen uns.

Ich ging weiter ins Sound. Detlef hatte bald eine andere Freundin. Sie hieß Angi, war hässlich und unsensibel. Ich merkte, dass zwischen den beiden überhaupt nichts war. Ich sah Detlef eigentlich nie mit ihr reden. Sie war aber eben eine Fixerin. Manchmal kam

Detlef zu mir. Er war mir ganz fremd. Meistens kam er, weil er eine Mark oder fünfzig Pfennig von mir wollte. Dann war er dabei, sich einen Druck zusammenzuschlauchen. Wenn ich Geld hatte, gab ich ihm was.

Die Sonntagmorgende waren sehr triste. Ich schlich kaputt zum U-Bahnhof und dachte: Was ist das alles für eine Scheiße. Ich hatte überhaupt keinen Durchblick mehr. Ich wusste nicht, warum ich ins Sound ging, ich wusste nicht, warum ich Drogen nahm, ich wusste nicht, was ich sonst tun sollte, ich wusste überhaupt nichts. Haschisch gab mir nicht mehr viel. Wenn ich breit war von Dope, dann war ich völlig isoliert und konnte mit niemandem mehr reden. Aber irgendwann musste ich ja auch mit anderen mal quatschen, wo ich Detlef nicht mehr hatte. Ich nahm immer mehr Tabletten.

Als ich einen Samstag Geld hatte und alles an Pillen auf der Szene war, übertrieb ich es. Weil ich irgendwie sehr down war, spülte ich zwei Captagon, drei Ephedrin und noch ein paar Coffies, also Coffein-Tabletten mit einem Bier runter. Als ich dann total aufgedreht war, gefiel mir das auch nicht. Da schmiss ich Mandrax und jede Menge Valium nach.

Ich weiß nicht mehr genau, wie ich nach Hause kam. Auf dem Weg von der U-Bahn zu unserer Wohnung klappte ich jedenfalls zusammen. Ich kroch zu einer Treppe vor einem Geschäft und krümmte mich da zusammen. Irgendwann zog ich mich hoch und steuerte immer den nächsten Punkt zum Festhalten an. Von einer Laterne zum nächsten Baum und wieder zur Laterne. Es war ein endloser Weg. Ich dachte, ich würde sterben, wenn ich es nicht schaffte. Am schlimmsten war der Schmerz in der Brust. Es war, als bohrte mir jemand mit einem Schwert im Herzen rum.

Am nächsten Morgen, am Montag, bekam mich meine Mutter nicht wach. Als sie abends von der Arbeit zurückkam, lag ich immer noch bewegungslos da. Sie flößte mir mit Gewalt immer wieder Honig ein. Erst am Dienstagnachmittag konnte ich das erste Mal wieder aufstehen. Ich erzählte meiner Mutter, ich hätte eine Grippe und Kreislaufstörungen. Mein Kreislauf brach tatsächlich öfter zusammen. Ich sagte meiner Mutter, das sei bei anderen in meiner Klasse auch so. Das käm von der Pubertät und dem schnellen Wachsen. Ich wollte unter allen Umständen verhindern, dass ein Arzt geholt wurde, weil ich Angst hatte, der würde merken, was mit mir los war. Meine Mutter holte auch tatsächlich keinen Arzt. Sie schien immer froh, wenn ich ihr irgendeine Erklärung für meinen Zustand lieferte.

Ich hatte jetzt erst mal die Schnauze gestrichen voll von Pillen. Bis zum nächsten Samstag war ich fast ständig nüchtern. Ich fühlte mich sehr mies.

Am Samstag im Sound warf ich einen Trip. Es war der totale Horror. Das erste Mal, dass ich wirklich einen Horrortrip hatte. Diese Frankenstein-Fratze von dem Punkt auf meinem Poster war wieder da. Dann dachte ich, dass ich verblute. Das ging über Stunden. Ich konnte nicht mehr sprechen und nicht mehr laufen. Ich kam irgendwie ins Kino vom Sound und saß da fünf Stunden und dachte, ich verblute.

Nun ging also gar nichts mehr. Keine Tabletten, kein LSD. Auf Hasch hatte ich schon lange keinen Bock mehr. Ich blieb also bis auf ein paar Valium ab und zu clean. Ich glaube, drei Wochen lang. Es war eine beschissene Zeit. Wir zogen um nach Kreuzberg, nahe an der Mauer. Es war eine miese Gegend, aber die Miete war billiger. Ich musste jetzt mit der U-Bahn eine halbe Stunde zu meiner Schule in Gropiusstadt fahren. Aber das Sound war näher.

Das Sound war mies ohne Drogen. Es passierte überhaupt nichts mehr. Bis zu dem Morgen, an dem ich zur U-Bahn ging und gerade überall Plakate geklebt wurden. Es waren wahnsinnig poppige Plakate. Darauf stand: »David Bowie kommt nach Berlin.« Ich konnte das gar nicht fassen. David Bowie war unser einsamer Star, der coolste von allen. Seine Musik war die beste. Alle Typen wollten aussehen wie David Bowie. Und der kam nun also nach Berlin.

Meine Mutter besorgte mir über ihren Betrieb zwei Freikarten für das Konzert. Ich wusste komischerweise sofort, wem ich die zweite Karte schenken wollte: Frank. Ich dachte nicht darüber nach, warum gerade Frank. Frank war einer aus unserer alten Sound-Clique. Er sah irgendwie original aus wie David Bowie. Er hatte sich sogar das Haar mit Henna rot gefärbt. Vielleicht war das der Grund, dass ich auf ihn kam.

Frank war aber auch der erste Fixer aus unserer Clique gewesen. Er war als Erster schwer körperlich drauf auf H. Früher wurde er Hühnchen genannt. Jetzt sagten alle schon Leiche, weil er mittlerweile echt wie eine wandelnde Leiche aussah. Er war wie fast alle Jungs aus der Clique so um die 16 Jahre alt. Aber er hatte für sein Alter einen unheimlichen Durchblick. Er stand über allem. Er war so souverän, dass er selbst mir kleiner Hascherin gegenüber nie hochmütig tat.

Ich wollte also ausgerechnet mit einem totalen Fixer zu dem David-Bowie-Konzert, das in meiner Vorstellung damals eines der bedeutendsten Ereignisse meines Lebens war. Wie bedeutend, wusste ich allerdings noch nicht, als ich Hühnchen die Karte anbot. Ich lebte ja nur aus dem Unterbewusstsein. Aber irgendwie musste sich in den Wochen, in denen mir Tabletten, Shit und LSD nichts mehr gegeben hatten, meine Einstellung zu H geändert haben. Jedenfalls waren die unüberwindlichen Barrieren, die zwischen mir und den Fixern gewesen waren, offenbar weg.

Am Tag, an dem das Konzert war, traf ich mich mit Hühnchen am Hermannplatz. Er war unheimlich lang und wahnsinnig dünn. So war mir das noch nie aufgefallen. Ich sagte ihm das. Er sagte, er wiege noch 63 Kilo. Er habe sich gerade beim Blutspenden gewogen. Hühnchen verdiente sich einen Teil des Geldes für Dope mit Blutspenden. Obgleich er aussah wie eine Leiche und seine Arme total zerstochen waren und Fixer ja ziemlich oft Gelbsucht haben, nahmen sie ihn immer wieder zum Blutspenden.

In der U-Bahn fiel mir ein, dass ich mein Valium vergessen hatte. Ich sagte zu Hühnchen: »Mist, ich wollte es unbedingt mitnehmen, falls ich beim Konzert irgendwie ausflippe.« Ich hatte allerdings zu Hause schon ein paar Valium eingeschmissen. Nicht, um mich zu berauschen, sondern um bei David Bowie ganz cool zu bleiben.

Hühnchen war sofort total auf das Valium fixiert, das ich noch zu Hause hatte. Er wollte unbedingt zurückfahren. Ich fragte: »Wieso hast du so 'n Geier auf Valium?« Er sagte wieder, er wolle unbedingt zurückfahren. Als ich ihn genau anguckte, schnallte ich es. Seine Hände zitterten. Er kam auf Turkey. Turkey kommt aus dem Englischen und heißt Truthahn. Und wenn ein Truthahn erregt ist, flattert er. Turkey, das sind die Entzugserscheinungen bei alten Fixern, wenn die Wirkung des Drucks nachlässt. Man nennt das auch »auf dem Affen sein« oder »auf dem Hook«. Wir sagten meistens Turkey.

Ich rechnete Hühnchen vor, dass wir nicht mehr zurückkonnten, weil wir dann zu spät zum Konzert kommen würden. Er sagte, er habe kein Dope und keine Kohle mehr. Wegen des Konzerts habe er auch nichts mehr aufreißen können. Es sei eine Riesenscheiße, auf Turkey zu David Bowie zu gehen und nicht mal Valium zu haben. Er war gar nicht mehr souverän und cool jetzt. Ich hatte schon oft jemand auf Turkey gesehen, das aber noch nicht so bewusst erlebt.

In der Deutschlandhalle, wo das Konzert stattfand, war eine dufte Stimmung. Es waren fast nur coole Leute da, eben Bowie-Fans. Neben uns saßen amerikanische Soldaten, die rauchten eine Pfeife. Wir brauchten nur hinzugucken, da gaben sie die Pfeife an uns weiter. Alle waren in einer ganz geilen Stimmung. Hühnchen sog wie wahnsinnig an der Pfeife. Ihm ging es aber trotzdem immer schlechter.

Als David Bowie anfing, da war es beinah so geil, wie ich es mir vorgestellt hatte. Es war wahnsinnig. Als er dann aber zu dem Stück kam »It is too late«, es ist zu spät, kam ich mit einem Schlag runter. Ich war mit einem Mal ganz blöde drauf. Schon in den letzten Wochen, als ich nicht mehr wusste, wozu und wohin, war mir dies »It is too late« an den Nerv gegangen. Ich dachte, dass der Song genau meine Situation beschrieb. Nun haute mich dieses »It is too late« um. Ich hätte mein Valium gebraucht.

Nach dem Konzert konnte Hühnchen echt kaum noch gehen. Er war total auf Turkey. Wir trafen Bernd, den Freund von Detlef. Der hatte sich noch vor dem Konzert einen Druck gemacht. Er sagte, wir müssten etwas tun für Hühnchen. Er selber könne auch noch einen Druck vertragen.

Bernd hatte noch zwei Trips. Die verkauften wir ganz schnell vor der Deutschlandhalle und hatten dann erst mal 12 Mark. Den Rest sollte ich schlauchen. Ich war Meister im Schlauchen. Im Sound hatte ich mir einen großen Teil des Geldes, das ich für Drogen brauchte, zusammengeschlaucht. Wenigstens 20 Mark mussten es werden. Unter dem gab es nichts zu kaufen auf der Szene. Das Schlauchen vor der Deutschlandhalle ging fabelhaft. Da waren ja auch viele Leute mit Kohle im Konzert gewesen, Typen, die nicht schon alle naslang angehauen worden waren von jemandem, der nur Dope wollte. Ich brachte meine Sprüche »Kein Geld für die U-Bahnfahrkarte« und so, und das Geld klingelte nur so in meiner Plastiktasche. Bernd kaufte davon H. Mehr als genug für zwei Drucks. Dope war damals gerade relativ billig.

Der Gedanke kam mir dann urplötzlich: Jetzt hast du das Geld schon dafür geschlaucht, jetzt willst du auch wenigstens mal was davon probieren. Mal sehen, ob das Zeug wirklich so gut ist, wie die Fixer manchmal nach dem Druck glücklich aussehen. Weiter dachte ich wirklich nicht. Ich hatte ja nicht den Durchblick, dass ich mich in den vergangenen Monaten systematisch reif gemacht hatte fürs H.

Mir war in diesem Moment nicht einmal bewusst, dass ich ja in einem wahnsinnigen Tief war, dass mich dieses »It is too late« voll umgehauen hatte, dass mir keine andere Droge da mehr raushalf, dass auf meinem Weg jetzt H die logische Konsequenz war. Alles, was ich dachte, war, dass ich nicht wollte, dass die beiden Fixer jetzt loszogen und mich allein in meiner Scheiße zurückließen. Ich sagte den anderen beiden sofort, dass ich mal probieren wollte. Hühnchen konnte kaum noch sprechen. Aber er wurde richtig wütend. Er sagte: »Das machst du nicht. Du hast keine Ahnung, was du tust. Wenn du das machst, bist du in kurzer Zeit genau da, wo ich jetzt bin. Dann bist du nämlich eine Leiche.« Hühnchen wusste ganz genau, dass man ihn Leiche nannte.

Es war also nicht so, dass ich armes Mädchen von einem bösen Fixer oder Dealer bewusst angefixt wurde, wie man es immer in Zeitungen liest. Ich kenne niemanden, der praktisch gegen seinen Wunsch angefixt wurde. Die meisten Jugendlichen kommen ganz allein zum H, wenn sie so reif dafür sind, wie ich es war.

Mich machte das mühsame Gestammel von Hühnchen nur trotzig. Er war ja jetzt auf Turkey, nicht mehr der coole und überlegene Typ, sondern ein armes Schwein, das von mir abhängig war. Ich wollte mir von ihm nichts befehlen lassen. Ich sagte: »Erstens ist das meiste mein Dope, weil ich das Geld geschlaucht habe. Außerdem red nicht so ’nen Quatsch. Ich werd doch nicht abhängig wie du. Ich hab mich total unter Kontrolle. Ich probier das mal und dann ist Schluss.«

Ich wusste noch nicht, wie schwach man auf Turkey ist. Hühnchen jedenfalls schien voll beeindruckt von dem, was ich sagte. Er machte den Mund erst gar nicht mehr auf. Bernd quatschte auch noch was, aber ich hörte nicht hin, sondern sagte nur, wenn sie mich nicht probieren lassen wollten, dann sollten sie mir meinen Anteil ganz geben. Wir gingen in einen Hauseingang und Bernd teilte das

Dope ganz gerecht in drei Teile. Ich war jetzt unheimlich geil auf das Zeug. Da war kein Nachdenken, kein schlechtes Gewissen. Ich wollte es sofort probieren, um endlich mal wieder echt gut draufzukommen. Vor der Spritze hatte ich Angst. Ich sagte den beiden: »Ich will nicht drücken. Ich sniefe.« Bernd sagte, was ich machen müsste, obwohl ich das aus dem Gequatsche über H längst wusste.

Ich sog das Pulver sofort durch die Nase ein. Alles, was ich spürte, war ein beißend bitterer Geschmack. Ich musste Brechreiz unterdrücken und spuckte dann doch eine Menge von dem Zeug wieder aus. Dann kam es aber unheimlich schnell. Meine Glieder wurden wahnsinnig schwer und waren gleichzeitig ganz leicht. Ich war irrsinnig müde und das war ein unheimlich geiles Gefühl. Die ganze Scheiße war mit einem Mal weg. Kein »It is too late« mehr. Ich fühlte mich so toll wie noch nie. Das war am 18. April 1976, einen Monat vor meinem 14. Geburtstag. Ich werde das Datum nie vergessen.

Hühnchen und Bernd gingen in das Auto von einem Fixer, um sich den Druck zu setzen. Ich ging schon vor ins Sound. Mir machte es jetzt nichts mehr aus, allein zu sein. Ich fand es unheimlich cool, allein zu sein. Ich war wahnsinnig stark. Ich setzte mich im Sound auf eine Bank. Astrid kam, sah mich an und fragte sofort: »Mensch, bist du auf H?« Astrid war zu der Zeit meine beste Freundin.

Ich rastete trotzdem aus, als sie so dämlich fragte. Ich schrie: »Hau ab, Mensch. Mach, dass du wegkommst.« Ich wusste nicht, warum ich so ausflippte.

Hühnchen und Bernd kamen und waren auch breit. Hühnchen war wieder der total coole Typ. Detlef war nicht im Sound. Ich hatte Durst und holte mir einen Kirschsaft. Ich trank die ganze Nacht Kirschsaft. Vor Alkohol hatte ich jetzt einen ungeheuren Horror.

Um fünf Uhr morgens fragte Bernd, ob wir nicht noch mit zu ihm nach Hause wollten auf einen Tee. Wir gingen. Ich hakte mich ganz happy bei Hühnchen ein. Der Kirschsaft rumorte wie wild in meinem Bauch und ich musste mich übergeben. Ich kotzte im Gehen. Mir machte das überhaupt nichts aus. Die anderen beiden schienen es gar nicht zu bemerken.

Ich fühlte mich wie in einer tollen neuen Familie. Ich sagte nicht viel, aber ich hatte das Gefühl, zu den beiden über alles reden zu können. Das H machte uns zu Geschwistern. Wir waren alle gleich. Ich hätte meine geheimsten Gedanken verraten. Nach den miesen Wochen davor meinte ich nun, noch nie so glücklich gewesen zu sein.

Ich schlief zusammen mit Bernd in seinem Bett. Er fasste mich nicht an. Wir waren ja Geschwister, H-Geschwister. Hühnchen legte sich auf den Boden und den Kopf gegen einen Sessel. So lag er bis zwei Uhr mittags. Dann stand er auf, weil er schon wieder auf Turkey kam und sich einen Druck organisieren musste.

Ich spürte ein wahnsinniges Jucken überall. Ich zog mich nackend aus und kratzte mich mit der Haarbürste. Ich kratzte mich blutig, vor allem an den Waden. Mich irritierte das nicht. Ich wusste, dass Fixer sich kratzen. Am Kratzen hatte ich schon im Sound immer gleich erkannt, wer fixte. Hühnchens Waden waren so zerkratzt, dass da kein Flecken heiler Haut mehr war und an manchen Stellen das Fleisch zu sehen war. Hühnchen kratzte sich die Waden nicht mit einer Bürste, sondern mit dem Taschenmesser.

Hühnchen sagte zu mir, bevor er ging: »Du kannst das Dope, das du mir gegeben hast, morgen wiederkriegen.« Für ihn also war es bereits sonnenklar, dass ich jetzt eine richtige Fixerbraut geworden war, die sich spätestens am nächsten Tag wieder vollpumpt. Ich durchschaute irgendwie, was er da so selbstverständlich sagte. Ich tat ganz cool und antwortete: »Nee, lass man. Das hat Zeit. Es reicht, wenn du es mir in vier Wochen wiedergibst.«

Ich schlief noch mal ganz ruhig und happy ein. Abends fuhr ich nach Hause. Es gab Momente, wo ich mir etwa sagte: »Mensch, du bist 13 und warst schon auf H. Ist doch irgendwie scheiße.« Aber das war dann sofort wieder weg. Mir ging es zu gut zum Nachdenken. Entzugserscheinungen gibt es ja noch nicht, wenn man anfängt. Bei mir hielt das coole Feeling die ganze Woche an. Alles lief prima. Zu Hause gab es überhaupt keinen Krach mehr. Die Schule nahm ich ganz relaxed, arbeitete manchmal mit und bekam gute Zensuren. In den nächsten Wochen arbeitete ich mich in vielen Fächern von Vier auf Zwei rauf. Ich meinte plötzlich, mit allen Menschen und allem klarzukommen. Ich schwebte richtig cool durchs Leben. In der Woche ging ich wieder in das Haus der Mitte. Da waren inzwischen auch schon vier Leute aus unserer alten Clique auf Heroin umgestiegen. Mit denen saß ich jetzt abseits. Innerhalb weniger Wochen gab es immer mehr Fixer im Haus der Mitte. Das H schlug auch in Gropiusstadt wie eine Bombe ein.

Jürgen Quandt,
Kreisjugendpfarrer und geschäftsführender Pfarrer des evangelischen Zentrums »Haus der Mitte«

Der Jugendkeller im Evangelischen Zentrum – Haus der Mitte – war jahrelang der zentrale Treffpunkt von Jugendlichen aus der Gropiusstadt und aus Neukölln. Jeden Abend kamen bis zu 500 jugendliche Besucher in den Keller, bis wir im Dezember 1976 wegen des rapiden Anstiegs von Heroingebrauch unter Jugendlichen den Keller schlossen, um dadurch auf die katastrophale Situation öffentlich aufmerksam zu machen.

Was uns als Pädagogen überraschte, die wir zur Zeit der Studentenbewegung den Gebrauch sogenannter weicher Drogen hauptsächlich unter dem Aspekt ihrer bewusstseinsmäßigen Auswirkungen diskutiert hatten, war die Schnelligkeit, in der in Gropiusstadt eine Szene für harte Drogen entstand. Innerhalb weniger Monate waren 30–50 Jugendliche aus unserem Einzugsbereich auf Heroin umgestiegen. Unsere bis dahin unternommenen Versuche, die Jugendlichen mit Argumenten und nicht mit disziplinierenden Maßnahmen von der Gefährlichkeit des Drogengebrauchs zu überzeugen, mussten auf die Jugendlichen geradezu als Einladung zum Weitermachen und als Eingeständnis unserer Unfähigkeit im Kampf gegen die Droge wirken.

In der Offenen Jugendarbeit des Hauses der Mitte trat zu Tage, was von den staatlichen Behörden noch standhaft geleugnet wurde: dass nämlich von einem Abflauen der sogenannten Drogenwelle gar nicht die Rede sein konnte. Im Gegenteil, das Drogenproblem hatte quantitative und qualitative Ausmaße mit amerikanischen Dimensionen erreicht. Den Markt dafür bildeten nun arbeits- und ausbildungslose Arbeiterjugendliche. Was uns als Pädagogen blieb, war der öffentliche Protest gegen die behördliche Ignoranz. Die Schließung des Jugendkellers sollte ans Licht bringen, was viele sicher lieber im Dunkeln gelassen hätten. Das ist geschehen: Heute gibt es in Westberlin eine intensive Auseinandersetzung um die Drogenprobleme und behördliche Zugeständnisse.

Inzwischen ist der Jugendkeller wieder geöffnet. Einige der an eine Wiedereröffnung geknüpften Forderungen sind erfüllt. Es gibt in Neukölln eine staatlich finanzierte Drogenberatungsstelle, in der Gropiusstadt einen Clean-Bus als Treffpunkt für drogengefährdete Jugendliche und ein erweitertes Therapie-Angebot. Die Drogenprobleme sind nach zwei Jahren nicht geringer geworden, auch wenn wir es jetzt mit einer bereits nachgewachsenen Generation von Jugendlichen zu tun haben. Einige der Jugendlichen aus Gropiusstadt, die vor zwei Jahren mit Heroin angefangen hatten, leben nicht mehr.

Die Lebensverhältnisse der Jugendlichen sind inzwischen nicht besser geworden. Neben die alten Probleme treten offensichtlich neue: Immer mehr Jugendliche in Gropiusstadt tragen Waffen und sind im Zweifelsfall bereit, davon auch Gebrauch zu machen. Vielfach mischt sich das bereits mit entsprechendem nationalistischem Zubehör und der Bereitschaft, sich auf faschistisches Gedankengut einzulassen.

Die meisten Jugendlichen, mit denen wir es im Haus der Mitte zu tun haben, kommen aus Arbeiterfamilien. Ihre Situation ist trotz scheinbar steigenden Wohlstands durch eine in den letzten Jahren ständig steigende Verschlechterung ihrer Lebensbedingungen gekennzeichnet: Wachsende Leistungsanforderungen und Stress in der Schule, überfüllte Klassen, Lehrstellenmangel, Arbeitslosigkeit und familiäre Konflikte sind der konkrete Ausdruck dieser Verschlechterung.

In einer Neubausiedlung wie der Gropiusstadt, wo etwa 45 000 Menschen wohnen, kommt hinzu, dass jede Problematik aufgrund der Zusammenballung von Menschen sogleich massenhaft auftritt: also viele arbeitslose Jugendliche, viele familiäre Konflikte, häufiges Schulversagen usw. Außerdem bietet die »natürliche« Umgebung nur noch wenig Natur und damit wenig Entfaltungsmöglichkeiten. Die schwächsten Gruppen in der Gesellschaft, die Kinder, die Jugendlichen und die Alten, sind solchen zerstörerischen Lebensbedingungen am unmittelbarsten ausgeliefert. Es fehlt in Gropiusstadt nach Abschluss der Bebauung – und das heißt nach Ausnutzung jeglichen Baugrundes – an geeigneten Spielmöglichkeiten für Kinder, an Freizeiteinrichtungen für Jugendliche und Erwachsene und vor allem an Erholungsflächen. Es gibt hier keine großen Parkanlagen, keine Wiesen, keine Wälder; einfach nichts, wo Kinder sich auf legale Weise austoben oder Erwachsene spazieren gehen können.

Die Logik solcher Städte wie der Gropiusstadt beruht auf der Rentabilität des Kapitals und orientiert sich nicht an den Bedürfnissen und Lebensnotwendigkeiten der Menschen. Immer deutlicher treten die bisher nur vermuteten Folgen der vorfabrizierten Lebensweise zu Tage.

Materielle Not ist noch immer die Ursache vieler Konflikte und Probleme. Hohe Mieten und ständig steigende Lebenshaltungskosten erzwingen eine immer größere Arbeitsbelastung und das gemeinsame Verdienen von Mann und Frau. Und so unterliegt das Leben der Menschen hier einem scheinbar unauflöslichen Zwang, nämlich dem Zwang, immer mehr Lebenskraft für die tägliche Arbeit aufzubringen, ohne dafür wirklich glücklich und wohlhabend zu werden.

Die Droge ist von jeher eines der übelsten Mittel gewesen, den Menschen das Bewusstsein dafür zu rauben, dass sie zu den Opfern der gesellschaftlichen Entwicklung gehören. Alkohol hat in der Arbeiterschaft schon lange genau diese Funktion. Nun sind in den letzten Jahrzehnten andere Suchtmittel dazugekommen: Psychopharmaka, ein legales einträgliches Geschäft, und Rauschgifte wie Heroin und Kokain, zwar illegal, aber nicht weniger einträglich.

Erstaunlich ist eigentlich nicht so sehr, wie viele davon Gebrauch machen, sondern wie viele trotz massiver Existenzprobleme davon nicht Gebrauch machen. Das gilt auch und gerade für Jugendliche. Im Hinblick auf ihre Situation sollten eigentlich steigender Drogenmissbrauch, wachsende Kriminalität, zunehmende Brutalisierung und Verbreitung faschistoiden Gedankengutes unter Arbeiterjugendlichen nicht verwundern.

Es kann gar nicht ernsthaft bestritten werden, dass zwischen der Zunahme von Drogenmissbrauch unter Arbeiterjugendlichen und massiver Verschlechterung ihrer Lebensbedingungen ein unmittelbarer, inzwischen kommerziell perfekt genutzter Zusammenhang besteht.

Am Wochenende, nach meinem ersten H-Snief, traf ich Detlef am Sound. Er haute mich sofort an: »Du hast ja wahnsinnige Scheiße gebaut. Du bist total verrückt geworden.« Er hatte von Astrid schon gehört, dass ich gesnieft hatte.

Ich sagte ihm: »Sei du doch ruhig, Alter. Du hast doch damit angefangen und bist jetzt schon ein richtiger Fixer. So weit kommt das bei mir sowieso nicht.«

Detlef konnte darauf nichts sagen. Er war sowieso nicht gut drauf. Er war nicht auf Turkey, denn er war noch nicht körperlich abhängig. Aber er war wahnsinnig schussgeil. Er sagte mir schließlich, dass er keine Kohle habe und gern ein bisschen Dope kaufen würde.

Ich sagte: »Siehst du, Alter.« Und dann machte ich ihm den Vorschlag, dass wir zusammen Geld für Dope schlauchen. Er war einverstanden, obwohl er ja wissen musste, worauf das hinauslief. Ich schlauchte in zwanzig Minuten vor dem Sound 20 Mark zusammen. Detlef hatte sehr viel weniger. Aber es reichte für uns beide, denn wir wurden ja noch von einer sehr kleinen Dosis angetörnt. Wir diskutierten erst gar nicht mehr darüber, dass ich was abbekam. Das war einfach klar. Detlef setzte sich an diesem Abend seinen Druck und ich bekam meinen Snief. Es war also nichts aus meinem unbestimmten Vorsatz geworden, erst in vier Wochen wieder mal H zu probieren.

Detlef und ich waren wieder zusammen. Es war, als wären wir nie getrennt gewesen. Keiner sprach über die Wochen, in denen wir aneinander vorbeigegangen waren im Sound. Es war wieder so schön wie an dem Sonntag, an dem ich für Detlef gekocht hatte und wir beide dann zusammen Mittag gegessen hatten.

Ich war, glaube ich, glücklich darüber, wie es gekommen war. Hätte ich kein H probiert, wäre ich nie wieder mit Detlef zusammengekommen. Ich bildete mir ein, ich würde ein Wochenendfixer bleiben. Jeder, der mit H anfängt, bildet sich das ein, obwohl er natürlich niemanden kennt, der Wochenendfixer geblieben ist. Ich bildete mir obendrein noch ein, ich könne Detlef davor retten, ein richtiger Fixer zu werden. Das waren so die Lügen, mit denen ich happy war.

Mein Unterbewusstsein glaubte diese Lügen wahrscheinlich nicht. Wenn mich jemand auf H ansprach, rastete ich aus. Ich brüllte rum und schrie »abhauen«. Wie nach dem ersten Snief, als Astrid mich anmachte. Und ich begann alle Mädchen in meinem Alter zu hassen, denen ich ansah, dass sie auf dem gleichen Weg waren wie ich. Ich machte sie in der U-Bahn und im Sound aus, die kleinen Hasch- und Trip-Probiererinnen, die sich schon so anzuziehen versuchten wie Fixerbräute, die zwölf- und dreizehnjährigen Trebegängerinnen, die im Sound rumlungerten. Ich sagte mir immer: »Das miese kleine Stück landet beim H.« Obwohl ich sonst sehr ausgeglichen war, machten mich diese Mädchen richtig aggressiv. Ich hasste sie echt. Ich kam damals nie darauf, dass ich mich eigentlich selber hasste.

Nachdem ich ein paar Wochenenden gesnieft hatte, machte ich tatsächlich mal zwei Wochen Pause. Es machte mir gar nichts aus, bildete ich mir ein. Es ging mir körperlich auch nicht schlechter. Aber die alte Scheiße war wieder da. Ich hatte auf nichts mehr Bock, fing wieder an, mit meiner Mutter rumzustreiten. Das war kurz vor den Osterferien 1976.

Am ersten Samstag in den Ferien saß ich im Sound auf der Bank an der Treppe und wusste mal wieder echt nicht, warum ich da saß. Zwei Mädchen kamen die Treppe runter, so ungefähr zwölf Jahre alt, aber mit Schminke und Büstenhalter und auf sechzehn getrimmt. Ich erzählte auch jedem, der mich nicht sehr genau kannte, dass ich sechzehn sei, und versuchte mich auch so alt hinzuschminken. Ich hatte sofort eine unheimliche Abneigung gegen die beiden Mädchen. Aber dann interessierten sie mich auch. Ich ließ sie nicht mehr aus den Augen.

Wie sie sich durch das Sound bewegten, checkte ich sofort, dass die Anschluss suchten. Die wollten in eine Clique. Und das Schärfste für die wäre bestimmt die H-Clique, dachte ich. Sie kannten auch schon Richie, den Küchenchef vom Sound. Der war der einzig Ältere von den Sound-Angestellten, schon so Ende dreißig. Der stand auf Mädchen dieser Altersklasse. So der gute Onkel aller Trebegängerinnen. Die beiden quatschten also mit Richie über den Tresen. Sie merkten wohl, dass ich sie beobachtete. Sie guckten auch immer zu mir herüber. Wohl, weil ich in ihrem Alter war. Eine der beiden kam dann zu mir. Sie hatte echt ein unschuldiges Engelsgesicht. Sie heiße Babsi, sagte sie und fragte, ob ich einen Trip für sie hätte.

Ich sagte: »Hör doch auf. Ist ja schlimm. Was willst du denn mit 'nem Trip?« Ich genoss es, ihr so haushoch überlegen zu sein. Sie sollte lernen, dass man eine mit H-Erfahrung nicht einfach so wegen eines Trips anhaute. Sie fand mich wohl so cool, wie ich ein paar Monate vorher die Typen, die schon weiter auf der Drogenszene waren. Sie sagte, sie wolle mir einen Kirschsaft ausgeben und käme gleich wieder.

Als die Babsi weg war, kam die andere sofort. Sie hieß Stella. Die fragte, was Babsi von mir gewollt habe. Ich sagte: »Einen Trip.«

Stella sagte: »Hat sie dir schon Geld gegeben? Mir sind nämlich fünf Mark weggekommen. Die Alte hat sie bestimmt geklaut.« Das war also schon echt Stella. So wie ich sie später fast jeden Tag erleben sollte. Babsi und Stella wurden nämlich später meine besten Freundinnen. Bis Babsi Schlagzeilen in den Zeitungen bekam, weil sie die jüngste Herointote Berlins war.

Babsi kam dann mit dem Kirschsaft. Ich verachtete sie, aber mochte sie mit ihrem Engelsgesicht und ihrer unkomplizierten, naiven Art auch irgendwie. Wir kamen ins Quatschen. Babsi und Stella waren von der Realschule geflogen, weil sie zu oft Schule schwänzten. Die Schule geschwänzt hatten sie, weil sie in eine Clique reingekommen waren, in der tierisch gekifft wurde. Nun waren sie von zu Hause abgehauen, also auf Trebe, und wollten mehr erleben als in ihrer Hasch-Clique. Babsi war zwölf Jahre alt und Stella dreizehn.

Ich lud Babsi für den nächsten Vormittag zu mir nach Hause ein. Da sie überhaupt kein Zeug hatte, schenkte ich ihr zwei alte T-Shirts von mir und eine Unterhose. Dann schlief sie in meinem Bett und ich kochte Essen. Ich mochte sie nun wirklich. Ich freundete mich am nächsten Tag auch mit Stella an. Sie waren so, wie ich noch vor ganz kurzer Zeit gewesen war. Irgendwie fühlte ich mich in ihrer Gegenwart doch wohler als bei den total kaputten Fixern. Sie rauchten Shit und schmissen Trips und ich kam durch sie auch ein bisschen weg von den Leuten, die nur an H dachten und über H redeten. Ich nahm nur am Samstag meinen kleinen Snief. Die anderen aus der Clique machten sich darüber lustig, dass ich mich nun mit Teenie-Boppers abgab. Aber mir machte das nichts aus.

Wir drei hatten einfach viel miteinander zu quatschen. Wir hatten zu Hause alle ähnlichen Trouble gehabt. Babsis Vater hatte sich umgebracht, als sie noch ein kleines Kind war. Ihre Mutter war Tänzerin in Ostberlin gewesen und im Westen Fotomodell, erzählte Babsi. Ihr Stiefvater war ein großer Pianist. Ein weltberühmter Künstler, sagte Babsi. Sie war mächtig stolz auf ihren Stiefvater. Vor allem, wenn wir in einen Plattenladen gingen und da gab es jede Menge Plattenhüllen mit dem Namen und dem Bild ihres Stiefvaters. Dieser Klavierspieler schien sich allerdings nicht allzu viel um sie zu kümmern. Babsi lebte bei ihren Großeltern, die sie adoptiert hatten. Sie lebte da wie eine Prinzessin. Ich war später mal bei ihr zu Hause. Sie hatte ein wahnsinniges Zimmer mit den geilsten Möbeln. Sie hatte einen irren Plattenspieler und jede Menge Platten. Und Klamotten noch und noch. Aber sie vertrug sich nicht mit ihrer Großmutter, die eine richtige Furie war. Sie hätte gern wieder bei ihrer Mutter gewohnt. Babsi wollte nichts mehr von ihrem wahnsinnigen Zimmer wissen und war deshalb auf Trebe.

Stella hatte auch eine sehr schöne Mutter. Stella liebte sie auch. Aber ihr Vater war bei einem Wohnungsbrand gestorben. Als das passierte, war Stella wohl zehn. Und die Mutter musste sich seitdem allein durchschlagen und hatte wenig Zeit für Stella und fing da auch an zu trinken. Stella hatte damals einen richtigen Tick. Der hieß Muhammad Ali. Sie schwärmte von seiner Stärke. Der war für sie, glaube ich, in ihren Fantasien Vater und Geliebter zusammen.

Wir drei waren also auf demselben Weg. Ich hatte mir ja eigentlich vom ersten Abend an gesagt, dass die beiden auch beim H landen. Als dann aber der Moment kam, in dem mich Stella nach H fragte, war ich ehrlich entsetzt. Ich rastete wieder aus und schrie sie an: »Du lässt den Scheiß. Du bekommst sowieso von niemandem H. Ich höre auch wieder auf damit. Das bringt überhaupt nichts.«

Ich gab Stella auch nichts und sagte den anderen, sie sollten Stella ja kein Dope geben. Ein paar Tage später bekam sie doch was von Blacky, einem aus der Sound-Clique, mit dem sie jetzt befreundet war. Und Babsi machte es ihr natürlich nach.

Sie hatten dann aber erst mal nicht mehr viel Gelegenheit, sich Sniefs zu ergeiern. Sie wurden bei einer Razzia aufgegriffen und wieder nach Hause verfrachtet. Für einige Wochen sah ich sie nicht mehr.

Es war mittlerweile Frühling und draußen wurde es immer wärmer. Mit den ersten warmen Tagen im Jahr verband sich für mich ein Gefühl von Glück. Das hatte ich wohl noch aus meiner Kindheit. Barfuß laufen, sich nackend ausziehen, im Wasser planschen, aufblühende Blumen im Garten. In diesem Frühling 1976 wartete ich vergeblich auf das Glücksgefühl. Ich dachte, es könne gar nicht sein, dass das Leben nicht irgendwie schön wird, wenn die Sonne immer wärmer wird. Aber ich schleppte immer Probleme mit mir rum und wusste nicht mal richtig, was für Probleme das waren. Ich sniefte H, und die Probleme waren weg. Aber so ein Snief hielt längst nicht mehr für eine Woche vor.

Im Mai feierte ich meinen vierzehnten Geburtstag. Meine Mutter gab mir einen Kuss und fünfzig Mark. Die fünfzig Mark hatte sie sich vom Haushaltsgeld abgespart. Ich sollte mir was kaufen, worüber ich mich besonders freute.

Ich fuhr abends auf die Szene an der Kurfürstenstraße. Vierzig Mark gab ich für zwei Viertel H aus. So viel H auf ein Mal hatte ich noch nie gehabt. Für sechs Mark kaufte ich Zigaretten. Ich rauchte jetzt wie wahnsinnig, steckte eine nach der anderen an. Eine Packung konnte ich in zwei, drei Stunden wegqualmen. Vier Mark hatte ich dann noch für das Sound übrig.

Im Sound traf ich gleich Detlef. Er gab mir ein ganz liebes Küsschen und gratulierte mir zum Geburtstag. Ich gratulierte Detlef auch, weil er zwei Tage vor mir Geburtstag hatte. Detlef war ein bisschen traurig und erzählte, seine Eltern hätten ihm diesmal nicht gratuliert. Nur seine Oma. Er war echt mieser dran als ich. Ich versuchte ihn zu trösten mit »Mach dir nichts draus, Alter« und so und außerdem hatte ich ja noch ein ganz geiles Geschenk für ihn. Ich gab ihm einen Druck aus. Ich hatte so viel Dope, dass wir beide bis über den Sonntag draufbleiben konnten.

Nach dieser gemeinsamen Geburtstagsfeier mit einem tierischen Snief für mich und einem ordentlichen Druck für Detlef gingen wir dann richtig zusammen. Bis dahin war Detlef bisweilen noch rumgeflippt mit diesem oder jenem und ich war ja viel mit Babsi und Stella zusammen gewesen. Nun blieben wir fast jede Minute auf Tuchfühlung, wenn ich wegkonnte. Detlef hatte gerade seine Lehre als Rohrleger geschmissen und hatte eigentlich immer Zeit. Wenn wir genügend Geld hatten, waren wir beide auf H.

Die Sommerferien kamen.

Am ersten Ferientag ging ich mit Detlef und einigen aus der Clique zum Strandbad Wannsee. Wir waren mal wieder völlig abgebrannt. Ich lernte schnell, wie man im Strandbad Wannsee leicht zu

Sachwerten kam, die man versilbern konnte. Wir drückten uns oben am Wald rum, wo die alten Omis liegen. Wegen des Schattens, weil sie die Sonne nicht mehr so vertragen.

Wir haben erst mal klein angefangen und uns das Nötige für den Tag besorgt. Wir sind also zu einer Decke mit einer Kühlbox daneben, deren Besitzer wohl gerade baden gegangen waren. Ich habe dann ganz laut gesagt: »Ach, Oma ist ja gar nicht da.« Dann bin ich an die Kühlbox ran und habe ein paar Colabüchsen rausgenommen. Beim nächsten Mal habe ich ein Handtuch und eine Decke ergattert. Abends hatte ich noch ein Kofferradio und ein paar Kleinigkeiten und Detlef eine Uhr.

Das Kofferradio bin ich im Sound sofort für fünfzig Mark losgeworden. Es war ein ganz toller Tag. Und ich war schon vor lauter Vorfreude ganz happy. Als ich das Geld hatte, hab ich Detlef gleich gesagt: »Du, mit dem Sniefen, das will ich nicht mehr. Ich mache mir heute auch mal 'nen Druck.«

Detlef protestierte irgendwie wieder. Aber das war ja Quatsch. Ob man nun drückte oder sniefte, war ja im Prinzip egal. Nur, solange man sniefte, galt man noch nicht als ganz echter Fixer. Da war man eben noch einer, der es nur gelegentlich machte.

Wir gingen zur Szene in der Kurfürstenstraße gleich um die Ecke. Unser Stammdealer erkannte uns mittlerweile schon von weitem. Er ging los, sobald er uns sah, und wartete dann ein paar Ecken weiter, wenn die Luft rein war. Ich kaufte von ihm zwei Viertel für vierzig Mark. Ich wollte also endlich meinen ersten Schuss. Beim Sniefen kommt das Zeug langsam. Beim Schuss ist es ein Hammer. Die anderen hatten es mal mit einem sexuellen Höhepunkt verglichen. Ich wollte das, ohne auch nur eine Sekunde darüber nachzudenken, dass das der nächste Schritt in die totale Scheiße war.

Wir gingen zu der öffentlichen Toilette am Bülowbogen bei der Potsdamer Straße. Eine ganz miese Gegend. Vor der Toilette hingen

Penner rum. Die Alkis schliefen da nachts. Wir gaben ihnen eine Schachtel Zigaretten. Dafür standen sie Schmiere. Die kannten das natürlich schon und waren ganz scharf auf die Zigaretten.

Mit uns war noch eine Braut aus dem Sound gekommen. Tina. Detlef holte das Besteck, einen Löffel und Zitrone aus seiner Plastiktüte. Er tat das Dope auf den Löffel, tröpfelte Wasser und etwas Zitronensaft dazu, damit sich das Zeug, das ja nie ganz rein war, besser löste. Er kochte das Dope mit dem Feuerzeug auf und zog es in die Spritze. Diese alte Einwegspritze war total verdreckt, die Spitze so stumpf wie eine Stricknadel. Erst machte sich Detlef den Druck und dann Tina. Und dann war die Nadel total verstopft. Da ging überhaupt nichts mehr durch. Jedenfalls behaupteten die beiden das. Vielleicht wollten sie auch nur nicht, dass ich mir einen Druck machte. Ich war aber jetzt erst recht wild darauf.

Da war noch ein Fixer auf der Toilette, der sich gerade einen Druck gesetzt hatte. Ein total kaputter Typ, völlig runtergekommen. Ich fragte ihn, ob er mir sein Besteck ausleihen könne. Der machte das. Jetzt hatte ich aber doch urischen Horror, mir die Nadel in die Vene an der Armbeuge reinzuhauen. Ich setzte an und schaffte es einfach nicht, obwohl ich es ja bei anderen schon oft gesehen hatte. Detlef und Tina taten so, als ginge sie das überhaupt nichts an. Ich musste also den kaputten Typ bitten, mir zu helfen. Der wusste natürlich sofort, dass ich es das erste Mal machte. Ich kam mir ziemlich blöde gegenüber diesem alten Fixer vor.

Er sagte, er fände das scheiße, nahm aber dann die Spritze. Da meine Venen kaum zu sehen sind, hatte er Schwierigkeiten, eine Ader zu treffen. Er musste die Nadel dreimal reinhauen, bis er ein bisschen Blut in die Kanüle hochzog und wusste, dass er in der Vene war. Er murmelte immer wieder, dass er das scheiße fände, und knallte mir das ganze Viertel rein.

Es kam wirklich wie ein Hammer. Aber einen richtigen sexuellen

Höhepunkt hatte ich mir schon anders vorgestellt. Ich war gleich danach total abgestumpft. Ich nahm kaum noch etwas wahr und dachte nichts mehr. Ich ging ins Sound, hockte mich in eine Ecke und trank Kirschsaft.

Ich war nun wirklich mit Detlef auf einer Höhe. Wir waren echt zusammen wie ein richtiges Ehepaar. Nur dass wir nicht miteinander schliefen, überhaupt keinen sexuellen Kontakt hatten. Dazu fühlte ich mich noch immer nicht alt genug und Detlef akzeptierte das, ohne dass ich ihm viel erklären musste. Das fand ich auch toll an ihm. Er war einfach ein astreiner Typ.

Ich war sicher, dass ich eines Tages mit ihm schlafen würde. Und ich war froh, dass ich mit keinem anderen Jungen etwas gehabt hatte. Für mich gab es keinen Zweifel, dass wir zusammenbleiben würden. Wenn wir im Sound gewesen waren, brachte mich Detlef zu Fuß nach Hause. Das waren zwei Stunden. Er trampte dann meistens von Kreuzberg nach Lankwitz, wo er bei seinem Vater wohnte.

Wir quatschten viel unwirkliches Zeug. Irgendeinen Bezug zur Wirklichkeit hatte ich nicht mehr. Das Wirkliche war für mich unwirklich. Mich interessierte weder Gestern noch Morgen. Ich hatte keine Pläne, sondern nur noch Träume. Am liebsten redete ich mit Detlef darüber, wie es wäre, wenn wir viel Geld hätten. Ein großes Haus wollten wir uns kaufen und ein großes Auto und die coolsten Möbel. Nur eins kam in diesen Spinnereien nie vor: Heroin.

Detlef hatte dann tatsächlich eine Idee, wie wir reich werden könnten. Er sagte mir, dass er auf Kombi, also auf Pump, von einem Dealer für hundert Mark H bekommen könnte. Das wollte er in zehn Päckchen für zwanzig Mark abteilen, so dass wir beim Verkauf hundert Mark verdient hätten. Von dem Geld könnten wir dann neu einkaufen und jedes Mal unser Kapital verdoppeln. Ich fand die Idee astrein. So einfach stellten wir uns damals also das Dealen vor.

Detlef bekam auch tatsächlich hundert Mark auf Kombi. Offenbar waren gerade ein paar kleine Dealer auf der Szene hochgegangen und die suchten neue Straßenverkäufer. Richtig auf die Szene wagten wir uns mit unserem Dope nicht. Wir verkauften im Sound. Detlef, das gutmütige Schaf, geriet immer an Leute auf Turkey, die keine müde Mark hatten. Er gab ihnen das Dope auch auf Kombi. Die zahlten natürlich nie. Die eine Hälfte des H ging so weg, die andere verdrückten wir selber. Als das Dope alle war, hatten wir echt keinen Pfennig dafür bekommen.

Der Typ, von dem Detlef den Stoff auf Kombi hatte, war wahnsinnig sauer. Aber er unternahm nichts weiter. Wahrscheinlich hatte er nur testen wollen, ob Detlef als Kleindealer taugte. Und der hatte nun ausreichend bewiesen, dass er nicht die geringsten Fähigkeiten zum Dealen hatte.

Die ersten drei Wochen der Sommerferien war ich jeden Tag mit Detlef zusammen. Wir trafen uns immer schon mittags. Wir waren dann meistens unterwegs, um irgendwie Kohle zu ergeiern. Ich machte Sachen, die ich früher nie so fertiggebracht hätte. Ich klaute wie ein Rabe in den Kaufhäusern. Vor allem Sachen, die man im Sound zu Geld und dann zu Dope machen konnte. Es reichte selten für zwei Drucks am Tag. Aber das brauchten wir auch noch nicht unbedingt. Wir kamen sogar noch Tage ohne H aus, weil wir noch nicht körperlich drauf waren. Die zweite Hälfte der Ferien sollte ich zu meiner Oma nach Hessen reisen. Meine Oma wohnte in einem kleinen Dorf. Und komisch, ich freute mich wahnsinnig auf das Dorf und meine Oma. Einerseits konnte ich mir zwei, drei Wochen ohne Detlef überhaupt nicht vorstellen. Dass ich auch nur ein paar Tage ohne Sound und Kudamm-Glitzerglitzer leben könnte, schien mir kaum denkbar. Andererseits freute ich mich eben auf die Kinder im Dorf, die noch nie etwas von Drogen gehört hatten, auf Schnitzeljagden und Rumgeplansche am Bach und Reiten. Ich wusste selber nicht mehr, wer ich war.

Ohne viel darüber nachzudenken, hatte ich mich auch schon in zwei grundverschiedene Personen aufgespalten. Ich schrieb Briefe an mich selbst. Das heißt, Christiane schrieb Briefe an Vera. Vera ist mein zweiter Vorname. Christiane war die Dreizehnjährige, die zur Oma wollte, war irgendwie die Gute, Vera war die Fixerin. Und die stritten sich also jetzt in Briefen.

Schon als meine Mutter mich in den Zug gesetzt hatte, war ich nur noch Christiane. Und als ich dann bei meiner Oma in der Küche saß, da war es, als wäre ich nie in Berlin gewesen. Ich fühlte mich sofort echt zu Hause. Meine Oma gab mir, schon wie sie so relaxed da saß, ein Gefühl, zu Hause zu sein. Ich mochte meine Oma wahnsinnig. Und ich mochte ihre Küche. Die war wie aus dem Bilderbuch. Eine richtige alte Bauernküche mit offener Feuerstelle und riesigen Töpfen und Pfannen, in denen immer irgendetwas brutzelte. Urgemütlich.

Mit meinen Vettern und Cousinen und mit den anderen im Dorf, die in meinem Alter waren, verstand ich mich sofort wieder. Das waren alles noch richtige Kinder. Wie ich. Ich fühlte mich seit ich weiß nicht wie langer Zeit wieder wie ein Kind. Meine hochhackigen Stiefel warf ich in die Ecke. Ich lieh mir von den anderen je nach Wetter Sandalen oder Gummistiefel. Meine Schminksachen rührte ich nie an. Ich musste hier ja niemandem irgendetwas beweisen.

Ich ritt viel. Wir machten Schnitzeljagden mit Pferden und zu Fuß. Unser Lieblingsspielplatz war immer noch unten am Bach. Wir waren alle größer geworden und die Staudämme, die wir bauten, wurden jetzt riesig. Richtige Stauseen entstanden dahinter. Und wenn wir abends eine Bresche in den Damm schlugen, dann schoss eine Fontäne von wenigstens drei Metern den Bach runter.

Die anderen wollten natürlich wissen, wie es in Berlin war, was ich da machte. Aber ich erzählte nicht viel. Ich wollte überhaupt nicht an

Berlin denken. Es war wahnsinnig, aber ich dachte nicht einmal mehr an Detlef. Eigentlich hatte ich Detlef jeden Tag einen Brief schreiben wollen. Ich schrieb ihm nicht ein einziges Mal. Ich versuchte manchmal abends, an ihn zu denken. Aber ich konnte ihn mir kaum vorstellen. Er war irgendwie ein Typ aus einer anderen Welt, deren Signale ich nicht mehr verstand.

Abends im Bett bekam ich dann immer öfter urischen Horror. Ich sah die Sound-Typen wie Geister vor mir und dachte daran, dass ich bald nach Berlin zurückmusste. An solchen Abenden hatte ich tierische Angst vor Berlin. Dann dachte ich daran, dass ich meine Oma bitten könnte, bei ihr bleiben zu dürfen. Aber wie hätte ich das begründen können, auch meiner Mutter gegenüber? Ich hätte ihnen alles über meine Erfahrung mit Rauschgift erzählen müssen. Das aber brachte ich nicht. Ich glaube auch, meine Oma wäre tot vom Stuhl gefallen, wenn ich ihr erzählt hätte, dass ihre Kleine sich Heroin spritzt.

Ich musste also zurück nach Berlin. Der Krach, die Lichter, die ganze Hektik, alles, was ich vorher an Berlin geliebt hatte, nervte mich nun irrsinnig. Ich konnte nachts kaum schlafen bei dem Lärm. Und auf dem Kurfürstendamm zwischen den Autos und Menschenmassen bekam ich einen richtigen Horror.

Ich machte gar nicht erst den Versuch, mich wieder in Berlin einzuleben. Denn eine Woche nach meiner Rückkehr ging es auf Klassenreise. Obgleich ich von meiner Patentante fünfzig Mark geschenkt bekam, dachte ich keinen Moment daran, dafür Dope zu besorgen. Ich suchte auch nicht weiter nach Detlef, von dem ich nur hörte, dass er nicht mehr ins Sound ging. Ich blieb total clean, bis ich mit der Klasse in den Schwarzwald fuhr.

Ich hatte mich gefreut auf die Reise, aber nun ging es mir schon nach ein paar Tagen ziemlich mies. Ich hatte Bauchschmerzen nach dem Essen und hielt die Wanderungen kaum durch. Als wir im Autobus nach Lörrach, zu den Suchard-Schokoladenwerken fuhren, sagte Kessi, die neben mir saß, plötzlich: »Mensch, du siehst ja total gelb aus. Gelbsucht.« Kessi rückte richtig ein Stück von mir ab.

Ich dachte, mein Hamster bohnert. Alle Fixer kriegen über kurz oder lang die Gelbsucht durch die dreckigen, alten Spritzbestecke, die auch noch ausgeliehen werden. Zum ersten Mal seit langer Zeit dachte ich wieder an H. Und ich dachte sofort an die dreckige Spritze, mit der mir der kaputte Typ in der Toilette Bülowbogen das erste Viertel reingeknallt hatte. Dann merkte ich, dass Kessi das mit der Gelbsucht gar nicht ernst gemeint hatte. Und ich dachte, das könne auch nicht sein nach den paar Schüssen, die ja nun auch schon Wochen her waren.

Vor den Suchard-Werken besorgte ich mir an einer Wurstbude einen Plastiklöffel. Dann ging es rein ins Schokoladen-Schlaraffenland. In jeden Bottich mit halbwegs appetitlich aussehender Masse langte ich rein mit meinem Plastiklöffel. Wenn es besonders gut schmeckte, lenkte ich den Führer mit Fragen ab, um ein paar Mal zulangen zu können. Am Ende hatte ich noch so viele Bonbons abgestaubt, dass meine zum Beutel zusammengeknotete Jacke überquoll.

Schon im Bus schwor ich mir, nie wieder ein Stück Schokolade anzurühren. In unserem Quartier brach ich dann zusammen. Meine Leber kapitulierte vor dem fetten Kakaozeug, das ich pfundweise in mich hineingelöffelt hatte.

Nun merkte auch unser Lehrer, dass ich ziemlich gelb aussah. Ein Arzt kam und dann ging es im Krankenwagen tatütata in die Freiburger Universitätsklinik. Das Isolierzimmer auf der Kinderstation war makellos weiß und ein paar Quadratmeter groß. Kein Bild an der Wand, nichts. Schwestern brachten ziemlich wortlos Essen und Pillen. Manchmal kam der Arzt und fragte, wie es mir gehe. Drei Wochen ging das so. Ich durfte das Zimmer nie verlassen, nicht einmal zum Pinkeln. Niemand besuchte mich, keiner sprach mit mir. Ich hatte nichts Vernünftiges zu lesen und kein Radio. Ich dachte oft, ich würde durchdrehen.

Liebe Briefe meiner Mutter waren das Einzige, was mich hochhielt. Ich schrieb ihr auch. Aber meistens schrieb ich an meine beiden Katzen, die einzigen Tiere, die ich noch hatte. Es waren winzig kleine Briefe in kleinen Briefumschlägen, die ich selber faltete.

Manchmal dachte ich an meine Oma und die Kinder aus dem Dorf und den Bach und die Pferde und manchmal an Berlin, an das Sound, an Detlef und H. Ich wusste nicht, wer ich war. Wenn ich richtig mies drauf war, dachte ich: »Du bist 'ne Fixerbraut mit der ersten Gelbsucht. Basta.« Wenn ich in der Fantasie mit meinen Katzen zusammen war, dachte ich, dass ich mich in der Schule anstrengen würde und jede Ferien zu meiner Oma führe. Das ging wahnsinnig hin und her, und viele Stunden dachte ich überhaupt nichts und starrte einfach an die Decke und wäre am liebsten tot gewesen.

Dann hatte ich noch Angst, dass die Ärzte die Ursache meiner Gelbsucht rausfinden würden. Aber die Einstiche waren in den letzten Wochen verheilt. Narben und Thrombosen hatte ich noch nicht am Arm. Wer sollte auch auf der Kinderstation in Freiburg eine Fixerin vermuten?

Nach drei Wochen musste ich erst mal wieder ein bisschen laufen lernen. Dann durfte ich mit dem Flugzeug nach Berlin zurück. Die Krankenkasse zahlte das. Zu Hause musste ich gleich wieder ins Bett. Ich war glücklich, bei meiner Mutter und meinen Katzen zu sein. Ich dachte an nichts anderes.

Meine Mutter erzählte dann, dass Detlef sie ein paar Mal besucht habe, um nach mir zu fragen. Er habe einen richtig traurigen Eindruck gemacht, weil ich so lange fortblieb, sagte meine Mutter. Erst jetzt fiel mir Detlef wieder richtig ein. Ich sah ihn vor mir, sein schönes lockiges Haar, sein Gesicht, das so wahnsinnig lieb war. Es machte mich ganz happy, dass sich da jemand um mich gesorgt hatte, dass ich von jemandem wirklich geliebt wurde. Von Detlef. Und ich hatte ein richtig schlechtes Gewissen, dass ich meine Liebe zu ihm ein paar Wochen fast vergessen hatte.

Nach ein paar Tagen hatte Detlef irgendwie erfahren, dass ich zurück war, und besuchte mich. Als er vor meinem Bett stand, bekam ich echt einen Schock. Ich brachte überhaupt kein Wort raus.

Detlef war bis auf die Knochen abgemagert. Seine Arme waren so dünn, dass ich leicht mit einer Hand rumfassen konnte. Das Gesicht war ganz weiß und eingefallen. Aber es war noch genauso schön. Die wahnsinnig lieben Augen waren irgendwie größer geworden, trauriger auch. Ich liebte Detlef sofort wieder irrsinnig. Es machte mir gar nichts aus, dass er bis aufs Skelett abgemagert war. Und ich wollte auch gar nicht darüber nachdenken, warum er körperlich so runtergekommen war.

Wir hatten zunächst Schwierigkeiten mit dem Quatschen. Er wollte nur etwas über mich hören. Aber ich hatte ja nichts zu erzählen, was ihn interessiert hätte. Ich kam gar nicht erst auf die Idee, ihm von den Ferien und den Spielen bei meiner Oma zu erzählen. Ich fragte ihn schließlich, warum er nicht mehr ins Sound ginge. Er sagte, das Sound sei doch scheiße. Ich wollte wissen, wo er jetzt immer war, und er sagte schließlich: Am Bahnhof Zoo. Was er da mache? »Anschaffen,« sagte Detlef.

Mich schockte das im Moment überhaupt nicht. Ich wusste von anderen Fixern, dass sie gelegentlich anschafften. Ich hatte keine sehr genauen Vorstellungen davon, was dieses Anschaffen bedeutete. Ich wollte über so was auch nicht weiter nachdenken. Ich wusste nur, dass sie irgendwie Schwule befriedigten, ohne selbst irgendetwas dabei zu empfinden, und viel Geld dafür bekamen. Ich war an diesem Tag nur glücklich darüber, dass Detlef gekommen war und mich noch echt liebte und ich ihn auch.

Am nächsten Sonntag durfte ich das erste Mal wieder raus. Detlef holte mich nachmittags ab. Wir gingen in ein Café in der Lietzenburger Straße. Da waren fast nur Schwule und die meisten kannten Detlef. Die waren alle sehr nett zu mir und machten mir Komplimente. Sie gratulierten Detlef zu seiner hübschen Freundin. Und ich merkte, dass Detlef richtig stolz darauf war, dass ich seine Freundin war und dass er mich deswegen auch in das Café mitgeschleppt hatte, wo ihn alle kannten.

Ich mochte die Schwulen irgendwie. Sie waren nett zu mir, machten mir Komplimente, ohne mich blöd anzumachen wie andere Männer. Die fanden mich niedlich und hatten mich gern, ohne was von mir zu wollen. Mich machten die vielen Komplimente stolz. Ich ging auf die Toilette und sah in den Spiegel. Ich fand, dass die recht hatten. Ich sah echt gut aus, nachdem ich nun mehr als zwei Monate kein Rauschgift mehr angerührt hatte. Ich fand, dass ich noch nie so gut ausgesehen hatte.

Detlef sagte, er müsse noch zum Zoo, weil er sich mit Bernd, seinem besten Freund, verabredet habe. Der hätte heute für ihn mitangeschafft. Detlef war ja meinetwegen nicht dazu gekommen, auf den Bahnhof zu gehen. Es war klar, dass ich mitkam. Außerdem freute ich mich, Bernd wiederzusehen.

Bernd war gerade mit einem Freier unterwegs. Wir mussten warten. Der Bahnhof schien mir an diesem Abend gar nicht so schlimm, wie ich ihn in Erinnerung hatte. Ich guckte meistens Detlef an. Als Detlef kurz mit einem anderen Jungen quatschte und ich einen Moment allein stand, machten mich irgendwelche Kanaken an. Ich hörte nur »sechzig Mark« oder so was. Ich hakte mich fest bei Detlef ein und fühlte mich unheimlich geborgen. Ich überredete Detlef noch, mit mir ins Sound zu gehen. Und dann, mir von seinem Dope einen kleinen Snief abzugeben. Er wollte natürlich erst nicht. Aber ich sagte ihm: »Nur heute Abend. Nur zur Begrüßung. Ich möchte so drauf sein wie du. Oder du machst dir auch keinen Druck.« Da gab er mir was.

Er sagte, ich würde aber nie wieder etwas von ihm bekommen. Ich antwortete, das sei auch nicht nötig. Ich hätte schließlich zweieinhalb Monate bewiesen, dass ich nicht abhängig von H sei. Und in den letzten Wochen hätte ich echt gemerkt, dass es mir ohne H viel besser ginge.

Das ging Detlef runter. Er sagte: »Kleines, ich hör auch auf. Was du bringst, das schaff ich mit links.« Er setzte sich seinen Druck, ich sniefte. Wir waren wahnsinnig happy und redeten darüber, wie wir ohne H zusammen glücklich sein würden.

Am nächsten Mittag ging ich zum Bahnhof Zoo und traf Detlef. Ich bekam wieder einen Snief. Ich traf Detlef fast jeden Nachmittag nach der Schule auf dem Bahnhof. Ich setzte mir auch wieder den ersten Druck. Es war, als wäre ich nie aus Berlin weg gewesen, als hätte es für mich die zweieinhalb Monate ohne H gar nicht gegeben. Wir sprachen fast jeden Tag vom Aufhören und ich erzählte Detlef, wie leicht das sei.

Oft fuhr ich direkt von der Schule zum Zoo. In meiner Tasche hatte ich ein Spritzbesteck und ein großes Paket mit Broten. Meine Mutter muss sich eigentlich gewundert haben, dass ich so viel Schulbrot mitnahm und immer dünner wurde. Ich wusste, Detlef und seine Freunde warteten schon auf das Mittagessen, das ich ihnen brachte.

Zuerst war Detlef noch wütend, wenn ich auf den Bahnhof kam. Er wollte nicht, dass ich dabei war, wenn er anschaffen ging. Er sagte mir: »Ich will nicht, dass meine Freundin auf dem Zoo rumkriecht, wo das letzte Pack ist. Du kannst dich mit mir überall verabreden, aber komm nicht mehr auf den Bahnhof.«

Ich hörte kaum hin. Ich wollte einfach bei Detlef sein, egal wo. Allmählich fühlte ich mich in der dreckigen Bahnhofshalle schon wohl, jedenfalls war mir alles vertraut. Diesen Gestank aus Pisse und Desinfektionsmittel roch ich nicht mehr. Die Stricher, die Bräute, die

Kanaken, Bullen, Penner, Besoffene, die ganze Kotze, das war meine selbstverständliche Umgebung zwischen Mittag und Abend. Da gehörte ich hin, weil Detlef da war.

Zuerst hat es mich angenervt, wie mich die anderen Mädchen anstarrten – von unten nach oben. Irgendwie noch aggressiver als die Freier. Dann spürte ich, dass die Mädchen, die auf dem Bahnhof anschaffen gingen, Angst vor mir hatten. Angst, dass ich als frische, knackige Ware auf dem Zoo ihnen die besten Freier wegschnappen würde. Klar, ich sah besser aus als die, war gepflegt, wusch mir die Haare fast jeden Tag. Mir sah noch niemand an, dass ich eine Fixerin war. Ich wusste, ich war den anderen Mädchen überlegen. Das gab mir ein gutes Gefühl. Die Freier wären nur so auf mich geflogen. Aber ich musste ja gar nicht anschaffen. Detlef machte das für mich. Wie die anderen mich beobachteten, mussten sie doch denken, was ist das nur für eine coole Braut, hat Dope, ohne anschaffen zu müssen.

Die Freier machten mich anfangs noch wild. Vor allem die Kanaken mit ihrem ewigen: »Du bumsen? … Du Pension gehen?« Zwanzig Mark boten manche. Nach kurzer Zeit machte es mir dann echt Spaß, die Typen anzumachen. Ich sagte: »He Alter, du spinnst wohl. Unter fünfhundert kommt einer wie du bei mir sowieso nicht ran.« Oder ich habe den einfach ganz cool angeguckt und gesagt: »Bei mir läuft gar nichts, Alter. Hau ab.« Das gab mir schon ein gutes Gefühl, wenn die geilen Säue dann die Schwänze einzogen und sich davonschlichen. Ich war auch den Freiern überlegen. Wenn einer mal frech wurde oder mir sogar an die Wäsche wollte, war Detlef sofort da. Wenn Detlef mit einem Freier wegging, sagte er seinen Freunden, die auf dem Bahnhof anschafften, sie sollten auf mich aufpassen. Die waren wie Brüder zu mir. Sie machten jedem Kerl, der mir dumm kam, Beine.

Statt ins Sound ging ich nun in die Bahnhofsterrassen. Ich hatte keine anderen Freunde mehr als unsere kleine Zoo-Clique. Außer Detlef und mir gehörten noch Bernd und Axel dazu. Beide waren sechzehn, waren voll auf H und gingen auf den Strich. Die drei lebten in Axels Wohnung.

Axel war im Gegensatz zu den beiden anderen unheimlich hässlich. In seinem Gesicht passte nichts zusammen. Arme und Beine gehörten irgendwie nicht zu seinem Körper. Also das Letzte, worauf Schwule stehen. Aber er bekam seine Freier und hatte sogar Stammfreier. Detlef konnte die Freier anschreien und beleidigen, wenn ihm die Kotze hochkam. Sie kamen immer wieder angewinselt. Axel, so wie er aussah, musste sich immer zusammennehmen und scheißfreundlich tun. Außerdem hat er wohl was Besonderes im Bett draufgehabt, irgendwas, worauf die Schwulen unheimlich abgefahren sind. Sonst hätte er bei der Konkurrenz auf dem Bahnhof nicht mithalten können.

Er rächte sich aber an den Freiern, wo er nur konnte. Er musste nur an einen Dummen kommen, dann betrog er, beschiss, linkte ab. Axel war ein starker Typ. Man konnte ihn beleidigen und demütigen. Er ließ sich nie etwas anmerken. Er blieb immer liebenswürdig. Er war unglaublich hilfsbereit, eine Eigenschaft, die ich unter Fixern nie wieder gefunden habe. Es gab überhaupt nicht noch mal einen Fixer wie ihn. Er war, als lebte er schon nicht mehr in dieser beschissenen Welt. Ein Jahr später war er tot.

Axel hatte eine ähnliche Geschichte wie wir. Seine Eltern waren geschieden. Er hatte bei seiner Mutter gelebt, bis die zu einem Freund zog. Die Mutter war immerhin großzügig. Sie ließ ihm eine Zweieinhalb-Zimmer-Wohnung mit ein paar Möbeln und stellte ihm sogar einen Fernseher rein. Einmal in der Woche besuchte seine Mutter ihn und gab ihm etwas Geld zum Leben. Sie wusste, dass er fixte. Und sie hat ihm wohl auch öfter gesagt, er solle damit aufhören. Sie meinte, sie habe mehr für ihn getan als andere Eltern. Nämlich ihm sogar eine Wohnung mit Fernseher geschenkt.

Ich übernachtete dann auch ein Wochenende in Axels Wohnung.

Meine Mutter hatte es erlaubt. Ich hatte wieder was von einer Freundin erzählt.

Axels Wohnung war echt abgestumpft. Eine richtige Fixerwohnung. Der Gestank kam mir schon in der Tür entgegen. Überall standen leere Fischkonservenbüchsen rum, Zigarettenkippen steckten in Öl, Tomaten- und Senfsoße. Dazwischen standen Becher und Tassen, alle mit ein bisschen Wasser drin, Asche, Tabak, Zigarettenpapier. Als ich ein paar Joghurt auf den einzigen Tisch schieben wollte, schepperten auf der anderen Seite zwei Fischbüchsen auf den Boden. Die Soße sickerte in den Teppich. Niemand kümmerte sich darum.

Aus dem Teppich kam sowieso der ekelhafteste Gestank. Als Axel sich einen Druck machte, sah ich, warum es so stank. Er zog die Spritze mit den Blutrückständen aus dem Arm, füllte sie mit Wasser und spritzte die rosa Brühe dann einfach auf den Teppich. So reinigte er sein Besteck immer. Bei jedem Druck kamen ein paar Tropfen Blut mehr auf die abgewetzten Persermuster. Und das machte den süßlich-muffigen Geruch zusammen mit den Fischsoßen. Selbst die Gardinen waren gelb und rochen.

In dem ganzen stinkenden Chaos war ein strahlend weißes Bett. Ich flüchtete mich sofort darauf. Als ich das Gesicht in die Kissen drückte, roch es nach Ariel und Weißem Riesen. Ich dachte wirklich, du hast noch nie auf einem so sauberen Bett gelegen.

Axel sagte: »Das hab ich für dich bezogen.« Jeden Samstag, wenn ich kam, war das Bett in den nächsten Wochen frisch bezogen. Ich schlief immer nur einmal in derselben Bettwäsche, während die anderen ihre Laken wohl nie wechselten.

Die Jungs kauften mir zu essen und zu trinken, immer, was mir gerade am besten schmeckte. Sie wollten mir einfach eine Freude machen. Vor allem kauften sie mir nur das beste Dope. Meine Leber machte mir immer noch zu schaffen. Wenn ich unreines Zeug drückte, ging es mir dreckig. Sie machten sich große Sorgen, wenn es mir schlecht ging. Also kauften sie mir das sauberste H, auch wenn es teuer war. Die drei waren immer für mich da. Irgendwie hatten sie nur mich. Und ich hatte erst Detlef, dann Axel und Bernd und sonst niemanden mehr.

Ich kam auf ein richtiges Glücksgefühl. Eins, wie ich es selten erlebt hatte. Ich fühlte mich geborgen. Ich fühlte mich zu Hause. Am Nachmittag auf dem Bahnhof Zoo und am Wochenende in der stinkenden Fixerbude.

Detlef war der Stärkste und ich der Schwächste in der Gruppe. Ich fühlte mich den Jungs unterlegen, körperlich, charakterlich, vor allem, weil ich ein Mädchen war. Aber ich genoss es zum ersten Mal, schwach zu sein. Ich genoss es, dass Detlef mir ein Gefühl dafür gab, wo es längsging. Dass Detlef, Axel oder Bernd immer da waren, wenn ich jemanden brauchte.

Ich hatte einen Jungen, der tat, was sonst kein Fixer machte: der jedes Päckchen H mit mir teilte. Der für mich Geld verdiente mit der miesesten Arbeit, die es gab. Er musste ein oder zwei Freier am Tag mehr machen, damit ich Dope hatte. Bei uns war alles anders. Der Freund ging auf den Strich für seine Freundin. Vielleicht waren wir das einzige Paar auf der Welt, bei dem das so rum lief.

Der Gedanke, selber anzuschaffen, wäre mir in diesen Wochen im Spätherbst 1976 ernsthaft nie gekommen. Das heißt, gedacht habe ich ein paar Sekunden schon mal dran. Wenn ich ein schlechtes Gewissen gegenüber Detlef hatte, der gerade für mich bei irgendeinem miesen Kerl war. Aber es war mir klar, dass ich von Detlef zum ersten Mal eine gescheuert bekommen hätte, wenn ich nur angedeutet hätte, ich wolle mit anschaffen.

Genaue Vorstellungen von dem, was beim Anschaffen geschah, hatte ich noch immer nicht. Jedenfalls dachte ich nicht darüber nach und wollte mir auch nichts vorstellen. Detlef redete nicht drüber.

Den Gesprächen der drei Jungs entnahm ich, dass sie den Schwulen einen runterholen und das allenfalls französisch machten.

Ich glaubte, mit mir und Detlef hätte das nichts zu tun. Ich empfand jedenfalls keinen Ekel bei dem, was Detlef tun musste. Wenn er die Freier anfasste, das war nicht so schlimm. Das war seine dreckige Arbeit, ohne die wir kein Dope bekommen hätten. Ich wollte nur nicht, dass die Kerle Detlef anfassten. Denn er gehörte mir allein.

Zunächst fand ich einige Freier sogar ganz in Ordnung. Die Jungs sagten manchmal, der und der sei ganz in Ordnung, den solle man sich warmhalten, und ich übernahm das. Einige waren richtig nett zu mir, wenn sie mich mit Detlef auf dem Bahnhof trafen. Sie standen echt auf mich. Es ist so ein Ding, dass einige Schwule echt auf mich abfahren. Manchmal gab mir einer der Jungs zwanzig Mark und sagte, die seien von dem und dem Freier, der fände mich so nett. Detlef verriet mir nicht, dass einige dieser Typen ihn ständig belaberten, es ihnen doch mal mit mir zusammen zu machen.

Ich beobachtete auch die anderen Mädchen auf dem Bahnhof, fast alle halbe Kinder wie ich. Und ich sah, wie dreckig es ihnen ging. Vor allem denen, die auf H waren und deswegen anschaffen mussten. Ich sah ihnen den Ekel an, wenn sie ein Freier anquatschte, obwohl sie dann nett lächeln mussten. Ich verachtete die Freier. Was für Idioten oder perverse Säue mussten das sein, die da geil und feige durch die Bahnhofshalle schlichen und aus den Augenwinkeln nach frischem Kükenfleisch peilten. Was für einen Spaß konnten die daran haben, mit irgendeinem wildfremden Mädchen loszuziehen, das sich vor ihnen ekelte, dem das Elend doch anzusehen war.

Allmählich bekam ich dann auch auf die Schwulen einen echten Hass. Ich merkte langsam, was Detlef mit ihnen durchmachte. Er ging oft nur mit aller Kraft und Kotz und Ekel an die Arbeit. Wenn er nicht drauf war, konnte er sowieso nicht. Auf Turkey, also gerade dann, wenn er das Geld am notwendigsten brauchte, rannte er den

Freiern weg. Dann machten Axel oder Bernd für ihn einen Freier. Mit aller Kraft und Kotz und Ekel. Auch die beiden konnten nur, wenn sie vorher einen Druck gehabt hatten. Es nervte mich unheimlich, dass die Schwulen Detlef hinterherliefen. Sie stotterten, während ich danebenstand, komische Liebesschwüre und steckten ihm Liebesbriefe zu. Es waren alles verdammt einsame Typen, die Detlef belaberten. Aber Mitleid konnte ich nicht mit ihnen haben. Ich hätte sie am liebsten angeschrien: »Mensch, Alter, begreifst du nicht, Detlef gehört mir und sonst niemandem und schon gar keiner schwulen alten Sau.« Aber gerade diese Typen brauchten wir, weil sie Kohle brachten, weil man sie ausnehmen konnte wie Weihnachtsgänse.

Ich merkte dann, dass auf dem Bahnhof Männer rumliefen, die kannten Detlef ganz intim, viel intimer als ich. Mir war zum Kotzen. Und als ich aus einem Gespräch der drei Jungen heraushörte, dass einige Freier erst zahlten, wenn auch der Stricher einen Orgasmus gehabt hat, da rastete ich fast aus.

Ich sah Detlef immer weniger, denn er war ständig mit irgendeinem schwulen Schwein unterwegs. Ich hatte Angst um ihn. Irgendjemand hatte mir erzählt, dass Strichjungen mit der Zeit selbst schwul werden können. Aber ich konnte Detlef keine Vorwürfe machen. Wir brauchten immer mehr Geld. Und die Hälfte davon ging für mein Dope drauf. Seit ich in der Clique war, wollte ich – vielleicht nur unbewusst – ein richtiger Fixer werden wie sie. Ich drückte jeden Tag. Und ich passte immer auf, dass ich immer genug H für den Schuss am nächsten Morgen aufbewahrte.

Trotzdem waren wir beide noch nicht voll körperlich drauf. Wenn man anfängt zu fixen, dauert es doch ziemlich lange, bis man physisch total abhängig vom Heroin ist, wenn man nicht jeden Tag drückt. Wir schafften es noch immer mal ein, zwei Tage ohne Druck, törnten uns mit anderem Zeug etwas an und es war noch nicht die Hölle. Dann redeten wir uns ein, dass wir anders seien als die runtergekommenen Fixer, dass wir jederzeit ganz aufhören könnten, wenn wir wollten.

Ich war noch oft ziemlich glücklich. Jeden Samstag war ich glücklich in Axels Wohnung. Detlef kam zu mir in das frisch bezogene Bett. Er gab mir ein Gute-Nacht-Küsschen auf den Mund und wir drehten uns um. Wir schliefen Rücken an Rücken, die Hintern aneinandergeschmiegt. Wenn ich aufwachte, gab Detlef mir einen Guten-Morgen-Kuss.

Das waren in dem halben Jahr, das wir zusammen gingen, die einzigen körperlichen Zärtlichkeiten zwischen uns. Als ich Detlef kennenlernte, hatte ich ja schon Erfahrung mit der Brutalität von Jungs. Und ich hatte ihm gleich gesagt: »Du, ich bin Jungfrau. Und ich möchte mir auch noch Zeit lassen. Ich möchte erst noch ein wenig älter werden.«

Er hatte sofort verstanden und nie irgendwelchen Fez gemacht. Ich war für ihn nicht nur eine Freundin, mit der er quatschen konnte und sich blind verstand, sondern sicher mit meinen vierzehn Jahren auch noch ein Kind. Er war einfach unglaublich sensibel. Er spürte, was ich wollte, was ich konnte und was nicht. Irgendwann im Oktober hatte ich meine Mutter um die Pille gebeten. Sie hatte sie mir verschreiben lassen, weil sie ja mittlerweile wusste, dass ich bei Detlef schlief. Und dass nichts zwischen uns war, glaubte sie ohnehin nicht. Da war sie sehr misstrauisch.

Ich nahm also die Pille, erzählte Detlef aber nichts. Ich hatte noch immer Angst. Als ich an einem Samstag Ende Oktober in die Wohnung kam, hatte Axel sein eigenes Bett frisch bezogen. Es war breiter als das, in dem wir bisher geschlafen hatten. Axel meinte, es sei doch Quatsch, dass er sich in dem großen Bett rekelte und wir uns zu zweit auf eine Pritsche zwängten. Wir sollten sein Bett nehmen.

Es war eine sehr gute Stimmung in der Wohnung. Und plötzlich sagte Detlef, wir könnten doch eigentlich mal sauber machen. Wir anderen waren sofort dabei. Ich riss erst einmal alle Fenster auf, die in der Wohnung waren. Als ein bisschen frische Luft reinkam, wurde mir wieder klar, in was für einem Gestank wir lebten. Einen normalen Menschen hätte dieser tierische Mief aus vergammeltem Blut, Asche, schimmligen Fischbüchsen rückwärts wieder zur Wohnungstür rausgefegt.

Zwei Stunden später war die totale Hektik in der Wohnung. Wir kehrten ganze Müllhalden zusammen und verstauten sie in Plastiktüten. Zum Schluss warf ich sogar noch den Staubsauger an und machte den Vogelkäfig sauber, in dem ein verschlafener Wellensittich auf all die Hektik plierte. Den hatte Axels Mutter auch in der Wohnung gelassen. Ihr Freund mochte keine Vögel. Axel hasste das Tier auch. Wenn es in seiner Einsamkeit zu piepsen und zu quatschen anfing, schlug Axel mit der Faust gegen den Käfig und das arme Vieh flatterte wie verrückt zwischen den Gitterstäben herum. Keiner der Jungen kümmerte sich um den Vogel. Aber Axels Mutter brachte einmal in der Woche Futter vorbei. Ich gab ihm am Samstag immer genug Körner für die ganze Woche und hatte ihm ein Glasröhrchen gekauft, in dem immer genug sauberes Wasser für sechs Tage war.

Als wir an diesem Abend ins Bett gingen, war alles anders. Detlef gab mir keinen Gute-Nacht-Kuss und drehte sich auch nicht um. Er fing an zu quatschen. Sehr liebes Zeug. Ich spürte seine Hände. Die waren sehr zärtlich. Ich hatte überhaupt keine Angst. Ich streichelte Detlef zurück. Wir streichelten uns sehr lange, ohne etwas zu sagen. Es war wahnsinnig schön.

Es verging sicherlich eine Stunde, bis Detlef wieder etwas sagte. Er fragte. »Willst du am nächsten Sonnabend mit mir schlafen?«

Ich sagte: »Okay.« Ich hatte immer Angst vor dieser Frage gehabt. Nun, als Detlef fragte, machte es mich glücklich.

Nach einer Weile sagte ich: »Okay. Unter einer Bedingung. Wir sind beide Samstag nüchtern. Kein bisschen H. Ich meine, sonst finde ich das vielleicht nicht schön. Oder ich finde es unheimlich schön, nur weil ich breit bin, und wenn ich nüchtern bin, dann ist es gar nicht schön. Ich möchte wirklich voll nüchtern sein. Und ich möchte auch, dass du dann weißt, wie es nüchtern mit mir ist.« Detlef sagte: »Okay.« Er gab mir das Gute-Nacht-Küsschen. Wir drehten uns um und schliefen Hintern an Hintern ein.

Wir blieben am nächsten Samstag tatsächlich nüchtern. Die Wohnung war schon wieder verdreckt und stinkig. Aber unser Bett war wieder frisch bezogen und weiß. Als wir uns auszogen, hatte ich doch ein wenig Angst. Wir lagen zuerst ganz still nebeneinander. Ich musste an die Mädchen aus meiner Klasse denken, die erzählt hatten, wie die Jungs das erste Mal über sie rübergegangen waren. Wie sie ihr Ding mit aller Wucht reingestoßen haben und nicht aufhörten, bis sie ihre Befriedigung hatten. Die Mädchen hatten erzählt, dass es tierisch wehtat das erste Mal. Einige waren danach nicht mehr mit dem Freund gegangen, der sie entjungfert hatte.

Ich sagte Detlef, dass ich es anders erleben wollte als die Mädchen aus meiner Klasse.

Er sagte: »Okay, Kleines.«

Wir streichelten uns sehr lange. Er ging ein bisschen in mich rein, und ich merkte es kaum. Wenn es mir wehtat, spürte Detlef es, ohne dass ich was sagte.

Ich dachte: Er hat ein Recht, dir ein bisschen wehzutun. Er wartet ja schon ein halbes Jahr.

Aber Detlef wollte mir nicht wehtun. Irgendwann waren wir ganz zusammen. Ich hatte ihn wahnsinnig lieb in diesem Moment. Aber ich lag doch irgendwie ganz bewegungslos und steif da. Detlef bewegte sich auch nicht. Er spürte wohl, was ich selber im Augenblick gar nicht denken konnte. Dass ich vor Angst und Glück total fertig war.

Detlef zog sich zurück und umarmte mich. Es war alles ein wahnsinniges Gefühl. Ich dachte, wie hast gerade du einen solchen Jungen verdient? Der nur an dich denkt und überhaupt nicht an sich. Der, wenn er zum ersten Mal mit dir schläft, nicht einmal selber zum Höhepunkt kommen will, weil er das erste Mal alles nur für dich tut. Ich dachte an Kathi, wie er mir im Kino einfach zwischen die Beine gegriffen hatte. Ich war froh, dass ich auf Detlef gewartet hatte. Dass ich eben wirklich nur Detlef gehörte. Ich liebte diesen Jungen so wahnsinnig, dass ich plötzlich Angst bekam. Angst vor dem Tod. Ich dachte immer wieder dasselbe: »Ich will nicht, dass Detlef stirbt.«

Ich sagte, während er mich streichelte: »Du, Detlef, wir hören auf zu drücken.«

Er sagte: »Ja, du darfst nie eine Fixerin werden.«

Er küsste mich. Dann drehten wir uns langsam um. Die Hintern aneinandergepresst, schliefen wir ein.

Ich wachte auf, weil ich Detlefs Hände spürte. Es war noch ziemlich früh. Doch durch die Vorhänge kam schon graues Licht. Wir streichelten uns und dann schliefen wir richtig miteinander. Mein ganzes Gefühl war im Kopf und noch nicht unten. Aber ich wusste nun, dass es wahnsinnig schön war, mit Detlef zu schlafen.

Am Montag fuhr ich sofort von der Schule zum Bahnhof Zoo. Detlef war da. Ich gab ihm mein Pausenbrot und einen Apfel. Er hatte Hunger. Ich hatte einen wahnsinnigen Jieper auf H, nachdem ich nun schon den dritten Tag clean war. Ich fragte Detlef: »Hast du einen Druck für mich?«

Er sagte: »Nee. Du kriegst auch nichts mehr von mir. Ich will das nicht. Ich hab dich zu gern. Ich will nicht, dass du eine Fixerin wirst.«

Ich rastete beinah aus. Ich hatte diesen Jieper und brüllte: »He, Alter, das finde ich aber unheimlich abgespitzt. Du hast Pupillen wie Stecknadelköpfe. Du bist voll breit. Und mich belaberst du, ich soll clean bleiben. Hör doch erst mal selber auf, dann mach ich mit. Aber red keinen Scheiß. Sag doch gleich, dass du alles selber drücken willst.«

Ich machte ihn richtig fertig. Er konnte nichts sagen, denn er hatte sich natürlich gleich am Sonntagabend wieder Dope besorgt. Er gab schließlich nach und sagte: »Okay, Kleines, wir hören zusammen auf.« Den nächsten Freier machte er für meinen Schuss.

Dass wir miteinander geschlafen hatten, veränderte vieles für mich. Ich fühlte mich auf dem Bahnhof nicht mehr sehr wohl. Nun hatte ich plötzlich eine genauere Vorstellung von dem, was Anschaffen heißt. Jetzt wusste ich erst wirklich, was die Kerle wollten, die mich anquatschten. Dasselbe, was Detlef und ich machten. Bumsen. Natürlich hatte ich vorher gewusst, wie das ging, aber es war was ganz Abstraktes für mich gewesen. Nun war es das Schönste und Intimste zwischen Detlef und mir. Die Freier ekelten mich. Was da auf dem Bahnhof ablief, war mir unvorstellbar: mit einem dieser ekligen, stinkenden Kanaken ins Bett, mit einem Besoffenen oder mit einem fettbäuchigen, schwitzigen Kahlkopf bumsen. Es machte mir keinen Spaß mehr, wenn die Freier mich dämlich anquatschten. Ich hatte einfach keine Sprüche mehr drauf. Ich habe mich angewidert umgedreht und manchmal auch regelrecht nach ihnen getreten. Ich hatte nun auch einen ganz neuen Hass auf die Schwulen. Ich hätte die armen Säue umbringen können. Ich musste immer wieder die Vorstellung niederkämpfen, dass Detlef zu ihnen zärtlich sein musste.

Ich kam trotzdem jeden Mittag nach der Schule auf den Bahnhof, weil Detlef da war. Wenn er einen Freier gemacht hatte, gingen wir in die Bahnhofsterrassen und ich trank einen Kakao. Manchmal lief das Geschäft schlecht auf dem Bahnhof. Es gab so verflixte Tage, da hatte selbst Detlef es schwer, das Dope für uns beide zusammenzubekommen.

In den Bahnhofsterrassen lernte ich durch Detlef allmählich auch die anderen Stricher kennen, von denen er mich zuerst immer ferngehalten hatte. Sie waren viel kaputter als wir und hatten es schwerer als die Jungs aus unserer Clique, Freier zu bekommen. Es waren alte Fixer, wie ich sie früher irgendwie bewundert hatte.

Detlef sagte, das seien alles seine Freunde. Und er sagte, ich müsse mich vor ihnen in Acht nehmen, denn es seien eben alte Fixer und die seien unheimlich link. Sie waren immer schussgeil und hatten nie Geld. Man durfte diesen Freunden nie verraten oder zeigen, dass man Geld oder Dope hatte. Sonst riskierte man, sofort einen in die Fresse zu bekommen. Sie linkten nicht nur Freier, sondern linkten sich auch untereinander ab.

Ich begann zu ahnen, wie die Fixerszene wirklich war, die mich so angezogen hatte. Nun war ich selber beinahe drin.

Freunde von Detlef sagten mir manchmal: »Mädchen, hör auf. Du bist zu jung. Du schaffst das noch. Du musst dich nur von Detlef trennen. Der kommt sowieso nicht wieder runter. Mach keinen Scheiß, trenn dich von Detlef.«

Ich habe ihnen den Vogel gezeigt. Von Detlef trennen, das war das Letzte. Wenn er sterben wollte, dann ich auch. Das sagte ich aber nicht. Ich sagte: »Spinn doch nicht. Wir sind beide nicht drauf. Wir hören beide auf, wenn wir wollen.«

Die Tage im November 1976 verliefen ziemlich gleich. Von zwei bis acht war ich auf dem Bahnhof. Dann gingen wir zum Treibhaus, einer Diskothek oben am Kurfürstendamm. Am Treibhaus war damals abends die Szene, auf die Detlef ging. Sie war noch kaputter als die Szene am Sound. Da blieb ich dann oft bis zum letzten Bus um zwanzig nach zwölf. Ich lebte eigentlich für die Samstage, an denen ich bei Detlef schlief. Das Schlafen mit ihm wurde jeden Samstag schöner, wenn wir nicht zu viel gedrückt hatten.

Der Dezember kam. Es wurde immer kälter. Und ich fror. Ich hatte früher nie gefroren. Nun fror ich immer. Ich merkte, dass ich körperlich groggy war. Ich wusste es seit einem Sonntag Anfang Dezember. Ich wachte in Axels Wohnung neben Detlef auf. Mir war tierisch kalt. Ich sah auf irgendeine Schachtel. Da sprang mich plötzlich die Schrift auf der Schachtel an. Es waren die Farben, die wahnsinnig grell leuchteten und in den Augen wehtaten. Es war vor allem ein Rot, das mir Angst machte. Vor Rot hatte ich immer auf meinen Trips Angst gehabt. Auf H war Rot eine sehr sanfte Farbe. Rot wurde wie alle Farben durch einen weichen Schleier schön auf H.

Nun war da wieder das aggressive Rot auf dieser verdammten Schachtel. Mein Mund war voller Speichel. Ich schluckte ihn hinunter, aber er war sofort wieder da. Er kam irgendwie wieder hoch. Dann war der Speichel doch weg und ich hatte einen ganz trockenen, klebrigen Mund. Ich versuchte etwas zu trinken. Aber das ging nicht. Ich zitterte vor Kälte, bis mir so heiß wurde, dass mir der Schweiß runterlief. Ich weckte Detlef und sagte: »Du, mit mir ist was los.«

Detlef sah mir ins Gesicht und sagte: »Du hast Pupillen so groß wie Untertassen.« Er machte eine lange Pause und flüsterte dann: »So, Mädchen, jetzt ist es bei dir auch so weit.«

Ich zitterte wieder und sagte: »Was denn, was ist denn los?«

Detlef sagte: »Turkey.«

Ich dachte: Aha, das ist also Turkey. Du bist echt auf Turkey, alte Fixerbraut. Ist doch gar nicht so schlimm, der Turkey. Was die anderen bloß immer für ein Getue drum machen. Ich hatte tatsächlich keine richtigen Schmerzen. Ich zitterte nur und die Farben machten mich ein bisschen verrückt und die Spucke im Mund.

Detlef sagte nichts mehr. Er pulte ein Päckchen aus seinen Jeans und Ascorbinsäure, holte einen Löffel, kochte das Zeug über einer Kerze auf und gab mir das fertige Spritzbesteck. Das Zittern machte es mir schwer, die Vene richtig zu treffen. Aber es klappte doch ziemlich schnell. Mir ging es wieder gut. Die Farben waren sanft und der Speichel weg. Es gab im Moment keine Probleme mehr, und ich schlief neben Detlef wieder ein, der sich auch gleich einen Druck gemacht hatte. Als wir mittags aufstanden, fragte ich Detlef, wie viel Dope er noch habe.

Er sagte: »Klar, du kriegst noch einen Druck, bevor du heute Abend gehst.«

Ich sagte: »Aber ich brauch auch was für morgen früh.«

Detlef: »So viel hab ich nicht mehr. Und ich habe echt keinen Bock, heute auf den Bahnhof zu gehen. Es ist Sonntag und da läuft auf dem Bahnhof sowieso nichts.«

Ich hatte Panik und Wut: »Mensch, verstehst du nicht. Wenn ich mir morgen früh keinen Druck machen kann, dann komm ich auf Turkey und kann nicht zur Schule gehen.«

Detlef: »Ich hab es dir immer gesagt, Mädchen. Nun ist es mit dir so weit.«

Wir gingen nachmittags auf den Bahnhof. Ich hatte viel Zeit zum Nachdenken. Der erste Turkey. Ich war nun vom H abhängig und von Detlef. Dass ich von Detlef abhängig war, hat mich mehr erschreckt. Was war das für eine Liebe, wenn einer total abhängig war? Was war, wenn Detlef mich abends um Dope bitten und betteln ließ? Ich wusste, wie Fixer bettelten, wenn sie auf Turkey kamen. Wie sie sich erniedrigten und demütigen ließen. Wie sie dann zu einem Nichts zusammenfielen. Ich konnte nicht bitten. Schon gar nicht Detlef. Wenn er mich betteln ließ, dann war es aus mit uns. Ich hatte noch nie jemanden um was bitten können.

Detlef fand schließlich einen Freier und ich wartete unheimlich lange, dass er zurückkam. Ich würde jetzt immer warten müssen, bis Detlef mir Dope für den Morgen gab.

Ich war an diesem Nachmittag echt finster drauf. Ich führte halblaute Selbstgespräche. Ich sagte mir: »Also, Christiane, jetzt hast du ja alles erreicht, was du eigentlich immer wolltest. Hast du dir das so vorgestellt? Nee, nicht. Aber du wolltest das doch. Du hast sie doch irgendwie immer bewundert, die alten Fixer. Jetzt bist du selber einer.

Jetzt kann dir niemand mehr was vormachen. Jetzt brauchst du nicht mehr ungläubig zu gucken, wenn andere von Turkey reden. Jetzt kann dich niemand mehr bescheißen. Jetzt bist du derjenige, der bescheißt.

Es gelang nicht richtig, mir Mut zu machen. Ich musste immer wieder an Turkey denken. Ich dachte daran, wie ich Fixer, die auf Turkey waren, fertiggemacht hatte. Ich hatte das ja nie so richtig abgecheckt, was mit denen los war. Ich hatte nur gemerkt, dass die unheimlich empfindlich waren, leicht verletzbar und ohne jede Kraft. Ein Fixer auf Turkey wagt kaum zu widersprechen, so ein Nichts ist er. Ich hatte an denen manchmal meine Machtgelüste ausgetobt. Wenn man es richtig anfing, konnte man sie regelrecht kaputtmachen, ihnen einen richtigen Schock versetzen. Man musste nur ordentlich auf ihren wirklichen Schwächen rumhacken, immer wieder in ihren Wunden bohren, dann klappten sie zusammen. Auf Turkey hatten sie ja genügend Durchblick, um zu begreifen, was für elende Würstchen sie waren. Da war das ganze coole Fixergehabe weg, da fühlte man sich nicht mehr erhaben über alles und alle.

Ich sagte mir: Jetzt machen sie dich fertig, wenn du auf Turkey bist. Die werden schon rausfinden, wie mies du eigentlich bist. Aber haste doch eigentlich alles vorher gewusst. Komisch, dass dir das heute erst einfallen muss.

Die Gespräche mit mir brachten nichts. Ich hätte mit jemand anderem sprechen müssen. Ich hätte einfach zu einem der Fixer auf den Bahnhof gehen können. Stattdessen verkroch ich mich in einer Ecke beim Bahnhofspostamt. Ich kannte doch die Sprüche, die dann von den anderen kamen. Hatte ich doch oft genug als beinah Unbeteiligte mit angehört: »Nimm das doch nicht so verbissen, Alte. Mach erst mal weiter. Wird schon werden. Wenn du ehrlich Bock hast, kannst du ja entziehen. Ist doch Valeron auf dem Markt.« Detlef hatte doch auch nur Sprüche drauf, wenn es um H ging.

Ich hatte nur meine Mutter, mit der ich sprechen konnte. Aber das ging auch nicht. Ich konnte ihr das nicht antun, dachte ich: Sie liebt dich und du liebst sie auch auf eine Art. Die würde glatt ausflippen, wenn du ihr das erzählst. Und helfen könnte sie dir doch nicht. Vielleicht steckt sie dich in ein Heim. Und das würde erst recht nichts nützen. Unter Druck kommt niemand runter. Und du schon gar nicht. Du wirst dann erst recht bockig, haust ab aus dem Heim und gehst auf Trebe. Das würde alles nur noch schlimmer machen.

Ich redete wieder halblaut mit mir: »Mensch, hör doch einfach auf. Das bisschen Turkey am Anfang, das schaffst du mit links. Wenn Detlef zurückkommt, sagst du ihm: ›Ich will kein Dope. Ich mache Schluß. Und entweder du machst auch sofort Schluss, oder wir trennen uns. Du hast schon zwei halbe Halbe in der Tasche? Okay, Alter. Wir machen uns diesen Druck noch und ab morgen ist Schluss.‹« Ich merkte, wie ich bei meinen Selbstgesprächen schon wieder richtig schussgeil wurde. Dann flüsterte ich, als hätte ich mir ein ganz geiles Geheimnis zu verraten: »Detlef macht sowieso nicht mit. Und du trennen von Detlef? Mensch, Christiane, hör auf rumzusülzen. Sei doch mal 'nen Moment klar und red, was Sache ist. Es ist nämlich Endstation. Aus. Echt Endstation. Hast eben nicht viel von deinem Leben gehabt. Aber so wolltest du es ja.«

Detlef kam zurück. Wir gingen, ohne zu reden, zur Kurfürstenstraße und fanden unseren Stammdealer. Ich bekam ein halbes Halbes, fuhr mit der U-Bahn nach Hause und verkroch mich in meinem Zimmer.

Zwei Sonntage später waren Detlef und ich allein in Axels Wohnung. Es war nachmittags. Wir waren sehr mies drauf. Am Samstag hatten wir unseren Stammdealer nicht gefunden und waren von einem anderen Typen angeschissen worden. Das Dope, das der uns verkaufte, war so schlecht, dass wir morgens schon die doppelte Menge, alles, was wir hatten, drücken mussten, um über die Runden zu kommen. Detlef fing nun schon wieder an zu schwitzen und ich merkte auch, dass der Turkey nicht mehr allzu weit war.

Wir durchsuchten die ganze Wohnung nach irgendetwas, das wir noch zu Geld machen konnten. Aber wir wussten vorher, dass da nichts mehr war. Von der Kaffeemaschine bis zum Radio war alles schon weg, alles verdrückt. Nur der Staubsauger stand da noch rum. Aber der war so alt, dass wir keine müde Mark dafür bekommen hätten.

Detlef sagte: »Mädchen, wir müssen jetzt irgendwie ganz schnell Geld machen. In spätestens zwei Stunden sind wir voll auf Turkey, da schaffen wir gar nichts mehr. Ich bekomm das Geld am Sonntagabend unmöglich allein zusammen. Du musst helfen. Am besten gehst du zum Sound und schlauchst. Du musst vierzig Mark zusammenschlauchen. Wenn ich einen Freier mache für vierzig oder fünfzig Mark, dann haben wir auch noch für morgen früh was über. Schaffst du das?«

Ich sagte: »Klar schaffe ich das. Du weißt doch, Schlauchen ist meine Stärke.« Wir machten aus, dass wir uns spätestens in zwei Stunden wieder träfen. Ich hatte ja schon oft im Sound geschlaucht. Oft nur aus Bock. Es hatte immer geklappt. Doch an diesem Abend lief überhaupt nichts. Es sollte schnell gehen, aber zum Schlauchen braucht man Zeit. Man muss sich die Typen vorher genau ansehen, die man anhaut. Man muss sich auf sie einstellen, vielleicht ein bisschen quatschen und cool sein. Man muss einfach Spaß am Schlauchen haben.

Ich kam auf Turkey und brachte es nicht wie sonst. Nach einer halben Stunde hatte ich 6,80 Mark. Ich dachte, das schaffst du nie. Ich dachte an Detlef, der jetzt auf dem Bahnhof sein musste, wo am Sonntagabend nur Familien mit Kindern waren, die vom Kaffeetrinken von Oma und Opa kamen. Und dann war er noch auf Turkey. Da schaffte er sowieso keinen Freier. Ich hatte Panik.

Ohne einen festen Plan ging ich auf die Straße. Irgendwie hatte ich noch die Hoffnung, dass das Schlauchen vor dem Sound besser ging. Vor dem Eingang hielt ein dicker Mercedes. Da standen oft dicke Wagen oder fuhren langsam vorbei. Denn nirgends ist Kükenfleisch so billig wie vor dem Sound. Da gibt es Mädchen, die haben nicht mal die Mark für den Eintritt, weil ihr Taschengeld alle ist. Die machen es für die Eintrittskarte und ein paar Cola.

Der Typ in dem Mercedes winkte mir. Ich erkannte ihn wieder. Er war oft vor dem Sound und hatte mich auch schon angequatscht. Ob ich mir nicht einen Hunderter verdienen wolle. Ich hatte ihn mal gefragt, was er dafür wolle, und er hatte »gar nichts weiter« gesagt. Ich hatte ihn ausgelacht.

Ich weiß nicht genau, was ich jetzt dachte. Wahrscheinlich nicht viel. Vielleicht: Gehst du doch mal hin zu dem Typ und findest raus, was er wirklich will. Vielleicht kannst du ja bei ihm ein paar Scheine schlauchen. Jedenfalls winkte er wie ein Wilder rum und ich stand plötzlich neben dem Wagen. Er sagte, ich solle doch einsteigen. Er könne hier nicht länger halten. Und ich stieg ein.

Tatsächlich wusste ich ganz genau, was nun lief. Dass da nichts mehr mit Schlauchen war. Freier waren nun ja wirklich keine Wesen vom anderen Stern mehr für mich. Ich kannte den Film, der nun begann. Von meinen Beobachtungen am Bahnhof und aus den Erzählungen der Jungs. So wusste ich auch, dass nicht der Freier, sondern der Stricher die Bedingungen diktiert. Ich versuchte ganz cool zu sein. Ich zitterte nicht. Ich holte nur zu viel Luft beim Sprechen und hatte Mühe, meine Sätze in der gleichen coolen Tonart zu Ende zu bringen. Ich fragte: »Was ist denn?«

Er sagte: »Was soll sein? Hundert Mark. Bist du einverstanden?«

Ich antwortete: »Also Bumsen oder so etwas ist bei mir überhaupt nicht drin.« Er fragte »warum« und mir fiel in der Aufregung nur die Wahrheit ein: »Hör mal zu. Ich hab einen Freund. Und der ist der Einzige, mit dem ich bisher geschlafen habe. Und dabei soll es auch bleiben.«

Er sagte: »Das ist gut. Na, dann blas mir einen.«

Ich sagte: »Nee, das tu ich auch nicht. Dann muss ich kotzen.« Ich war jetzt wirklich sehr cool.

Er ließ sich überhaupt nicht irritieren. Er sagte: »Okay, dann holst du mir einen runter.«

Ich sagte: »Klar, mach ich. Für einen Hunderter.« In diesem Moment nahm ich gar nichts wahr. Später wurde mir klar, dass der Typ unheimlich auf mich abgefahren war. Denn hundert Mark für Runterholen, und das auf dem billigen Babystrich an der Kurfürstenstraße, das gab es eigentlich gar nicht. Er war auf meine Angst abgefahren, die ich nicht wirklich verbergen konnte. Er wusste, dass ich keine Schau abzog, wie ich da saß, an die Tür gequetscht, die rechte Hand am Türhebel.

Als er losfuhr, bekam ich höllische Angst. Ich dachte: Der will doch bestimmt mehr, der wird sich mit Gewalt den Gegenwert für einen Hunderter holen. Oder er wird überhaupt nicht bezahlen. Er hielt an einem Park in der Nähe. Ich war schon öfters durch diesen Park gegangen. Ein echter Nuttenpark. Überall Präservative und Papiertaschentücher.

Ich zitterte nun richtig und mir war ein bisschen schlecht. Aber der Typ blieb ganz ruhig. Und da bekam ich Mut und sagte, was ich nach den Strich-Regeln jetzt sagen musste: »Erst das Geld.« Er gab mir einen Hundertmarkschein. Ich hatte immer noch Angst. Ich kannte genügend Geschichten von Freiern, die einem hinterher das Geld mit Gewalt wieder abnehmen. Aber ich wusste ja, was ich tun musste. In unserer Clique hatten die Jungs ohnehin in letzter Zeit fast nur noch Erlebnisse mit Freiern ausgetauscht, denn viel was anderes hatten sie sich nicht mehr zu sagen.

Ich wartete auf den Moment, wo er sich die Hose aufmachte, also voll mit sich beschäftigt war. Da steckte ich den Schein in den Stiefel. Er war bereit. Und ich saß noch immer auf der äußersten Ecke des

Sitzes und versuchte, mich nicht zu bewegen. Ich sah ihn nicht mehr an und tastete mich mit der linken Hand vor. Mein Arm war nicht lang genug, und ich musste doch etwas zu ihm hinrutschen. Und ich musste auch noch einmal kurz hinsehen, bevor ich sein Ding in der Hand hatte.

Mir war kotzübel und ich fror. Ich sah durch die Windschutzscheibe und versuchte, mich auf etwas anderes zu konzentrieren. Auf das Licht von Autoscheinwerfern, das durch die Büsche kam, und eine Lichtreklame, die ich sehen konnte. Es ging ziemlich schnell.

Der Kerl holte wieder seine Brieftasche raus. Er hielt sie so, dass ich reinsehen konnte. Ich sah Fünfhundert-Mark-Scheine und Hunderter. Er wollte wohl Eindruck schinden oder mich schon für das nächste Mal ködern. Er gab mir noch zwanzig Mark. Trinkgeld.

Als ich wieder aus dem Auto raus war, wurde ich ganz ruhig. Ich zog so eine Art Bilanz: Das war also dein zweiter Mann. Vierzehn Jahre bist du. Vor nicht einmal vier Wochen bist du entjungfert worden. Und nun gehst du auf den Strich.

Ich dachte dann nicht mehr an den Kerl und das, was ich gemacht hatte. Ich fühlte mich eigentlich ganz happy. Wegen der hundertzwanzig Mark in meinem Stiefel. Ich hatte noch nie so viel Geld auf einmal gehabt. Ich dachte nicht an Detlef und was er wohl sagen würde. Ich war schon ganz schön auf Turkey und war wild auf den Druck. Ich dachte nur noch an den Druck. Ich hatte Glück. Ich fand unseren Stammdealer sofort. Als der das Geld sah, fragte er: »Wo hast du denn das her? Bist du anschaffen gegangen?« Ich antwortete: »Spinn dich aus. Ich und anschaffen. Bevor ich so was mache, würde ich aufhören zu drücken. Ehrlich. Nee, mein Vater hat sich wieder mal dran erinnert, dass er eine Tochter hat, und mir Taschengeld gegeben.«

Ich kaufte für achtzig Mark zwei halbe Halbe. Die halben Halben waren neu auf dem Markt. In einem Päckchen war etwa ein Viertel

Gramm drin. Früher waren wir mit einem Viertel zu dritt ausgekommen. Mittlerweile kamen Detlef und ich damit gerade noch hin.

Ich ging in die Toilette an der Kurfürstenstraße und machte mir einen Druck. Das Dope war astrein. Das übrige H steckte ich zusammen mit den vierzig Mark, die ich noch hatte, in die Plastikhülle meiner Schülermonatskarte.

Anschaffen und Dope besorgen hatte gerade eine Viertelstunde gedauert. Ich war also erst eine Dreiviertelstunde unterwegs. Ich war sicher, dass Detlef noch am Bahnhof stand, und fuhr mit der U-Bahn zum Zoo. Detlef stand da. Ein Häufchen Elend. Er hatte natürlich keinen Freier gemacht am Sonntagabend und auf Turkey. Ich sagte ihm: »Komm, ich hab was.«

Er fragte nicht woher. Er sagte überhaupt nichts. Er wollte nur schnell in die Wohnung. Wir gingen gleich ins Badezimmer. Ich holte die Schülermonatskarte aus der Tasche. Er machte ein Päckchen auf und packte das Zeug auf einen Löffel. Als er es aufkochte, starrte er auf die Monatskartenhülle, in der noch immer ein halbes Halbes und zwei Zwanzig-Mark-Scheine steckten. Dann fragte er: »Wo hast du das Geld her?«

Ich sagte: »Schlauchen lief nicht. War unmöglich. Da war ein Typ mit unheimlich Kohle, dem hab ich einen runtergeholt. Ehrlich, nur einen runtergeholt. Was hätte ich sonst machen sollen. Ich habe es für dich getan.«

Detlef flippte aus, während ich noch redete. Er war ganz wahnsinnig im Gesicht. Er schrie: »Du lügst. Keiner gibt hundert für Runterholen. Du lügst mich an. Was heißt das überhaupt, nur runterholen?« Er konnte nicht mehr. Er war schlimm auf Turkey. Er zitterte am ganzen Körper, sein Hemd war durchgeschwitzt, er bekam Beinkrämpfe.

Er band sich den Arm ab. Ich saß auf dem Badewannenrand und heulte. Ich dachte, Detlef sei voll im Recht, wenn er ausflippte. Ich heulte und wartete, dass der Druck bei ihm wirkte. Ich war sicher, dass er mir dann ins Gesicht schlagen würde. Ich hätte mich nicht gewehrt.

Detlef zog die Spritze raus und sagte gar nichts. Er ging aus dem Badezimmer und ich hinter ihm. Schließlich sagte er: »Ich bring dich zum Bus.« Ich packte ihm aus dem zweiten Halben etwas ab und gab es ihm. Er steckte es in die Jeans, ohne etwas zu sagen. Wir gingen zur Bushaltestelle. Detlef sagte noch immer nichts. Ich wollte, dass er brüllte, dass er mich meinetwegen schlug, dass er wenigstens irgendeinen Ton rausbrachte. Ich sagte: »He, Alter, sag doch mal was.« Von ihm kam: nichts, nichts, nichts.

Als wir an der Haltestelle standen und der Bus kam, stieg ich nicht ein. Als der Bus weg war, sagte ich: »Du, was ich dir erzählt habe, war die reine Wahrheit. Ich habe ihm ehrlich nur einen runtergeholt und es war gar nicht so schlimm. Du musst mir glauben. Oder vertraust du mir nicht mehr?«

Detlef sagte: »Okay, ich glaub es.«

Ich sagte: »Du, ich habe es wirklich nur für dich getan.«

Detlef wurde etwas lauter: »Spinn nicht rum. Du hast es für dich getan. Du warst auf Turkey und hast es gebracht. Fabelhaft. Du hättest das auch getan, wenn es mich gar nicht gäbe. Mensch, begreif doch. Du bist jetzt eine Fixerin. Du bist körperlich voll drauf. Alles, was du machst, tust du für dich.«

Ich sagte: »Du hast recht. Aber hör mal zu. Wir müssen das jetzt so weitermachen. Du schaffst das nicht mehr allein. Dazu brauchen wir schon zu viel Dope. Ich will das auch nicht, dass du allein anschaffst. Wir machen das jetzt mal umgekehrt. Ich kann in der ersten Zeit bestimmt einen Haufen Kohle verdienen. Ohne Bumsen und so. Ich versprech dir, dass ich nie mit einem Freier bumsen werde.«

Detlef sagte nichts. Er legte den Arm um meine Schultern. Es hatte angefangen zu regnen und ich wusste nicht, ob die Tropfen in seinem Gesicht vom Regen kamen oder Tränen waren. Es hielt wieder ein Bus. Ich sagte: »Es ist schon alles ganz schön ausweglos. Weißt du, als wir noch auf Tabletten und Hasch waren. Da haben wir uns total frei gefühlt. Wir waren total unabhängig. Keinen Menschen und nichts haben wir gebraucht. So haben wir uns gefühlt. Jetzt sind wir ganz schön abhängig.«

Es kamen noch drei oder vier Busse. Wir quatschten trauriges Zeug. Ich weinte und Detlef hielt mich im Arm. Er sagte schließlich: »Irgendwie wird das schon wieder. Wir werden demnächst einfach entziehen. Wir beide packen das. Ich werde Valeron besorgen. Ich hau gleich morgen jemanden an wegen Valeron. Wir werden dann zusammen sein, wenn wir entziehen.«

Es kam wieder ein Bus und Detlef schob mich die Stufen rauf.

Zu Hause machte ich alles ganz mechanisch wie jeden Abend. Ich ging in die Küche und holte mir noch ein Joghurt aus dem Eisschrank. Das Joghurt nahm ich eigentlich nur mit ans Bett, damit es nicht weiter auffiel, dass ich auch einen Löffel mitnahm. Den brauchte ich morgens zum Aufkochen. Dann holte ich aus dem Badezimmer noch ein Glas mit Wasser. Zum Säubern der Spritze am nächsten Morgen.

Der nächste Morgen war auch wie jeder andere. Meine Mutter weckte mich um Viertel vor sieben. Ich blieb im Bett und tat so, als hörte ich sie gar nicht. Sie nervte mich alle fünf Minuten wieder. Ich sagte schließlich: »Ja, ich steh ja sofort auf.« Sie kam wieder rein und nervte und ich zählte die Minuten bis Viertel nach sieben. Da musste sie aus dem Haus, zur Arbeit, wenn sie ihre U-Bahn nicht verpassen wollte. Und sie verpasste ihre U-Bahn nie. Eigentlich hätte ich auch um Viertel nach sieben aus dem Haus gemusst, um rechtzeitig in der Schule zu sein.

Als dann endlich die Tür von draußen zugeschlagen wurde, ging alles ganz automatisch. Die Jeans lagen vor dem Bett, aus denen ich das Stanniolpapier mit dem Puder rauspulte. Meine Plastiktüte war daneben mit meinen Schminksachen, einer Roth-Händle-Packung, einem Fläschchen Zitronensäure und der in Klopapier eingewickelten Spritze. Die Spritze war wie fast immer verstopft. Der verdammte Tabak der Roth-Händle-Zigaretten flog überall in der Plastiktüte rum und verdreckte das Besteck. Ich reinigte die Spritze im Wasserglas, tat das Dope auf den Joghurtlöffel, spritzte etwas Zitronensaft dazu, kochte das auf, band mir den Arm ab und so weiter. Das war für mich, wie wenn man sich morgens im Bett aus Gewohnheit die erste Zigarette ansteckte. Nach dem Druck schlief ich oft wieder ein und kam dann erst zur zweiten oder dritten Stunde in die Schule. Zu spät kam ich immer, wenn ich mir den Druck zu Hause setzte.

Manchmal schaffte es meine Mutter, mich aus dem Bett zu kriegen und mit zur U-Bahn zu nehmen. Dann musste ich mir den Druck in der Toilette am U-Bahnhof Moritzplatz machen. Das war ziemlich unangenehm, denn diese Toilette war besonders dunkel und stinkig. In den Wänden waren überall Löcher. Da hockten dann Kanaken und andere Spanner dahinter, die sich daran aufgeilten, wenn ein Mädchen pinkeln ging. Ich hatte immer Angst, dass die aus Enttäuschung, wenn ich mir nur einen Druck setzte, die Bullen holten.

Das Spritzbesteck nahm ich fast immer auch mit zur Schule. Für alle Fälle. Falls wir aus irgendwelchen Gründen mal länger bleiben mussten, noch eine Veranstaltung in der Aula angesetzt wurde oder ich mittags gar nicht erst nach Hause kam. Manchmal musste ich mir dann einen Druck in der Schule machen. Die Türen der Schulklos waren alle kaputt. Meine Freundin Renate musste mir deshalb die Tür zuhalten, während ich mir den Druck machte. Renate wusste Bescheid über mich. Die meisten in der Klasse wussten es, glaube ich. Sie machten sich aber nichts draus. Jedenfalls in Gropiusstadt war es schon gar nicht mehr sensationell, dass jemand von Drogen abhängig war.

Während der Schulstunden, an denen ich noch teilnahm, pennte ich nun völlig apathisch vor mich hin. Oft richtig tief, mit geschlossenen Augen, den Kopf auf der Bank. Wenn ich morgens viel Dope gehabt hatte, bekam ich nur ganz mühsam ein paar Worte raus. Die Lehrer mussten merken, was mit mir los war. Aber nur ein einziger sprach mich in dieser Zeit mal auf Rauschgift an und fragte sogar nach meinen Problemen. Die anderen taten so, als wäre ich eben eine faule, verpennte Schülerin, und schrieben mir Sechsen an. Wir hatten ohnehin so viele Lehrer, dass die meisten schon froh waren, wenn sie unsere Namen kannten. Einen persönlichen Kontakt gab es ja kaum. Die sagten auch bald nichts mehr dazu, dass ich grundsätzlich keine Schularbeiten machte. Und sie holten nur noch ihr Notenbuch heraus, wenn ich bei Klassenarbeiten »Kann ich nicht« ins Heft schrieb, es sofort abgab und dann vor mich hin gemalt habe, irgendeinen Blödsinn. Die meisten Lehrer, glaube ich, interessierten sich nicht mehr für die Schule als ich. Die hatten auch total resigniert und waren wie ich heilfroh, wenn wieder eine Stunde rum war ohne Klamauk.

Nach dem Abend, an dem ich zum ersten Mal angeschafft hatte, lief erst mal alles weiter wie vorher.

Ich lag also Detlef jeden Tag in den Ohren damit, dass ich irgendwie auch Geld ranschaffen müsse, und zwar mehr als die paar Mark, die ich eigentlich jeden Tag zusammenschlauchte. Detlef reagierte richtig eifersüchtig. Aber er hatte ja auch längst eingesehen, dass es so nicht weiterging, und schlug vor, dass wir zusammen anschafften.

Er kannte sich ja mittlerweile ganz gut aus mit den Freiern und wusste, dass es einige Bisexuelle gab und eben auch Schwule, die es ganz gern mal mit einem Mädchen versucht hätten – wenn eben für alle Fälle ein Junge dabei war. Detlef sagte, er würde Freier aussuchen, die mich nicht anfassen würden und schon gar nicht mit mir bumsen wollten. Freier also, die nur wollten, dass man mit ihnen was anstellt. Die waren Detlef sowieso am liebsten. Er meinte, wir beide könnten hundert Mark und mehr zusammen verdienen. Der erste Freier, den

Detlef für uns ausgeguckt hatte, war Stotter-Max. Wir nannten ihn Stotter-Max. Das war ein Stammfreier von Detlef, den ich mittlerweile auch schon ganz gut kannte. Detlef sagte, der wolle nur verprügelt werden. Ich müsste mich allenfalls obenrum ausziehen. Mir war das recht. Ich fand das mit dem Verprügeln sogar echt gut, weil ich dachte, da könnte ich meine Aggressionen gegen Detlefs Freier loswerden. Stotter-Max war auch gleich ganz Feuer und Flamme, als Detlef ihm vorschlug, mich mal mitzunehmen. Natürlich zum doppelten Preis. Wir verabredeten uns für einen Montag um drei Uhr nachmittags am Zoo.

Ich kam wie immer zu spät. Stotter-Max war schon da. Nur Detlef natürlich nicht. Der war wie alle Fixer wahnsinnig unzuverlässig. Ich vermutete gleich richtig, dass er vorher noch einen Freier gemacht hatte, der gut zahlte und bei dem er sich also mehr Zeit lassen musste. Ich wartete noch fast eine halbe Stunde mit Stotter-Max. Detlef kam nicht. Ich hatte irrsinnig Schiss. Aber Stotter-Max hatte ganz offensichtlich noch mehr Angst. Er versuchte immer wieder zu erklären, dass er seit mehr als zehn Jahren nichts mit einem Mädchen gehabt habe. Er bekam kaum ein Wort zu Ende. Er stotterte auch sonst schlimm. Jetzt war er kaum noch zu verstehen.

Ich konnte das kaum aushalten mit ihm auf dem Bahnhof. Ich wollte das irgendwie zu Ende bringen. Außerdem hatte ich kein Dope mehr und hatte Angst, auf Turkey zu kommen, bevor die Sache mit Stotter-Max erledigt war. Je mehr ich seine Angst spürte, umso selbstsicherer wurde ich. Ich merkte, dass ich ihm in dieser Situation einfach überlegen war. Ich sagte ihm schließlich ganz cool: »Komm, Alter. Detlef hat uns sowieso sitzenlassen. Du wirst auch mit mir allein zufrieden sein. Es bleibt aber dabei, wie du es mit Detlef abgemacht hast. 150 Mark.«

Er stotterte tatsächlich »Ja« und schlich los. Er schien total willenlos. Ich hakte mich bei ihm ein und führte ihn richtig.

Ich kannte von Detlef die traurige Geschichte von Stotter-Max. Er war Hilfsarbeiter, Ende dreißig und kam aus Hamburg. Seine Mutter war Prostituierte. Er hatte als Kind wahnsinnig Schläge bekommen. Von der Mutter und ihren Zuhältern und in den Heimen, in denen er war. Die haben ihn so weichgekloppt, dass er vor lauter Angst nie lernte, richtig zu sprechen, und die Schläge nun auch brauchte, um sich sexuell zu befriedigen.

Wir sind beide in seine Wohnung gegangen. Ich habe erst mal das Geld verlangt, obwohl er ja ein Stammfreier war, bei dem man eigentlich nicht vorsichtig zu sein brauchte. Er gab mir tatsächlich hundertfünfzig Mark und ich war ein bisschen stolz, dass ich so cool ihm so viel Geld abgenommen hatte.

Ich zog mein T-Shirt aus und er gab mir eine Peitsche. Es war alles wie im Kino. Ich war nicht ich selber. Ich schlug erst nicht richtig zu. Aber er wimmerte, dass ich ihm wehtun solle. Da habe ich dann irgendwann draufgehauen. Er schrie »Mami« und ich weiß nicht mehr was. Ich habe nicht hingehört. Ich habe auch versucht, nicht hinzusehen. Aber ich sah doch, wie die Striemen auf seinem Körper immer mehr anschwollen, und dann platzte die Haut an einigen Stellen regelrecht. Es war so widerlich und dauerte fast eine Stunde.

Als er endlich fertig war, habe ich mir mein T-Shirt angezogen und bin gerannt. Ich bin zur Wohnungstür rausgerannt, die Treppe runter und habe es gerade noch geschafft. Vor dem Haus konnte ich meinen verdammten Magen nicht mehr unter Kontrolle halten und musste mich übergeben. Nachdem ich gekotzt hatte, war alles vorbei. Ich habe nicht geweint, ich hatte auch nicht die Spur von Selbstmitleid. Irgendwie war es mir schon ganz klar, dass ich mich selber in diese Situation gebracht hatte, dass ich eben in der Scheiße war. Ich ging zum Bahnhof. Detlef war da. Ich erzählte nicht viel. Nur, dass ich den Job mit Stotter-Max allein gemacht hätte. Ich zeigte ihm die hundertfünfzig Mark. Er pulte einen Hundertmarkschein aus den Jeans, die er mit seinem Freier gemacht hatte. Wir gingen Arm in Arm zur Szene und kauften uns reichlich Dope. Astreinen Stoff von unserem Stammdealer. Es wurde ein ganz cooler Tag.

Von nun an verdiente ich mir das Geld für mein Dope meistens selber. Ich hatte einen unheimlichen Schlag bei den Freiern auf dem Bahnhof und konnte mir aussuchen, mit wem ich ging, und auch die Bedingungen festlegen. Grundsätzlich ging ich nicht mit Kanaken, also mit Ausländern. Das war für alle Bräute auf dem Bahnhof das Letzte. Die Kanaken, sagten sie, das seien oft ganz linke Schweine, hätten kein Geld, zahlten meist nur zwanzig oder dreißig Mark, wollten immer dafür richtig bumsen, und das ohne Fromms.

Mit Freiern bumsen kam für mich auch weiter nicht in Frage. Das war das letzte bisschen Intime, das ich nur Detlef gab. Ich machte es mit der Hand und dann auch französisch. Es war eben nicht so schlimm, wenn ich was mit den Freiern machte, aber sie nicht mit mir. Sie durften mich vor allem nicht anfassen. Wenn sie das versuchten, rastete ich aus.

Ich versuchte die Bedingungen immer gleich auf dem Bahnhof auszuhandeln. Mit Typen, die mich von vornherein anstanken, verhandelte ich gar nicht erst. Mein letzter Rest Stolz kostete mich allerdings viel Zeit. Es dauerte oft den ganzen Nachmittag, bis ich einen Freier gefunden hatte, mit dem alles O.K. war. Und so viel Geld wie an dem Tag, an dem ich das erste Mal bei Stotter-Max war, hatten wir selten.

Stotter-Max wurde nun der gemeinsame Stammfreier von Detlef und mir. Manchmal gingen Detlef und ich zusammen zu ihm, manchmal auch einer von uns allein. Stotter-Max war eigentlich ganz in Ordnung. Er liebte jedenfalls uns beide. Er konnte natürlich nicht weiter hundertfünfzig Mark bezahlen von seinem Hilfsarbeiterlohn. Aber vierzig Mark, das Geld für einen Schuss, kratzte er immer irgendwie zusammen. Einmal haute er sogar sein Sparschwein kaputt und holte aus einer Schüssel noch Groschen und zählte mir dann genau vierzig Mark vor. Wenn ich in Eile war, konnte ich auch bei ihm schnell mal vorbeigehen und zwanzig Mark abkassieren. Ich sagte ihm, dass ich morgen um soundso viel Uhr wiederkäme und ich es ihm dann für einen Zwanziger machen würde. Wenn er noch einen Zwanziger hatte, machte er mit.

Stotter-Max wartete immer auf uns. Für mich stand immer mein Lieblingsgetränk, Pfirsichsaft, bereit. Für Detlef war immer sein Leibgericht Grießpudding im Eisschrank. Stotter-Max kochte den Pudding selber. Außerdem bot er mir immer eine Auswahl Danone-Joghurt und Schokolade an, weil er wusste, dass ich das gern nach dem Job aß. Die Prügelei war für mich zur reinen Routinesache geworden und hinterher aß, trank und quatschte ich noch ein bisschen mit Stotter-Max.

Der wurde immer magerer. Er investierte wirklich die letzte Mark in uns und konnte sich selber nicht mehr genug zu fressen kaufen. Er hatte sich so sehr an uns gewöhnt und war so happy, dass er kaum noch stotterte, wenn er mit uns zusammen war. Er kaufte sich immer gleich morgens ein paar Zeitungen. Nur um zu sehen, ob da wieder eine Meldung über einen Herointoten drin war. Als ich einmal zu ihm kam, um einen Zwanziger abzustauben, stotterte er wahnsinnig und war richtig bleich. In den Zeitungen hatte an dem Tag gestanden, dass ein Detlef W. das soundsovielte Heroinopfer des Jahres sei. Er weinte beinah vor Freude, als ich ihm sagte, dass ich meinen Detlef gerade noch ziemlich lebendig gesehen hätte. Er quatschte wie so oft auf mich ein, wir sollten doch die Finger vom Heroin lassen, sonst würden wir auch sterben. Ich sagte ihm eiskalt, wenn wir mit H aufhörten, würden wir auch nicht mehr zu ihm kommen. Da war er still.

Detlef und ich hatten ein komisches Verhältnis zu Stotter-Max. Wir hassten alle Freier. Wir hassten also auch Stotter-Max. Irgendwo fanden wir ihn aber eben auch ganz in Ordnung. Vielleicht vor allem, weil er ganz problemlos immer für vierzig Mark gut war. Dann hatten wir aber bestimmt auch so was wie Mitleid mit ihm. Das war ein Freier, dem ging es im Grunde genommen noch dreckiger als uns. Er war jedenfalls total einsam und hatte nur uns. Für uns machte er sich kaputt. Aber darüber dachten wir nicht weiter nach. Wir haben später noch mehr Freier kaputtgemacht.

Manchmal haben wir sogar bei Stotter-Max richtig gemütlich ferngesehen und dann geschlafen. Er gab uns sein Bett und schlief selber auf dem Fußboden. Eine Nacht waren wir richtig toll in Stimmung. Stotter-Max legte verrückte Musik auf, zog sich eine langhaarige Perücke über den Kopf und einen urischen Fellmantel an. Dann tanzte er wie ein Verrückter und wir lachten uns halb tot. Plötzlich stolperte er, fiel und schlug mit dem Kopf gegen seine Nähmaschine. Er war ein paar Minuten richtig besinnungslos. Wir haben uns wirklich wahnsinnige Sorgen gemacht und einen Arzt rantelefoniert. Stotter-Max hatte eine Gehirnerschütterung und musste zwei Wochen im Bett bleiben.

Kurz darauf flog er aus seinem Job. Er war völlig runtergekommen, ohne auch nur Dope probiert zu haben. Fixer hatten ihn fertiggemacht. Wir. Er bettelte, dass wir ihn wenigstens mal so besuchen sollten. Aber so Freundschaftsbesuche sind für einen Fixer wirklich nicht drin. Einmal, weil er gar nicht so viel Gefühl für einen anderen aufbringen kann. Dann aber vor allem, weil er den ganzen Tag unterwegs ist, um Geld und Dope zu ergeiern und echt keine Zeit für so was hat. Detlef erklärte das auch Stotter-Max glashart, als der versprach, dass er uns reichlich Geld geben würde, sobald er wieder etwas habe. »Ein Fixer ist wie ein Geschäftsmann. Der muss jeden Tag dafür sorgen, dass die Kasse stimmt. Der kann eben nicht aus Freundschaft oder Sympathie einfach Kredit geben.«

Kurz nachdem ich angefangen hatte mit dem Anschaffen, gab es noch ein fröhliches Wiedersehen. Es war auf dem Bahnhof. Ich wartete auf Freier und plötzlich stand Babsi neben mir. Babsi, das kleine Mädchen, das mich ein paar Monate vorher im Sound wegen LSD angehauen hatte. Babsi, damals zwölf Jahre alt, auf Trebe wegen Ärger in der Schule, die noch schnell ein paar Sniefs H probiert hatte, bevor sie aufgegriffen und zu ihren Großeltern zurückgebracht wurde.

Wir sahen uns an, wussten übereinander Bescheid, fielen uns in die Arme und küssten uns. Sie freute sich urisch und ich auch. Babsi war wahnsinnig schmal geworden. Kein Busen und kein Hintern. Aber sie sah beinah noch schöner aus. Ihr schulterlanges, blondes Haar war sehr gepflegt und sie war astrein in Schale. Ich hatte auf den ersten Blick erkannt, dass sie nun auch voll auf H war. Ich musste ihr gar nicht in die stecknadelgroßen Pupillen sehen. Aber ich glaube, jemand, der keine Ahnung vom Fixen hat, wäre nie auf die Idee gekommen, dass dieses hübsche Kind eine Fixerbraut war.

Babsi war unheimlich ruhig. Sie hatte nichts von der Hektik der anderen Fixer, die wie ich den ganzen Tag dem Geld und dem Dope hinterherjagten. Sie sagte auch gleich, ich brauchte keinen Freier zu machen, sie würde mir einen Druck ausgeben und auch was zu essen.

Wir gingen rauf in die Bahnhofsterrassen. Darüber, dass wir beide voll drauf waren und anschaffen gingen, brauchten wir gar nicht weiter zu reden. Babsi aber kam erst mal nicht damit über, woher sie so reichlich Dope und Geld hatte. Sie erzählte nur, dass es bei ihr zu Hause ziemlich streng zugehe, seit sie auf Trebe gewesen war. Sie musste jeden Abend zwischen sieben und acht zu Hause sein und auch regelmäßig zur Schule gehen. Ihre Großmutter passte höllisch auf.

Ich fragte sie schließlich direkt und sie sagte: »Ich habe einen Stammfreier. Ein ziemlich ältlicher Typ, aber eben ein ganz cooler Freier. Ich fahre nachmittags mit dem Taxi zu ihm. Er gibt mir keine Kohle, sondern Dope. Ich kriege drei halbe Halbe pro Tag. Da kommen auch andere Bräute, die kriegen auch das Dope direkt von ihm. Aber im Moment steht er nur auf mich. In einer Stunde bin ich fertig. Ohne Bumsen natürlich. Nur ausziehen, mal fotografieren lassen, quatschen und, na ja, französisch. Aber Bumsen kommt für mich nicht in Frage.«

Heinz hieß ihr Stammfreier. Er hatte einen Schreibwarenladen. Ich hatte auch schon von ihm gehört. Eben, dass er ein ganz cooler Freier war, weil er direkt H gab und man sich das ganze Rumgerenne sparte. Ich war echt neidisch auf Babsi, die abends spätestens um acht zu Hause war, immer ausschlafen konnte und ohne die ganze annervende Hektik lebte.

Babsi hatte alles. Sogar reichlich Bestecke. Diese Spritzen, die ja eigentlich nur einmal gebraucht werden sollten, waren damals schon ziemlich schwierig zu kriegen. Meine war schon wieder so stumpf, dass ich sie immer an der Reibefläche einer Streichholzschachtel anspitzen musste, damit das Ding überhaupt noch in die Vene reinzuwuchten war. Babsi hatte reichlich Spritzen. Sie versprach mir gleich drei Pumpen und drei Kanülen.

Ein paar Tage später traf ich dann auch Stella auf dem Bahnhof, Babsis Freundin, die damals zusammen mit ihr auf Trebe gewesen war und noch vor ihr mit dem H-Probieren angefangen hatte. Umarmung, Küsschen, urische Freude. Stella war mittlerweile natürlich auch drauf. Ihr ging es nicht so gut wie Babsi. Ihr Vater war ja zwei Jahre vorher bei einem Wohnungsbrand ums Leben gekommen, ihre Mutter hatte zusammen mit einem italienischen Freund eine Kneipe aufgemacht und das Trinken angefangen. Stella hatte immer aus der Kneipe Geld für Dope mitgehen lassen. Als sie dem Freund ihrer Mutter fünfzig Mark direkt aus der Brieftasche klaute, kam das raus. Sie traute sich jetzt nicht mehr nach Hause und war wieder auf Trebe.

Wir redeten in den Bahnhofsterrassen ganz automatisch gleich über Freier. Stella klärte mich erst mal über ihre beste Freundin Babsi auf. Die sei also total runtergekommen. Ihr Heinz sei nämlich ein ganz mieser Typ. Ein mieser, alter, fetter, schwitziger Kerl, mit dem

Babsi echt bumse. Stella sagte: »Das wäre das Letzte für mich. Mit so jemandem bumsen. Überhaupt bumsen mit einem Freier. Da kann man gleich auch mit Kanaken gehen. Also mal einen blasen, okay. Aber Bumsen ist echt das Letzte.«

Ich war auch richtig erschüttert, wie weit es mit Babsi gekommen war. Ich hatte im Moment nicht den Durchblick, um zu checken, wieso Stella mir das erzählte. Ich erfuhr erst später von Babsi, dass der Heinz vorher Stellas Stammfreier gewesen war. Daher wusste Stella also so genau, was der für drei halbe Halbe verlangte. Ich sollte es später noch am eigenen Leib erfahren.

Stella sagte in den Bahnhofsterrassen dann zu mir, sie fände es eigentlich das Letzte, auf dem Zoo anschaffen zu gehen: »Da sind doch sonst nur die abgefucktesten Bräute. Und Kanaken-Freier. Das käme für mich nicht in Frage, ständig von diesen dreckigen Kanaken angemacht zu werden.«

Stella ging auf den Autostrich, auf den Babystrich an der Kurfürstenstraße. Da waren fast nur Fixerinnen und vor allem die Dreizehn-, Vierzehnjährigen. Ich hatte einen urischen Horror vor dem Autostrich, wo man kaum noch kontrollieren konnte, zu wem man in den Wagen stieg. Und ich sagte: »Der Autostrich ist doch nun echt das Letzte. Da machen sie es doch für zwanzig Mark. Zwei Freier für einen Druck, das würde ich echt nicht bringen.«

Wir stritten uns bald eine Stunde darüber, ob man auf dem Kinderstrich am Zoo oder auf dem Kinderstrich in der Kurfürstenstraße weiter runtergekommen sei. Zwischendurch einigten wir uns darauf, dass Babsi eigentlich schon das letzte Stück Mist sei, wenn sie mit diesem Kerl bumste.

Mit Streit um unsere Stricherehre fing das Wiedersehen an. Das war ein Streit, den Babsi, Stella und ich in den nächsten Monaten fast jeden Tag fortsetzten. Es ging immer darum, wer von uns schon am tiefsten in der Scheiße steckte. Jeder wollte sich vor den anderen beweisen, dass er noch nicht ganz so weit abgesackt war. Wenn wir zu zweit zusammen waren, redeten wir schlecht über die Dritte.

Das Größte war es natürlich, ohne Freier über die Runden zu kommen. Stella und ich redeten uns am ersten Tag unseres Wiedertreffens ein, wir könnten es ohne Freier schaffen. Wir wollten die Kohle mit Schlauchen und Klauen zusammenkriegen. Stella hatte da eine ganze Menge Tricks auf Lager.

Wir gingen gleich ins Kadewe, das Kaufhaus des Westens, um einen Supertrick auszuprobieren. Der läuft auf den Damenklos. Man wartet, bis ein paar Omas in den Klos verschwinden. Die hängen dann drinnen meistens ihre Handtaschen an die Türklinken. Wenn sie sich nun aus ihren Korsetts gepellt haben und auf der Brille hocken, drückt man von draußen blitzschnell die Türklinken. Die Taschen fallen runter und man kann sie durch den breiten Spalt unter der Tür leicht durchziehen. Die Omas trauen sich mit nacktem Hintern natürlich nicht raus. Und bis sie sich wieder angepellt haben, ist man längst über alle Berge.

Wir drückten uns also in der Damentoilette des Kadewe rum. Aber immer wenn Stella sagte, jetzt sei es günstig, bekam ich Schiss. Allein wollte sie es auch nicht machen. Außerdem braucht man schon vier Hände, um alle Handtaschen schnell genug abzuräumen. Es wurde also nichts mit dem großen Geld aus dem Damenklo. Ich hatte noch nie richtig Nerven zum Klauen gehabt und meine Nerven wurden immer schlechter.

Stella und ich beschlossen nach einigen anderen Misserfolgen beim Schlauchen und Klauen, zusammen anschaffen zu gehen. Ich bestand darauf, dass wir das auf dem Bahnhof machten. Wir gingen also nur zusammen mit einem Freier mit. Das hatte gleich mehrere Vorteile. Einen Vorteil gestanden wir uns gegenseitig nicht ein: Jede hatte die andere unter Kontrolle, wusste also, wie weit die andere wirklich mit den Freiern ging. Wir fühlten uns zu zweit aber auch sicherer. Zu zweit waren wir nur schwer abzulinken und konnten uns besser wehren, wenn sich ein Freier nicht an die Abmachungen halten wollte. Und es ging schneller zu zweit. Eine beschäftigte den Freier oben, eine unten und die Sache war ruckzuck vorbei.

Andererseits war es schwieriger, Freier zu finden, die für zwei Mädchen löhnen wollten. Und es gab auch erfahrene Freier, die einfach Angst hatten vor zwei Bräuten. Zu zweit lässt sich so ein Typ natürlich leicht ablinken. Wenn die eine ihn ordentlich beschäftigt, kommt die andere an die Brieftasche ran. Es war vor allem Stella, die am liebsten entweder mit Babsi oder mit mir anschaffen ging. Sie hatte mehr Schwierigkeiten als wir, Freier zu kriegen, weil sie nicht mehr ganz so kindlich aussah wie wir.

Am leichtesten hatte es Babsi auf dem Strich. Sie verdiente auch, als sie noch Heinz hatte, nebenbei, nur um uns Dope auszugeben. Sie ließ ihr unschuldiges Kindergesicht immer ungeschminkt. Ohne Po und ohne Busen, gerade erst dreizehn Jahre alt, war sie genau das, was die Freier auf dem Babystrich suchen. Sie brachte es mal in einer Stunde echt auf fünf Freier für 200 Mark.

Babsi und Stella gehörten gleich mit zur Clique von Detlef, Axel und Bernd. Wir waren jetzt also drei Mädchen und drei Jungen. Wenn wir zusammen loszogen, dann hakte ich mich bei Detlef unter und die beiden anderen Jungen griffen sich die Mädchen. Es lief nichts weiter zwischen ihnen. Aber wir waren einfach eine ganz coole Clique. Jeder konnte noch mit fast allen Sorgen zu jedem kommen. Trotz des vielen Streits um Lappalien, der bei Fixern einfach an der Tagesordnung ist. In dieser Phase hielt uns das H mit seinen Problemen noch zusammen. Ich bin nicht sicher, dass es unter jungen Leuten, die nicht drogenabhängig sind, eine solche Freundschaft wie in unserer Clique noch gibt. Und diese coolen Freundschaften, die jedenfalls im Anfang unter Drogis entstehen, üben dann ja auch auf andere Jugendliche einen Reiz aus.

In meinem Verhältnis zu Detlef entstanden Probleme, als die beiden Mädchen in die Clique kamen. Wir liebten uns wie vorher, aber wir stritten uns immer öfter. Detlef war oft sehr gereizt. Ich war jetzt auch viel mit Babsi und Stella zusammen und das gefiel ihm irgendwie nicht so richtig. Am sauersten war er aber wohl darüber, dass er keine Kontrolle mehr darüber hatte, mit was für Freiern ich ging. Ich suchte mir die jetzt selber aus oder mit Stella oder Babsi. Detlef fing an, mir Vorwürfe zu machen, ich würde mit Freiern bumsen. Er war echt eifersüchtig.

Ich sah mein Verhältnis zu Detlef nicht mehr ganz so verbissen. Ich liebte ihn, na klar, und würde ihn immer lieben. Andererseits war ich jetzt unabhängig von ihm. Ich brauchte weder sein Dope noch seinen ständigen Schutz mehr. Eigentlich war es nun zwischen uns wie in einer modernen Ehe, von der viele junge Leute träumen. Es gab überhaupt keine Abhängigkeit voneinander. Es spielte sich auch so ein, dass wir Mädchen untereinander Dope ausgaben, wenn eine mehr hatte und die Jungs für sich sorgten.

Aber unsere Freundschaften waren eben letzten Endes doch H-Freundschaften. Wir alle wurden von Woche zu Woche aggressiver. Das Dope und die ganze Hektik, der Kampf jeden Tag um Geld und H, der ewige Stress zu Hause, das Verstecken und das Gelüge, mit dem wir unsere Eltern täuschten, machten die Nerven kaputt. Man konnte die Aggressivität, die sich da aufstaute, auch untereinander nicht mehr unter Kontrolle halten.

Am besten verstand ich mich noch mit Babsi, die auch noch die Ruhigste von uns war. Wir gingen oft zusammen anschaffen. Wir kauften uns die gleichen engen schwarzen Röcke, bis zum Po geschlitzt. Darunter trugen wir schwarze Strumpfhalter mit Strapsen. Darauf fuhren die Freier echt ab. Schwarze Strumpfhalter mit Strapsen und dazu unsere noch ziemlich kindlichen Figuren und unsere Kindergesichter.

Kurz vor Weihnachten 1976 fuhr mein Vater in Urlaub und Babsi und ich durften zusammen mit meiner Schwester in seiner Wohnung schlafen. Wir stritten uns gleich am ersten Abend in der Wohnung meines Vaters total. Babsi und ich machten uns so ordinär an, dass meine ein Jahr jüngere Schwester anfing zu weinen. Wir hatten schon richtig die Strichersprache drauf, wenn wir uns gegenseitig fertigmachten. Und meine Schwester hatte natürlich keine Ahnung von unserem Doppelleben.

Am nächsten Morgen waren Babsi und ich wieder die dicksten Freunde. Das war immer so: Wenn man ausgeschlafen war und so langsam runterkam vom H, war man meistens in einer ziemlich friedlichen Stimmung. Babsi und ich machten aus, dass wir uns nicht sofort den Morgen-Druck setzen, sondern das möglichst lange rausschieben. Wir hatten das schon öfter ausprobiert. Es war ein richtiger Sport, mit dem Druck so lange wie möglich zu warten. Aber wir redeten über nichts anderes als über den tierischen Druck mit dem astreinen Dope, den wir uns irgendwann machen würden. Wir waren echt wie zwei Kinder am Heiligabend kurz vor der Bescherung.

Meine Schwester kriegte dabei natürlich was mit. Sie wusste bald, dass wir irgendein Rauschgift hatten. Aber sie hatte natürlich keine Ahnung, dass wir süchtig waren. Sie dachte, wir probieren was aus. Und sie versprach hoch und heilig, meinem Vater oder meiner Mutter nichts zu erzählen und auch dichtzuhalten, falls von Babsis Familie jemand unverhofft aufkreuzen sollte. Babsi wurde ja ziemlich streng behandelt und weder ihre Großeltern noch ihre Eltern hatten den leisesten Schimmer, dass sie heroinsüchtig war und auf den Strich ging.

Babsi holte ihr Quarkfein, Erdbeergeschmack, aus der Plastiktüte. Sie hatte einen echten Tick mit ihrem Quarkfein, so einem Zeug, das man in Quark rührt. Sie lebte fast nur von Quark mit Quarkfein. Ich aß kaum abwechslungsreicher: außer Quark noch Joghurt und Pudding und Wiener Kringel, die es am U-Bahnhof Kurfürstendamm gab. Was anderes behielt mein Magen schon nicht mehr bei sich. Babsi machte also in der Küche ihr Quarkfein an. Das war wie eine heilige Handlung. Meine Schwester und ich saßen andächtig drum herum und wir freuten uns alle urisch darauf, ein riesiges Quarkfein-Frühstück einzumampfen. Klar, dass das Frühstück erst beginnen sollte, wenn Babsi und ich uns den Druck gesetzt hatten.

Als Babsi den Quark richtig schön sahnig geschlagen hatte, hielten wir es nicht mehr aus. Wir sagten meiner Schwester, sie solle schon den Tisch schön decken, und schlossen uns im Badezimmer ein. Kaum waren wir drin, fing das Drama zwischen uns wieder an, weil wir allmählich auf Turkey kamen.

Wir hatten nur noch ein brauchbares Besteck und ich sagte, dass ich mir schnell als Erste den Druck setzen wollte.

Babsi war sofort auf 180: »Wieso eigentlich immer du. Heute bin ich mal die Erste. Ich hab schließlich auch das Dope rangeschafft.«

Das nervte mich nun echt an. Ich konnte es schon gar nicht haben, wenn sie Vorteile daraus zu ziehen versuchte, dass sie oft mehr Dope als wir hatte und was ausgab. Ich sagte: »Hör mal zu, Alte, bei dir dauert es doch eine Ewigkeit. Mach keinen Fez.« Es war wahr. Diese Frau brauchte oft eine halbe Stunde, bis sie so weit war. Sie hatte kaum Venen. Und wenn sie das erste Mal zustach und anzog und es kam kein Blut, dann flippte sie aus. Sie stach sich sinnlos die Nadel in die Haut und wurde immer hektischer. Da half ihr echt nur noch ein Glückstreffer.

Bei mir ging es damals noch ganz gut. Wenn nicht Detlef mir den Schuss gemacht hat – er war der Einzige, der an meine Venen randurfte –, dann habe ich zu dieser Zeit immer auf einen Punkt in der linken Armbeuge gedrückt. Das ging so lange gut, bis ich da eine Thrombose hatte und alles richtig verknorpelte. Später wusste ich dann auch kaum noch, wohin stechen.

An diesem Morgen setzte ich mich also durch. Babsi war total sauer, ich kriegte die Spritze, traf sofort und war nach kaum zwei Minuten fertig. Es war ein ganz geiler Schuss. Mein Blut rauschte nur so. Mir wurde urisch heiß. Ich ging an das Waschbecken, ließ mir Wasser über das Gesicht laufen und fummelte dann ganz happy an mir rum.

Babsi saß auf dem Badewannenrand, stach sich das Ding in den Arm und flippte schon aus. Sie brüllte: »Scheiße, hier ist überhaupt keine Luft in der Bude. Mach doch das verdammte Fenster auf.«

Ich sagte: »Musst dich damit abfinden, dass keine Luft in der Bude ist. Mach mich bloß nicht an.« Mir war es jetzt also total egal, was mit der Braut war. Ich hatte meinen Schuss drin und damit war alles okay.

Babsi spritzte das Blut nur so in der Gegend rum, aber eine Vene traf sie nicht richtig. Sie flippte immer mehr aus. Sie schrie: »Hier ist überhaupt kein Licht auf diesem verdammten Klo. Mensch, hol mir Licht. Hol mir die Lampe aus dem Kinderzimmer.«

Ich war echt zu faul, ins Kinderzimmer zu gehen, um Babsi die Lampe zu holen. Erst als sie nicht aufhörte zu nerven und ich Angst hatte, dass meine Schwester was merken könnte, habe ich dann die Lampe geholt. Irgendwann klappte es auch dann bei Babsi. Sie war gleich ganz ruhig. Sie machte die Spritze ordentlich sauber und wischte das Blut aus der Badewanne und vom Fußboden. Sie sagte kein Wort mehr.

Wir gingen in die Küche und ich freute mich auf das Quarkfein. Da nahm Babsi die Schüssel, legte einen Arm fest drum und fing an zu löffeln. Sie quälte tatsächlich die ganze Schüssel Quark in sich rein. Sie sagte nur einmal: »Du weißt schon, warum.«

Wir hatten uns beide riesig auf die Tage zusammen in der Wohnung meines Vaters gefreut und der erste Morgen begann mit einem Streit des Jahrhunderts. Wegen nichts. Aber wir waren eben Fixerinnen. Und alle Fixer werden auf die Dauer so. Das Dope zerstört die Beziehungen zu anderen Menschen. Das war auch bei uns so. Auch wenn wir uns in unserer Clique, in der ja alle noch sehr jung waren, richtig aneinanderklammerten und ich immer noch dachte, so eine Clique gäbe es nirgends noch mal.

Auch meine Streitereien mit Detlef wurden immer mieser. Wir waren beide körperlich schon ziemlich runtergekommen. Ich bei 1,69 Meter auf 43 Kilo, Detlef mit 1,76 Meter auf 54 Kilo. Uns ging es oft körperlich sehr schlecht, dann nervte uns alles an und wir wurden auch echt widerwärtig gegeneinander. Wir versuchten den anderen regelrecht brutal fertigzumachen. Wir zielten dabei immer auf die schwächste Stelle des anderen. Und die war natürlich das Anschaffen, obwohl wir sonst so taten, als wäre das eine nebensächliche Routinesache.

Detlef sagte dann: »Glaubst du, ich will noch mit einer Braut schlafen, die sich von den fiesesten Freiern durchbumsen läßt.«

Ich antwortete: »Mir stinkt es sowieso schon, dass du dich in den Arsch ficken lässt.« Und so weiter.

Am Ende heulte ich meistens oder Detlef war total fertig oder wir heulten beide. Wenn einer von uns auf Turkey war, dann konnte ihn der andere fertigmachen bis zum Gehtnichtmehr. Es wurde eigentlich nicht besser dadurch, dass wir uns irgendwann wieder wie zwei Kinder in den Armen lagen. Es war inzwischen nicht nur zwischen uns Mädchen, sondern auch zwischen Detlef und mir so, dass man in dem anderen sah, was für ein Dreck man selber war. Man hasste die eigene Miesheit und ging auf dieselbe Miesheit beim anderen los und wollte sich wohl beweisen, dass man nicht ganz so mies war.

Diese Aggressivität entlud sich natürlich auch gegenüber Fremden. Ich rastete schon aus, wenn ich auf irgendeinen U-Bahnhof kam und die Omas mit ihren Einkaufstaschen sah. Ich stieg dann erst mal mit brennender Zigarette in den Nichtraucher-Wagen. Wenn die Omas dann anfingen rumzusülzen, sagte ich, wenn es ihnen nicht passte, sollten sie doch in ein anderes Abteil gehen. Besonderen Spaß machte es mir, irgendeiner Oma den Platz vor der Nase wegzuschnappen. Die Schoten, die ich da brachte, versetzten manchmal den ganzen Wagen in Aufruhr und gelegentlich wurde ich auch mit Gewalt an die Luft gesetzt. Es nervte mich selber an, wie ich mich benahm. Es nervte mich auch an, wenn Babsi oder Stella sich so benahmen. Ich wollte doch mit diesen Spießern überhaupt nichts zu tun haben. Aber ich konnte wohl nicht anders und musste ständig diese Schoten abziehen.

Mir war es völlig egal, was Fremde von mir dachten. Wenn der ekelhafte Juckreiz anfing, wenn es überall juckte, wo die Kleidung eng war, oder sogar, wo Schminke war, dann kratzte ich mich, ganz egal, wo ich gerade war. Mir machte es nichts aus, in der U-Bahn die Stiefel auszuziehen und den Rock bis zum Bauchnabel hochzuziehen, um mich zu kratzen. Mich interessierte nur, was die Leute in der Clique von mir hielten.

Irgendwann ist Fixern dann alles egal. Da gehören sie auch zu keiner Clique mehr. Ich kannte einige von den alten Fixern, die schon fünf Jahre und länger drückten und überlebt hatten. Wir hatten ein sehr gemischtes Verhältnis zu den Alten. Diese totalen Einzelgänger hatten für uns irgendwie eine sehr starke Persönlichkeit. Es war auch gut, wenn man auf der Szene erzählen konnte, man kenne den und den von den Alten. Andererseits verachtete ich sie auch, weil sie ja alle total runtergekommen waren. Vor allem aber hatten wir Jungen eine urische Angst vor denen. Die hatten nun echt keinen kleinen Rest Moral, Gewissen oder Mitleid mehr. Die hauten eben dem Fixer-Kumpel mit einem Stein vor den Kopf, wenn sie auf Turkey waren und an einen Druck ranwollten. Der Wildeste von allen hieß Linker-Manne. Jeder nannte ihn Linker-Manne, denn er war echt der linkeste Typ von der Szene. Wenn die Dealer den sahen, rannten sie schneller als bei einer Bullenrazzia. Denn wenn der einen kleinen Dealer zu fassen kriegte, dann nahm er ihm das Dope einfach ab. Keiner wagte sich gegen ihn zu wehren. Schon gar nicht irgendein kleiner Fixer.

Ich habe Linker-Manne einmal voll in action erlebt. Ich hatte mich gerade auf einem Damenklo eingeschlossen, um mir einen Druck zu machen, da springt einer oben über die Trennwand rüber, regelrecht auf mich drauf. Linker-Manne. Ich wusste schon aus Erzählungen, dass das seine Tour war: auf Damentoiletten warten, bis eine Fixerbraut mit H kommt. Und ich wusste, wie brutal er sein konnte. Ich gab ihm also mein Besteck und mein Dope. Er ging gleich raus und stellte sich vor den Spiegel. Der hatte vor nichts mehr Angst. Dann knallte er sich den Schuss in den Hals. Der hatte keinen Punkt mehr am ganzen übrigen Körper, auf den er noch drücken konnte. Er blutete echt wie ein Schwein. Ich glaubte, er habe in die Halsschlagader gedrückt. Ihm machte das aber nicht das Geringste aus. Er sagte »Schönen Dank auch« und haute ab.

Wenigstens war mir klar, dass ich soweit nie kommen würde. Denn um so lange zu überleben wie Linker-Manne, musste man eben ein ganz starker Typ sein. Und das war ich nicht. Ich konnte ja nicht mal den Omas die Handtaschen auf der Kaufhaustoilette klauen.

In unserer Clique ging mehr und mehr alles um Anschaffen und Freier. Die Jungen hatten die gleichen Probleme wie wir. Da gab es eben noch gegenseitiges Interesse und da konnte man sich noch praktisch gegenseitig helfen. Wir Mädchen tauschten untereinander die Erfahrungen mit Freiern aus. Der Kreis der Freier, mit dem wir zusammenkamen, war mit der Zeit begrenzt. Wenn für mich ein Freier neu war, hatten ihn Stella oder Babsi möglicherweise schon gehabt. Und es war vorteilhaft, ihre Erfahrungen zu kennen.

Es gab empfehlenswerte, weniger empfehlenswerte und absolut mangelhafte Freier. Um persönliche Sympathien ging es bei der Bewertung der Freier kaum. Uns interessierte auch nicht, was für einen Beruf der Freier hatte, ob er verheiratet war und so weiter. Über den ganzen persönlichen Quatsch, den Freier so erzählten, redeten wir nie. Uns ging es bei der Bewertung der Typen allein um unseren Vorteil.

Einen Vorteil hatte ein Freier, wenn er panische Angst vor Geschlechtskrankheiten hatte und alles nur mit Gummi machen ließ. Die waren aber leider selten, obgleich sich natürlich die meisten Mädchen auf dem Amateurstrich irgendwann eine Krankheit einfangen und gerade die Drogensüchtigen Angst davor haben, zum Arzt zu gehen.

Ein Vorteil war es, wenn der Typ von vornherein nicht mehr wollte als allenfalls französisch. Dass man also nicht erst stundenlang mit ihm über die Bedingungen feilschen musste. Ein Plus hatte ein Freier aber auch, wenn er einigermaßen jung und nicht so ekelhaft fett war, wenn er einen nicht wie ein Stück Ware behandelte, sondern halbwegs freundlich blieb, uns vielleicht sogar mal zum Essen einlud.

Das wichtigste Kriterium für die Qualität eines Freiers war aber natürlich, wie viel Geld er für welche Leistung gab. Mangelhaft und zu meiden waren Kerle, die sich nicht an die Vereinbarungen hielten und in der Pension plötzlich mit Drohungen oder Lockungen zusätzliche Leistungen von uns zu erpressen versuchten.

Am genauesten beschrieben wir uns schließlich die miesen Ablinker, die hinterher das Geld zurück wollten und es sich manchmal auch mit Gewalt nahmen, weil sie angeblich nicht zufrieden waren. Mit solchen Miststücken hatten die Jungen allerdings mehr Ärger als wir.

Irgendwann fing das Jahr 1977 an. Ich habe die Zeit kaum registriert. Ob es Winter war oder Sommer, ob nun Weihnachten gefeiert wurde oder Silvester, für mich war ein Tag wie der andere. Das Besondere an Weihnachten war allenfalls, dass ich wieder Geld geschenkt bekam und deshalb ein oder zwei Freier weniger machen musste. Es war ohnehin kaum möglich, über die Feiertage Freier zu finden. Ich war total abgestumpft in dieser Phase. Ich dachte nicht nach. Über nichts. Ich nahm nichts mehr wahr. Ich war total auf mich fixiert. Aber ich wusste nicht, wer ich war. Ich wusste manchmal auch nicht, ob ich überhaupt noch lebte.

Ich kann mich kaum noch an Einzelheiten aus dieser Zeit erinnern. Es gab wohl auch nichts, was es wert gewesen wäre, in den grauen Zellen gespeichert zu werden. Bis zu einem Sonntag Ende Januar 1977. Ich kam irgendwann am frühen Morgen nach Hause. Ich hatte eigentlich ein ganz gutes Feeling. Ich lag im Bett und stellte mir vor, ich sei ein junges Mädchen, das vom Tanzen kommt und einen unheimlich niedlichen Jungen kennengelernt hat und nun richtig verknallt ist. Ich bekam nur noch ein gutes Feeling, wenn ich träumte und in dem Traum jemand ganz anderes war. Am liebsten träumte ich eben, dass ich ein fröhlicher Teenager war, so fröhlich wie auf einer Coca-Cola-Reklame.

Mittags weckte mich meine Mutter und brachte mir das Mittagessen ans Bett. Wenn ich sonntags zu Hause war und nicht bei Detlef, brachte mir meine Mutter immer das Essen ans Bett. Ich würgte ein paar Bissen runter. Ich kriegte eigentlich gar nichts mehr runter außer Joghurt, Quark und Pudding. Dann griff ich mir meine weiße Plastiktüte. Die Plastiktüte war schon ziemlich zerfetzt, keine Griffe mehr, überall eingerissen, weil ich zu Spritze und Roth-Händle manchmal noch meine Jacke da reinknüllte. Mir war alles so gleichgültig, dass ich nicht mal daran dachte, mir eine neue Plastiktüte zu besorgen. Ich war zu gleichgültig, um mir etwas dabei zu denken, als ich mit der Plastiktüte an meiner Mutter vorbei in das Badezimmer latschte. Ich schloss die Badezimmertür hinter mir ab. In unserer Familie schloss sonst niemand die Badezimmertür ab. Ich sah in den Spiegel wie jeden Tag. Ich sah in ein total eingefallenes fremdes Gesicht. Ich erkannte mich schon lange nicht mehr im Spiegel. Das Gesicht gehörte nicht zu mir. Genauso wenig wie der total abgemagerte Körper. Den fühlte ich gar nicht mehr. Er meldete sich nicht mal, wenn ich krank war. Das Heroin machte ihn gefühllos gegen irgendwelche Schmerzen oder Hunger und sogar gegen hohes Fieber. Der Körper registrierte nur noch den Turkey.

Ich stand vor dem Spiegel und bereitete den Druck vor. Ich war besonders geil auf den Druck, denn ich hatte M-Powder. Das ist im Gegensatz zum weißen oder bräunlichen H, das sonst auf dem Markt war, ein grau-grünlich gesprenkeltes Pulver. Es ist besonders unreines Dope, aber es macht einen wahnsinnigen Flash. Es geht unheimlich aufs Herz und man muss vorsichtig sein bei der Dosierung. Knallt man sich zu viel M-Powder rein, ist man hops. Aber ich war eben irrsinnig geil auf diesen Flash von M-Powder.

Ich drückte die Nadel in die Armvene, zog an und es kam auch gleich Blut hoch. Ich hatte das M-Powder ein paarmal gefiltert, aber es ist eben total unsauber. Und dann passierte es auch. Die Nadel verstopfte. Das war so ungefähr das Schlimmste, was einem Fixer passieren kann, dass in diesem Moment die Nadel verstopft. Denn wenn erst das Blut, das man in die Spritze gezogen hat, gerinnt, dann ist nichts mehr zu machen. Dann kann man das Dope nur noch wegschmeißen.

Ich konnte also nicht mehr rausziehen. Ich drückte mit aller Gewalt, um diesen Dreck durch die Nadel zu bekommen. Ich hatte tatsächlich Schwein. Ich bekam den Schuss rein. Ich zog noch einmal auf, um auch den letzten Rest reinzubekommen. Da verstopfte die Nadel wieder. Mich packte die Wut. Ich hatte nur acht bis zehn Sekunden Zeit bis zum Flash. Ich drückte also mit aller Kraft. Die Pumpe sprang ab, und das Blut spritzte nur so in der Gegend rum.

Der Flash war irre. Ich musste den Kopf festhalten. In der Herzgegend spürte ich einen unheimlichen Krampf. Der Kopf dröhnte, als hätte jemand mit dem Vorschlaghammer draufgehauen, die Kopfhaut prickelte wie von einer Million Nadeln. Und dann war mein linker Arm regelrecht gelähmt.

Als ich mich wieder bewegen konnte, nahm ich Kleenex, um das

Blut wegzuwaschen. Es war überall. Im Waschbecken, am Spiegel und an den Wänden. Zum Glück war alles mit Ölfarbe gestrichen und man bekam das Blut leicht runter. Während ich noch das Blut wegwischte, haute meine Mutter gegen die Tür. Sie fing sofort an zu labern: »Mach auf. Lass mich rein. Wieso schließt du überhaupt ab. Das sind ja ganz neue Sitten.«

Ich sagte: »Halt's Maul. Ich bin gleich fertig.« Ich war unheimlich sauer, dass sie mich ausgerechnet jetzt nervte, und wischte total hektisch mit dem Kleenex da rum. In der Hektik übersah ich ein paar Blutspritzer und ließ auch noch ein blutiges Kleenextuch im Waschbecken. Ich schloss also auf und meine Mutter stürzte an mir vorbei ins Badezimmer. Ich war völlig nichtsahnend und dachte, die muss nur dringend pinkeln. Ich ging mit meiner Plastiktüte in mein Zimmer zurück, legte mich ins Bett und steckte eine Zigarette an.

Kaum brannte die Zigarette, kam meine Mutter ins Zimmer gerannt. Sie brüllte: »Du nimmst Rauschgift.«

Ich sagte: »Ach Quatsch. Wie kommst du denn darauf?«

Da warf sie sich regelrecht auf mich und bog mir mit Gewalt die Arme gerade. Ich wehrte mich gar nicht richtig. Meine Mutter sah den frischen Einstich sofort. Sie nahm meine Plastiktüte und kippte alles, was drin war, aufs Bett. Das Spritzbesteck fiel raus, reichlich Tabakkrümel von den Roth-Händle und ein ganzer Haufen Stanniolpapierblättchen. In dem Stanniolpapier war H drin gewesen. Wenn ich mal kein Dope hatte und auf Turkey kam, dann habe ich mit der Nagelfeile den letzten Staub vom Papier gekratzt und mir daraus einen Druck gemacht.

Was da alles aus der Plastiktüte rauskam, reichte meiner Mutter natürlich dicke zum Beweis meiner Rauschgiftsucht. Ihr war wohl schon alles im Badezimmer klar geworden. Da hatte sie nicht nur das blutige Kleenextuch und Blutspritzer entdeckt, sondern auch noch Ruß von dem Löffel, in dem ich das Dope aufgekocht hatte. Sie hatte mittlerweile in der Presse schon allerhand über Heroin gelesen und konnte sich so schnell einen Reim auf alles machen.

Ich gab das Leugnen auch sofort auf. Obwohl ich mir ja gerade einen richtig geilen Schuss mit M-Powder reingehauen hatte, brach ich richtig zusammen. Ich heulte und bekam kein Wort mehr raus. Meine Mutter sagte auch nichts mehr. Sie zitterte. Sie war total geschockt. Sie ging aus meinem Zimmer und ich hörte, wie sie mit ihrem Freund Klaus redete. Sie kam zurück. Sie schien etwas ruhiger und fragte: »Kann man dagegen denn nicht was tun? Willst du denn nicht damit aufhören?«

Ich sagte: »Mutti, ich täte nichts lieber als das. Ehrlich. Glaub mir das. Ich will wirklich von diesem Scheißdreck weg.«

Sie sagte: »Gut, dann versuchen wir das zusammen. Ich nehme mir Urlaub, damit ich die ganze Zeit bei dir sein kann, wenn du aufhörst mit dem Rauschgift. Wir fangen gleich heute an mit der Entziehung.«

Ich sagte: »Das ist prima. Aber da ist noch eine Sache. Ohne Detlef läuft nichts ab. Ich brauche Detlef und er braucht mich. Er will auch entziehen. Wir haben uns schon oft darüber unterhalten. Wir wollten sowieso jetzt entziehen. Zusammen.«

Meine Mutter war völlig fassungslos und sagte: »Ach, Detlef, der auch?« Sie hatte Detlef immer sehr nett gefunden und war froh gewesen, dass ich einen so netten Freund hatte. Ich antwortete: »Natürlich Detlef auch. Glaubst du, dass ich das allein gemacht hätte? Das hätte Detlef doch nie zugelassen. Er lässt es aber auch nicht zu, dass ich ohne ihn entziehe.«

Mir ging es plötzlich ganz gut. Ich wurde richtig fröhlich bei dem Gedanken, dass ich mit Detlef zusammen entziehen würde. Wir hatten das ja tatsächlich schon lange vor. Meine Mutter aber war völlig fertig. Sie war ganz grün im Gesicht und ich dachte, sie würde einen Nervenzusammenbruch kriegen. Das mit Detlef hatte sie noch einmal geschockt. Sie war wohl geschockt von ihrer eigenen Ahnungslosigkeit in den vergangenen zwei Jahren. Und nun kamen ihr immer mehr Zweifel. Sie wollte wissen, wie ich das Geld für das Heroin bekommen hätte. Sie hatte natürlich sofort geschaltet: Strich, anschaffen und so.

Ich hätte es nie fertiggebracht, ihr die Wahrheit zu erzählen. Ich log: »Ach, man schlaucht sich so durch. Ich habe immer Leute um ein paar Mark gebeten. Und das klappte meistens. Ich habe auch sauber gemacht, mal hier, mal da.«

Meine Mutter fragte nicht weiter. Sie schien mal wieder heilfroh, dass sie eine Antwort bekam, die ihre schlimmen Befürchtungen nicht bestätigten. Was sie an diesem Sonntag erfahren hatte, reichte ja auch, um sie total fertigzumachen. Meine Mutter tat mir ehrlich leid und ich hatte ein schlechtes Gewissen ihretwegen.

Wir fuhren dann gleich los, um Detlef zu suchen. Der war nicht am Bahnhof Zoo. Er war auch nicht bei Axel und Bernd.

Abends fuhren wir zu Detlefs Vater. Detlefs Eltern waren auch geschieden. Sein Vater war Beamter. Er wusste längst, was mit Detlef los war. Meine Mutter machte ihm Vorwürfe, weil er ihr nichts davon gesagt hatte. Da hätte er fast angefangen zu heulen. Ihm war es ungeheuer peinlich, dass sein Sohn anschaffen ging und fixte. Nun war er froh, dass meine Mutter die Sache in die Hand nehmen wollte. Er sagte immer wieder: »Ja, da muss was geschehen.«

Detlefs Vater hatte im Schreibtisch eine ganze Sammlung Schlaf- und Beruhigungstabletten. Er gab sie mir mit, weil ich sagte, dass wir kein Valeron hätten und dass ein Entzug ohne Valeron eigentlich tierisch sei. Ich bekam vier oder fünf Mandrax, ein ganzes Röhrchen Gemetrin und fünfzig Stück 10er Valium. Ich schmiss schon auf dem Weg nach Hause in der U-Bahn eine Handvoll Pillen ein, weil ich langsam auf Turkey kam. Ich war mit den Pillen dann eigentlich ganz gut drauf und schlief auch die Nacht durch.

Morgens stand dann tatsächlich Detlef vor der Tür. Sein Vater hatte ihn gleich gefunden. Detlef war schon voll auf Turkey. Das fand ich wieder astrein von ihm. Dass er sich nicht noch schnell einen Druck gemacht hatte, sondern schon auf Turkey bei mir ankam. Er hatte sich ja denken können, dass ich kein Dope mehr hatte. Und er sagte, er wolle auf gleicher Höhe mit mir sein, wenn wir mit dem Entzug anfangen. Das war wirklich astrein.

Detlef wollte also genauso wie ich echt entziehen. Er war auch ganz froh, dass es so gekommen war. Wir hatten ja beide keine Ahnung – genauso wenig wie unsere Eltern –, dass es heller Wahnsinn ist, wenn zwei befreundete Fixer gemeinsam versuchen zu entziehen. Denn irgendwann macht der eine den anderen wieder an, man schaukelt sich hoch bis zum nächsten Schuss. Das heißt, vielleicht wussten wir das damals auch schon aus Erzählungen. Aber wir machten uns eben Illusionen. Wir meinten ja immer, für uns gelte irgendwie nicht dasselbe wie für andere Fixer. Wir konnten uns sowieso noch nicht vorstellen, etwas Wichtiges getrennt zu tun.

Den Vormittag hielten wir uns mit den Pillen von Detlefs Vater ganz gut über Wasser. Wir redeten noch miteinander. Wir malten uns in rosa Farben unser Leben nach dem Entzug aus und wir versprachen uns, tierisch tapfer zu sein in den nächsten Tagen. Trotz der beginnenden Schmerzen waren wir noch ganz happy.

Nachmittags ging es dann voll los. Wir schluckten und schluckten diese Pillen und gossen noch ordentlich Wein obendrauf. Aber es half nichts. Ich hatte plötzlich meine Beine nicht mehr unter Kontrolle. Auf den Kniekehlen war ein unheimlicher Druck. Ich legte mich auf den Fußboden und machte die Beine lang. Ich versuchte, die Beinmuskeln anzuspannen und wieder zu entspannen. Aber ich hatte keine Kontrolle mehr über die Muskeln. Ich drückte die Beine gegen den Schrank. Und da waren sie dann. Ich kriegte die Beine nicht mehr weg vom Schrank. Ich wälzte mich auf dem Fußboden rum und die Füße blieben irgendwie am Schrank kleben.

Ich war total nass von eiskaltem Schweiß. Ich fror und zitterte und dieser kalte Schweiß lief mir übers Gesicht in die Augen. Dieser Schweiß stank tierisch. Ich dachte, das ist das tierisch stinkige Gift, was jetzt aus dir rauskommt. Ich kam mir echt vor wie auf meiner Teufelsaustreibung.

Detlef ging es noch schlechter als mir. Er war am Ausflippen. Er zitterte vor Kälte und zog sich plötzlich seinen Pullover aus. Er setzte sich auf meinen Stuhl in der Fensterecke. Seine Beine waren ständig in Bewegung. Er rannte im Sitzen. In wahnsinnigen Zuckungen gingen diese bleistiftdünnen Beine auf und ab. Er wischte sich immer wieder den Schweiß aus dem Gesicht und bebte richtig. Das war schon kein Zittern mehr. Er krümmte sich immer wieder zusammen und schrie dabei. Magenkrämpfe.

Detlef stank noch schlimmer als ich. Das ganze winzige Zimmer war voll von unserem Gestank. Ich dachte daran, dass ich gehört hatte, dass Fixerfreundschaften nach einem geglückten Entzug immer kaputtgehen. Ich dachte auch, dass ich Detlef noch jetzt liebte, wo er so tierisch stank.

Detlef stand auf, schaffte es irgendwie bis zum Spiegel in meinem Zimmer und sagte: »Ich halte das nicht aus. Ich bring das nicht. Ich bring das echt nicht.« Ich konnte ihm nicht antworten. Ich hatte keine Kraft, ihm Mut zu machen. Ich versuchte, nicht dasselbe zu denken wie er. Ich versuchte, mich auf einen dämlichen Gruselroman zu konzentrieren, blätterte hektisch in einer Zeitung und zerriss sie dabei.

Mein Mund und mein Hals waren total trocken. Aber der Mund war auch voll von Speichel. Ich konnte ihn nicht runterschlucken und fing an zu husten. Je krampfhafter ich versuchte, diesen Speichel runterzuschlucken, desto stärker wurde dieser Husten. Ich kriegte einen Hustenkrampf, der überhaupt nicht mehr aufhörte. Dann fing ich an zu kotzen. Ich kotzte voll auf meinen Teppich. Es war weißer

Schaum, den ich auf den Teppich spuckte. Ich dachte, wie früher bei meiner Dogge, wenn sie Gras gefressen hatte. Das Husten und das Kotzen hörten überhaupt nicht mehr auf.

Meine Mutter war die meiste Zeit im Wohnzimmer. Wenn sie zu uns reinkam, war sie ganz hilflos. Sie rannte immer wieder los ins Einkaufszentrum und holte uns irgendwelche Sachen, die wir dann doch nicht runterbekamen. Jetzt brachte sie mir Malzbonbons und die halfen tatsächlich. Der Husten hörte auf. Meine Mutter wischte die Kotze weg. Sie war wahnsinnig lieb. Und ich konnte nicht mal »Danke« sagen.

Irgendwann fingen die Pillen und der Wein doch an zu wirken. Ich hatte fünf 10er Valium gefressen, zwei Mandrax und dann noch fast eine ganze Flasche Wein draufgegossen. Danach hätte ein normaler Mensch ein paar Tage gepennt. Mein Körper war so vergiftet, dass er kaum noch auf dieses Gift reagierte. Ich wurde aber wenigstens ruhiger und legte mich auf mein Bett. Wir hatten neben das Bett eine Liege gestellt und auf die legte sich dann auch Detlef. Wir berührten uns nicht. Jeder war voll mit sich selber beschäftigt. Ich kam in eine Art Halbschlaf. Ich schlief und wusste zur gleichen Zeit, dass ich schlief, und spürte die verdammten Schmerzen voll. Ich träumte und dachte nach. Das ging alles durcheinander. Ich dachte, dass jeder, vor allem meine Mutter, voll in mich hineinsehen könne. Dass jeder meine unheimlich dreckigen Gedanken lesen könne. Dass jeder sehen musste, was für ein ekelhaftes Stück Dreck ich überhaupt war. Ich hasste meinen Körper. Ich wäre froh gewesen, wenn er mir einfach weggestorben wäre.

Abends warf ich dann noch einmal ein paar Tabletten hinterher. Das hätte bei einem normalen Menschen langsam schon zum Abkratzen reichen müssen. Ich schlief nur wenigstens für ein paar Stunden fest ein. Ich wachte wieder auf, nachdem ich geträumt hatte, ich sei ein Hund, der immer von den Menschen gut behandelt worden war

Detlef R.,
Christianes Freund,
am Bahnhof Zoo.

Lutz F., »Lufo«, starb am 25. 1. 1978. Er gehörte zu Christianes Sound-Clique und imponierte ihr, weil er zunächst nur am Wochenende fixte.

Catherine Sch., »Stella«, war Christianes Freundin und wohnte zeitweise mit ihr zusammen. Mit 14 kam sie ins Frauengefängnis Lehrter Straße.

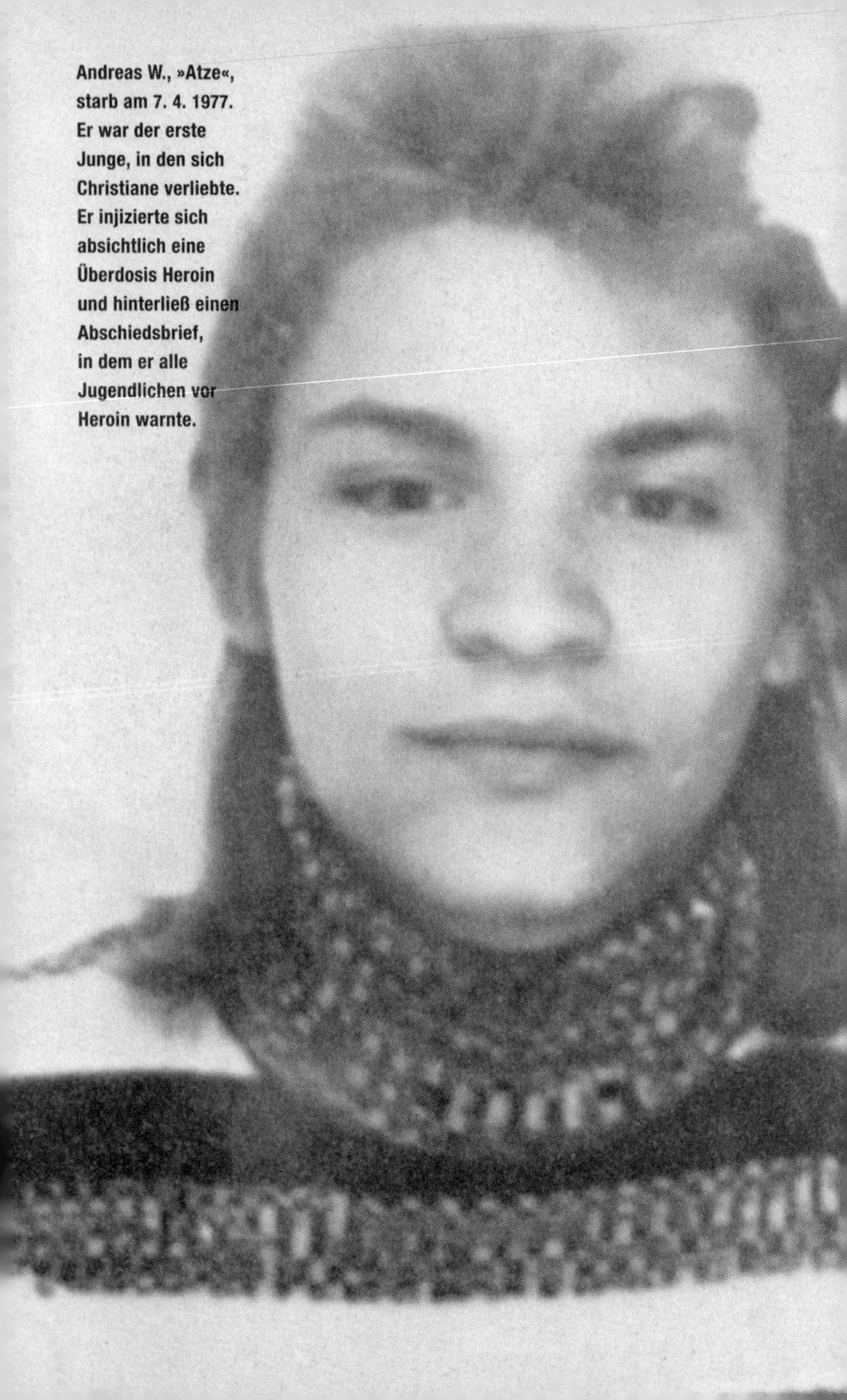

Andreas W., »Atze«, starb am 7. 4. 1977. Er war der erste Junge, in den sich Christiane verliebte. Er injizierte sich absichtlich eine Überdosis Heroin und hinterließ einen Abschiedsbrief, in dem er alle Jugendlichen vor Heroin warnte.

Babette D., »Babsi«,
starb am 19. 7. 1977.
Sie war Christianes
beste Freundin.
Die Stieftochter eines
berühmten Pianisten
war mit 14 Jahren die
bislang jüngste
Herointote in Berlin.

Diese Bilder malte Babsi zwei Monate vor ihrem Tod unter einen Brief, den sie aus der Berliner Landesnervenklinik an ihre Freundin Stella schickte.

erstehst aber mir ist ge-
ler, darum geht es mir auch
an hier drinne krieg ich nie

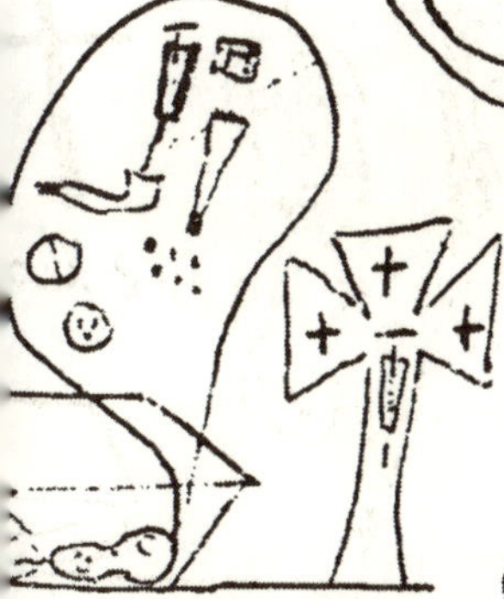

Der Druck ist die Hälfte des Todes-feelings!

ahrscheinlich liebe ich so sehr
len Tod das ich es nicht will auf-
uhören!
llos eins

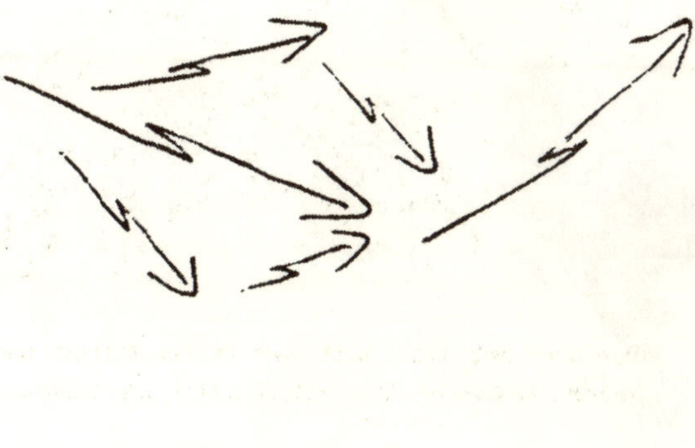

Die Gropiusstadt vom Rodelberg.
Die Plätze, auf denen die Kinder spielten, wurden betoniert, eingezäunt oder mit Verbotsschildern umstellt.

Das evangelische »Haus der Mitte« war Treffpunkt der Jugend von Gropiusstadt. Sein Leiter, Pfarrer Jürgen Quandt, musste hilflos zusehen, wie der Jugendclub auch zum Drogenzentrum wurde.

Im Sound, »Europas modernster Diskothek«, kamen ganze Gruppen Jugendlicher und Kinder über weiche Drogen zum Heroin.

Ein verwildertes Grundstück an der Lützowstraße, in der Nähe des »Sound«. Dieser Platz ist Ziel der Männer, die von der Diskothek junge Fixerinnen in ihrem Wagen mitnehmen.

Jugendliche Fixerinnen auf dem »Babystrich« an der Berliner Kurfürstenstraße. Dreizehn- bis Sechzehnjährige bieten sich hier für 20 Mark an.

Werner H., 21, und Michael S., 21, am U-Bahnhof Kurfürstendamm, der Berliner Fixerszene. Werner H.: »Ich habe mit 16 angefangen zu fixen. Drei Jahre war ich im Knast wegen Heroin. Der Bewährungshelfer und der Therapeut hatten danach keine Zeit für mich. Die einzigen Leute, die man kennt, sind auf der Heroinszene. Man geht dahin und macht sich wieder einen Druck. Ich habe keine Chance mehr, ich stecke zu tief drin.« Michael S.: »Mit 15 habe ich angefangen. Aber ich will die Hoffnung nicht aufgeben. Ich müsste was kennenlernen, wo ich mich dran festhalten kann, etwas, woran ich glauben kann, dann könnte ich es vielleicht schaffen.«

MICHIGAN
NIVERSITY

Bärbel W., 21, in dem Stundenhotel »Eisenach«: »Mit 13 habe ich mir den ersten Schuss gesetzt. Das Anschaffen bleibt ekelhaft, aber es ist für Mädchen der einzige Weg, das Geld für die Droge zu beschaffen. Wenn man aufhören will, muss man wissen, wofür. Ich weiß es nicht.«

Karin S., 17, vor der Toilette am Bülowbogen, einem Fixertreffpunkt: »Ich habe mit 13 angefangen. Als meine Mutter es irgendwann merkte, hat sie mich angezeigt. Sie glaubte, im Knast würde ich aufhören zu fixen. Da gab es aber jede Menge Heroin. Wenn man so früh anfängt wie ich, hat man kaum eine Chance.«

Die Wohnung eines Heroinabhängigen in der Berliner Beussel-Straße. Nahezu jeder Fixer verkauft als Erstes all seine Wertgegenstände – vom Bügeleisen bis zur Stereoanlage –, um sich von dem Erlös Heroin zu kaufen.

Livia S. begann mit fünfzehn
zu drücken und starb mit
achtzehn in der öffentlichen
Toilette am Hansaplatz.
In der Tasche der Toten
wurde ein Brief an das
Sozialamt mit der Bitte um
einen Therapieplatz gefunden:
»Ich bitte nochmals innig,
da jeder überflüssige
Tag sozusagen mein
Leben kosten könnte.
Ich bitte um Ihre Mithilfe,
wieder einen gesunden,
arbeitsfähigen Menschen
aus mir zu machen.«

Rudi H., 17, und Dirk L., 18, auf dem Strich im Bahnhof Zoo. Rudi sagt: »Ich drücke seit drei Monaten und muss deswegen anschaffen gehen. Ich wollte aus meinem Leben etwas machen. Das geht jetzt nicht mehr.« Dirk drückt seit eineinhalb Jahren: »Einmal hatte ich entzogen und eine Arbeit, aber dann erfuhr der Chef von meiner Vergangenheit und schmiss mich raus. Vor dem körperlichen Entzug habe ich keine Angst, nur vor dem, was danach kommt.«

Nach einer Razzia auf der Kurfürstendamm-Szene werden Verdächtige in der Bahnhofswache Zoo nach Heroin durchsucht

Detlef R. im Untersuchungsgefängnis Moabit: Er träumt noch immer davon, mit Christiane ein bürgerliches Leben zu führen.

und den man nun plötzlich in einen Zwinger sperrte und zu Tode quälte. Detlef ruderte mit den Armen rum und schlug mich dabei. Das Licht brannte. Neben meinem Bett stand eine Schüssel mit Wasser und ein Waschlappen. Meine Mutter hatte das da hingestellt. Ich wusch mir den Schweiß aus dem Gesicht.

Detlefs ganzer Körper war in Bewegung, obwohl er fest zu schlafen schien. Der Körper bewegte sich auf und ab, seine Beine strampelten und manchmal schlug er eben auch mit den Armen um sich.

Mir ging es etwas besser. Und ich hatte die Kraft, Detlef mit dem Waschlappen die Stirn abzuwischen. Er spürte nichts. Ich wusste, dass ich ihn noch immer wahnsinnig liebte. Als ich später wieder eingedöst war, merkte ich im Halbschlaf, dass Detlef mich anfasste und mir über das Haar strich.

Am nächsten Morgen ging es uns echt besser. Die alte Fixerregel, dass der zweite Tag des Entzugs der schlimmste sei, stimmte also für uns nicht. Aber es war ja auch unser erster Entzug und der ist immer halb so schlimm wie die folgenden. Mittags fingen wir sogar an, wieder miteinander zu reden. Erst ganz belangloses Zeug und dann wieder über unsere Zukunft. Unsere Pläne waren nicht mehr ganz so bürgerlich wie zu Beginn des Entzugs. Wir schworen uns, nie wieder H zu nehmen und kein LSD und auch keine Pillen. Aber wir wollten ein friedliches Leben führen mit friedlichen Leuten. Wir einigten uns darauf, dass wir wieder Haschisch rauchen wollten wie in unserer schönsten Zeit. Wir wollten auch Freunde aus der Hascherszene haben, denn die waren meistens sehr friedlich. Wir dachten, dass wir mit Alkis nie Kontakt bekämen und dass wir mit diesen aggressiven Spießern auch nichts zu tun haben wollten. Wir wollten also von der H-Szene zurück auf die Haschszene.

Detlef wollte sich wieder Arbeit suchen. Er sagte: »Ich geh einfach wieder zu meinem alten Chef und sage, dass ich zwischendurch Scheiße gebaut habe und dass ich nun garantiert vernünftig geworden bin. Mein Chef hat eigentlich immer viel Verständnis für mich gehabt. Ich fange meine Lehre als Rohrleger noch mal von vorne an.«

Ich sagte, dass ich mich total auf die Schule konzentrieren wolle und vielleicht sogar noch die Realschule und danach sogar das Abitur schaffen könne.

Dann kam auch meine Mutter mit einer Riesenüberraschung, die uns ganz happy machte. Sie war bei ihrem Arzt gewesen und der hatte ihr eine Flasche Valeron verschrieben. Detlef und ich nahmen jeder 20 Tropfen, wie es der Arzt verordnet hatte. Wir aasten nicht mit dem Zeug, denn es sollte ja die ganze Woche reichen. Wir kamen gut auf Valeron. Der Entzug war nun echt zu ertragen. Meine Mutter kochte uns immer Pudding, auf den wir richtig Appetit hatten. Sie holte uns Eis, sie erfüllte uns jeden Wunsch. Sie brachte uns Stapel zum Lesen. Jede Menge Comichefte. Vorher hatte ich Comichefte langweilig gefunden. Nun sah ich sie mir zusammen mit Detlef an. Wir lasen nicht so drüberweg wie sonst. Wir guckten uns jede Zeichnung ganz genau an und konnten uns manchmal über diese witzigen Zeichnungen halb totlachen.

Am dritten Tag ging es uns schon wieder richtig gut. Wir waren allerdings immer angetörnt. Nicht nur von Valeron. Wir schluckten weiter jede Menge Valium und kippten Wein drauf. Wir hatten ein unheimlich gutes Feeling, obwohl sich unsere vergifteten Körper noch hin und wieder gegen den Entzug vom H wehrten. Am Abend des dritten Tages haben wir dann nach langer Zeit wieder miteinander geschlafen. Denn auf Heroin hat man immer seltener das Bedürfnis, miteinander zu schlafen. Es war das erste Mal, seit Detlef mich entjungfert hatte, dass wir nicht auf H waren, als wir miteinander schliefen. Es war unheimlich toll. Wir merkten, dass wir uns lange nicht mehr so intensiv geliebt hatten. Wir lagen stundenlang im Bett und streichelten unsere Körper, die noch immer schwitzten. Eigentlich hätten wir am vierten Tag gut aufstehen können. Doch wir blieben noch drei Tage im Bett, liebten uns und ließen uns von meiner Mutter umsorgen und schluckten Valium und Wein. Wir sagten uns, dass so ein Entzug doch echt gar nicht so schlimm sei, und freuten uns, dass wir weg waren vom H.

Am siebten Tag standen wir dann auf. Meine Mutter war ganz happy, dass alles überstanden war. Sie küsste uns sehr glücklich. Ich hatte in dieser Woche ein ganz neues Verhältnis zu meiner Mutter bekommen. Ich spürte ihr gegenüber so was wie echte Freundschaft und auch Dankbarkeit. Ich war auch wieder wahnsinnig froh, dass ich Detlef hatte. Ich dachte mal wieder, so einen astreinen Jungen gäbe es nicht noch mal auf der Welt. Es war jedenfalls astrein, wie er sofort und ohne nachzudenken den Entzug mit mir gemacht hatte. Und es war schon echt wahnsinnig, dass unsere Liebe nicht wie bei anderen Fixern durch den Entzug kaputtgegangen war, sondern nur noch intensiver wurde.

Wir sagten meiner Mutter, dass wir mal ein wenig an die frische Luft wollten nach einer Woche in meinem winzigen Zimmer. Sie fand das richtig. Detlef fragte: »Wohin gehen wir denn?« Ich sah ihn total ratlos an. Ich hatte echt keine Idee. Uns wurde erst jetzt klar, dass wir eigentlich nichts mehr hatten, wo wir hingehen konnten. Alle unsere Freunde waren Fixer. Und all die Plätze, die wir kannten, wo wir uns irgendwie zu Hause fühlten, da war auch H-Szene. Wir hatten überhaupt keinen Kontakt mehr zur Haschischszene.

Nachdem Detlef gefragt hatte, wohin wir gehen sollten, ging es mir plötzlich nicht mehr so gut. Wir hatten kein Valeron mehr und das war wohl auch der Grund, dass wir unruhig geworden waren und rauswollten. Dass wir nicht wussten wohin, machte mich noch unruhiger. Ich fühlte mich plötzlich ganz ausgepumpt, ganz leer. Wir waren also weg vom H und wussten nicht wohin.

Wir gingen zur U-Bahn, ohne über ein Ziel zu reden. Es ging alles automatisch. Wir wurden an einem unsichtbaren Faden gezogen, ohne dass uns das bewusst war. Und dann standen wir auf dem Bahnhof Zoo. Detlef sagte endlich was: »Wir müssen doch wenigstens Axel und Bernd mal ›Guten Tag‹ sagen. Die denken sonst, wir sind im Knast, auf dem Friedhof oder sonst was.«

Ich sagte ganz erleichtert: »Klar. Wir müssen ihnen erzählen, wie der Entzug war. Vielleicht können wir sie überreden, auch einen Entzug zu machen.« Wir trafen Axel und Bernd tatsächlich gleich. Sie hatten reichlich Dope dabei. Es war für sie ein guter Tag auf dem Strich gewesen. Detlef erzählte von unserem Entzug. Die beiden fanden das ganz großartig, was wir gemacht hatten. Axel und Bernd sagten dann, sie gingen jetzt in ihre Wohnung, um sich einen Druck zu machen.

Detlef sah mich an, ich ihn. Wir sahen uns im selben Augenblick ins Gesicht und fingen an zu grinsen. Ich dachte noch: »Das wäre ja Wahnsinn, am ersten Tag.« Detlef sagte dann: »Weißt du, so ab und zu einen Druck könnten wir uns schon genehmigen. Es ist ja schon geil, auf H zu sein, solange man nicht abhängig ist. Wir müssen nur wahnsinnig aufpassen, dass wir nicht wieder draufkommen. Das Gleiche noch einmal durchmachen, so einen Entzug, das ist bei mir nicht drin.«

Ich sagte: »Na klar, ab und zu ein Druck, das ist ganz cool. Wir wissen ja jetzt genau, dass wir nicht wieder körperlich draufkommen dürfen.« Die Vernunft, das Nachdenken war bei mir total abgeschaltet. Ich war nur noch schussgeil.

Detlef sagte zu Axel: »Kannst du uns was abgeben. Kriegst es mit Sicherheit bei Gelegenheit wieder.« Axel und Bernd meinten noch, wir sollten uns das gut überlegen. Dann sagten sie, sie wollten das gleich nächste Woche genauso machen wie wir. Sie müssten sich nur erst Valeron besorgen. Sie fänden das unheimlich geil, wieder arbeiten zu gehen und sich gelegentlich einen Druck zu machen.

Zwei Stunden nachdem wir die Wohnung meiner Mutter verlassen hatten, waren Detlef und ich wieder auf H und total happy. Wir bummelten Arm in Arm über den Kurfürstendamm. Es war echt ein wahnsinniges Feeling, auf H zu sein und keine Eile zu haben, einfach zu bummeln. Wir brauchten uns keine Sorgen um das Dope für den nächsten Morgen machen. Detlef sagte ganz fröhlich: »Ja, und morgen früh ein paar Kniebeugen und der Tag fängt ganz geil an ohne H.«

Wir glaubten das alles ganz ernsthaft. Unsere Illusionen hatten ja schon damit angefangen, dass wir dachten, diese Woche bei meiner Mutter mit Schmerzen und Kotzen sei ein echter Entzug gewesen. Sicherlich, aus dem Körper hatten wir das Gift raus, jedenfalls das Heroin. Aber dafür hatten wir uns ja reichlich mit Valeron, Valium und so weiter vollgestopft. Und wir hatten keinen Gedanken darauf verschwendet, was eigentlich nach dem körperlichen Entzug sein sollte. Meine Mutter war genauso naiv. Die hatte ernsthafte Hoffnungen, dass mit uns alles überstanden sei. Wie hätte sie es auch besser wissen sollen?

Wir hätten eigentlich den Durchblick haben müssen, denn wir wussten ja von allerlei Erfahrungen anderer mit ähnlichen Entzugsversuchen. Aber wir wollten eben nicht wissen, was wirklich mit uns los war. Wir waren ja irgendwo auch noch wahnsinnig naive Kinder. Da änderte auch all die eigene Erfahrung nichts.

Fast vier Wochen schafften wir es tatsächlich beinah, was wir uns vorgenommen hatten. Keiner von uns ging anschaffen. Wir setzten uns nur einen Schuss, wenn uns jemand einen ausgab oder wenn wir irgendwie an Geld herangekommen waren. Nur waren wir immer mehr dahinterher, dass wir jemanden fanden, der uns Dope ausgab, oder dass wir irgendwie Geld ergeierten. Natürlich gestanden wir uns das nie ein.

Diese Wochen waren eine wahnsinnig geile Zeit. Ich brauchte noch nicht zur Schule zu gehen, weil meine Mutter mir die erste Zeit ohne Heroin besonders schön machen wollte. Und Detlef durfte weiter bei mir wohnen. Ich lernte Detlef von einer ganz neuen Seite kennen und liebte ihn noch mehr, wenn das überhaupt noch möglich war. Er war unbeschwert und fröhlich und voller Ideen. Wir waren zwei immer lustige Teenager oder taten doch so.

Wir fuhren in den Grunewald und machten lange Spaziergänge. Wir nahmen manchmal meine beiden Katzen mit und ließen sie auf Bäume klettern. Fast jede Nacht schliefen wir miteinander. Alles war wahnsinnig cool. Manchmal waren wir ein paar Tage hintereinander clean, manchmal auch drei Tage durchgehend auf H. Wenn wir Dope bekommen hatten, hauten wir so schnell wie möglich von der dreckigen H-Szene wieder ab. Wir gingen am liebsten auf den Kurfürstendamm und mischten uns unter all die Spießer. Irgendwo wollten wir ja sein wie die, nur ein bisschen anders. Jedenfalls wollten wir uns und allen zeigen, dass wir keine alten Fixer waren, auch wenn wir gedrückt hatten.

Wir gingen total auf H in so Teenie-, Bopper- und Spießer-Discos wie Flashpoint und Big Eden. Da haben wir dann gesessen, voll breit, und haben gedacht, wir seien fast so wie die anderen da, jedenfalls bestimmt keine alten Fixer. Wir blieben manchmal auch einen ganzen Tag zu Hause. Wir konnten stundenlang aus dem Fenster sehen und uns dabei Geschichten erzählen. Wir versuchten Blätter von den kränklichen Bäumen zu pflücken, die da in Kreuzberg vor unserem Haus standen. Ich schob mich ganz weit aus dem Fenster, Detlef hielt mich an den Beinen fest und ich konnte tatsächlich ein paar Blätter greifen. Wir knutschten rum, tobten, lasen und waren meistens irgendwie richtig albern. Wir redeten nie ernsthaft über unsere Zukunft. Ganz selten ging es mir plötzlich schlecht. Das war, wenn irgendein Problem auftauchte. Wenn ich zum Beispiel mit Detlef einen kleinen Streit über irgendeine Belanglosigkeit hatte. Dann wurde ich mit dem Problem nicht fertig. Ich schob es ständig vor mir her und hatte manchmal Angst, über irgend so ein belangloses Problem auszurasten. Ich hatte dann einen ziemlichen Jieper auf H, weil das Problem mit einem Schuss weg war.

Dann kam ein echtes Problem. Klaus, der Freund meiner Mutter, machte Fez wegen Detlef. Er sagte, die Wohnung sei zu klein, um noch einen Fremden darin unterzubringen. Meine Mutter konnte ihm nicht so recht widersprechen. Und ich war mal wieder ganz machtlos. Das war so ungefähr wie der Tag, an dem Klaus befohlen hatte, dass ich meine Dogge weggeben musste. Mit einem Schlag war dann dieses ganze coole Leben zu Ende. Nach drei Wochen musste ich wieder zur Schule und Detlef durfte nicht mehr bei mir schlafen.

In der Schule merkte ich gar nicht, dass ich drei Wochen gefehlt hatte. Ich hatte ja sowieso längst den Anschluss verloren. Ich hatte nur ein neues Problem: das Rauchen. Wenn ich jetzt nicht auf H war, dann rauchte ich vier bis fünf Packungen am Tag. Ich steckte eine Zigarette an der anderen an. Und nun hielt ich es schon während der ersten Schulstunde echt nicht mehr ohne Zigarette aus. Ich musste raus und aufs Klo, um ein paar Zigaretten wegzupaffen. Ich rauchte an diesem ersten Vormittag in der Schule regelrecht bis zum Kotzen. Ich kotzte in den Papierkorb. In der Klasse war ich kaum.

Detlef sah ich den ersten Tag seit drei Wochen nicht. Am nächsten Mittag fuhr ich nach der Schule ahnungsvoll zum Zoo. Da stand mein Detlef und wartete auf Freier.

Ich fand es widerlich, auf dem ekelhaften Bahnhof wieder auf ekelhafte Freier zu warten. Aber Detlef sagte, er habe keine müde Mark mehr. Er wisse sowieso nicht, was er machen solle. Detlef schlief nun wieder meistens bei Axel und Bernd und war jeden Tag auf dem Bahnhof und machte sich jeden Tag seinen Druck. Ich musste auch wieder auf den Bahnhof, wenn ich Detlef sehen wollte. Detlef war der einzige Mensch, den ich hatte. Ohne Detlef glaubte ich nicht leben zu können. Ich ging also auch wieder fast jeden Tag auf den Zoo.

Christianes Mutter

An diesem Sonntag, an dem ich die Blutspritzer im Badezimmer sah und Christianes Arme untersuchte, fiel es mir wie Schuppen von den Augen. Es war ein harter Schlag. Christiane präsentierte mir sozusagen die Quittung für meine Erziehung, auf die ich so stolz gewesen war. Jetzt sah ich es, ich hatte alles falsch gemacht, und das nur, weil ich die Erziehungsfehler meines Vaters nicht wiederholen wollte.

Als Christiane zum Beispiel anfing in die Sound-Diskothek zu gehen, war ich zwar nicht gerade erbaut, aber ihre Freundin Kessi und andere Jugendliche aus dem Haus der Mitte gingen auch immer ins Sound. Ich sagte mir, na gut, warum soll Christiane nicht auch mal dahin gehen. Die Jugendlichen schwärmten alle vom Sound. Ich musste an all die harmlosen Vergnügen denken, die mein Vater mir als Mädchen verboten hatte.

Mit dieser großzügigen Erziehung fuhr ich fort, als Christiane mir ihren Freund Detlef vorstellte, den sie im Sound kennengelernt hatte. Detlef machte einen sehr guten Eindruck auf mich. Er wusste sich zu benehmen, hatte gute Manieren und ein offenes Wesen.

Alles in allem ein lieber Kerl. Und ich fand's völlig normal für Christiane in ihrem Alter, dass es jetzt bei ihr das erste Mal richtig funkte. Ich dachte, Hauptsache, der Junge ist anständig. Ich konnte sehen, dass er Christiane auch wirklich gernhatte.

Wenn mir damals jemand gesagt hätte, dass die beiden schon zu dieser Zeit Heroin nahmen, hätte ich ihn für verrückt erklärt. Denn von ihrer Schwärmerei für Detlef abgesehen, fiel mir bei Christiane nichts Sonderliches auf.

Im Gegenteil, sie schien mir ruhiger und ausgeglichener zu sein, nach-

dem sie eine Zeit lang doch sehr aufsässig gewesen war. Sogar in der Schule schien es wieder besser zu gehen.

Nach der Schule telefonierten wir regelmäßig miteinander und sie erzählte mir, was sie so macht. Dass sie zu Schulkameraden geht oder Detlef von seiner Arbeit abholt. Dagegen hatte ich nichts einzuwenden. An den Wochentagen war sie in der Regel zum Abendessen zu Hause. Und wenn sie sich mal verspätete, rief sie an und war eine Stunde später da. Manchmal ging sie dann noch ins Haus der Mitte oder traf sich mit Freunden, wie sie sagte.

Sie half auch wieder im Haushalt mit, was ich oft mit einer kleinen Aufmerksamkeit anerkannte, mit einer Schallplatte oder einer Mark Taschengeld mehr. Mein Freund Klaus fand das nicht richtig. Er meinte, ich solle auch mal an mich denken. Christiane würde mich nur ausnutzen. In gewissem Sinne hatte er vielleicht Recht. Ich hatte eben immer dieses Gefühl, für Christiane etwas Besonderes tun zu müssen, sie für irgendetwas zu entschädigen. Aber so genau habe ich das damals noch nicht sehen können.

Mein Freund war auch dagegen, dass ich Christiane erlaubte, bei ihren Freundinnen zu übernachten. Er glaubte ihr das nicht, dass sie wirklich bei einer Freundin schlief. Aber ihr nachzuspionieren – das war nicht meine Art. Das hatte mein Vater immer bei mir getan, ohne dass ich irgendetwas verbrochen hatte.

Eines Tages erzählte mir Christiane dann, dass sie mit Detlef geschlafen hätte. »Muttichen«, sagte sie, »der war so lieb zu mir, das kannst du dir gar nicht vorstellen.« Ich glaubte nun zu wissen, warum sie am Wochenende immer bei Freundinnen übernachten wollte.

Aber es war nun mal passiert. Und ich fand weiter nichts dabei. Von nun an erlaubte ich ihr auch gelegentlich, bei Detlef zu übernachten.

Wie hätte ich auch verhindern können, dass die zusammen schlafen? Im Fernsehen und in der Zeitung wird von Psychologen oft genug betont, dass die heutige Jugend früher reif ist und dass man das Sexuelle nicht unterdrücken soll. Der Meinung bin ich auch.

Christiane hatte ja immerhin einen festen Freund. Andere Mädchen aus der Nachbarschaft gingen heute mit diesem und morgen mit jenem. Da hat mich die feste Beziehung zu Detlef beruhigt.

Andererseits war mir, wenn ich ehrlich bin, manchmal doch mulmig. Vor allem wegen Christianes neuen Freunden und Freundinnen, die sie im Sound kennengelernt hatte. Sie erzählte mir, dass die teilweise Rauschgift nehmen würden. Von Heroin sprach sie nicht. Die würden Hasch rauchen und Trips schmeißen. Sie hat mir ganz gräuliche Sachen geschildert, auch, dass ihre Freundin Babsi süchtig sei. Doch sie sprach so angewidert von diesen Dingen, fand das so abstoßend – ich hätte es nie für möglich gehalten, dass sie das selber macht.

Als ich sie fragte: »Warum gibst du dich mit diesen Leuten überhaupt ab?«, sagte sie: »Ach Muttichen, die tun mir so leid. Keiner will was mit ihnen zu tun haben. Und die freuen sich doch, wenn man mit ihnen spricht. Die brauchen doch Hilfe.« Und hilfsbereit war Christiane ja immer schon. Heute weiß ich, dass sie damals von sich selber sprach.

Und eines Abends, mitten in der Woche, als sie erst um elf Uhr nach Hause kam, sagte sie: »Muttichen, schimpf bitte nicht mit mir. Ich war mit den Leuten in einem Release-Center.« Und ich fragte: »Was ist denn da los?« »Ja, wir führen da Gespräche und wollen versuchen, sie vom Rauschgift runterzukriegen!« Und dann sagte sie noch: »Wenn ich mal süchtig werde …«, und kicherte dabei. Da sah ich sie ganz erschrocken an. Bis sie meinte: »Na ja, ich sag das doch nur so. Bei mir ist alles in Ordnung.« »Und bei Detlef?«, fragte ich. Da war Christiane ganz empört: »Für Detlef kommt so was gar nicht in Frage! Das wäre ja das Letzte!«

Das war im Winter '76. Von da an hatte ich eine böse Ahnung, aber ich unterdrückte sie. Auch auf meinen Freund hörte ich nicht. Der wollte inzwischen jede Wette eingehen, dass Christiane Rauschgift nimmt. Aber ich wollte nichts auf sie kommen lassen. Man gesteht sich ja nicht so ohne weiteres ein, dass alles umsonst gewesen ist, dass man als Mutter versagt hat. Meine Tochter tut das nicht – darauf beharrte ich.

Ich versuchte jetzt, Christiane an die kürzere Leine zu nehmen. Doch wenn ich gesagt habe: »Du bist zum Abendessen zu Hause«, dann war sie nicht da. Dann konnte ich nichts mehr machen. Wo sollte ich sie suchen in dieser Stadt. Auf dem Bahnhof Zoo hätte ich sie selbst ohne meine Verdrängungskünste nicht vermutet. Ich war froh, wenn sie um halb neun anrief und sagte: »Muttichen, ich komm gleich, mach dir keine Sorgen.« Ich kam mit Christiane einfach nicht mehr zurecht.

Manchmal allerdings hielt sie sich an meine Verbote. Dann sagte sie fast stolz am Telefon zu ihren Freunden: »Nein, heute darf ich nicht kommen. Ich bleibe hier.« Das schien ihr überhaupt nichts auszumachen. Das war das Widersprüchliche. Einerseits schlug sie über die Stränge, war rotzfrech und ließ kaum mit sich reden. Andererseits schien sie Respekt zu haben, wenn klare Linien gezogen wurden. Doch es war bereits zu spät.

Ende Januar 1977, an einem Sonntag, kam für mich die Stunde der Wahrheit. Sie war schrecklich. Ich wollte ins Bad. Die Tür war zu. Das war bei uns nicht üblich. Christiane war drin und öffnete nicht. In diesem Moment hatte ich Gewissheit. Und gleichzeitig war mir erstmals klar, dass ich mir die ganze Zeit etwas vorgemacht hatte. Sonst hätte ich ja nicht plötzlich wissen können, was im Badezimmer passiert.

Ich fing an gegen die Tür zu trommeln. Doch sie machte nicht auf. Ich bekam beinahe einen Tobsuchtsanfall. Ich schimpfte, ich bettelte, sie solle endlich aufmachen. Schließlich rannte sie an mir vorbei. Ich sah im Bad einen schwarzen Löffel und Blutspritzer an der Wand. Da hatte ich meine Bestätigung. Ich kannte das aus der Zeitung. Mein Freund sagte nur: »Glaubst du's nun?«

Ich lief ihr nach in ihr Zimmer. Ich sagte: »Christiane, was hast du gemacht.« Ich war völlig fertig. Ich zitterte am ganzen Körper. Ich wusste nicht, soll ich nun losheulen oder rumbrüllen. Ich musste doch erst einmal mit ihr sprechen. Sie weinte herzzerbrechend und wollte mich nicht ansehen. Ich fragte: »Hast du dir Heroin gespritzt?«

Sie gab keine Antwort. Sie schluchzte so, dass sie kaum sprechen konnte. Ich bog ihr mit Gewalt die Arme auseinander und sah dann die Bescherung. Sie hatte schon auf beiden Seiten Einstiche. Aber es sah nicht besonders schlimm aus. Überhaupt nicht. Es war nichts blau und man sah eigentlich nur zwei, drei Stiche, darunter auch den frischen. Der war noch ziemlich rot.

Und dann gab sie es zu. Unter Tränen. Ich dachte in diesem Moment: »Ich muss sterben.« Ich glaube, ich wäre auch am liebsten gestorben. Ich war so verzweifelt, dass ich gar nicht denken konnte. Ich wusste nicht, was ich machen sollte. Dann sagte ich: »Was machen wir nun?« Das habe ich Christiane tatsächlich gefragt. Ich selber war völlig hilflos.

Das war also der Schlag, dem ich hatte ausweichen wollen. Das war es, was ich immer vor mir hergeschoben hatte. Aber ich hatte ja auch nicht gewusst, wie sich die Symptome äußern. Ich hatte bis dahin noch keine Abgeschlafftheit, nichts bei Christiane feststellen können. Sie war meistens munter und fidel. Das Einzige, was mir in den Wochen zuvor aufgefallen war: Sie war manchmal, wenn sie ein bisschen später kam, sehr schnell in ihrem Zimmer verschwunden. Ich hatte das auf ihr schlechtes Gewissen zurückgeführt. Wegen der Verspätung.

Nachdem ich mich ein wenig beruhigt hatte, überlegten wir, was wir tun können. Dann gab Christiane zu, dass Detlef auch heroinsüchtig sei. Es hätte nur Sinn, wenn er gleichzeitig mit ihr entziehen würde. Andernfalls würden sie sich gegenseitig immer wieder verführen. Das leuchtete mir ein. Wir beschlossen, dass die beiden ab sofort zusammen bei uns entziehen sollten.

Christiane wirkte ganz offen und ehrlich. Sie gestand mir auch sofort, dass Detlef auf dem Schwulenstrich am Bahnhof das Geld für Heroin verdient. Ich war entsetzt. Dass sie sich aus diesem Grund selber mit Männern abgibt, davon war überhaupt keine Rede. Ich hatte sie auch nicht in Verdacht, schließlich liebte sie Detlef. Und der, sagte sie, hätte immer genügend Geld für das Heroin verdient.

Christiane beteuerte immer wieder: »Muttichen, glaube mir, ich will runter von dem Zeug. Wirklich.« Abends fuhren wir los, um Detlef zu suchen. Da sah ich zum ersten Mal bewusst diese ausgemergelten, erbarmungswürdigen Gestalten, wie sie auf und ab gingen zwischen den U-Bahnen. Und Christiane sagte: »So will ich nicht enden. Schau dir bloß diese abgefackten Typen an!« Sie selber sah ja noch relativ proper aus. Da war ich fast schon wieder beruhigt.

Wir fanden Detlef nicht und fuhren deshalb zu seinem Vater. Der wusste über Detlefs Heroin-Abhängigkeit Bescheid, nicht aber, dass Christiane so weit war. Ich machte ihm Vorwürfe. »Warum«, fragte ich ihn, »haben Sie mir denn nichts gesagt.« Weil er sich schämen würde, sagte er.

Detlefs Vater schien erleichtert. Er wollte sich auch finanziell beteiligen. Bisher hatte er sich vergeblich um Hilfe für seinen Sohn bemüht. Ich muss ihm wie ein Engel vorgekommen sein. Und ich kam mir selber ganz stark vor. Ich hatte ja keinen blassen Schimmer von dem, was mich erwartete.

Am nächsten Tag fuhr ich allein los, um mich beraten zu lassen. Zuerst ging ich zum Jugendamt und sagte: »Meine 14-jährige Tochter ist heroinsüchtig. Was soll ich tun?« Die wussten keinen Rat. »Heimeinweisung«, meinten sie. Ich sagte, das käme überhaupt nicht in Frage. Christiane hätte sich nur abgeschoben gefühlt. Außerdem wussten die auch gar kein Heim. Sie müssten erst eins aussuchen, das würde längere Zeit dauern. Gute Plätze für schwer erziehbare Kinder seien sowieso rar. Ich sagte: »Damit hat das nichts zu tun, sie ist nicht schwer erziehbar! Sie ist rauschgiftsüchtig.« Die guckten mich immer nur an und zuckten mit den Schultern. Zu guter Letzt empfahlen sie mir, mit Christiane zur Erziehungsberatung zu gehen.

Als ich das Christiane vorschlug, sagte sie nur: »Was soll der Quatsch, die haben keine Ahnung. Was mir fehlt, ist eine Therapie.« Aber die Ämter hatten diesbezüglich nichts zu bieten. Ich klapperte dann die Drogenberatungsstellen ab, an der Technischen Universität, bei der Caritas und ich weiß nicht, wo noch überall. Ich wusste doch nicht, wie ich mit dem Problem umgehen sollte.

Die Drogenberater versprachen sich von einer Entziehung zu Hause wenig. Ohne Therapie sei ein Entzug ziemlich witzlos. Aber weil Christiane noch so jung sei, könne ich ja zu Hause mein Glück versuchen. Sie hätten ohnehin keinen Therapieplatz frei, vielleicht in einem Vierteljahr. Sie gaben mir noch Ernährungsratschläge, um Mangelerscheinungen entgegenzuwirken.

Der Entzug ging schon in der ersten Woche über die Bühne. Die beiden machten keinerlei Sperenzchen, auch keine Anstalten zu verduften. Ich schöpfte wieder Hoffnung. Nach acht Tagen war ich sicher: Gott sei Dank, sie hat's geschafft. Christiane ging bald wieder regelmäßig zur Schule und beteiligte sich angeblich auch am Unterricht.

Doch dann fing Christiane wieder an sich rumzutreiben. Immerhin sagte sie mir jeweils, wo sie war. Sie machte hieb- und stichfeste Angaben. Wenn sie abends um acht Uhr anrief, sagte sie: »Muttichen, ich bin in dem und dem Café. Ich habe den und den getroffen. Ich komm gleich!«

Ich war nun gewarnt. Ich kontrollierte ihre Arme, stellte aber keine frischen Einstiche fest. Sie durfte zwar am Wochenende nicht mehr bei Detlef übernachten. Andererseits wollte ich ihr zeigen, dass ich Vertrauen in sie setzte. Darum gab ich ihr sonnabends länger Ausgang. Ich war misstrauisch, aber ich wusste einfach nicht, wie ich mich verhalten sollte. Ich zermarterte mir den Kopf.

Ich hatte Horror davor, wieder körperlich vom H abhängig zu werden. Aber wenn Detlef breit war und ich clean, dann gab es kein Feeling zwischen uns. Dann waren wir wie Fremde zueinander. Ich nahm deshalb das Dope, das Detlef mir wieder gab. Und noch während wir uns die Nadel reinjagten, sagten wir uns, dass wir nie wieder abhängig werden wollten. Wir redeten uns noch ein, dass wir körperlich nicht drauf seien und jeden Tag aufhören könnten, als wir längst wieder panisch dafür sorgten, dass wir für morgens Dope übrig behielten.

Die ganze Scheiße fing wieder von vorn an. Nur dass uns das nicht so bewusst war, wie tief wir gleich wieder in der Scheiße drinsaßen, weil wir uns eben einbildeten, dass wir alles unter Kontrolle hätten.

Zuerst schaffte Detlef also wieder für mich an. Das ging natürlich nicht lange und ich musste auch wieder auf den Strich. Aber ich hatte zunächst wahnsinnig Glück mit Stammfreiern und da kam mir auch das Anschaffen gar nicht so widerlich vor.

Detlef nahm mich gleich das erste Mal, als ich wieder Geld anschaffen musste, mit zu Jürgen. Dieser Jürgen ist ein ziemlich bekannter Mann im Berliner Geschäftsleben. Er hat urisch Kohle und isst mit Senatoren zu Mittag. Er ist zwar schon über dreißig, aber irgendwo doch noch ein jungscher Typ. Er spricht den gleichen Jargon wie die jungen Leute und versteht auch ihre Probleme. Er ist bestimmt keiner von diesen abgewichsten Managertypen, die es sonst so zu Kohle bringen.

Ich kam also zum ersten Mal zu Jürgen in die Wohnung. Und da saßen rund ein Dutzend junge Leute um einen riesigen Holztisch. Auf dem Tisch standen silberne Kerzenleuchter mit brennenden Kerzen und Flaschen mit teurem Wein. Alle unterhielten sich ganz locker miteinander. Und ich merkte, dass die Bräute und Typen an dem Tisch alle eine ganze Menge auf dem Kasten hatten. Jürgen war der Wortführer. Und ich dachte, dass der unheimlich was in der Birne hat. Überhaupt, dass er es zu einer so abgefahrenen Wohnung gebracht hatte, in der alles tierisch Kohle gekostet haben musste, imponierte mir schon. Und dass der Typ dabei so locker geblieben war, richtig menschlich.

Wir wurden von ihm und den anderen sofort wie alte Freunde behandelt, obwohl da kein Fixer sonst dabei war. Nachdem man noch so eine Weile rumgequatscht hatte, fragte ein Pärchen, ob sie mal duschen gehen dürften. Jürgen sagte: »Na klar, wozu sind denn die Duschen da.«

Die Duschen waren gleich am Wohnraum. Die beiden gingen rein und dann noch ein paar von den Leuten. Und dann kamen sie nackt wieder rein und fragten nach Handtüchern. Ich dachte, dass das eine ganz coole Gemeinschaft sei, in der sich alle irgendwie lieb haben müssten. Und ich hatte ein richtig gutes Feeling, weil ich mir vorstellte, dass Detlef und ich später auch eine so abgefahrene Wohnung haben würden und wir dann auch immer Freunde, die total in Ordnung waren, einladen könnten.

Ein paar Leute liefen dann schon nackt oder nur mit einem Handtuch um den Bauch rum und sie fingen auch an miteinander zu fummeln. Ein Pärchen ging in das Schlafzimmer, in dem ein Riesenbett stand, das man hoch- und runterstellen konnte. Vom Schlafzimmer zum Wohnraum war ein breiter Durchgang. Man konnte also in das Schlafzimmer reinsehen. Die beiden knutschten nackt miteinander und dann krochen noch andere in das Riesenbett. Typen fummelten mit Mädchen und auch Typen mit Typen. Einige machten es direkt am Tisch.

Ich hatte längst gescheckt, dass da eine richtige Orgie anlief. Detlef und mich wollten sie auch mit einbeziehen. Aber ich hatte das nicht drauf. Ich wollte mich nicht von irgendjemandem befummeln lassen. Mich ekelte es nicht an, was da lief. Ich war sogar auch ein bisschen angetörnt davon, wie locker die sich miteinander vergnügten. Aber gerade deswegen wollte ich mit Detlef allein sein.

Detlef und ich gingen in ein Nebenzimmer. Wir streichelten uns und zogen uns auch aus. Plötzlich saß Jürgen neben uns und guckte uns zu. Mich störte das gar nicht so, weil in dieser Wohnung eben alles sehr locker lief und weil ich dann auch daran dachte, dass wir von Jürgen ja Geld bekamen. Ich hoffte nur, dass er uns jetzt nicht anfassen würde.

Jürgen sah nur zu. Während ich mit Detlef schlief, wichste er sich einen ab. Als wir irgendwann weggingen, weil ich nach Hause musste, drückte er Detlef ganz beiläufig einen Hundertmarkschein in die Hand.

Jürgen wurde unser Stammfreier. Er war bisexuell. Meist gingen wir zusammen zu ihm. Dann beschäftigte ich ihn oben und Detlef unten. Wir bekamen immer hundert Mark dafür. Manchmal ging auch einer von uns allein. Für sechzig Mark. Sicher, Jürgen war auch ein Freier und als Freier fast so unangenehm wie die anderen. Aber er war der einzige Freier, für den ich so etwas wie Freundschaft empfand. Ich hatte jedenfalls Respekt vor ihm. Ich redete gern mit ihm, weil er immer gute Ideen hatte und den totalen Durchblick. Er kam mit dieser Gesellschaft zurecht.

Ich bewunderte vor allem, wie er mit Geld umgehen konnte. Das interessierte mich auch beinah am meisten an ihm. Wenn er erzählte, wie er sein Geld anlegte und wie es dann fast automatisch immer mehr wurde. Dabei war er unheimlich großzügig. Die anderen, die an den Orgien teilnahmen, kriegten wohl direkt kein Geld dafür. Ich war aber mal dabei, wie ihn ein jungscher Typ um ein paar Tausend Mark für einen Mini Cooper anhaute. Jürgen redete nicht viel rum, schrieb einen Scheck aus und sagte: »Da hast du deinen Mini Cooper.« Jürgen war der einzige Freier, zu dem ich auch mal ging, wenn ich nichts von ihm wollte und er nichts von mir. Ich sah manchmal abends bei ihm fern und dann fand ich die Welt irgendwie wieder ganz okay.

Detlef und ich gingen auch wieder voll auf die Szene. Diese normalen Teenie-Discos interessierten uns nicht mehr. Wenn ich nicht auf dem Bahnhof Zoo war, hing ich auf dem U-Bahnhof Kurfürstendamm rum. Auf dem kleinen U-Bahnsteig waren oft an die hundert Fixer. Da wurde gedealt. Aber da kamen auch schon Freier, die sich ganz auf Fixer spezialisiert hatten. Vor allem aber traf man sich auf dem U-Bahnhof Kurfürstendamm.

Ich ging da von Gruppe zu Gruppe und quatschte mit den anderen Fixern. Wenn ich so rumlief zwischen den anderen Fixern, kam ich mir manchmal ganz großartig vor. Ich latschte über diesen Bahnsteig unter dem Kurfürstendamm wie ein Star unter Stars. Ich sah die Omas mit ihren Bündeln von Plastiktüten von Wertheim oder von Bilka zurückkommen, wie sie uns ganz entsetzt und richtig ängstlich angafften, und ich dachte: Wie sind wir Fixer denen doch haushoch überlegen. Sicher, wir führen ein knallhartes Leben, wir können jeden Tag sterben und werden bald sterben. Aber wir wollen es eben nicht anders. Mir jedenfalls gefällt das so. Ich dachte an das Geld, das ich verdiente. Hundert Mark brauchte ich jeden Tag allein für Dope. Mit den Nebenkosten kam ich auf viertausend Mark Ausgaben im Monat, die ich also auch reinholen musste. Ich dachte: Auf viertausend Mark netto kommt gerade ein Direktor von einer Firma. Und ich machte diese viertausend mit vierzehn Jahren.

Sicher war das Anschaffen ein mieser Job. Doch auf H machte mir das gar nicht mehr so viel aus. Und im Grunde linkte ich die Freier doch nur ab. Meine Arbeit auf dem Strich stand jedenfalls in keinem Verhältnis zu dem, was sie mir geben mussten. Ich bestimmte auch noch immer die Bedingungen. Bumsen gab es bei mir nicht.

Unter den anderen waren noch größere Stars als ich. Da gab es welche, die erzählten, sie brauchten 4 Gramm H am Tag. Das kostete sie damals fünfhundert bis achthundertfünfzig Mark am Tag. Und sie brachten die Kohle fast immer zusammen. Die machten also mehr Geld als jeder Generaldirektor, ohne dass die Bullen sie schnappten. Und das waren Stars, zu denen ich jederzeit auf dem Bahnhof Kurfürstendamm gehen konnte und die mit mir quatschten.

Das waren so meine Gefühle und Gedanken in dieser Zeit, Februar, März 1977, wenn ich gut drauf war. Mir ging es nicht gut, aber ich war auch noch nicht wieder völlig fertig. Ich konnte mir selber noch eine Menge vorlügen. Ich hatte mich wieder total in die Fixerrolle eingelebt. Ich fand mich unheimlich cool. Ich hatte vor nichts Angst.

Als ich noch nicht auf H gewesen war, hatte ich vor allem Angst gehabt. Vor meinem Vater, später vor dem Freund meiner Mutter, vor der Scheiß-Schule und den Lehrern, vor Hauswarten, Verkehrspolizisten und U-Bahn-Kontrolleuren. Jetzt fühlte ich mich unantastbar. Nicht mal vor den Zivilbullen hatte ich Schiss, die manchmal auf dem Bahnhof rumschlichen. Bei jeder Razzia war ich noch eiskalt entkommen.

Ich hatte in dieser Zeit auch Kontakt zu Fixern, von denen ich glaubte, dass sie echt cool mit dem Dope umgehen. Zum Beispiel Atze und Lufo. Atze war mein erster Freund. Der einzige Junge, mit dem ich vor Detlef eine engere Beziehung hatte, in den ich echt verknallt war. Lufo hatte wie Atze und Detlef 1976 zu unserer Hascherclique im Sound gehört. Atze und Lufo waren kurz vor mir auf H gekommen. Sie lebten jetzt in einer astreinen Wohnung mit französischem Bett, Couchgarnitur und Teppichboden. Lufo hatte sogar noch einen richtigen Job als Hilfsarbeiter bei Schwarzkopf. Die beiden sagten, dass sie noch nie körperlich abhängig gewesen seien von Heroin und manchmal ein, zwei Monate ohne Druck auskämen. Ich glaubte ihnen das, obwohl sie eigentlich immer drauf waren, wenn ich sie sah.

Atze und Lufo waren richtige Vorbilder für mich. Ich wollte nicht wieder so weit runterkommen wie vor meinem ersten Entzug. Und ich glaubte, ich könnte es mit Detlef auch zu einer Wohnung mit französischem Bett und Couchgarnitur und Teppichboden bringen, wenn wir nur genauso cool mit dem Dope umgingen wie Atze und Lufo.

Die beiden waren auch nicht so aggressiv wie andere Fixer. Und Atze hatte eine ganz coole Freundin, Simone, die drückte überhaupt nicht. Ich fand das wahnsinnig gut, dass die beiden sich trotzdem verstanden. Ich war gern bei ihnen und schlief manchmal auf Lufos Couch, wenn ich Zoff mit Detlef hatte.

Als ich eines Abends nach Hause kam und mich noch zu meiner Mutter ins Wohnzimmer setzte, weil ich ganz gut drauf war, holte sie, ohne ein Wort zu sagen, eine Zeitung. Ich ahnte schon, was kam. Sie gab mir immer wortlos die Zeitung, wenn da wieder eine Meldung über einen Herointoten drin war. Mich nervte das. Ich wollte das nicht lesen.

Ich las die Zeitung, obwohl es mich nervte. Ich las: »Glaserlehrling Andreas W. (17) wollte vom Rauschgift loskommen. Seine 16-jährige Freundin, eine Schwesternschülerin, wollte ihm helfen: vergeblich. In der Wohnung in Tiergarten, die sein Vater dem jungen Paar für mehrere Tausend Mark eingerichtet hatte, setzte sich der junge Mann den ›Todesschuss‹ ...«

Ich schnallte das alles nicht sofort, weil ich es nicht glauben wollte. Aber es passte doch zu lückenlos zusammen: Wohnung, Glaserlehrling, Freundin, Andreas W. Also Andreas Wiczorek, den wir Atze genannt hatten.

Ich dachte erst nur: Scheiße. Ich hatte eine ganz trockene Kehle und dann wurde mir auch schlecht. Ich dachte, das kann doch nicht wahr sein, dass Atze sich den Goldenen Schuss gesetzt hat. Ausgerechnet Atze, der so cool mit dem Dope umging. Ich wollte meiner Mutter nicht zeigen, wie mich diese Zeitungsmeldung fertigmachte. Sie hatte ja keine Ahnung, dass ich schon wieder drauf war. Ich nahm die Zeitung und ging in mein Zimmer.

Ich hatte Atze eine Zeit lang nicht gesehen. Jetzt las ich in der Zeitung, was mit ihm in den letzten Tagen passiert war. Er hatte schon eine Woche vorher zu viel gedrückt und war ins Krankenhaus gekommen. Seine Freundin Simone hatte sich danach die Pulsadern aufgeschnitten. Beide waren gerettet worden. Am Tag vor seinem Tod war er zur Polizei gegangen und hatte alle Dealer verpfiffen, die er kannte, auch zwei Mädchen, die nur »die Zwillinge« hießen und immer astreines Dope hatten. Dann hatte er noch einen Abschiedsbrief geschrieben, der auch in der Zeitung abgedruckt war: »Ich werde jetzt mein Leben beenden, weil ein Fixer allen Verwandten und Freunden Ärger, Sorgen, Bitternis und Verzweiflung bringt. Er macht nicht nur sich selbst kaputt, sondern auch andere. Dank meinen lieben Eltern und meiner kleinen Omi. Körperlich bin ich eine Null. Fixer sein ist immer der letzte Dreck. Aber wer treibt die Leute, die jung, voller Lebenskraft auf die Welt kommen, ins Unglück? Es soll ein Warnbrief sein für alle, die mal vor der Entscheidung stehen: Na, versuche ich es mal? Ihr Dummköpfe seht es doch an mir. Jetzt hast du keine Sorgen mehr, Simone, leb wohl.«

Ich lag in meinem Bett und dachte: Das war also dein erster Freund. Im Sarg. Ich konnte nicht mal weinen. Ich war zu gar keinen richtigen Gefühlen fähig.

Als ich am nächsten Nachmittag auf die Szene ging, weinte niemand um Atze. Auf der Szene wird nicht geweint. Aber unheimlich sauer waren einige Leute auf Atze. Weil er ordentliche Dealer verpfiffen hatte, die astreines Dope verkauften und nun schon im Knast saßen, und weil er einer Menge Leuten noch eine Menge Geld schuldete.

Das Wahnsinnigste an der ganzen Geschichte mit Atze war, dass seine Freundin Simone, die noch nie in ihrem Leben H genommen hatte und Atze immer runterbringen wollte, eine Woche nach Atzes

Tod selber anfing zu drücken. Ein paar Wochen später hatte sie ihren Job als Schwesternschülerin geschmissen und ging anschaffen.

Lufo starb ein knappes Jahr später im Januar 1978 an einer Überdosis H.

Mit Atzes Tod war das ganze gute Feeling, ein Fixerstar zu sein, der mit dem Dope umgehen konnte, weg. In unserer Clique, zu der Atze ja Kontakt gehabt hatte, kamen Angst und Misstrauen auf. Wenn wir uns früher zusammen einen Druck gemacht hatten und nicht genügend Spritzen da waren, hatte jeder immer der Erste sein wollen. Nun wollte plötzlich jeder der Zweite sein. Niemand sprach darüber, dass er Angst hatte. Aber das war die totale Angst davor, dass der Stoff zu rein, zu stark war oder aber mit Strychnin oder anderem Gift gepanscht war. Denn man konnte nicht nur an einer Überdosis sterben, sondern auch an zu reinem oder zu schmutzigem Dope.

Es war also alles wieder echt scheiße. Es war im Grunde so, wie es in Atzes Abschiedsbrief stand. Ich machte inzwischen auch meine Mutter mit kaputt. Ich kam wieder nach Hause, wann ich wollte. Und meine Mutter war immer noch wach, wenn ich kam. Und wenn ich dann da war, schluckte sie erst mal ein paar Valium, um überhaupt noch etwas schlafen zu können. Ich glaube, sie hielt das nur noch mit Valium durch.

Ich war mir immer sicherer, dass es mit mir enden würde wie mit Atze. Manchmal hatte ich noch so kleine Hoffnungen, an die ich mich klammerte. Sogar in der Schule. Da war ein Lehrer, den ich irgendwie mochte, der Herr Mücke. Mit ihm spielten wir Situationen durch, vor die ein Jugendlicher gestellt wird. Zum Beispiel ein Einstellungsgespräch. Einer spielte den Chef, der andere den Stellungssuchenden. Ich ließ mir bei diesem Spiel von dem Chef jedenfalls nichts sagen. Ich drehte den Spieß schnell um und der Junge, der den Chef spielte, wurde ganz kleinlaut. Da dachte ich, im Leben könnte ich mich vielleicht auch so durchsetzen.

Mit dem Herrn Mücke gingen wir auch ins Berufsberatungszentrum. Das heißt, erst sahen wir uns noch eine Militärparade der Alliierten an. Die Jungs waren richtig interessiert, schwärmten von den Panzern und ihrer Technik. Mich kotzte diese Technik an, die einen Höllenlärm machte und nur dazu bestimmt war, Menschen zu killen.

Im Berufsberatungszentrum wurde ich dann ganz happy. Ich las alles durch, was ich über den Beruf des Tierpflegers fand. Gleich am nächsten Nachmittag ging ich mit Detlef noch einmal in das Berufsberatungszentrum und ließ mir alles, was sie über Tierpfleger hatten, fotokopieren. Detlef fand einige Berufe, über die man sich da informieren konnte, auch ganz geil. Er suchte auch nach irgendetwas mit Tieren und Landwirtschaft. Wir flippten da so rein, dass wir fast vergessen hätten, dass wir noch Geld für den nächsten Schuss anschaffen mussten. Als wir dann auf dem Bahnhof standen und auf Freier warteten, mit den Fotokopien von der Berufsberatung in der Plastiktüte, war das alles schon wieder ganz unwirklich. Wenn ich so weitermachte, schaffte ich ja nicht mal den Hauptschulabschluss.

Als ich am nächsten Morgen zur Schule fuhr, kaufte ich mir am U-Bahnhof Moritzplatz ein Playboy-Heft. Ich kaufte das für Detlef, der auf den Playboy stand, aber ich las vorher auch immer drin. Ich weiß nicht genau, warum wir uns ausgerechnet für den Playboy interessierten. Heute kann ich das überhaupt nicht mehr verstehen. Aber damals war der Playboy für uns saubere Welt. Sauberer Sex. Schöne Mädchen, die keine Probleme hatten. Keine Schwulen, keine Freier. Die Typen rauchten Pfeife und fuhren Sportwagen und hatten reichlich Kohle. Und die Mädchen bumsten mit ihnen, weil es ihnen Spaß machte. Detlef sagte mal, dass das alles Beschiss sei, aber er wollte den Playboy trotzdem immer haben.

Ich las an diesem Morgen in der U-Bahn eine Kurzgeschichte im Playboy. Den Inhalt kriegte ich gar nicht so genau mit, weil ich vom Morgen-Druck voll breit war. Aber die Stimmung der Geschichte gefiel mir. Das spielte irgendwo weit weg unter blauem Himmel und heißer Sonne und so. Als ich an eine Stelle kam, wo ein hübsches Mädchen ganz ungeduldig darauf wartet, dass ihr toller Freund von der Arbeit nach Hause kommt, fing ich echt an zu weinen. Ich kriegte mich nicht mehr ein, bis ich Bahnhof Wutzkyallee aussteigen musste.

In der Schule träumte ich nur, mit Detlef ganz weit weg zu sein. Als ich Detlef nachmittags auf dem Bahnhof traf, erzählte ich ihm das. Er sagte, er habe einen Onkel und eine Tante in Kanada. Die wohnten an einem riesigen See und nur Wälder und Getreidefelder drum herum, und die würden uns bestimmt aufnehmen. Er sagte, ich solle noch meine Schule zu Ende machen, weil das in jedem Fall besser sei. Er würde schon vorfahren, sich einen Job suchen, das sei da ganz einfach, und wenn ich dann nachkäme, hätte er schon ein Holzhaus für uns gekauft oder auch gemietet.

Ich sagte, ich wolle in jedem Fall meine Schule zu Ende bringen. Es ginge auch schon immer besser mit der Schule. Ich machte da keine dummen Sprüche mehr in Zukunft, sondern würde mich auf den Unterricht konzentrieren, um ein gutes Abschlußzeugnis zu bekommen.

Detlef ging mit einem Freier weg und ich wartete noch. Da standen plötzlich zwei Typen hinter mir und fragten: »Was machst du denn hier?« Ich wusste sofort: Zivilbullen. Ich war noch nie geschnappt worden und hatte auch keinen Horror vor Bullen, weil die mich bisher immer in Ruhe gelassen hatten. Ich ging ja nun schon mit Unterbrechungen einige Monate anschaffen auf dem Bahnhof Zoo wie andere Mädchen in meinem Alter auch. Und Bullenstreifen gab es da jeden Tag. Aber die waren nur scharf auf Kanaken, die eine Flasche Schnaps oder eine Stange Zigaretten aus Ostberlin mitbrachten. Auf diese Kanaken veranstalteten sie regelrechte Jagden.

Ich sagte zu den Zivilbullen ganz cool: »Ich warte auf meinen Freund.«

Einer fragte: »Gehst du anschaffen?«

Ich sagte: »Nee, wie kommen Sie denn da drauf. Sehe ich so aus?«

Sie fragten nach meinem Alter und ich sagte, vierzehn. Sie wollten meinen Ausweis sehen, obwohl man ja erst mit sechzehn einen richtigen Ausweis bekommt. Darüber klärte ich sie dann erst mal auf.

Der eine, der Wortführer, sagte dann: »Gib mal die Plastiktüte her.« Er zog als Erstes den Löffel aus der Plastiktüte. Er fragte, was ich damit mache.

Ich sagte: »Damit esse ich meine Joghurt.«

Dann zog der aber das Klopapier mit dem Spritzbesteck aus der Tüte und ich musste mitkommen. Sie brachten mich auf die Revierwache am Zoo. Ich hatte keine Angst. Ich wusste, dass sie eine Vierzehnjährige nicht in den Knast stecken konnten. Ich war nur voll sauer auf die Scheiß-Zivilbullen.

Sie sperrten mich in eine Zelle gleich neben dem Schreibtisch des Oberbullen. Ich war irgendwie so selbstsicher, dass ich nicht mal versuchte, das Dope verschwinden zu lassen, das ich noch in der kleinen Tasche meiner Jeans hatte. Das konnte ich einfach nicht, Dope wegschmeißen. Dann kam eine Polizistin. Ich musste alles ausziehen, auch noch Hemd und Unterhose, und dann hat sie mir in jedes Loch geguckt, bevor sie endlich das H in meiner Jeanstasche gefunden hatte.

Ein Bulle tippte alles wahnsinnig umständlich auf ein Blatt Papier. Ein Durchschlag des Protokolls kam in einen dicken Aktenordner. Ich war jetzt also eine registrierte Rauschgiftsüchtige und keine Dunkelziffer mehr. Die Bullen waren eigentlich ganz nett. Sie hatten nur alle in etwa den gleichen dämlichen Spruch drauf: »Mensch, Mädchen, was machst du denn? Du bist erst vierzehn, so jung und so hübsch und schon fast tot.«

Ich musste ihnen die Telefonnummer vom Betrieb meiner Mutter geben und einer ging raus, um mit meiner Mutter zu telefonieren.

Meine Mutter kam so um halb sechs, nach dem Dienst, total gestresst. Und dann fing sie auch noch echt ein Gespräch mit den Bullen an, die doch sowieso nur Sprüche draufhatten. Sie sagte: »Ja, ja, diese Kinder. Ich weiß überhaupt nicht mehr, was ich mit ihr anfangen soll. Nun hab ich doch mit ihr entzogen. Aber sie will ja überhaupt nicht aufhören.«

Das fand ich ja nun das Letzte: will ja gar nicht aufhören. Meine Mutter hatte eben auch nicht die geringste Ahnung von mir und dem H. Natürlich wollte ich. Aber wie, das hätte sie mir ja mal sagen können. Draußen fing sie an mich auszufragen. Wo ich denn wieder gewesen wäre. Ich sagte: »Ich war auf dem Bahnhof, Mensch.«

Sie: »Da sollst du doch nicht hingehen.«

Ich sagte: »Ich habe da auf Detlef gewartet, wenn ich das vielleicht wenigstens noch darf.«

Sie meinte, ich solle mich mit diesem »arbeitslosen, asozialen Penner« nicht mehr treffen. Und dann fragte sie auch noch: »Gehst du etwa auf den Strich?«

Ich brüllte sie an: »Bist du verrückt? Sag so was bloß noch mal. Wieso soll ich denn anschaffen gehen, kannst du mir das mal erklären? Du denkst also, ich bin eine Nutte, oder?«

Da war sie still. Ich hatte aber jetzt echt Angst um meine Freiheit. Und irgendwo machte es mir doch auch Angst, wie kalt meine Mutter schien. Ich dachte, die habe mich jetzt auch fallengelassen, aufgegeben, würde mir nicht mehr helfen. Aber dann sagte ich mir: Was kann sie dir auch helfen mit diesen Sprüchen »Geh nicht mehr auf den Bahnhof«, »Triff dich nicht mehr mit dem Penner Detlef«.

Ich musste mit meiner Mutter nach Hause und hatte kein Dope mehr für den nächsten Morgen. Am Morgen holte mich meine Mutter aus dem Bett. Sie sah mir ins Gesicht: »Was hast du nur für Augen, Kind. Die sind ganz ausdruckslos. Ich seh da nur noch Angst und Verzweiflung.«

Als meine Mutter zur Arbeit gegangen war, sah ich in den Spiegel.

Ich sah mir zum ersten Mal meine Augen auf Turkey an. Die waren nur noch Pupille. Ganz schwarz und ganz stumpf. Wirklich total ausdruckslos. Mir wurde heiß. Ich wusch mein Gesicht. Ich fror, da ging ich in die heiße Badewanne. Dann traute ich mich nicht mehr raus aus dem Wasser, weil es draußen viel zu kalt war. Ich ließ immer wieder heißes Wasser nachlaufen. Ich musste irgendwie die Zeit bis mittags überbrücken. Denn vormittags fand ich weder einen Freier am Bahnhof noch irgendjemanden, der mir einen Druck ausgab. Vormittags hatte niemand Dope. Es war überhaupt schwer, jemanden zu finden, der noch etwas ausgab. Axel und Bernd stellten sich schon wahnsinnig an, weil sie jedes Viertel selber brauchten, weil sie kaum noch so viel anschaffen konnten, wie sie brauchten. Selbst Detlef war sehr geizig geworden mit seinem Stoff. Und die anderen auf der Szene, die hätten ihr Zeug eher in den Gully geworfen, als etwas abzugeben.

Als der Turkey immer schlimmer wurde, zwang ich mich aus der Badewanne raus, um in der Wohnung auf die Suche nach Geld zu gehen. Das Wohnzimmer war schon immer abgeschlossen. Das machte Klaus, der Freund meiner Mutter, weil er behauptete, ich mache seine Platten kaputt. Aber ich hatte es schon längst raus, das Schloss mit einem Bügel aufzumachen. Im Wohnzimmer war nicht mal ein Groschen. Da fiel mir die Bierdose auf dem Küchenschrank ein. Meine Mutter sammelte in der Bierdose neue Fünfmarkstücke.

Ich hatte die schwere Bierdose in der Hand, zitterte, weil ich auf Turkey war, und ein bisschen vielleicht auch, weil ich meine Mutter beklauen wollte. Das hatte ich also echt noch nicht gebracht. Das war für mich immer das Letzte gewesen. Da war ich doch noch anders als andere Fixer. Bernd zum Beispiel, der Freund von Detlef, hatte bei seinen Eltern nach und nach alles aus der Wohnung getragen. Fernseher, Kaffeemaschine, elektrische Brotschneidemaschine, wirklich alles, was sich zu ein paar Mark für Dope machen ließ. Ich hatte nur meinen eigenen Schmuck verballert und fast alle meine Schallplatten.

Nun schüttelte ich also die Fünfmarkstücke meiner Mutter aus der Bierdose. Das viertel Szene-Gramm war gerade um fünf Mark runtergegangen von vierzig auf fünfunddreißig Mark. Ich brauchte also sieben Fünfer. Ich rechnete: Da ich von den Freiern meistens noch vierzig Mark nahm, blieb immer ein Fünfer über. Ich konnte also leicht jeden Tag ein Fünfmarkstück in die Dose zurückstecken. Schon in einer Woche hatte ich das Geld zurückgezahlt und meine Mutter würde wahrscheinlich gar nichts merken. Ich fuhr also mit den sieben Fünfern zur Szene, die morgens an der Mensa der Technischen Universität war, besorgte mir Dope und setzte mir schon voll auf Turkey in der Toilette da meinen Druck.

Meine Mutter kontrollierte jetzt jeden Abend meine Arme, um zu sehen, ob da ein frischer Einstich war. Ich drückte daraufhin in die Hand. Immer auf denselben Punkt. Da hatte ich dann einen Schorffleck. Meiner Mutter erzählte ich, das sei eine Verletzung, die schlecht verheile. Irgendwann bekam meine Mutter doch mit, dass ich einen frischen Einstich hatte. Ich sagte: »Ja, Mensch, klar. Heute einmal. Ich mache das nur noch ganz selten und das schadet überhaupt nichts.«

Meine Mutter verdrosch mich richtig. Ich wehrte mich nicht. Mir machte das gar nicht mehr viel aus. Sie behandelte mich sowieso schon wie das letzte Stück Dreck, machte mich bei jeder Gelegenheit fertig. Instinktiv tat sie genau das Richtige. Denn ein Fixer muss vor Dreck und Scheiße absolut nicht mehr weiterwissen, bevor er überhaupt bereit ist, ernsthaft etwas zu ändern. Dann bringt er sich eben um oder nutzt die dünne Chance, vom H wegzukommen. Solche Einsichten hatte ich damals allerdings noch längst nicht.

Meine Mutter machte sich noch andere Hoffnungen. Mit Beginn der Frühjahrsferien sollte ich vier Wochen zu meiner Oma und meinen Vettern und Cousinen aufs Dorf nach Hessen fahren. Vielleicht sollte ich auch länger bleiben. Ich wusste nicht mehr, ob ich mich freuen sollte oder Angst haben vor der Trennung von Detlef und dem unumgänglichen Entzug da. Ich machte eigentlich nur noch, was man mit mir machte. Ich setzte nur durch, dass Detlef die letzte Nacht bei mir schlafen durfte.

Diese letzte Nacht in Berlin hatte ich dann wieder irgendeine Hoffnung. Nachdem ich mit Detlef geschlafen hatte, sagte ich zu ihm: »Du, eigentlich haben wir immer alles zusammen gemacht. Ich möchte in den nächsten vier Wochen echt entziehen. Ich bekomme nie wieder so eine Möglichkeit. Und ich möchte, dass du auch entziehst. Wenn ich wiederkomme, sind wir beide clean und fangen ein neues Leben an.«

Detlef sagte, klar, er würde entziehen. Er habe mir das sowieso schon sagen wollen. Er habe schon eine Quelle für Valeron. Arbeit werde er sich inzwischen auch besorgen und gleich ab morgen oder übermorgen nicht mehr anschaffen gehen.

Am nächsten Morgen setzte ich mir noch einen extradicken Druck, bevor ich zu meiner Oma ins neue Leben startete. Als ich ankam, war ich noch nicht richtig auf Turkey. Aber ich fühlte mich wie ein Fremdkörper in dieser Idylle der Bauernküche. Alles nervte mich an. Mich nervte es, als mein kleiner Cousin auf meinen Schoß wollte, mit dem ich schon als Baby immer gespielt hatte. Mich nervte das alte Plumpsklo, das ich noch beim letzten Mal romantisch gefunden hatte.

Am nächsten Morgen ging es dann voll los mit den Entzugserscheinungen. Ich schlich mich aus dem Haus und in den Wald. Mich nervte das Gepiepse der Vögel und ich erschrak vor einem Kaninchen. Ich kletterte auf einen Hochsitz. Ich konnte nicht mal eine Zigarette mehr aufrauchen. Ich wollte auf dem Hochsitz sterben. Irgendwann schlich ich mich nach Hause zurück und ging ins Bett. Ich sagte meiner Oma, dass ich eine Grippe oder so etwas hätte. Sie war besorgt, aber nicht richtig beunruhigt über meinen erbärmlichen Zustand.

Über meinem Bett hing ein Poster. Da war eine Skeletthand mit einer Spritze drauf. Und darunter stand: »Das ist das Ende. Mit Neugier fing es an.« Meine Cousine hatte behauptet, sie habe das Poster mal in der Schule bekommen. Ich hatte keine Ahnung, dass meine Mutter die Oma informiert hatte, dass ich rauschgiftsüchtig war. Ich starrte jetzt diese Spritze an. Nur die Spritze. Die Buchstaben und diese Totenhand sah ich nicht mehr. Ich stellte mir vor, dass in diesem Besteck ein Viertel astreinen Dopes war. Die Spritze kam richtig aus dem Poster auf mich zu. Stundenlang starrte ich auf dieses Scheißposter und wurde beinah wahnsinnig.

Meine Cousine war oft im Zimmer und tat so, als bemerke sie gar nicht, was mit mir los war. Sie dudelte ständig irgendwelche Teenie-Bopper-Musik-Kassetten ab und dachte wohl, sie könne mich damit ablenken. Im Nachhinein war es natürlich ganz rührend, was sie bei meiner Oma mit mir so anstellten.

Der erste Tag auf Entzug ging und ging nicht zu Ende. Als ich mal eindöste, träumte ich von einem Typen, der tatsächlich auf der Berliner Szene rumlief. Der war schon so kaputt vom Fixen, dass er überall offene Hautstellen hatte. Der verfaulte bei lebendigem Leibe. Seine Füße waren schon abgestorben und ganz schwarz. Er konnte kaum noch gehen. Er stank auf zwei Meter so, dass es nicht zum Aushalten war. Wenn ihm jemand sagte, er solle doch ins Krankenhaus gehen, dann grinste er wie ein Totenschädel. Der wartete echt nur auf den Tod. An diesen Typ musste ich dann denken, wenn ich nicht auf die Spritze starrte oder vor Schmerz halb besinnungslos war. Es war alles wie beim ersten Mal: mit Schwitzen und Stinken und Kotzen.

Am nächsten Morgen hielt ich es nicht mehr aus. Ich schleppte mich zur Telefonzelle im Dorf und rief meine Mutter an. Ich heulte Rotz und Wasser in den Telefonhörer und bettelte, dass ich nach Berlin zurückdürfe.

Meine Mutter war ganz kühl. Sie sagte: »Aha, geht es dir wieder schlecht? Ich denke, du hast nur noch gelegentlich Rauschgift genommen. Na, dann kann das ja auch nicht so schlimm sein.«

Ich bettelte schließlich nur noch, dass sie mir mit einem Eilbrief Schlaftabletten schickte. Ich wusste, dass in der nächsten Kleinstadt eine H-Szene war. Das hatte ich schon bei meinem letzten Besuch gecheckt. Aber ich hatte keine Kraft, da hinzukommen. Ich kannte da ja auch niemanden auf der Szene. Wenn ein Fixer von der eigenen Szene weg ist, dann ist er total einsam und hilflos.

Der Turkey dauerte zum Glück wieder nur vier Tage. Als er vorbei war, fühlte ich mich nur leer und ausgepumpt. Es gab mir nicht mal ein gutes Gefühl mehr, dass das Gift aus meinem Körper raus war. Ich hatte wieder einen Ekel vor Berlin, aber ich fühlte mich in diesem Dorf auch nicht mehr zu Hause. Ich dachte, ich gehörte eben nirgends mehr hin, und versuchte, nicht weiter nachzudenken.

Zum Antörnen hatte ich nur die Schlaftabletten, die meine Mutter mir viel zu spät geschickt hatte, und Apfelwein, der reichlich bei meiner Oma im Keller stand. Ich ging auf den Fresstrip. Ich fing morgens mit vier oder fünf Brötchen an und aß nachmittags zwischendurch zwölf, fünfzehn Knäckebrot mit Marmelade. Nachts ging ich an das Riesenregal mit eingemachten Pflaumen, Pfirsichen und Erdbeeren. Da häufte ich mir dann noch Schlagsahne drauf. Schlafen konnte ich sowieso nie vor zwei, drei Uhr morgens.

Ich nahm in ganz kurzer Zeit zehn Kilo zu. Meine Verwandten freuten sich, wie mir der Bauch über die Hose quoll und mein Arsch immer dicker wurde. Nur meine Arme und Beine blieben so dünn, wie sie gewesen waren. Mir war das alles egal. Ich war jetzt eben fresssüchtig. Meine hautengen Jeans passten mir schon bald nicht mehr. Da bekam ich von meiner Cousine ein paar schlabberige karierte Hosen, wie ich sie in Berlin zuletzt mit elf Jahren getragen hatte. Mir machte das nichts aus. Ich lebte mich schon allmählich wieder in die Kindergemeinschaft des Dorfes ein. Aber ich nahm das alles nicht für echt. Das war ein Trip, ein ganz schöner Film, der bald wieder zu Ende ging.

Ich sprach mit den anderen nicht über Drogen und ich dachte bald auch nicht mehr an Drogen. Ich wollte mir den schönen Film nicht kaputt machen. Nur kurz nach dem Turkey hatte ich einen Brief an Detlef geschrieben und zwanzig Mark reingesteckt, von denen er mir H schicken sollte. Das schrieb ich also an Detlef, dem ich gesagt hatte, er solle entziehen. Ich schickte dann den Brief allerdings nicht ab, weil ich dachte, dass Detlef mir sowieso kein H schicken und die zwanzig Mark selber verdrücken würde.

Mit meiner Cousine besichtigte ich Burgen und Schlösser in der Umgebung und ich ritt wieder fast jeden Tag. Wir gingen mit den anderen Kindern in den Steinbruch, der mal meinem Opa gehört hatte. Der hatte den Steinbruch versoffen, bevor er sich selber tottrank. Meine Mutter hatte also keine leichte Kindheit hinter sich.

Meine Oma hatte erzählt, dass irgendwo im Steinbruch eine Eisentür sein müsse, hinter der alte Dokumente der Familie lägen. Wir suchten fast jeden Abend nach der Tür. Manchmal vergaßen die Arbeiter den Schlüssel vom Bagger abzuziehen. Dann fuhren wir mit dem Bagger im Steinbruch rum. Mit meiner Cousine, die ja genauso alt war wie ich, verstand ich mich dann auch wieder echt gut. Ich erzählte ihr von meiner Liebe zu Detlef, als wäre das eine ganz normale Teenagerromanze. Ich erzählte, dass ich mit Detlef auch schon schliefe, und meine Cousine fand das voll in Ordnung.

Meine Cousine erzählte, dass im Sommer immer ein Junge aus Düsseldorf bei ihnen Camping mache, den sie ganz in Ordnung fände. Der habe aber dann was von ihr gewollt, aber sie habe sich gewehrt. Ob das blöd gewesen sei von ihr?

Ich sagte, nein, dass fände ich hundertprozentig okay, dass sie diesen Camper nicht an sich rangelassen hätte. Sie sollte sich auch für den aufheben, mit dem sie dann echt gehen wollte. Meine Cousine und auch all ihre Freunde kamen mit all ihren Problemen zu mir. Ich wurde eine richtige Ratgebertante. Ich sagte ihnen auch, was sie tun sollten, und vor allem, dass sie nicht alles so verbissen sehen müssten. Mir kamen diese Probleme alle lächerlich vor. Aber ich konnte zuhören und hatte eben immer einen Rat parat. Ich war unheimlich stark, wenn es um die Probleme anderer ging. Nur mit meinen eigenen wurde ich nicht fertig.

Eines Abends rief Detlef an. Ich freute mich riesig. Er sagte, dass er gerade bei einem Freier sei und dass er deshalb telefonieren könne. Wir quatschten urisch lange, weil dieser Freier sehr großzügig war. Ich erzählte von meinem tierischen Turkey. Dass ich diesmal bald wahnsinnig geworden sei. Er sagte, er hätte noch nicht entzogen. Es wäre echt scheiße. Ich sagte, dass ich mich auf ihn freute. Ich fragte ihn, ob er mir nicht noch mal schreiben wollte, wie er es versprochen hätte. Detlef sagte, dazu habe er keinen Bock. Aber er werde mich anrufen, wenn er wieder bei dem Freier sei.

Nach dem Telefongespräch wusste ich wieder genau, dass ich mit Detlef so gut wie verheiratet war. Wir gehörten zusammen, egal, was für eine Scheiße er machte. Abends im Bett legte ich jetzt immer regelrechte Gedenkminuten für Detlef ein. Das war wie beten. Und ich zählte die Tage, in denen ich wieder bei Detlef sein würde.

Ich bekam von meiner Oma regelmäßig Geld. Das sparte ich eisern. Mir war eigentlich nicht klar, warum. Das Sparen war eigentlich nie meine Sache gewesen. Als ich dann vierzig Mark zusammengespart hatte, wusste ich, warum. Ich war richtig stolz auf die vierzig Mark und versteckte sie. Vierzig war die magische Zahl für mich.

Vierzig Mark kostete normalerweise ein Schuss. Vierzig Mark verlangte ich deswegen meistens von einem Freier.

Als mir das richtig bewusst geworden war, sagte ich mir: »Das kann doch echt nicht wahr sein, dass du hier schon wieder auf den ersten Druck sparst.« Ich ging dann los und kaufte mir ein T-Shirt für zwanzig Mark, damit ich erst mal von dieser verdammten Zahl vierzig wieder runter war! Denn eigentlich war ich ja hierhergekommen, um nie wieder zu drücken.

Als die vier Wochen zu Ende gingen, rief meine Mutter an und fragte, ob ich länger bleiben wolle. Ich sagte, ohne zu überlegen, Nein. Vielleicht, wenn sie gefragt hätte, willst du dein ganzes Leben da bleiben, hätte ich nachgedacht. Aber so war das ja für mich von vornherein ein Trip gewesen, mit Horror am Anfang und dann unheimlich sanft und schön. Ich war darauf eingestellt, dass der Trip nach vier Wochen zu Ende war. Ich wollte zu Detlef zurück, mit dem ich so gut wie verheiratet war.

Am Tag meiner Abreise zog ich mich erst mal um. Meine Oma und meine Cousine beredeten mich vergeblich, die karierten Hosen anzubehalten, in die ich nun gerade gut hineinpasste. Ich zwängte mich in meine engen Jeans. Die Nähte krachten, der Reißverschluss ging beim besten Willen nicht mehr zu. Ich zog mein langes schwarzes Männerjackett und die Stiefel mit den höchsten Hacken an. Ich war also schon wieder als Fixerbraut kostümiert, bevor ich meine Oma verließ. Mit offener Hose fuhr ich zurück nach Berlin.

Ich ging gleich am nächsten Nachmittag auf den Bahnhof Zoo. Detlef und sein Freund Bernd waren da. Der Dritte aus unserer Clique, Axel, fehlte. Ich dachte, der sei mit einem Freier unterwegs.

Die Begrüßung der beiden Jungs war riesig. Ich merkte echt, wie sie sich freuten, dass ich wieder da war. Vor allem natürlich Detlef. Ich sagte zu ihm: »Na, entziehst du schön und hast du einen guten Job?« Wir lachten alle drei.

Ich fragte: »Wie geht es Axel?«

Die Jungs guckten ganz komisch und nach einer Weile sagte Detlef: »Weißt du noch nicht, dass Axel tot ist?«

Das haute mich nun echt um. Ich kriegte erst mal gar keine Luft mehr. Ich sagte noch: »Ihr spinnt.« Aber ich wusste schon, dass es wahr war.

Also jetzt Axel. Axel, in dessen Wohnung ich die meisten Wochenendnächte mit Detlef während der letzten Monate verbracht hatte. Der mir in seiner stinkigen Fixerwohnung jede Woche das Bett neu bezogen hatte. Dem ich immer seinen dämlichen Thunfisch mitgebracht hatte und der für mich immer Danone-Joghurt hinstellte. Der Einzige, zu dem ich mit all meinen Problemen hatte kommen können, wenn mit Detlef mal wieder Knatsch war. Der Einzige, dem ich auch immer was hatte vorheulen können. Weil er jedenfalls innerhalb der Clique nie aggressiv, nie verletzend gewesen war.

Ich fragte: »Wieso denn?«

Detlef sagte: »Auf irgendeiner Toilette haben sie ihn gefunden mit der Nadel im Arm.« Für die beiden Jungs schien Axels Tod schon irgendwie Schnee vom vergangenen Jahr. Es schien ihnen fast unangenehm, darüber zu reden.

Ich dachte immer wieder an den blöden Thunfisch, den ich für ihn gekauft hatte, und dass ich jetzt nie wieder Thunfisch kaufen würde. Und ich dachte plötzlich an Detlef, dass er keinen Platz zum Schlafen mehr haben könnte. Ich fragte: »Wohnt ihr noch in Axels Wohnung?«

Detlef antwortete: »Seine Mutter hat die Wohnung schon aufgelöst. Ich wohne jetzt bei einem Freier.«

Ich sagte: »Ach, du Scheiße.« Ich dachte in dem Moment, dass ich Detlef nun endgültig an seine Freier verloren hätte. Dass Detlef bei einem Freier wohnte, traf mich fast genauso wie Axels Tod.

Detlef sagte: »Der Freier ist ganz in Ordnung. Er ist noch jung, so

Mitte zwanzig, und kein bisschen Bauch. Ich hab ihm schon von dir erzählt. Du kannst auch bei ihm schlafen.«

Wir fuhren auf die Szene, weil Detlef Dope kaufen wollte. Wir trafen ein paar Bekannte und ich sagte immer wieder: »Scheiße, das mit Axel.« Aber die anderen stiegen gar nicht darauf ein. Da sagte ich zu mir selbst noch ein paar Mal: Scheiße, das mit Axel.

Von der Szene gingen wir zur Toilette am Bülowbogen. Detlef wollte sich gleich einen Druck machen. Ich kam mit zum Assistieren. Ich wartete darauf, dass Detlef mir von seinem Dope was anbot. Vielleicht, weil ich dann »Nein« sagen wollte, um ihm zu zeigen, dass ich stark war und es schaffte. Aber Detlef bot mir nichts an. Mir saß die Sache mit Axel so in den Knochen, dass ich glaubte, ich könne das nicht aushalten. Als Detlef das Dope aufkochte, wurde ich wahnsinnig geil auf einen Schuss. Ich dachte, ein klitzekleiner Schuss bringt dich nicht drauf, aber bringt dir diese Scheiße mit Axel und Detlefs Schlaf-Freier aus dem Kopf. Ich fragte Detlef.

Detlef sagte: »Mensch, willst du schon wieder drücken? Ich denke, du hast aufgehört.«

Ich sagte: »Klar, Alter, ich höre auch auf. Aber gerade du weißt ja, wie irrsinnig einfach das ist, aufzuhören. Du hast ja auch volles Rohr entzogen, während ich weg war und clean geblieben bin. Du, Alter, ehrlich, nachdem ich diesen ganzen Scheiß hier gehört habe, brauche ich ein bisschen Dope.«

Detlef sagte: »Es ist auch nicht schwierig, aufzuhören. Ich könnte das jeden Tag. Ich hab nur noch keinen Bock gehabt. Aber fang du doch jetzt bloß nicht wieder an.«

Noch während er so rumlaberte, machte er sich den Druck und ließ mir ein bisschen in der Spritze. Nachdem ich so lange clean war, reichte das bisschen, mich etwas anzutörnen und die Sache mit Axel fast zu vergessen.

Es ging diesmal sehr viel schneller, bis ich wieder total drauf war.

Meine Mutter hatte keine Ahnung. Sie freute sich, dass ich so schön fett war, und ich kriegte die Kilos auch tatsächlich nicht so schnell wieder runter.

Um bei Detlef zu sein, musste ich jetzt oft zu seinem Freier Rolf gehen. Wir hatten ja nirgendwo sonst ein gemeinsames Bett. Ich mochte diesen Rolf von vornherein nicht. Er war total in Detlef verknallt. Und er war natürlich eifersüchtig auf mich. Wenn ich Streit mit Detlef hatte, war er ganz glücklich und stellte sich auf Detlefs Seite. Da bin ich dann regelmäßig ausgerastet. Detlef behandelte diesen Rolf wie eine total unterlegene Frau oder Freundin. Er schickte ihn einkaufen, ließ ihn kochen und abwaschen. Das ärgerte mich wieder, weil ich gern für Detlef eingekauft und gekocht hätte.

Ich sagte zu Detlef: »Du, wir sind ein Kleeblatt, das einfach nicht zusammenpasst.« Aber Detlef meinte, er habe kein anderes Bett. Und Rolf sei im Großen und Ganzen auch in Ordnung. Jedenfalls gäbe es kaum einen anderen Freier, der so wenig nervte wie Rolf.

Detlef machte mit Rolf, was er wollte. Er brüllte ihn an und sagte ihm: »Du kannst dich freuen, dass ich überhaupt bei dir wohne.« Detlef ging nur zu ihm ins Bett, wenn er dringend Geld brauchte. Detlef und ich hatten unser Bett im selben Zimmer wie der Rolf. Wenn wir zusammen schliefen, sah Rolf fern oder drehte sich einfach nur um. Er war total schwul und wollte es nicht sehen, wenn ich mit Detlef schlief. Wir waren alle drei schon ziemlich kaputte Typen.

Ich wurde die Angst nicht los, dass Detlef durch das Anschaffen selber schwul würde. In einer Nacht dachte ich schon, jetzt sei es mit Detlef so weit. Er musste zu Rolf ins Bett, weil er kein Geld mehr hatte. Ich lag im anderen Bett. Detlef hatte das Licht ausgemacht. Er tat das immer, wenn ich da war und er Rolf befriedigen musste. Das Ganze dauerte mir verdächtig lange. Und ich glaubte, Detlef stöhnen gehört zu haben. Ich stand auf und machte eine Kerze an. Die beiden waren unter der Decke zugange. Ich glaubte, dass sie sich gegenseitig anfassten. Das war gegen meine Abmachung mit Detlef: Sich anfassen zu lassen. Ich war wahnsinnig sauer. So sauer, dass ich nicht mehr sagen konnte, Detlef solle endlich zu mir kommen. Ich sagte: »Muss ja urisch Spaß machen.«

Detlef sagte gar nichts und Rolf wurde wütend. Er machte die Kerze wieder aus. Detlef blieb die ganze Nacht bei Rolf im Bett. Und ich heulte die Kissen voll. Ich flennte lautlos, weil ich nicht wollte, dass die beiden anderen hörten, wie mich das mitnahm. Am nächsten Morgen war ich so traurig und sauer, dass ich echt daran dachte, Detlef zu verlassen. Das H ging mehr und mehr an die Substanz unserer Liebe, ohne dass wir uns dessen voll bewusst waren.

Mir wurde jedenfalls jetzt klar, dass ich Detlef nicht allein hatte, solange wir auf H waren. Dass ich ihn mir mit seinen Freiern teilen musste, insbesondere mit Rolf. Umgekehrt war es natürlich anders. Ich musste wieder jeden Tag am Zoo anschaffen, und da ich meistens unter Zeitdruck war, konnte ich mir die Freier auch nicht mehr so aussuchen und all meine Bedingungen immer durchsetzen.

Um nicht so oft bei diesem Rolf sein zu müssen, war ich wieder mehr mit den anderen aus der Clique zusammen, vor allem mit Babsi und Stella. Aber es wurde auch immer schwieriger, sich mit ihnen zu verständigen. Jeder wollte nur noch stundenlang über sich selber reden und keiner wollte auch nur zwei Minuten zuhören. Babsi laberte da zum Beispiel über den Sinn des Bindestrichs auf einem Straßenschild, während Stella und ich erzählen wollten, wie wir von einem Dealer abgelinkt wurden und statt Dope Mehl kriegten. Wir schrien dann Babsi an: »Halt's Maul.« Dann redeten Stella und ich durcheinander und brüllten uns gegenseitig an, weil jeder die Geschichte erzählen wollte. Die meisten Versuche einer Unterhaltung endeten also bald mit »Halt's Maul«. Jede von uns brauchte dringend jemanden, der zuhörte. Den fanden wir aber gerade in der Clique nicht mehr. Es gab eben überhaupt keine echte Verständigung mehr. Mit Zuhörern rechnen konnte man nur noch, wenn man von Erlebnissen mit Bullen erzählte. Dann waren wir uns alle einig gegen die Bullen-Schweine. Da hatte ich immerhin einen Vorsprung vor den anderen. Im Frühsommer 1977 wurde ich schon das dritte Mal festgenommen.

Das war auf dem U-Bahnhof Kurfürstendamm. Wir kamen gerade von einem Freier. Dem hatten wir nur eine Nummer vorführen müssen – für 150 Mark. Wir waren also ganz happy, hatten jeder schon ein Viertel Dope in der Tasche und noch reichlich Geld über. Ich sah zuerst, dass Zivilbullen auf den Bahnsteig strömten. Razzia. Es fuhr gerade ein Zug ein und ich rannte in totaler Panik den Bahnsteig runter. Detlef, blöde, wie er in dem Moment war, hinter mir her. Als ich am Ende des Zuges in einen U-Bahnwagen reinlief, rempelte ich einen Opa. Der sagte: »Mensch, du olle Halbtote.« Das sagte er wirklich. Durch die vielen Zeitungsberichte war längst bekannt, was auf dem U-Bahnhof Kurfürstendamm ablief. Die Spießer in der U-Bahn schnallten also schnell, dass das jetzt eine Razzia gegen Rauschgiftsüchtige war.

Detlef kam mir nach und natürlich zwei Zivilbullen hinterher. Auffällig genug hatten wir uns ja benommen. Die Bullen hätten uns allerdings gar nicht nachrennen müssen. Denn bevor sie bei uns waren, hatten sich schon die Omas und Opas im U-Bahnwagen auf uns gestürzt, zerrten an unseren Plünnen und schrien hysterisch: »Hier sind sie. Polizei.« Ich fühlte mich wie eine Gesetzlose aus einem alten Western, die gleich am nächsten Baum baumelt.

Ich klammerte mich an Detlef. Als die Bullen bei uns waren, sagte einer: »Ihr braucht hier gar keinen auf Romeo und Julia zu machen. Los. Los.«

Wir wurden in einen VW-Bus verladen und zur Revierwache gebracht. Die Bullen waren sehr unfreundlich zu mir, wollten aber weiter nichts von mir wissen. Sie sagten mir nur, dass es jetzt das dritte Mal sei, dass sie mich geschnappt hätten, und dass es über mich schon einen Ordner gäbe. Einer tippte das Protokoll und ich musste es unterschreiben. Sie benachrichtigten nicht mal meine Mutter mehr. Ich war für sie einer von vielen hoffnungslosen Fällen, über den sie noch ein paar Protokolle in den Ordner tun würden, bevor sie dann hinter meinem Namen endlich ein Kreuz machen könnten.

Detlef wurde mit mir nach einer knappen Stunde entlassen. Da sie uns das Dope abgenommen hatten, mussten wir gleich wieder auf die Szene, um zwei Viertel neu zu kaufen. Wir hatten ja zum Glück noch Geld.

Die Zivilbullen auf dem Bahnhof Zoo kannten mich mittlerweile eigentlich alle und ließen mich meistens in Ruhe. Einer von den Bullen war sogar ganz nett. Ein junger mit einem süddeutschen Akzent. Er schlich sich mal von hinten an mich ran und hielt mir plötzlich seine Bullenmarke vor die Augen. Ich bekam einen urischen Schreck. Der aber lachte und fragte, ob ich anschaffen ginge. Ich sagte wie meistens auf diese Frage ganz naiv: »Nein, seh ich so aus?«

Er wusste es wohl besser. Er wollte aber nicht mal in meine Plastiktüte reinsehen. Er sagte nur: »Aber halt dich in nächster Zeit hier mal ein bisschen fern. Sonst muss ich dich nämlich mitnehmen.« Vielleicht war er auch nicht nett, sondern nur zu faul, mich zur Wache zu bringen. Und die auf der Wache hatten auch keine Lust, immer wieder dieselben Protokolle über eine vierzehnjährige Halbtote zu schreiben.

Nach unserer Festnahme auf dem U-Bahnhof Kurfürstendamm mussten Detlef und ich von einem fremden Dealer Dope kaufen, weil wir unseren Stammdealer nicht mehr fanden. Wir gingen zur Toilette am Winterfeldplatz, um uns den Druck zu machen. Die Toilette war überall aufgebrochen. Die Wasserhähne liefen überhaupt nicht mehr.

Ich reinigte meine Spritze mit dem Wasser aus dem stinkenden

Klo. Ich machte das öfters, weil auf manchen Toiletten zu viel Verkehr war, um das Besteck draußen im Waschbecken sauber zu machen.

Dieses Dope von dem fremden Dealer haute mich irgendwie um. Ich fiel vor der Toilette der Länge nach in den Dreck. Ich kam zwar gleich wieder hoch, aber ich war immer noch total benebelt. Wir gingen seit langem mal wieder ins Sound. Detlef hottete auf der Tanzfläche ab und ich stellte mich neben einen Orangensaftautomaten. Der hatte oben ein Loch. Ich lehnte mich gegen den Orangensaftautomaten, schob zwei ineinandergesteckte Stohhalme durch das Loch und trank, ohne einen Pfennig zu bezahlen, bis ich auf die Toilette musste, um zu kotzen.

Als ich zurückkam, machte mich einer von den Geschäftsführertypen an. Er sagte, ich sei eine verdammte Fixerbraut und sollte mitkommen. Ich hatte Angst. Er fasste mich am Arm und zerrte mich durch den Laden. Er machte eine Tür auf, die ging zu dem Raum, in dem die Getränkekisten gelagert wurden. Ich sah, dass da auch ein Barhocker drinstand.

Ich wusste sofort, was nun passieren sollte. Ich hatte das jedenfalls schon oft gehört. Die zogen Fixer und andere Leute, die sie nicht haben wollten, nackend aus und fesselten sie auf den Barhocker. Dann prügelten sie mit Peitschen und anderen Sachen drauflos. Ich hatte von Typen gehört, die nach der Behandlung im Getränkelager des Sound wochenlang mit Schädelbruch oder anderen kaputten Knochen im Krankenhaus gelegen hatten. Die waren danach so eingeschüchtert, dass sie vor der Polizei nicht auspackten. Die von der Geschäftsführerclique machten das aus Sadismus, aber auch, um die Fixer aus dem Laden herauszuhalten, weil die Behörden ja ständig drohten, das Sound zu schließen. Fixerbräute, die mit Typen von der Geschäftsführerclique pennten, wurden allerdings nie belästigt. Dieses Sound war ein total brutaler Schuppen. Wenn die Eltern gewusst hätten, was in »Europas modernster Diskothek« wirklich ablief, hätten sie ihre Kinder wohl nie hingelassen. Da wurde weiter angefixt und Zuhälter keilten sich Teenager, ohne dass die Geschäftsführerclique dagegen irgendetwas unternommen hätte.

Ich stand also vor der offenen Tür des Getränkelagers und bekam die totale Panik. Mit einer Kraft, die ich eigentlich gar nicht mehr hatte, riss ich mich von dem Typen los und rannte wie eine Wahnsinnige zum Ausgang. Ich kam auch bis auf die Straße, bevor der Typ mich eingeholt hatte. Er packte mich und schmiss mich volles Rohr gegen ein Auto. Ich spürte die blauen Flecken nicht. Ich hatte plötzlich nur panische Angst um Detlef. Die wussten, dass wir immer zusammen waren. Und ich hatte Detlef nicht mehr gesehen, nachdem er total breit auf die Tanzfläche ging.

Ich lief zu einer Telefonzelle und rief die Polizei an. Ich sagte den Bullen, dass mein Freund gerade im Sound zusammengeschlagen würde. Die Bullen schienen voll begeistert, dass ich ihnen das erzählte. Schon nach ein paar Minuten kamen sie mit einem ganzen Mannschaftswagen. Die wollten ja endlich Beweise gegen das Sound, um den Laden dichtzumachen. Mindestens ein Dutzend Polizisten hat den Laden durchstöbert, um Detlef zu finden. Aber von Detlef keine Spur. Da kam ich auf die Idee, bei Rolf anzurufen. Detlef lag schon im Bett.

Die Bullen sagten: »Bist wohl auf 'nem Trip. Mach so was nicht noch mal mit uns.« Ich fuhr nach Hause und dachte echt, das Dope habe mich mittlerweile irre gemacht.

Die einzige Folge meiner verschiedenen Festnahmen war, dass ich eine Vorladung zur Kriminalpolizei bekam. Ich sollte mich nachmittags um drei bei der Kriminalpolizei, Gothaer Straße, Zimmer 314 einfinden. Ich habe die Zimmernummer nie wieder vergessen, weil ich später noch öfters da hinmusste.

Ich ging von der Schule erst mal nach Hause, um mir noch einen ordentlichen Druck zu machen. Ich dachte mir, wenn ich voll drauf bin, dann können die Bullen mir nichts anhaben. Ich hatte aber keine Zitrone mehr und das Dope sah ziemlich unsauber aus. Es wurde zu dieser Zeit sowieso immer unsauberer. Der Stoff ging von Hand zu Hand, vom Groß- über den Mittel- zum Kleindealer, und jeder kippte noch irgendwas dazu, um den Verdienst zu erhöhen.

Ich musste dieses total verdreckte Dope irgendwie auflösen. Ich nahm einfach Essig, weil da ja auch Säure drin ist. Ich schüttete den Essig aus der Flasche auf den Löffel, auf dem schon das Dope war. Ich kippte viel zu viel Essig drauf. Ich musste also diese Essiglösung in die Vene jagen, weil ich sonst das H hätte wegschmeißen müssen.

Kaum hatte ich das Zeug reingeknallt, war ich weg. Ich wachte erst nach über einer Stunde wieder auf. Die Spritze steckte noch im Arm. Ich hatte tierische Kopfschmerzen. Ich konnte zunächst nicht aufstehen. Ich dachte, es wäre so weit, ich würde sterben. Ich lag auf dem Fußboden und heulte. Ich hatte Angst. Ich wollte nicht so allein sterben. Ich bin regelrecht auf allen vieren zum Telefon gekrochen. Es hat sicher zehn Minuten gedauert, bis ich es schaffte, die Geschäftsnummer von meiner Mutter zu wählen. Ich sagte nur ein paar Mal: »Bitte, bitte, Mutti, komm, ich sterbe.«

Als meine Mutter dann kam, konnte ich schon wieder aufstehen. Ich riss mich zusammen, obwohl mir der Kopf noch immer zu zerplatzen schien. Ich sagte: »Das war wieder so ein dämlicher Kreislaufanfall.«

Meine Mutter ahnte wohl, dass ich gedrückt hatte. Sie hatte ein sehr verzweifeltes Gesicht. Sie sagte gar nichts. Sie sah mich immer nur mit diesen traurigen, verzweifelten Augen an. Ich konnte diesen Blick nicht ertragen. Er bohrte sich in meinen Kopf, der zu zerplatzen schien.

Meine Mutter fragte schließlich, ob ich etwas haben wollte. Ich sagte: »Ja, Erdbeeren.« Sie ging und brachte mir einen großen Korb mit Erdbeeren.

Ich dachte an diesem Nachmittag, dass es mit mir nun wirklich zu Ende ginge. Ich hatte keine starke Dosis gedrückt, eben nur zuviel Essig. Mein Körper hatte einfach keine Widerstandskraft mehr. Mein Körper jedenfalls machte nicht mehr mit. Ich kannte das ja von anderen, die schon tot waren. Die waren auch erst ein paar Mal umgekippt nach dem Druck. Und dann sind sie irgendwann nicht mehr aufgewacht, da war Sense. Ich wusste nicht mehr, warum ich Angst gehabt hatte vor dem Sterben. Vor dem Allein-Sterben. Fixer sterben allein. Meistens allein auf einem stinkenden Klo. Und ich wollte echt sterben. Ich wartete ja eigentlich auf gar nichts anderes. Ich wusste nicht, warum ich auf der Welt bin. Ich hatte das auch früher nie so recht gewusst. Aber wozu um alle Welt lebt ein Fixer? Nur, um noch andere mit kaputtzumachen? Ich dachte an diesem Nachmittag, dass ich schon meiner Mutter zuliebe sterben müsste. Ich wusste ja sowieso nicht mehr, ob ich da war oder nicht da war.

Am nächsten Morgen ging es mir besser. Ich dachte, vielleicht machst du es noch eine Weile. Ich musste zur Polizei, wenn sie mich nicht holen sollten. Aber ich brachte es irgendwie nicht mehr, allein zur Polizei zu gehen. Ich telefonierte nach Stella rum und ich hatte Glück, dass ich sie bei einem gemeinsamen Stammfreier von uns auftrieb. Ich fragte, ob sie mit mir zur Polizei käme. Sie war sofort dabei. Ihre Mutter hatte sie gerade mal wieder bei der Polizei als vermisst gemeldet. Aber Stella hatte vor nichts Angst, ihr war alles gleich. Sie wollte mit zur Polizei, obwohl sie auf Trebe war.

Ich saß dann in einem langen Flur vor dem Zimmer 314 mit Stella auf einer Holzbank und wartete artig, bis ich aufgerufen wurde. Ich ging, als ich gerufen wurde, so brav in das Zimmer 314, dass nicht viel fehlte und ich hätte noch einen Knicks gemacht. Da drückte mir eine Frau Schipke ganz freundlich die Hand und sagte gleich, sie habe auch eine Tochter, die sei ein Jahr älter als ich, 15, aber nicht auf Drogen. Diese Bullenbraut machte also total auf mütterlich. Sie fragte, wie es mir gehe, und brachte auch noch Kakao, Kuchen und Äpfel.

Diese Frau Schipke redete auch ganz mütterlich über andere Leute von der Szene und fragte mich, wie es denen gehe. Sie zeigte mir Fotos von Fixern und Dealern und ich sagte dann immer nur noch, ja, die kenne ich vom Sehen. Da erzählte sie mir, dass bestimmte Leute von der Szene sehr schlecht über mich gesprochen hätten, und da kriegte sie mich zum Quatschen. Ich merkte, dass diese Bullenbraut mich auf die mieseste Tour ablinkte, aber ich quatschte trotzdem zu viel. Ich unterschrieb dann ein Protokoll mit lauter Schoten, die sie mir mehr oder weniger in den Mund gelegt hatte.

Zum Schluss kam noch ein Bulle, der mich nach dem Sound fragte. Und da packte ich nun echt aus. Ich erzählte, wie viel Leute ich kannte, die da angefixt wurden, und von den brutalen Schlägern der Geschäftsführerclique. Ich ließ auch noch Stella reinholen, die alles bestätigte und sagte, sie würde das vor jedem Gericht beeiden.

Die Frau Schipke blätterte dabei immer in Akten und hatte dann wohl bald raus, wer Stella war. Sie fing an Stella auszuquetschen, aber die wurde gleich rotzfrech. Ich dachte schon, jetzt kassieren sie Stella ein. Da hatte Frau Schipke Dienstschluss und sagte, Stella solle am nächsten Tag noch mal kommen. Stella kam natürlich nicht.

Die Frau Schipke sagte beim Abschied zu mir: »Na, wir sehen uns ja bestimmt auch bald wieder.« Sie sagte das so scheißfreundlich, wie sie alles gesagt hatte. Das war nun die größte Gemeinheit. Sie sagte ja nichts anderes, als dass ich sowieso ein hoffnungsloser Fall sei.

Gerhard Ulber, Kriminaloberrat und Leiter der Rauschgift-Inspektion der Berliner Polizei

Bei der Bekämpfung des Drogenmissbrauchs verfolgen wir als Polizei das Konzept, mit der Aufbietung aller unserer Möglichkeiten das Angebot an illegalen Betäubungsmitteln, insbesondere an Heroin, einzugrenzen und dadurch die Therapieversuche der zuständigen Stellen zu unterstützen.

Wir haben 1976 2,9 Kilo, 1977 4,9 Kilo und in den ersten acht Monaten von 1978 bereits 8,4 Kilogramm Heroin sichergestellt. Damit ist aber keinesfalls gesagt, dass wir unsere Beschlagnahmen im Verhältnis zum angebotenen beziehungsweise verbrauchten Heroin gesteigert hätten. Ich persönlich bin da eher pessimistisch. Die im Umlauf befindlichen Mengen Heroin sind größer geworden. Noch vor einem Jahr wäre die Festnahme eines deutschen Zwischenhändlers mit 100 Gramm Heroin eine kleine Sensation gewesen. Das wird heute unter ferner liefen registriert.

Wir haben zur Kenntnis zu nehmen, dass bei der großen Verdienstspanne in zunehmendem Maße auch Deutsche in das Heroingeschäft verwickelt sind. Die Schmuggler und Großhändler sind zwar fast ausschließlich Ausländer, ebenso diejenigen Zwischenhändler, die direkten Zugang zu ihnen haben. Aber schon die nächsttiefere Stufe von Zwischenhändlern besteht vorwiegend aus Deutschen. Sie geben das Heroin in Mengen bis zu 100 Gramm an den süchtigen Kleindealer weiter, der es an den Endverbraucher bringt.

Unsere Ermittlungserfolge haben erwartungsgemäß dazu geführt, dass die Schmuggler und Händler vorsichtiger geworden sind, was wir wiederum mit steigendem Ermittlungsaufwand beantworten müssen. Aber je mehr wir in der Öffentlichkeit gegen Treffpunkte von Drogenabhängigen und ihren Kleindealern unternehmen, umso mehr verdrängen wir sie in Bereiche, wo sie kaum noch aufzufinden sind.

Die Polizei kann im Grunde machen, was sie will. Ob stille Überwachung der sogenannten öffentlichen Szene, Polizeipräsenz durch Patrouillen etc. – der Markt findet immer einen Weg. Heroin wird mehr und mehr in Privatwohnungen verkauft, wo sich die Süchtigen der polizeilichen Überwachung entziehen.

Von den 84 Berliner Herointoten des Jahres 1977 waren uns zum Beispiel 24 als Heroinkonsumenten überhaupt nicht bekannt, und die sind sicherlich nicht an der ersten Spritze gestorben. Auch der hartnäckige Betäubungsmittel-Konsument tritt polizeilich oft erst dann in Erscheinung, wenn er im bewusstlosen Zustand in ein Krankenhaus eingeliefert und mit ärztlichen Mitteln gerade noch im letzten Moment gerettet wird.

Ansonsten kann jemand jahrelang Heroin spritzen, ohne dass die Polizei davon erfährt. Mit einem Wort: Die Polizei kann das Betäubungsmittelproblem aus eigener Kraft nicht lösen. Die Amerikaner haben diese Erfahrung mit der Prohibition gemacht, wir haben sie nach 1945 mit dem schwarzen Markt gemacht: Wo eine intensive Nachfrage ist, wird sie auch ein entsprechendes Angebot finden.

Ich könnte natürlich noch zwanzig Beamte mehr beschäftigen und wir würden dann noch mehr kleine Heroinhändler festnehmen können. Doch das Problem bliebe bestehen und würde nur noch intensiver in die Strafanstalten verlagert, wo es bereits jetzt sehr stark auftritt. Inhaftierte Süchtige machen alles, um an Stoff heranzukommen, und selbst inhaftierte Händler machen alles, um sie zu versorgen. Man muss das einmal offen aussprechen: Die Verdienstmöglichkeiten korrumpieren enorm.

Wenn es nicht gelingt, straffällig gewordene Betäubungsmittel-Abhängige in einer Strafvollzugsanstalt zu konzentrieren und von anderen Gefangenen zu isolieren, kommt es – zumindest in Berlin – entweder zum Chaos in den Strafanstalten oder zum Ende des modernen Strafvoll-

zugs. Denn man kann keinem Gefangenen Urlaub gewähren, keine Freigänge, keine großzügigen Besuchsmöglichkeiten zulassen, wenn man auf der anderen Seite verhindern will, dass der Drogenmissbrauch in der Haft fortgesetzt wird und neue Abhängige geschaffen werden. Man kann in der Praxis auch nicht jeden Freigänger, Urlauber oder Besucher regelmäßig körperlich untersuchen, was notwendig wäre, weil Frauen das Heroin in Präservativen in ihrer Scheide versteckt in die Strafanstalten schmuggeln und bei Männern dergleichen unter der Bezeichnung »Analbombe« gang und gäbe ist.

Permanente Festnahmen, Verurteilungen und Haftstrafen ändern daran nichts. Dem Heroin-Abhängigen ist alles egal, solange er noch eine Möglichkeit hat, seine Sucht zu befriedigen. Vorbeugende Aufklärung wäre meines Erachtens das Einzige, womit der Zunahme von Süchtigen mit einigem Erfolg beizukommen ist.

Renate Schipke, 35, Sachbearbeiterin im Rauschgiftdezernat

Ich habe Christiane als Sachbearbeiterin für Vergehen gegen das Betäubungsmittelgesetz kennengelernt. Sie wurde das erste Mal auf Grund einer normalen Anzeigenerstattung vorgeladen und kam in Begleitung ihrer Freundin Stella zu mir. Insgesamt habe ich sechs- oder siebenmal mit ihr hier zu tun gehabt.

Meine Aufgabe bestand zu der Zeit in der Vernehmung von auffällig gewordenen Abhängigen mit dem Ziel der Namhaftmachung der Leute, von denen sie das illegale Betäubungsmittel beziehen. Es gibt einen unheimlichen Anfall von Anzeigen und man muss sehen, dass man die Arbeit fertig bekommt. Da kann man dann nicht mehr so viel über die ganze Sache nachdenken. In meiner Tätigkeit versuche ich trotzdem, die vorgeladenen Personen auch persönlich anzusprechen und einen Kontakt herzustellen, weil sonst eine erfolgreiche Vernehmung nicht möglich ist.

Christiane war anfangs sehr offen und gab bereitwillig Auskunft. Sie ist mir durch ihre Bescheidenheit aufgefallen und machte auf mich den positiven Eindruck eines gut erzogenen Kindes. Während der ersten Vernehmungen wirkte sie noch wie ein kleines Mädchen. Christiane sprach auch immer gut über ihre Mutter und ich muss auch sagen, die hat sich auch im Gegensatz zu vielen anderen Eltern sehr um ihre Tochter gekümmert. Ich stand mit ihr oft in telefonischem Kontakt.

Nach mehreren Vernehmungen wurde Christiane dann altersunangemessen frech und anmaßend. Ich sagte ihr knallhart auf den Kopf zu, dass sie eine Fixerin bleiben würde, trotz ihrer Entzüge. Das war eine harte Auseinandersetzung. Doch ich will nichts Negatives über Christiane sagen. Sie war auch nicht nachtragend.

Den Fixern ist einfach nicht zu helfen. Sie fühlen sich immer reingelegt, weil sie nicht einsehen, wofür sie bestraft werden sollen. Meiner Meinung nach sind diese jungen Leute einfach viel zu leichtsinnig. Aus Neugierde und aus Langeweile fangen sie mit dem Fixen an und wundern sich dann, wenn sie die Konsequenzen tragen müssen. Ich halte es für wünschenswert, dass Christiane so hoch wie möglich bestraft wird, denn der Schock eines Gefängnisaufenthaltes könnte bei einem so jungen Menschen vielleicht eine Besserung einleiten. So hoffe ich jedenfalls.

In der U-Bahn hätte ich heulen können vor Wut, dass ich mich mit Kakao und Kuchen und ekelhafter Scheißfreundlichkeit von einer Bullenbraut hatte ablinken lassen.

Nachdem ich auf dem Bahnhof noch zwei Freier gemacht und am Kurfürstendamm Dope gekauft hatte, fuhr ich nach Hause. Mein Kater lag in der Küche und kam kaum noch hoch. Er war schon seit einigen Tagen krank. Jetzt sah er so eingefallen aus und mauzte so kläglich, dass ich dachte, der stirbt auch bald.

Der todkranke Kater beschäftigte mich nun irgendwie mehr als mein eigener Zustand. Vom Tierarzt hatte ich ein Rinderblutextrakt für den Kater bekommen. Aber der fraß nichts mehr. Er lag vor dem Schälchen mit Rinderblutextrakt und hob nicht mal den Kopf.

Ich wollte mir gleich einen Druck machen. Ich holte mein Besteck raus und dann kam mir eine Idee. Ich zog etwas von dem Rinderblutextrakt in die Spritze und spritzte das Zeug dem Kater ins Maul. Er ließ sich das ganz apathisch gefallen. Dann brauchte ich lange, um das Besteck wieder sauber zu kriegen und mir den Druck zu machen.

Ich kam nicht mehr gut drauf. Allein die dämliche Angst zu sterben machte mich fertig. Ich wollte sterben, aber vor jedem Schuss hatte ich eine dämliche Angst vorm Sterben. Vielleicht brachte mich auch mein Kater wieder drauf, was das Sterben eigentlich für eine miese Sache ist, wenn man noch gar nicht richtig gelebt hat.

Es war alles sehr ausweglos. Mit meiner Mutter redete ich kein vernünftiges Wort mehr, seit ihr klar war, dass ich wieder drückte. Ich schrie rum und sie sah mich immer mit ihren verzweifelten Augen an. Die Polizei war nun endgültig hinter mir her. Das Protokoll, das ich der Schipke unterschrieben hatte, reichte voll und ganz für ein Gerichtsverfahren und eine Jugendstrafe, die sich gewaschen hatte. Ich spürte auch, dass meine Mutter froh gewesen wäre, wenn sie mich irgendwie hätte abschieben können. Sie wusste ja nun, dass sie mir nicht mehr helfen konnte. Sie telefonierte ständig mit irgendwelchen

Behörden und Drogenstellen rum und sah dabei immer verzweifelter aus, denn sie merkte, dass ihr und mir keiner helfen wollte oder konnte. Sie drohte nur noch, mich zu ihren Verwandten nach Westdeutschland zu bringen.

Und irgendwann im Mai 1977 schnallte ich es dann auch selber mit meinem kaputten Kopf, dass ich genau noch zwei Möglichkeiten hatte: Entweder ich setzte mir möglichst bald den Goldenen Schuss, oder ich machte einen ernsthaften Versuch, vom Heroin loszukommen. Ich wusste, ich war bei dieser Entscheidung ganz allein. Auch auf Detlef konnte ich da nicht mehr rechnen. Ich konnte vor allem die Entscheidung nicht von ihm abhängig machen.

Ich fuhr zur Gropiusstadt, zum Haus der Mitte, in das evangelische Jugendhaus, wo meine Drogenkarriere angefangen hatte. Der Club war mittlerweile zugemacht worden, weil sie da mit dem Heroinproblem nicht mehr fertiggeworden waren. Dafür hatten sie jetzt eine Drogenberatung. Echt eine Drogenberatung nur für die Gropiusstadt. So viele Heroinsüchtige gab es da, zwei Jahre nachdem das erste H in Gropiusstadt aufgetaucht war. Die sagten mir, was ich eigentlich längst wusste: dass ich nur durch eine echte Therapie noch eine Chance hätte. Sie gaben mir die Adressen von Drogeninfo und Synanon, weil die noch die größten Therapieerfolge hätten.

Ich hatte einen ziemlichen Bammel vor diesen Therapien, denn die waren unheimlich hart, erzählte man auf der Szene. Das war die ersten Monate schlimmer als im Gefängnis. Bei Synanon musste man sich sogar erst mal eine Glatze schneiden lassen. Wohl, um zu beweisen, dass man mit einem ganz neuen Leben anfangen wollte. Ich dachte, dass ich das nicht bringen würde, mir den Kopf kahl scheren zu lassen und rumzulaufen wie Kojak. Meine Haare waren mir irgendwie das Wichtigste an mir. Hinter ihnen versteckte ich mein Gesicht. Ich dachte, wenn sie mir die Haare abschneiden, könnte ich mich auch gleich umbringen.

Die Drogenberaterin sagte dann auch selber, dass ich kaum eine Chance hätte bei Drogeninfo und Synanon, weil die eigentlich gar keine Therapieplätze mehr frei hätten. Die Aufnahmebedingungen seien sehr hart. Man musste körperlich noch gesund sein und denen erst mal durch freiwillige Selbstdisziplin beweisen, dass man überhaupt die Kraft hatte, von H wegzukommen. Die Drogenberaterin sagte, dass ich ja noch sehr jung sei, nicht einmal 15, also fast noch ein Kind. Da würde ich schwer bringen, was die verlangten. Für Kinder gäbe es eigentlich noch gar keine Therapie.

Ich sagte, ich wollte eigentlich auch zu Narkonon. Narkonon war das Therapiehaus einer Sekte, der Scientology Church. Auf der Szene liefen einige Fixer rum, die schon bei Narkonon gewesen waren und erzählten, das sei da eigentlich ganz in Ordnung. Bei Narkonon gab es überhaupt keine Aufnahmebedingungen, wenn man im Voraus zahlte. Man durfte seine Fixerkluft anbehalten, die eigenen Platten mitbringen und sogar Tiere.

Die Drogenberaterin sagte, ich solle mal darüber nachdenken, warum so viele Fixer erzählten, die Therapie bei Narkonon sei ganz dufte gewesen, und dabei munter weiter drückten. Sie jedenfalls kenne keinen einzigen Fall einer erfolgreichen Therapie bei Narkonon.

Ich fragte, was ich dann tun solle, wenn ich bei den anderen Therapien erst gar keine Chance hätte. Da gab sie mir die Adresse von Narkonon.

Zu Hause träufelte ich wieder meinem Kater den Rinderblutextrakt mit meiner einzigen Spritze ins Maul. Als meine Mutter kam, sagte ich ihr: »Ich entziehe jetzt endgültig bei Narkonon. Da werde ich ein paar Monate oder auch ein Jahr sein und dann bin ich echt clean.«

Meine Mutter tat so, als glaube sie mir ohnehin kein Wort mehr. Aber sie hängte sich gleich wieder ans Telefon und versuchte Informationen über Narkonon einzuholen.

Ich war voll abgefahren auf den Therapietrip. Ich fühlte mich neugeboren. Ich hatte schon an diesem Nachmittag keinen Freier mehr gemacht und war total ohne H. Ich wollte entziehen, bevor ich zu Narkonon ging. Ich wollte da nicht erst ins Turkeyzimmer. Ich wollte da total clean hinkommen, um vor den anderen, die da neu waren, gleich einen Vorsprung zu haben. Ich wollte gleich beweisen, dass ich echten Willen hatte, vom H wegzukommen.

Ich ging früh ins Bett. Ich legte den Kater, dem es immer mieser ging, neben meinem Kopf auf das Kopfkissen. Ich war ein bisschen stolz auf mich selber. Ich entzog ganz allein, total freiwillig. Welcher Fixer brachte das schon? Ich hatte meiner Mutter zwar gesagt, dass ich sofort entziehen würde, aber die hatte nur ungläubig gelächelt. Sie nahm sich auch nicht wieder frei. So ein Entzug war für sie ja schon bald was Alltägliches und was ganz Hoffnungsloses. Ich musste also alles echt ganz allein durchstehen.

Am nächsten Morgen war ich dann also voll auf Turkey. Es war so schlimm wie bei den anderen Entzügen, vielleicht sogar noch schlimmer. Aber ich dachte nie, das schaffst du nicht. Wenn ich meinte, die Schmerzen würden mich umbringen, sagte ich mir sofort: Ne, das ist nur das Gift, das aus deinem Körper entweicht. Du wirst leben, weil nie wieder irgendein Gift in deinen Körper hineinkommt. Wenn ich eindöste, hatte ich keine Horrorträume. Dann kamen mir Bilder vom herrlichen Leben nach der Therapie.

Als die Schmerzen am dritten Tag erträglicher wurden, habe ich nur noch mein Paradies wie in einem Film vor mir gesehen. Es wurde immer konkreter. Ich ging weiter zur Schule. Bis zum Abitur. Ich hatte eine eigene Wohnung. Ein VW-Cabriolet stand vor der Tür. Mit dem fuhr ich meistens offen.

Die Wohnung lag im Grünen. In Rudow oder auch im Grunewald. Es war eine Altbauwohnung. Aber keine von diesen großbürgerlichen Altbauwohnungen, wie es sie in den Vorderhäusern um den

Kurfürstendamm gibt mit wahnsinnig hohen Decken und Stuck. Kein Haus mit einem Saal als Eingang und roten Teppichläufern und Marmor und Spiegeln und Namensschildern aus goldenen Buchstaben. Also keine Wohnung in einem Haus, das schon irgendwie nach Reichtum stank. Denn Reichtum, stellte ich mir vor, bedeutet Ablinken, Hektik, Stress.

Ich wollte eine Wohnung in einem alten Arbeiterhaus mit zwei oder drei kleinen Zimmern, niedrigen Decken, kleinen Fenstern, mit abgetretenen Holzstufen im Treppenhaus, wo es immer ein bisschen nach Essen roch und die Nachbarn aus der Wohnungstür kamen und »Guten Tag, wie geht es« sagten. Die Treppe war so schmal, dass man den Nachbarn berührte, wenn man ihm begegnete. Alle im Haus arbeiteten hart, aber sie waren sehr zufrieden. Sie wollten nicht immer mehr zusammenraffen, sie waren nicht neidisch, sie halfen sich gegenseitig, sie waren eben ganz anders als die Reichen und auch ganz anders als die Arbeiter in den Hochhäusern von Gropiusstadt. Es gab einfach keine Hektik in dem Haus.

Das Wichtigste in meiner Wohnung war das Schlafzimmer. An der rechten Wand stand eine sehr breite Liege aus dunklem Stoff. Auf jeder Seite war ein Nachttisch. Einer für Detlef, wenn er bei mir schlief. Und dann stand noch auf jeder Seite der Liege eine Zimmerpalme. Es waren überhaupt sehr viele Pflanzen und Blumen in dem Zimmer. Hinter dem Bett war eine Tapete, die es nicht in Läden zu kaufen gibt. Auf der Tapete war Wüste, riesige Sanddünen. Und ein paar Palmen. Eine Oase. Beduinen mit ihren weißen Kopftüchern saßen total relaxed im Kreis, tranken Tee. Es war der totale Frieden auf meiner Tapete. Auf der linken Seite des Schlafzimmers, in der Nische, wo das Fenster in die Dachschräge gebaut ist, war meine Sitzecke. Das war eine Sitzecke wie in Arabien oder Indien. Viele Kissen um einen niedrigen runden Tisch. Da saß ich abends, war die totale Ruhe, kannte keine Hektik und hatte keine Wünsche und keine Probleme.

Das Wohnzimmer war eigentlich ähnlich wie das Schlafzimmer. Die Pflanzen, die Teppiche. In der Mitte aber stand ein großer runder Holztisch und Korbstühle drum herum. Um den Tisch saßen manchmal die besten Freunde, aßen, was ich gekocht hatte, und tranken Tee. An den Wänden hingen Regale mit vielen Büchern. Es waren alles sehr coole Bücher von Leuten, die auch die Ruhe gefunden hatten und die Tiere und die Natur kannten. Die Regale hatte ich selber gemacht aus Brettern und Tauen. Das meiste in der Wohnung hatte ich selber gemacht, weil es in den Möbelhäusern nichts gab, was mir gefiel. Weil die Möbel da protzig waren und zeigen sollten, dass sie wahnsinnig Kohle gekostet hatten. Es gab keine Türen in der Wohnung, sondern nur Vorhänge. Denn wenn Türen auf- und zugingen, das machte Krach und Hektik.

Einen Hund hatte ich, einen Rottweiler, und zwei Katzen. Die Rücksitze von meinem VW-Cabrio hatte ich rausmontiert, damit der Hund es gemütlich hatte in dem Auto.

Abends kochte ich dann in aller Ruhe das Essen. Nicht in der Hektik, in der meine Mutter immer kochte. Dann drehte sich ein Schlüssel in der Wohnungstür. Detlef kam von der Arbeit. Der Hund sprang an ihm hoch. Die Katzen machten einen Buckel und rieben sich an seinen Beinen. Dann gab mir Detlef einen Kuss und setzte sich an den Abendbrottisch.

Das träumte ich also auf Turkey. Aber ich wusste nicht, dass es ein Traum war. Für mich war es die Wirklichkeit von übermorgen. So war es nach der Therapie und ich konnte mir gar nicht vorstellen, dass es anders nach der Therapie war. Das war alles so klar, dass ich meiner Mutter am Abend des dritten Tages auf Turkey sagte, dass ich nach der Therapie ausziehen würde in eine eigene Wohnung.

Am vierten Tag ging es mir schon so gut, dass ich aufstehen konnte. Ich hatte noch zwanzig Mark in den Jeans und diese zwanzig Mark machten mich unruhig. Weil zwanzig Mark eben genau die

Hälfte von vierzig Mark sind. Und ich dachte, wenn du noch zwanzig Mark hättest, könntest du dir einen letzten Druck kaufen, bevor du morgen zu Narkonon gehst.

Ich redete mit meinem kranken Kater. Ich sagte ihm, es sei doch nicht so schlimm, wenn ich ihn ein, zwei Stunden allein lassen würde. Ich gab ihm mit meiner Spritze Kamillentee und Traubenzucker, das Einzige, was er noch bei sich behielt, und sagte: »Du wirst auch nicht sterben.«

Ich wollte noch einmal so ganz geil über den Kudamm bummeln. Denn ich wusste, dass es bei Narkonon keinen Ausgang gab und wenn, nur in Begleitung. Und ich wollte auch einen Schuss drinhaben, weil der Kudamm ohne H bestimmt nicht so geil war. Mir fehlten nur die zwanzig Mark. Ich musste noch einen Freier machen. Ich wollte aber auf dem Bahnhof nicht Detlef begegnen, ihm sagen: Du, ich habe einen fabelhaften Entzug gemacht, habe das ganz toll gebracht. Und jetzt suche ich einen Freier, weil mir noch zwanzig Mark fehlen. Detlef hätte mich garantiert nicht verstanden. Er hätte mich angemacht, über mich gelacht und gesagt: Du bist und bleibst eine alte Fixerbraut. Das wollte ich also unter gar keinen Umständen.

Die Idee kriegte ich erst in der U-Bahn: Autostrich. Die Idee kam mir wegen der zwanzig Mark, die noch fehlten. Auf dem Autostrich bekam man oft nur zwanzig Mark. Babsi und Stella gingen ja schon auf den Autostrich an der Kurfürsten- und Genthiner Straße. Ich hatte aber noch immer einen urischen Horror vor dem Autostrich. Mir gefiel es schon nicht, dass die Freier nicht zu mir kamen wie auf dem Bahnhof und ich sie in Ruhe prüfen konnte, sondern dass ich zum Auto des Freiers hinmusste, wenn der winkte. Es war so schnell gar nicht richtig auszumachen, was das für ein Typ war.

Das Schlimmste war, wenn man an einen Zuhälter geriet. Die Zuhälter tarnten sich als Freier. Wenn sie einen erst mal im Auto hatten, war nichts mehr zu machen. Die meisten Zuhälter wollten zwar keine

Fixerin für sich laufen lassen, weil da ja viel zu viel Geld fürs Dope weggeht. Aber sie wollten die Fixerinnen von der Kurfürstenstraße vertreiben, weil die Fixerkinder die Preise auf dem Profistrich verdarben.

Babsi war mal zu einem Zuhälter in den Wagen gestiegen. Drei Tage hatte der sie eingeschlossen. Sie wurde richtig gefoltert. Dann haben sie ganze Kompanien von Männern über sie rübergelassen. Kanaken und besoffene Penner und alles. Und Babsi war natürlich die ganze Zeit voll auf Turkey. Sie hatte sich einen echten Knacks in diesen drei Tagen geholt. Aber sie ging dann doch wieder auf die Kurfürstenstraße. Sie war da ja die Queen mit ihrem Engelsgesicht und ohne Po und ohne Busen.

Die Profinutten waren beinah ebenso gefährlich wie die Zuhälter. Die Potsdamer Straße, wo die miesesten Nutten Berlins ihr Revier haben, war nur rund 200 Meter vom Babystrich auf der Kurfürstenstraße weg. Manchmal machten sie regelrecht Treibjagd auf Fixerinnen. Kriegten sie eine, dann kratzten sie das Gesicht zu Hackfleisch.

Ich stieg U-Bahnhof Kurfürstenstraße aus und hatte urische Angst. Ich dachte an die Ratschläge, die Stella und Babsi immer für den Autostrich gaben: Keine jungschen Typen mit Sportwagen oder Ami-Schlitten, Zuhälter. Ältere Typen mit Bauch, Krawatte, möglichst Hut sind okay. Am besten sind die mit Kindersitz hinten im Auto. Brave Familienväter, die mal eine schnelle Abwechslung von Mutti wollen und garantiert mehr Schiss haben als die Mädchen.

Ich ging vom U-Bahnhof die hundert Meter hoch zur Kreuzung Genthiner Straße, wo auch das Sound war. Ich tat so, als wolle ich gar nicht anschaffen. Ich ging nicht an der Straße, sondern ganz dicht an den Häusern. Es hielt trotzdem gleich einer. Er kam mir komisch vor. Vielleicht weil er einen Bart hatte. Er sah irgendwie aggressiv aus. Ich zeigte ihm einen Vogel und ging weiter.

Es war kein anderes Mädchen zu sehen. Es war ja noch vormittags.

Ich wusste aus Stellas und Babsis Erzählungen, dass die Freier ganz fickerig wurden, wenn sie sich also gerade mal eine halbe Stunde Zeit genommen hatten, und es war kein Mädchen da. Manchmal gab es auf der Kurfürstenstraße mehr Freier als Mädchen. Es hielten auch gleich noch ein paar. Ich tat so, als beachte ich sie gar nicht.

Ich guckte in ein Möbelschaufenster und da war gleich wieder der Traum von meiner Wohnung da. Ich sagte mir: Christiane, Mädchen, nun reiß dich zusammen. Du musst das jetzt schnell hinter dich bringen, diese lächerlichen zwanzig Mark. Du musst dich jetzt voll konzentrieren. Bei solchen Sachen musste ich mich immer darauf konzentrieren, das schnell zu packen, damit es möglichst bald vorbei war.

Dann hielt ein weißer Commodore. Zwar kein Kindersitz hinten, aber der Typ sah nicht link aus. Ich stieg ein, ohne noch viel zu überlegen. Ich einigte mich mit ihm auf fünfunddreißig Mark.

Wir fuhren zum Askanischen Platz. Da ist ein altes Bahnhofsgelände, das der DDR-Reichsbahn gehört. Wir fuhren da rauf. Es ging ganz schnell. Der Typ war nett und ich hatte gleich wieder mein gutes Feeling drauf. Ich vergaß sogar, dass der Typ ein Freier war. Er sagte, dass er mich gern wiedersehen würde. Aber das ginge erst mal nicht, weil er in drei Tagen mit seiner Frau und den beiden Kindern nach Norwegen in Urlaub führe.

Ich fragte ihn, ob er mich noch zur Hardenbergstraße fahren könne, zur Technischen Universität. Er machte das sofort. An der Technischen Universität war vormittags die Szene.

Es war ein schöner warmer Tag, der 18. Mai 1977. Ich weiß das Datum noch genau, weil ich zwei Tage später Geburtstag hatte und fünfzehn wurde. Ich bin auf der Szene rumgeflippt und habe mit ein paar Typen gequatscht. Ich streichelte lange einen Hund. Ich war total happy. Ich fand es ein wahnsinnig geiles Gefühl, keine Eile zu haben und mit dem Druck so lange zu warten, wie ich Bock hatte. Ich war ja körperlich nicht mehr drauf.

Als ein Typ vorbeikam und fragte, ob ich Dope haben wollte, sagte ich dann Ja. Er ging vor zum Ernst-Reuter-Platz und da kaufte ich dann ein halbes Halbes für vierzig Mark. Ich ging gleich auf die Damentoilette am Ernst-Reuter-Platz. Die ist ziemlich sauber. Ich tat nur die Hälfte des Dopes auf den Löffel, weil man nach einem Entzug nicht gleich mit der vollen Menge wieder anfangen darf. Ich setzte mir richtig ein bisschen feierlich den Schuss. Weil ich dachte, ich sei zum letzten Mal auf der Szene.

Fast zwei Stunden später bin ich wieder aufgewacht. Mit dem Hintern hing ich im Klobecken. Die Nadel steckte noch im Arm. Meine Sachen lagen verstreut auf dem Fußboden der winzigen Klozelle. Aber ich war dann gleich wieder einigermaßen okay. Ich dachte mir, dass ich gerade den rechtzeitigen, nämlich den letzten Zeitpunkt gewählt hatte, um endgültig mit H aufzuhören. Mit dem geilen Kudammbummel war es nichts mehr. Das gute Feeling war weg. Ich aß in der Mensa Kartoffelpüree mit Porreegemüse für 2,50, kotzte aber alles natürlich gleich wieder aus. Ich schleppte mich noch auf den Bahnhof, um Detlef Auf Wiedersehen zu sagen, aber der war nicht da. Ich musste nach Hause, weil mein kranker Kater mich brauchte.

Die Mieze lag noch auf dem Fleck, auf den ich sie gelegt hatte. Auf meinem Kopfkissen. Ich reinigte erst mal meine Spritze und flößte ihr dann wieder Kamillentee mit Traubenzucker ein. Eigentlich hatte ich mir ja meinen letzten Tag als Fixerin etwas anders vorgestellt. Ich überlegte mir, vielleicht noch einen Tag dranzuhängen und auf dem Kudamm rumzuflippen, bevor ich zu Narkonon ging.

Dann kam meine Mutter und fragte, wo ich am Nachmittag gewesen sei. Ich sagte: »Auf dem Kudamm.« Sie meinte: »Du wolltest doch heute schon mal bei Narkonon vorbei, um dich nach allem zu erkundigen.«

Ich rastete gleich wieder aus und fing an zu brüllen: »Mensch, lass mich in Ruhe. Ich hatte eben keine Zeit. Verstehst du?« Meine Mutter brüllte plötzlich zurück: »Du gehst noch heute Abend zu Narkonon. Du packst sofort deine Sachen. Und du bleibst schon heute bei Narkonon.«

Ich hatte mir gerade ein Kotelett mit Püree gemacht. Ich nahm den Teller, ging aufs Klo, schloss mich ein und aß auf dem Klo. Das war also der letzte Abend bei meiner Mutter. Ich brüllte rum, weil sie gecheckt hatte, dass ich schon wieder auf H war, und weil ich mich selber ankotzte, dass ich mir doch noch einen Druck gemacht hatte. Und ich wollte dann auch selber zu Narkonon.

Ich packte ein paar Sachen in meine Korbtasche und steckte die Spritze, einen Löffel und den Rest vom Dope vorne in die Unterhose. Wir fuhren im Taxi nach Zehlendorf, wo das Haus von Narkonon war. Die Typen von Narkonon stellten an mich erst gar keine Fragen. Da wurde tatsächlich jeder aufgenommen. Die hatten sogar Schlepper, die über die Szene liefen und Fixer ansprachen, ob sie nicht mal zu Narkonon kommen wollten.

Aber an meine Mutter stellten die Typen Fragen. Sie wollten nämlich erst mal Kohle sehen, bevor ich aufgenommen wurde. 1500 Mark Vorauszahlung für den ersten Monat. Meine Mutter hatte natürlich nicht so viel Geld. Sie versprach, das Geld gleich am nächsten Vormittag vorbeizubringen. Sie wollte einen Kredit aufnehmen. Sie sagte, dass ihre Bank sofort ohne Schwierigkeiten einen Kleinkredit geben würde. Sie bat und bettelte, dass ich bleiben durfte. Die Typen waren schließlich einverstanden.

Ich fragte, ob ich mal aufs Klo dürfe. Ich durfte. Man wurde also nicht wie bei anderen Therapien erst mal durchsucht und musste nach Hause gehen, wenn man Fixerutensilien dabeihatte. Ich ging aufs Klo und drückte ganz schnell das restliche Dope weg. Die sahen natürlich, dass ich voll breit aus dem Klo zurückkam, aber sie sagten nichts. Ich gab ihnen mein Besteck. Der Typ, dem ich das gab, sagte ganz erstaunt: »Das haben wir aber gern, dass du uns das ganz freiwillig gibst.«

Ich musste ins Turkeyzimmer, weil die eben sahen, dass ich total breit war. Da waren noch zwei im Turkeyzimmer. Einer haute gleich am nächsten Morgen wieder ab.

Das war dann für die Narkononleute ein ganz schöner Verdienst, wenn sie von jemandem das Geld für einen Monat hatten, und der haute gleich wieder ab.

Ich bekam Bücher mit der Lehre der Scientology Church. Ganz schön abgefahrene Schwarten. Ich fand, dass das eine ganz geile Sekte war. Jedenfalls hatten sie ziemlich abgefahrene Geschichten, die man glauben konnte oder nicht. Ich suchte nach etwas, das ich glauben konnte.

Nach zwei Tagen durfte ich wieder aus dem Turkeyzimmer raus, weil ich nach den zwei Schuss kaum Entzugserscheinungen hatte. Ich kam auf ein Zimmer mit Christa. Das war eine total ausgeflippte Frau. Sie kriegte gleich Therapieverbot, weil sie über die Therapien und die Therapeuten immer nur lachte. Sie kam dann in unser Zimmer und suchte die Fußleisten nach Trips ab. Sie meinte, vielleicht hätte irgendjemand da mal Trips versteckt. Sie brachte mich auf den Dachboden und sagte: »Mensch, hier müsste man ein paar Matratzen aufbauen und dann eine coole Orgie machen mit Wein und Haschisch und so.« Die Frau zog mich ganz schön runter. Weil ich sie einerseits echt abgefahren fand. Aber sie brachte meine Gedanken eben immer wieder auf Drogen und fand diese Narkonontypen scheiße. Und ich wollte ja nun hier clean werden.

Am zweiten Tag rief mich meine Mutter an und sagte, dass mein Kater gestorben sei. Das war mein 15. Geburtstag. Meine Mutter gratulierte mir erst, nachdem sie das mit dem Kater gesagt hatte. Ihr ging es auch an die Nieren. Ich hab dann am Vormittag meines 15. Geburtstags auf meinem Bett gehockt und nur geflennt.

Als die Typen merkten, dass ich nur noch heulte, sagten sie, ich brauche eine Session. Ich wurde mit einem der Typen, einem ehemaligen Fixer, in einen Raum eingeschlossen und der gab mir nun scheinbar sinnlose Befehle. Ich durfte nur »Ja« sagen und musste jeden Befehl ausführen.

Der Typ sagte: »Siehst du die Wand. Geh zu der Wand. Berühre die Wand.« Und dann ging es wieder von vorne los. Ich wetzte also stundenlang von Wand zu Wand in diesem Zimmer. Irgendwann war es mir echt zu viel und ich sagte: »Mensch, was soll denn der Quatsch. Seid ihr eigentlich bekloppt. Lasst mich gefälligst in Ruhe. Ich hab keinen Bock mehr.« Aber mit seinem Lächeln, das sich nie veränderte, kriegte er mich irgendwann dazu, weiterzumachen. Ich musste dann auch andere Sachen berühren. Bis ich wirklich nicht mehr von der Stelle konnte und mich auf den Fußboden warf und schrie und heulte.

Er lächelte und ich machte weiter, als ich mich beruhigt hatte. Ich hatte jetzt auch schon dieses Lächeln drauf. Ich war total apathisch. Ich berührte die Wand schon, bevor sein Befehl kam. Das Einzige, was ich noch denken konnte, war: Das muss ja irgendwann zu Ende sein.

Nach genau fünf Stunden sagte er: »Okay, das ist genug für heute.« Ich meinte, dass ich mich unheimlich dufte fühlte. Ich musste mit ihm in einen anderen Raum gehen. Da stand ein komisches selbstgebasteltes Gerät, so ein Pendel zwischen zwei Blechbüchsen. Das musste ich anfassen. Der Typ fragte: »Fühlst du dich wohl?«

Ich sagte: »Ich fühl mich wohl. Ich glaube, dass ich jetzt alles viel bewusster erlebe.«

Der Typ starrte auf das Pendel und sagte dann: »Es hat sich nicht bewegt. Du hast also nicht gelogen. Die Session war ein Erfolg.«

Das komische Ding war ein Lügendetektor. Das war wohl so ein Kultgerät dieser Sekte. Ich war jedenfalls ganz happy, dass das Pendel nicht ausgeschlagen hatte. Das war für mich der Beweis dafür, dass ich mich wirklich wohlfühlte. Ich war bereit, alles zu glauben, um vom H wegzukommen.

Sie machten da allerlei wunderbare Sachen. Als Christa am selben Abend Fieber bekam, musste sie eine Flasche anfassen und immerzu sagen, ob die Flasche heiß oder kalt sei. In ihrem Fiebertran machte sie das mit. Nach einer Stunde hatte sie angeblich kein Fieber mehr.

Ich war so angetörnt von allem, dass ich gleich am nächsten Morgen ins Büro lief und um eine neue Session bat. Eine Woche lang war ich voll auf dem Sektentrip und dachte, dass die Therapien mich wirklich weiterbringen. Es war den ganzen Tag Programm. Sessions, Saubermachen, Küchendienst. Das ging bis um zehn Uhr abends. Man hatte überhaupt keine Zeit zum Nachdenken.

Das Einzige, was mich annervte, war das Essen. Ich war nun echt nicht verwöhnt mit Essen. Aber den Fraß, den die da anboten, kriegte ich kaum runter. Und ich dachte, für das viele Geld könnten sie schon etwas besseres Essen bieten. Denn sie hatten sonst kaum Unkosten. Die Sessions wurden meistens von ehemaligen Fixern geleitet, die angeblich schon ein paar Monate clean waren. Denen sagte man, das gehöre mit zu ihrer Therapie, und die kriegten allenfalls mal ein Taschengeld. Ich fand es auch nicht gut, dass die Bosse von Narkonon immer für sich aßen. Ich kam mal dazu, als sie gerade am Mittagstisch saßen. Die mampften die leckersten Sachen in sich rein.

An einem Sonntag hatte ich dann richtig Zeit zum Nachdenken. Ich dachte zuerst an Detlef und wurde dabei ziemlich traurig. Dann überlegte ich mir tatsächlich ganz nüchtern, was ich nach der Therapie machen könne. Ich fragte mich, ob die Sessions mir tatsächlich geholfen hätten. Ich war voll mit Fragen, auf die ich keine Antworten hatte. Ich wollte mit irgendjemandem reden. Aber ich hatte niemanden. Eines der ersten Hausgebote war, dass man keine Freundschaften schließen durfte. Und die Narkonontypen gaben einem sofort eine Session, wenn man über Probleme reden wollte. Mir wurde klar, dass ich in der ganzen Zeit im Haus noch nie mit jemandem richtig gequatscht hatte.

Am Montag ging ich ins Büro und legte los. Ich ließ mich nicht unterbrechen. Mit dem Essen fing ich an. Dann sagte ich, dass mir schon fast alle Unterhosen gestohlen worden seien. In die Waschküche käme man nie rein, weil das Mädchen, das den Waschküchenschlüssel hatte, ständig auf die Szene abhaute. Überhaupt gab es da ein paar, die hauten ab, um sich einen Druck zu besorgen, und kamen wieder, wie sie wollten. Ich sagte, dass solche Sachen mich ganz schön runterzögen. Und dann diese pausenlosen Sessions und die Hausarbeit. Ich war total übermüdet, weil ich einfach nicht genug Zeit zum Schlafen fand. Ich sagte: »Okay, eure Therapien sind ja ganz schön abgefahren, die sind echt gut. Aber meine eigentlichen Probleme lösen die auch nicht. Weil das Ganze eigentlich nur Drill ist. Ihr versucht uns regelrecht zu drillen. Aber ich brauche jemanden, mit dem ich auch mal über meine Probleme reden kann. Ich brauche überhaupt mal Zeit, um mich mit meinen Problemen auseinanderzusetzen.«

Die hörten sich das mit ihrem ewigen Lächeln an. Sie sagten überhaupt nichts dazu. Als ich zu Ende war, brummten sie mir eine Extrasession auf, die den ganzen Tag ging, bis abends um zehn. Die brachte mich wieder in die totale Apathie. Und ich dachte, die wüssten vielleicht doch, was sie taten. Meine Mutter hatte mir bei einem Besuch erzählt, dass sie das Geld, das sie für mich bei Narkonon zahlen musste, vom Sozialamt zurückbekäme. Und ich meinte, wenn der Staat Geld dafür gab, musste die Sache eigentlich okay sein.

Andere hatten noch mehr Probleme im Haus als ich. Die Gabi zum Beispiel. Sie hatte sich in einen Typen verknallt und wollte unbedingt mit ihm bumsen. Echt treu doof hat sie das den Narkononbossen erzählt und kriegte sofort eine Extrasession aufgebrummt. Als sie dann doch mit dem Typ ein paarmal bumste, kam das raus und die beiden wurden vor allen bloßgestellt. Die Gabi haute noch am selben Abend ab und kam nie wieder. Der Typ, der angeblich schon ein paar Jahre clean war und als Helfer mitarbeitete, türmte etwas später. Er wurde wieder zum totalen Fixer.

Es ging denen von Narkonon eigentlich nicht so sehr ums Bumsen. Wichtiger war ihnen, dass keine Freundschaften entstanden. Aber der Typ war eben schon ein Jahr da und wie soll man so lange ohne Freundschaft durchstehen.

Ich war in der kurzen Freizeit spätabends immer mit den Jüngeren zusammen. Ich war die Jüngste im Haus. Aber in der Clique, die sich langsam rausbildete, war noch keiner siebzehn. Es kam jetzt die erste Welle von denen in die Therapie, die schon als Kinder angefangen hatten zu fixen. Sie waren nach ein, zwei Jahren alle so fertig gewesen wie ich, weil einem das Gift in der Pubertät wohl noch mehr zusetzt als später. Sie hatten wie ich keine Chance gehabt, bei den anderen Therapien unterzukommen.

Die meisten brachten die Sessions nach einiger Zeit ebenso wenig wie ich. Wenn zwei von uns Jüngeren zusammen waren, dann wurde die ganze Session zu einer einzigen Alberei. Wie konnte man auf die Dauer auch ernst bleiben, wenn man einen Fußball anschreien sollte oder sich stundenlang gegenseitig in die Augen sehen musste. Wir brauchten dann auch gar nicht mehr an den komischen Lügendetektor, weil wir sowieso sagten, dass uns die Session nichts gebracht hatte. Außer Kichern nichts gewesen. Die armen Session-Leiter wurden immer hilfloser, wenn sie mit uns arbeiten sollten.

Nach Feierabend gab es dann in unserer Clique nur noch ein Gesprächsthema: H. Mit einigen redete ich auch übers Abhauen.

Nach zwei Wochen bei Narkonon hatte ich dann einen Fluchtplan ausgearbeitet. Mit zwei Jungs tarnten wir uns als das große Saubermachkommando. Mit Mülleimer, Schrubber und Eimer kamen wir durch alle Türen. Wir drei waren total happy. Wir machten uns fast in die Hose aus Vorfreude auf den Druck. An der U-Bahn trennten wir uns. Ich fuhr zum Bahnhof Zoo, um Detlef zu treffen.

Detlef war nicht da. Aber Stella. Sie brachte sich bald um vor Begeisterung, mich wiederzusehen. Sie erzählte, dass Detlef von niemandem gesehen worden sei in letzter Zeit. Ich fürchtete, dass er im Knast war. Stella sagte, dass es auf dem Bahnhof ganz mies sei mit Freiern. Wir fuhren zum Autostrich Kurfürstenstraße. Da war auch nichts los. Wir rannten von der U-Bahn Kurfürstenstraße bis zum Lützowplatz, bevor endlich einer anhielt. Wir kannten den Wagen und den Typen. Er war uns schon öfter hinterhergefahren. Auch wenn wir zu einer Toilette gingen, um uns einen Druck zu machen. Wir hatten ihn immer für einen Zivilbullen gehalten. Aber er war nur ein Freier, der sich total auf blutjunge Fixerbräute spezialisiert hatte.

Er wollte nur mich, aber Stella durfte mit einsteigen.

Ich sagte: »Fünfunddreißig für französisch. Bei mir ist nur französisch drin.«

Er sagte: »Ich gebe dir hundert Mark.«

Ich war total perplex. Das war mir noch nie passiert. Die Freier in den dicksten Mercedessen schissen sich an wegen fünf Mark. Und dieser Typ in einem total verrosteten Volkswagen gab freiwillig hundert. Er sagte dann, er sei Offizier des Bundesnachrichtendienstes. Ein totaler Spinner also. Aber diese ausgeflippten Hochstapler waren die besten Freier, weil sie eben auch mit Geld aufschneiden wollten.

Er gab mir dann auch tatsächlich hundert Mark. Stella kaufte gleich Dope und wir machten uns im Wagen erst mal einen Druck. Wir fuhren zur Pension Ameise. Stella blieb auf dem Flur. Ich ließ mir Zeit mit dem Typen, weil ich total breit war von dem ersten Schuss nach zwei Wochen. Und weil er ja anständig bezahlt hatte. Ich war so breit, dass ich gar nicht wieder von der schmalen Liege in diesem mistigen Pensionszimmer hochwollte.

Ich quatschte noch ein bisschen mit dem Typen. Er war ein echt ulkiger Aufschneider. Zum Schluss sagte er, dass er zu Hause noch ein halbes Gramm Heroin habe. Das würde er uns geben, wenn wir in drei Stunden wieder auf der Kurfürstenstraße wären. Dann staubte ich noch dreißig Mark von ihm ab. Ich sagte, wir brauchten die, um mal richtig essen zu gehen. Und ich wüsste ja, dass er urisch Kohle habe und den alten VW nur zur Tarnung führe, weil er bei der Spionage sei. Da konnte er gar nicht anders und musste mir das Geld geben.

Stella und ich fuhren wieder zum Bahnhof Zoo, weil ich die Hoffnung nicht aufgab, Detlef noch zu treffen. Da kam plötzlich ein kleiner schwarz-weißer wuscheliger Hund auf mich zugerannt und sprang an mir hoch. Ich musste den Hund wohl an irgendjemanden erinnert haben. Ich fand den Hund wahnsinnig. Er sah aus wie ein zu klein geratener nordischer Schlittenhund. Ein ziemlich abgerissener Typ kam hinter dem Hund her und fragte tatsächlich, ob ich das Tier kaufen wolle. Ich wollte sofort. Er wollte siebzig Mark haben, aber ich handelte ihn noch auf vierzig runter. Ich war breit und total happy mit dem Hund. Ich hatte also wieder einen Hund. Stella sagte, ich solle ihn Lady Jane nennen. Da nannte ich ihn Janie.

Wir aßen in einem Restaurant an der Kurfürstenstraße Kotelett mit Beilagen und Janie bekam die Hälfte ab. Der Typ von der Spionage kam tatsächlich pünktlich und gab mir ein echtes halbes Gramm. Es war irre. Das halbe Gramm war hundert Mark wert.

Stella und ich fuhren dann noch mal zum Bahnhof Zoo wegen Detlef. Wir trafen Babsi. Ich freute mich wahnsinnig, weil ich Babsi trotz aller Streitereien noch lieber mochte als Stella. Wir drei gingen rauf in die Bahnhofsterrassen. Babsi sah sehr schlecht aus. Sie hatte Beine wie Streichhölzer und das letzte bisschen Busen war auch noch weg. Sie wog jetzt einunddreißig Kilo. Nur ihr Gesicht war noch immer genauso schön.

Ich erzählte, dass Narkonon ein ganz cooler Laden sei. Stella wollte nichts davon hören. Stella sagte, sie sei als Fixerin geboren und wolle als Fixerin sterben. Babsi aber fuhr voll auf die Idee ab, mit mir zusammen bei Narkonon endgültig zu entziehen. Ihre Eltern und ihre Großmutter hatten sich auch schon vergeblich um Therapieplätze für sie bemüht. Babsi war wieder mal auf Trebe, aber sie wollte auch echt entziehen. Ihr ging es sehr dreckig.

Als wir uns ausgequatscht hatten, ging ich mit meiner Janie zur Metro, einem sauteuren Laden im Bahnhof, der auch abends geöffnet ist. Ich kaufte zwei Plastiktüten Hundefutter für Janie und jede Menge Pudding zum Selberanrühren für mich. Dann rief ich bei Narkonon an, ob ich zurückkommen könne. Sie sagten Ja. Ich sagte, ich würde eine Freundin mitbringen. Ich verriet nicht, dass Janie die Freundin war.

Ich hatte zwar nicht viel darüber nachgedacht, aber im Grunde war es für mich immer klar gewesen, dass ich zu Narkonon zurückging. Wo hätte ich auch hingesollt? Meine Mutter wäre echt ausgerastet, wenn ich bei ihr vor der Tür gestanden hätte. Außerdem war inzwischen meine Schwester wieder bei meinem Vater ausgezogen und lebte jetzt bei meiner Mutter in meinem Bett und meinem Zimmer. Auf Trebe gehen wollte ich nicht. Für mich war es das Letzte, total von einem Freier abhängig zu sein, der mich über Nacht dabehielt. Ich war noch nie bei einem Freier über Nacht geblieben, denn das hieß auch automatisch Bumsen. Vor allem aber wollte ich ja noch immer echt entziehen. Und ich dachte noch immer, ich brächte das bei Narkonon, weil ich ja gar keine andere Wahl hatte.

Im Haus – wir nannten Narkonon immer nur das Haus – waren sie unfreundlich, sagten aber nichts weiter. Sie sagten auch nichts zu Janie. Es gab schon an die 20 Katzen im Haus und nun kam noch ein Hund dazu.

Ich holte alte Decken vom Boden und machte Janie neben meinem Bett ein Lager. Am nächsten Morgen hatte der Hund das ganze Zimmer vollgeschissen und gepisst. Janie wurde nie stubenrein. Sie hatte einen echten Hau. Aber den hatte ich auch. Ich liebte Janie. Mir machte es nichts aus, alles wieder sauber zu machen.

Ich kriegte gleich eine Extrasession. Die machte mir auch nichts aus. Ich tat alles ganz mechanisch. Mich nervte nur, dass ich Stunden nicht bei meinem Hund sein konnte. Um den kümmerten sich inzwischen andere und das machte mich ganz krank, weil Janie mein Hund sein sollte. Jeder spielte mit ihr herum und sie spielte mit jedem, denn sie war irgendwo eine kleine Nutte. Jeder fütterte sie und sie wurde immer fetter. Aber nur ich redete mit ihr, wenn wir allein waren. Ich hatte jetzt wenigstens jemanden, mit dem ich reden konnte.

Ich haute noch zweimal ab. Das letzte Mal war ich vier Tage unterwegs. Also zum ersten Mal auf Trebe. Ich konnte bei Stella wohnen, weil ihre Mutter gerade einen Alkoholentzug machte und in der Nervenklinik war. Die alte Scheiße fing wieder an. Freier, Druck, Freier, Druck. Dann erfuhr ich, dass Detlef mit Bernd nach Paris gegangen war. Da flippte ich aus.

Dass der Typ, mit dem ich so gut wie verheiratet war, aus Berlin abhaute, ohne mir auch nur Bescheid zu sagen, das war das Letzte. Wir hatten in unseren Träumen immer zusammen nach Paris gewollt. Ein kleines Zimmer am Montmartre oder so wollten wir uns mieten und entziehen, weil wir noch nie etwas von einer Szene in Paris gehört hatten. Wir glaubten, in Paris gäbe es keine Szene. Nur eine Menge abgefahrener Künstler, die Kaffee und mal einen Wein tranken.

Nun war Detlef also mit Bernd nach Paris. Ich hatte keinen Freund mehr. Ich war ganz allein auf der Welt, denn mit Babsi und Stella fing auch wieder gleich der alte Streit um irgendwelche Kacke an. Ich hatte nur noch Janie.

Ich rief bei Narkonon an und da sagten sie mir, dass meine Mutter schon meine Sachen abgeholt habe. Meine Mutter hatte mich also auch aufgegeben. Das machte mich irgendwie wütend. Jetzt wollte ich es allen zeigen. Ich wollte zeigen, dass ich es ganz allein schaffte.

Ich fuhr zu Narkonon und die nahmen mich auch wieder auf. Ich machte wie besessen die Therapie mit. Ich tat, was man mir sagte. Ich wurde eine richtige Musterschülerin und durfte wieder an diesen Lügendetektor und der Zeiger schlug nie aus, wenn ich sagte, dass mir eine Session unheimlich viel gebracht habe. Ich dachte, jetzt packst du es. Jetzt gerade. Ich rief meine Mutter nicht an, die meine Sachen abgeholt hatte. Ich lieh mir Zeug. Ich zog Jungsunterhosen an. Aber das machte mir überhaupt nichts aus. Ich wollte meine Mutter nicht bitten, mir meine Sachen zurückzubringen.

Eines Tages rief mein Vater an: »Tag, Christiane. Sag mal, wo bist du denn gelandet? Ich habe das gerade erst zufällig erfahren.«

Ich sagte: »Finde ich ja riesig, dass du dich auch mal um mich kümmerst.«

Er: »Sag mal, willst du denn bei diesem komischen Verein bleiben?«

Ich: »Klar, auf jeden Fall.«

Mein Vater holte erst mal eine ganze Weile Luft, dann fragte er, ob ich nicht mit ihm und einem Freund zum Essen gehen wolle. Ich sagte: »Ja, mach ich.«

Eine halbe Stunde später musste ich runter ins Büro und da war mein lieber Vater, den ich seit Monaten nicht mehr gesehen hatte. Er kam erst mal rauf in das Zimmer, in dem ich mit vier anderen lag. Er sagte: »Wie sieht es denn hier aus?« Er war ja schon immer ein Ordnungsfanatiker. Und es sah wirklich toll aus in unserem Zimmer wie überall im Haus. Mistig und dreckig und überall lagen Klamotten rum.

Wir wollten dann losgehen zum Essen, da sagte einer der Bosse zu meinem Vater: »Sie müssen aber eine Erklärung unterschreiben, dass Sie Christiane zurückbringen.«

Mein Vater rastete aus. Er schrie, dass er der Vater sei und ganz allein bestimmen könne, wo seine Tochter bliebe. Er nähme mich jetzt mit und seine Tochter käme auch nicht wieder zurück.

Ich lief rückwärts zum Therapieraum hin und schrie: »Ich will hierbleiben, Papa. Ich will nicht sterben, Papa. Bitte lass mich hier, Papa.«

Die Narkononleute, die durch das Geschrei alle zusammen gekommen waren, unterstützten mich. Mein Vater lief raus und brüllte: »Ich hole jetzt die Polizei.«

Ich wusste, dass er das tat. Ich rannte los bis auf den Boden und kletterte aufs Dach. Da war so eine Plattform für den Schornsteinfeger. Auf der hockte ich und fror.

Es kamen dann tatsächlich zwei Peterwagen. Die Bullen durchsuchten mit meinem Vater das Haus von oben bis unten. Die Narkononbosse riefen inzwischen auch nach mir, weil sie Angst gekriegt hatten. Aber auf dem Dach fand mich keiner. Die Bullen und mein Vater zogen wieder ab.

Am nächsten Morgen rief ich meine Mutter bei der Arbeit an. Ich weinte sofort und fragte: »Was ist bloß los?«

Meine Mutter hatte eine ganz kalte Stimme und sagte: »Was mit dir passiert, ist mir vollständig egal.«

Ich sagte: »Ich will nicht, dass Papa mich hier rausholt. Du hast doch das Sorgerecht. Du kannst mich doch nicht einfach im Stich lassen. Ich bleibe jetzt hier, ich hau nie mehr ab. Ich schwör dir das. Bitte, tu was, dass Papa mich nicht hier rausholt. Ich muss hierbleiben, Mutti, wirklich. Ich sterb sonst, Mutti, glaub mir.«

Meine Mutter war richtig ungeduldig und sagte: »Nein, das kommt überhaupt nicht in die Tüte.« Dann legte sie auf.

Ich war erst mal unheimlich fertig. Dann kam meine Wut wieder. Ich sagte mir: »Die können dich mal am Arsch lecken. Dein ganzes Leben haben sie sich nicht um dich gekümmert. Und jetzt springen sie mit dir um, wie sie gerade Bock haben, diese Idioten, die alles immer nur falsch gemacht haben. Diese Schweine haben dich total verkommen lassen. Kessis Mutter, die hat dafür gesorgt, dass ihre Tochter nicht in die totale Scheiße kommt. Und diese Miststücke von Eltern glauben nun plötzlich zu wissen, was für dich gut ist.«

Ich bat um eine Extrasession und fuhr auf diese Session total ab. Ich wollte bei Narkonon bleiben und dann vielleicht Mitglied der Scientology-Church werden. Jedenfalls sollte mich niemand hier rausholen. Ich wollte mich von meinen Eltern nicht weiter kaputtmachen lassen. Das war es, was ich dachte in meinem totalen Hass.

Drei Tage später kam mein Vater wieder. Ich musste runter ins Büro. Mein Vater war ganz ruhig. Er sagte, er müsse mit mir zum Sozialamt wegen des Geldes, das meine Mutter für Narkonon bezahlt habe und vom Sozialamt zurückbekäme.

Ich sagte: »Nein, ich geh nicht mit. Ich kenn dich doch, Papa. Wenn ich mitgehe, sehe ich dieses Haus zum letzten Mal. Und ich will nicht sterben.«

Mein Vater zeigte den Narkonon-Bossen eine Bescheinigung. Da stand drauf, dass er mich hier rausholen durfte. Meine Mutter hatte ihn dazu ermächtigt. Der Narkononchef sagte, da sei nichts zu machen, ich müsse mit meinem Vater gehen. Sie könnten mich gegen den Willen meines Vaters nicht dabehalten.

Der Boss sagte noch, ich solle meine Übungen nicht vergessen. Immer konfrontieren. Konfrontieren war so ein Zauberwort von denen. Man sollte alles konfrontieren. Ich dachte: Ihr seid doch Idioten. Da ist doch nichts zu konfrontieren für mich. Ich muss sterben. Ich halte das doch nicht aus. Nach spätestens zwei Wochen mache ich mir doch wieder einen Druck. Das schaffe ich nicht. Ich packe das allein nie. Das war so einer der wenigen Momente, in denen ich meine Situation ziemlich klar sah. In meiner Verzweiflung redete ich mir allerdings ein, dass Narkonon echt die Rettung für mich gewesen wäre. Ich heulte vor Wut und vor Verzweiflung. Ich konnte mich überhaupt nicht mehr einkriegen.

Christianes Mutter

Ich hielt es keineswegs für eine gelungene Lösung, dass mein geschiedener Mann nun nach dem Reinfall bei Narkonon Christiane zu sich nahm, um sie endlich zur Räson zu bringen, wie er sagte. Abgesehen davon, dass er nicht rund um die Uhr auf sie aufpassen konnte, hatte ich auch wegen des Verhältnisses zwischen ihm und mir sozusagen seelische Verdauungsschwierigkeiten, ihm Christiane zu überlassen. Zumal ihre Schwester kurz zuvor wieder zu mir zurückgekommen war, weil ihr Vater so streng mit ihr umging.

Doch ich wusste nicht mehr weiter und hoffte: Vielleicht schafft er mit seinen Methoden, was mir nicht gelungen ist. Ich will aber auch nicht ausschließen, dass ich mir das nur eingeredet habe, um vorübergehend aus der Verantwortung für Christiane zu flüchten. Seit ihrem ersten Entzug war ich permanent in einem Wechselbad von Hoffnung und Verzweiflung. Ich war seelisch und körperlich am Ende, als ich ihren Vater bat, sich einzuschalten.

Schon drei Wochen nach dem ersten Entzug, den Christiane mit Detlef zu Hause qualvoll durchgestanden hatte, traf mich der erste Rückfall wie ein Genickschlag. Die Polizei rief in der Firma an, sie hätten Christiane aufgegriffen, auf dem Bahnhof Zoo. Ich solle sie abholen.

Ich saß an meinem Schreibtisch und zitterte. Alle zwei Minuten schaute ich auf die Uhr, ob es bald vier ist. Ich wagte nicht, vor Feierabend zu gehen. Ich konnte mich niemandem anvertrauen. Die beiden Cheftöchter hätten mich in Grund und Boden verdammt. Auf einmal verstand ich Detlefs Vater. Man schämt sich doch sehr am Anfang.

Auf dem Polizeirevier hatte Christiane noch ganz verschwollene Au-

gen, so hatte sie geweint. Der Polizist zeigte mir den frischen Einstich in ihrem Arm und meinte, sie sei in »eindeutiger Position« auf dem Bahnhof festgenommen worden.

Ich konnte mir unter »eindeutiger Position« zunächst nichts vorstellen. Vielleicht wollte ich mir auch nichts vorstellen. Christiane war todunglücklich, dass sie wieder rückfällig geworden war. Wir entzogen von neuem. Ohne Detlef. Sie blieb auch zu Hause und schien ganz bei der Sache zu sein. Ich fasste mir ein Herz und weihte in der Schule ihren Kerngruppenleiter ein. Der war erschrocken und bedankte sich für meine Offenheit. Von anderen Eltern, sagte er, sei er das nicht gewohnt. Er vermutete, dass es an der Schule noch mehr Heroinsüchtige gebe, und er hätte Christiane auch gerne geholfen. Er wusste aber nicht wie.

Es war immer dasselbe. Wen ich auch ansprach – entweder waren die Leute so hilflos wie ich oder sie hatten Menschen wie Christiane total abgeschrieben. Das musste ich später noch oft genug erleben.

Langsam sah ich auch, wie leicht die Jugendlichen an das Heroin herankommen. Schon auf ihrem Schulweg, am Hermannplatz in Neukölln, lauerten die Dealer. Ich dachte, ich höre nicht richtig, als Christiane sogar in meiner Gegenwart während eines Einkaufsbummels von einem dieser Typen angesprochen wurde. Zum Teil waren es Ausländer, aber auch Deutsche. Sie erzählte mir auch, woher sie diese Leute kennt: »Der dealt mit dem, und der verkauft das, und der macht jenes.«

Mir kam das alles total irrsinnig vor. Ich dachte, wo leben wir eigentlich?

Ich wollte Christiane umschulen in eine Realschule am Lausitzer Platz, um wenigstens diesen Schulweg zu vermeiden. Die Osterferien standen kurz bevor und hinterher wollte ich sie auf der Realschule haben. Ich hoffte, ich kann sie dadurch aus ihrem Umfeld herausreißen, aus der Gefahr auf den U-Bahnhöfen. Das war natürlich eine naive Idee und es wurde ohnehin nichts draus. Der Realschulrektor eröffnete uns gleich, dass er nur ungern Schüler aus einer Gesamtschule aufnähme.

Und für eine Ausnahme sei Christianes Mathematiknote zu schlecht. Interessehalber fragte er noch, warum sie die Schule wechseln wolle. Als Christiane sagte, die ganze Klassengemeinschaft sei so schlecht, schmunzelte der Rektor: »Klassengemeinschaft? In der Gesamtschule gibt es doch überhaupt keine Klassengemeinschaft.« Durch das ständige Auseinanderreißen der Schüler, erklärte er mir, könne erst gar kein Gemeinschaftsgefühl entstehen.

Ich weiß nicht, wer mehr enttäuscht war, Christiane oder ich. Sie sagte nur: »Das ist doch alles sinnlos. Mir hilft nur eine Therapie.« Aber wo sollte ich einen Therapieplatz hernehmen? Ich telefonierte kreuz und quer durch die Behörden. Die verwiesen mich bestenfalls an die Drogenberatungsstellen. Und die Drogenberatungsstellen bestanden darauf, dass Christiane freiwillig zu ihnen kommt. So zerstritten sie untereinander auch waren – die einen sprachen schlecht über die anderen –, so einig waren sie sich in diesem Punkt. Freiwilligkeit sei die einzige Voraussetzung für eine Therapie. Andernfalls sei eine Heilung nicht möglich.

Und wenn ich dann Christiane bekniete, zu einer Drogenberatungsstelle zu gehen, wurde sie sofort pampig: »Was soll ich denn da? Die haben ja doch keinen Platz für mich. Ich hänge bei denen doch nicht wochenlang nur rum.«

Was sollte ich machen? Wenn ich sie mit Gewalt zu den Drogenberatern geschleppt hätte, hätten sie gegen ihr Prinzip verstoßen. Einerseits kann ich heute ihre Haltung verstehen. Christiane war zu diesem Zeitpunkt wohl tatsächlich noch nicht reif für eine ernsthafte Therapie. Andererseits bin ich der Meinung, dass heroinsüchtige Kinder wie Christiane ein Recht darauf haben, dass man ihnen auch gegen ihren Willen hilft.

Später, als es Christiane öfter mal so dreckig ging, dass sie wirklich freiwillig in eine strenge Therapie gegangen wäre, hieß es wieder: Kein Platz, sechs bis acht Wochen Wartezeit. Mir blieb dann immer die Luft weg. Ich konnte nur noch sagen: »Und was ist, wenn mein Kind bis da-

hin tot ist?« »Ja, sie soll sich in der Zwischenzeit bei uns zu Beratungsgesprächen einfinden, damit wir sehen, ob sie es ernst meint.« Ich kann den Drogenberatern heute aus der Distanz keinen Vorwurf machen. Bei den wenigen Therapieplätzen, die ihnen zur Verfügung stehen, müssen sie wohl zwangsläufig eine Auswahl treffen.

Ich bekam also keinen Therapieplatz, doch als Christiane aus den Osterferien zurückkam, hatte ich den Eindruck, dass sie auch keinen mehr braucht. Sie sah aus wie das blühende Leben. Ich dachte, dass sie nun wirklich den Absprung geschafft hätte.

Sie machte auch häufig abfällige Bemerkungen über ihre Freundin Babsi, die sich für Heroin an alte Kerle verkaufen würde. Für so was könnte sie sich nie hergeben. Sie sei nun so froh, dass sie mit der ganzen Szene, mit all dem Dreck nichts mehr zu tun hätte. Davon schien sie überzeugt zu sein. Ich hätte jeden Eid darauf geschworen, dass sie es ernst meint.

Schon nach wenigen Tagen ist sie erneut reingerasselt. Ich sah es an ihren kleinen Pupillen. Ich konnte ihre Ausreden nicht mehr hören. »Was du bloß immer hast, ich habe nur ein Pfeifchen geraucht«, blaffte sie mich an. Es begann eine ganz schlimme Zeit. Sie fing jetzt an, mir faustdick ins Gesicht zu lügen. Obwohl ich sie durchschaute. Ich gab ihr Hausarrest. Aber sie hielt sich nicht daran. Ich überlegte, ob ich sie einsperre. Doch sie wäre aus dem Fenster gesprungen vom ersten Stock aus. Das war mir zu riskant.

Ich war mit meinen Nerven ziemlich am Ende. Ich hielt diese kleinen Pupillen nicht mehr aus. Drei Monate waren mittlerweile vergangen, seit ich sie im Badezimmer erwischt hatte. Die Zeitungen meldeten alle paar Tage einen Herointoten. Meistens nur in ein paar Zeilen. Die zählten die Heroin-Opfer schon so selbstverständlich wie die Verkehrstoten.

Ich hatte erbärmliche Angst. Vor allem, weil Christiane nicht mehr offen zu mir war. Weil sie nichts mehr zugab. Dieses Vertuschen machte mich ganz rappelig. Wenn sie sich ertappt fühlte, wurde sie unflätig und aggressiv. Langsam begann sich ihr Wesen zu ändern.

Ich bibberte um ihr Leben. Ihr Taschengeld – sie bekam 20 Mark im Monat – erhielt sie nur noch kleckerweise. Ich hatte ständig diese Angst in mir: Gebe ich ihr 20 Mark, dann kauft sie sich einen Schuss, und der kann zu viel sein. Dass sie süchtig war – damit konnte ich halbwegs leben. Es war die Angst, dass der nächste Schuss der letzte sein könnte, die mich fertigmachte. Ich war zufrieden, dass sie überhaupt noch nach Hause kam. Im Gegenteil zu Babsi, deren Mutter mich oft unter Tränen anrief und wissen wollte, wo Babsi ist.

Ich lebte in ständiger Aufreibung. Wenn das Telefon klingelte, fürchtete ich, das ist die Polizei oder das Leichenschauhaus oder sonst was Schlimmes. Ich schieße noch heute aus dem Bett hoch, wenn es klingelt.

Mit Christiane war überhaupt nicht mehr zu reden. Wenn ich sie auf ihre Sucht ansprach, hieß es nur: »Lass mich in Ruhe!« Ich hatte den Eindruck, dass Christiane dabei war, sich aufzugeben.

Sie blieb zwar dabei, dass sie nicht mehr Heroin spritzen würde und nur Haschisch nähme, doch im gleichen Maße, wie ich mir nichts mehr vormachte, ließ ich mir auch von ihr nichts mehr vormachen. Ich stellte regelmäßig ihr Zimmer auf den Kopf und da fand ich dann auch irgendwelche Utensilien. Zwei- oder dreimal sogar ein Spritzbesteck. Die schmiss ich ihr vor die Füße, worauf sie mich nur beleidigt anschrie. Die gehörten Detlef. Sie habe ihm die Spritzen weggenommen.

Als ich eines Tages von der Arbeit kam, saßen beide auf dem Bett im Kinderzimmer und hatten gerade den Löffel heiß gemacht. Ich war völlig perplex über diese Frechheit. Ich konnte nur noch brüllen: »Macht bloß, dass ihr rauskommt«.

Als sie draußen waren, heulte ich los. Ich bekam auf einmal eine unbändige Wut auf die Polizei und unsere Regierung. Ich kam mir völlig alleingelassen vor. Die BZ schrieb schon wieder über einen Rauschgift-Toten. Es waren schon mehr als dreißig Opfer in diesem Jahr. Und es war erst Mai. Ich konnte das alles nicht fassen. Da sah man im Fernsehen, was für ungeheure Summen der Staat zur Bekämpfung des Terrorismus ausgibt. Und in Berlin liefen die Dealer überall frei herum und verkauften auf offener Straße Heroin wie Eis am Stiel.

Ich steigerte mich geradezu in diese Gedanken hinein. Plötzlich hörte ich mich laut »Scheißstaat« sagen. Ich weiß nicht, was mir noch alles durch den Kopf ging. Ich saß da im Wohnzimmer und guckte mir die Möbel Stück für Stück an. Ich glaube, am liebsten hätte ich den ganzen Kram kurz und klein geschlagen. Das war es also, wofür ich mich angestrengt hatte. Dann heulte ich wieder.

An diesem Abend verprügelte ich Christiane ganz fürchterlich. Ich saß aufrecht im Bett und wartete auf sie. In meinem Kopf rumorte es. Es war eine Mischung aus Angst, aus Schuldgefühl und Selbstvorwürfen. Ich fühlte mich als Versager, nicht nur, weil ich mit meiner Heirat und dem vielen Arbeiten so viel falsch gemacht hatte. Auch weil ich lange Zeit zu feige gewesen war, den Tatsachen bei Christiane ins Auge zu sehen.

An diesem Abend verlor ich meine letzte Illusion.

Christiane kam erst um halb eins nach Hause. Vom Fenster aus sah ich, wie sie aus einem Mercedes ausstieg. Direkt vor der Haustür. Mein Gott, dachte ich, jetzt ist alles aus. Jetzt hat sie jede Selbstachtung abgelegt. Jetzt ist die Katastrophe da. Ich war am Boden zerstört. Ich packte sie mir und verdrosch sie so fürchterlich, bis mir die Hände wehtaten. Zum Schluss saßen wir beide auf dem Teppich und heulten. Christiane war völlig aufgelöst. Ich sagte ihr auf den Kopf zu, dass sie auf den Strich geht, dass ich's nun weiß. Sie schüttelte nur den Kopf und schluchzte: »Aber nicht so, wie du denkst, Mutti.«

Ich wollte es gar nicht genauer wissen. Ich schickte sie in die Badewanne und dann ins Bett. Wie mir zu Mute war, kann sich niemand vorstellen. Dass sie sich an Männer verkauft, das schmiss mich – glaube ich – noch mehr um als ihre Heroinsucht.

Ich tat die ganze Nacht kein Auge zu. Ich überlegte, was bleibt dir eigentlich noch übrig? Sogar eine Heimeinweisung kam mir nun in meiner Verzweiflung in den Sinn. Aber das hätte alles nur noch verschlimmert. Sie hätten Christiane zunächst im Hauptpflegeheim in der Ollenhauerstraße untergebracht. Und davor hatte mich schon mal eine Lehrerin dringend gewarnt, unter anderem, weil die Mädchen sich dort untereinander zur Prostitution verleiten.

Ich sah nur noch eine Möglichkeit: Christiane muss sofort aus Berlin raus. Für immer. Ob sie will oder nicht. Raus aus diesem Sumpf, wo sie immer wieder verführt wird. Dorthin, wo sie vor Heroin sicher ist.

Meine Mutter in Hessen wollte sie sofort nehmen und meine Schwägerin in Schleswig-Holstein auch. Als ich Christiane meinen Entschluss verkündete, wurde sie auf einmal ganz kleinlaut und verstört. Ich hatte die notwendigen Vorbereitungen bereits eingeleitet. Doch dann schlich Christiane scheinbar reumütig an und war bereit, in eine Therapie zu gehen, Sie hatte sogar einen Therapieplatz gefunden. Bei Narkonon.

Mir fiel ein Stein vom Herzen. Denn ich war unsicher, ob sie's ohne Therapie in Westdeutschland schafft und meinen Verwandten nicht durchbrennt.

Ich wusste nichts Genaues über Narkonon, nur, dass es dort Geld kostet. Ich fuhr mit ihr zwei Tage vor ihrem fünfzehnten Geburtstag auf der Stelle im Taxi zu Narkonon. Ein junger Mann führte mit uns ein verbindliches Aufnahmegespräch. Er beglückwünschte uns zu unserem Entschluss und versicherte mir, nun brauche ich mir keine Sorgen mehr zu machen. Die Narkonon-Therapie sei in der Regel ein voller Erfolg. Ich könne ganz beruhigt sein. Ich war erleichtert wie lange nicht mehr.

Dann legte er mir die Zahlungsverpflichtung zur Unterschrift vor. 52 Mark am Tag und jeweils Vorschuss für vier Wochen. Das war mehr, als ich netto verdiente. Aber was machte das schon? Außerdem stellte mir der junge Mann die Erstattung der Therapiekosten durch das Bezirksamt in Aussicht.

Ich kratzte am nächsten Tag 500 Mark zusammen und brachte sie zu

Narkonon. Dann nahm ich einen Kredit von 1000 Mark auf und zahlte sie auf dem nächsten Elternabend ein. Die Elternabende führte ein angeblich ehemaliger Abhängiger. Dem sah man seine Vergangenheit überhaupt nicht an. Dank Narkonon, so sagte er, sei er ein neuer Mensch geworden. Und das imponierte uns Eltern. Er beteuerte mir auch, was für Fortschritte Christiane macht.

In Wirklichkeit spielten die uns Theater vor und hatten es auf unser Geld abgesehen. Später erfuhr ich aus der Zeitung, dass Narkonon zu einer dubiosen amerikanischen Sekte gehört und aus der Angst der Eltern Kapital schlagen will.

Aber wie bei allem wurde ich auch hier erst schlau, als das Kind schon in den Brunnen gefallen war. Vorerst wähnte ich Christiane bestens aufgehoben. Und da wollte ich sie so lange wie möglich lassen. Also brauchte ich Geld.

Ich lief die Ämter ab. Aber keiner wollte zuständig sein. Keiner schenkte mir reinen Wein ein über Narkonon. Ich fühlte mich entmutigt und verschaukelt. Ich kam mir vor, als ob ich den Leuten ihre Zeit stähle. Irgendjemand sagte mir dann, dass ich als Erstes ein amtsärztliches Attest über Christianes Drogenabhängigkeit brauche, um überhaupt einen Antrag auf Kostenerstattung einer Therapie stellen zu können. Ich hielt das für einen Witz. Jeder, der von der Sache etwas verstand, konnte Christiane das Elend inzwischen ansehen. Aber das war nun mal der Amtsweg. Bloß – als ich nach zwei Wochen endlich einen Termin beim Amtsarzt hatte, war Christiane bei Narkonon bereits wieder ausgerissen. Schon das dritte Mal.

Ich heulte wieder Rotz und Wasser. Ich dachte: Jetzt geht das wieder von vorne los. Ich hatte doch jedes Mal gehofft, vielleicht schafft sie es nun. Ich machte mich mit meinem Freund auf die Suche. Nachmittags grasten wir die Hasenheide ab, abends die Innenstadt und die Diskotheken, zwischendurch die Bahnhöfe. Überall, wo die Szene sich aufhält. Jeden Tag, jede Nacht zogen wir aufs neue los. Wir durchkämmten sogar die Toilet-

ten in der City. Bei der Polizei hatten wir sie als vermisst gemeldet. Die meinten nur, sie nähmen Christiane in die Fahndungsliste auf. Sie würde schon wieder auftauchen.

Am liebsten hätte ich mich irgendwo verkrochen. Ich hatte nur noch Angst. Angst vor dem Anruf: Ihre Tochter ist tot. Ich war ein einziges Nervenbündel. Ich hatte keine Lust mehr, kein Interesse, ich musste mich aufraffen zur Arbeit. Ich wollte mich aber auch nicht krankschreiben lassen. Ich kriegte Herzbeschwerden. Meinen linken Arm konnte ich kaum noch bewegen. Nachts schlief er mir immer ein. Es rumpelte in meinem Magen. Die Nieren taten weh und mein Kopf drohte auseinanderzuplatzen. Von mir war nur noch ein Häuflein Elend übrig.

Ich ging zum Arzt. Der gab mir den Rest. Alles nervlich, sagte er nach der Untersuchung und verschrieb mir Valium. Als ich ihm erzählte, warum ich so durcheinander bin, sagte er, vor ein paar Tagen sei auch so ein junges Mädchen zu ihm gekommen und habe ihm gestanden, dass sie drogensüchtig sei, und ihn gefragt, was sie machen soll. »Und was haben Sie ihr gesagt?«, fragte ich.

»Sie soll sich 'nen Strick nehmen«, war seine Antwort. Es gäbe keine Hilfe. Genau so hat er es gesagt.

Als sich Christiane nach einer Woche bei Narkonon zurückmeldete, konnte ich mich nicht mal mehr richtig freuen. Als ob etwas in mir gestorben wäre. Ich war der Meinung, alles nur Menschenmögliche in Gang gebracht zu haben. Doch nichts hatte geholfen. Im Gegenteil.

Der ganze Schlamassel war immer größer geworden. Auch durch Narkonon war an Christiane mehr verdorben als verbessert worden. Sie hatte sich dort abrupt verändert. Sie wirkte ordinär, gar nicht mehr mädchenhaft, eher abstoßend.

Ich war bereits bei meinen ersten Besuchen in der Narkonon-Villa stutzig geworden. Christiane war mir plötzlich fremd. Irgendetwas war kaputt. Bis dahin hatte sie ja trotz allem noch eine innere Bindung zu mir. Die war futsch. Ausgelöscht wie nach einer Gehirnwäsche.

In dieser Situation bat ich meinen geschiedenen Mann, er solle Christiane nach Westdeutschland bringen. Doch er wollte sie lieber zu sich nehmen. Er würde schon mit ihr fertigwerden. Und wenn sie nicht spurt, auch mit 'ner Tracht Prügel.

Ich wehrte mich nicht dagegen. Ich war mit meinem Latein am Ende. Ich hatte schon so viel falsch gemacht, dass ich auf einmal Angst hatte, mit Westdeutschland die Fehlerkette fortzusetzen.

Bevor wir von Narkonon aus nach Hause gingen, schleppte mein Vater mich noch mit in den Schluckspecht, seine Stammkneipe am U-Bahnhof Wutzkyallee. Er wollte mir was Alkoholisches bestellen, aber ich trank nur eine Flasche Apfelsaft. Er sagte, ich müsse jetzt endgültig aufhören mit dem Rauschgift, wenn ich nicht sterben wolle, und ich sagte: »Ja, eben, deshalb wollte ich auch bei Narkonon bleiben.«

Die Musikbox spielte immer wieder »Ein Bett im Kornfeld«. Ein paar Jugendliche standen am Flipper und am Billardtisch. Mein Vater sagte, das seien alles ganz normale Jugendliche. Ich würde hier schnell neue Freunde finden und selber merken, wie dämlich es von mir gewesen sei, Rauschgift zu nehmen.

Ich hörte kaum hin. Ich war unheimlich sauer und kaputt und wollte nur noch allein sein. Ich hasste die ganze Welt und Narkonon war wieder die Tür zum Paradies, die mein Vater mir nun zugeschlagen hatte. Ich nahm Janie mit zu mir ins Bett und sagte: »Janie, kennst du die Menschen?« Ich antwortete für sie: »Kennst du eben nicht.« Janie lief auf jeden Menschen schwanzwedelnd zu. Sie hielt alle Menschen für gut. Ich mochte das nicht an ihr. Ich hätte es besser gefunden, wenn sie jeden Menschen erst mal angeknurrt hätte, weil sie allen misstraute.

Als ich aufwachte, hatte Janie noch nicht ins Zimmer gepinkelt und ich wollte gleich mit ihr runter. Mein Vater war schon weg zur Arbeit. Ich wollte die Haustür aufmachen. Sie war abgeschlossen. Ich riss an der Klinke, ich warf mich gegen die Tür. Die blieb zu. Ich zwang mich, ruhig zu bleiben, nicht total auszurasten. Ich dachte, es könne doch nicht sein, dass mein Vater mich wegsperrte wie ein wildes Tier. Er wusste schließlich, dass auch noch der Hund da war.

Ich raste durch die Wohnung und suchte einen Schlüssel. Ich dachte, irgendwo muss er den Schlüssel hingelegt haben. Es kann schließlich auch brennen. Ich guckte unters Bett, auf die Gardinenbretter, auch noch in den Kühlschrank. Kein Schlüssel. Ich hatte keine Zeit, echt auszurasten, weil ich was mit Janie machen musste, bevor sie den Teppichboden einsaute. Ich brachte sie dann auf den Balkon und sie begriff das auch.

Ich habe mir dann erst mal die Wohnung angesehen, in die ich eingesperrt war. Es hatte sich einiges verändert. Das Schlafzimmer war leer, weil meine Mutter die Betten mitgenommen hatte. Im Wohnzimmer war eine neue Couch, auf der mein Vater jetzt schlief. Ein neuer Farbfernseher war da. Der Gummibaum war weg und auch der Bambusstock in dem Gummibaum-Topf, mit dem mich mein Vater oft vermöbelt hatte. Dafür stand da ein Affenbrotbaum.

Im Kinderzimmer war noch immer der alte Kleiderschrank, bei dem man nur eine Tür aufmachen konnte, weil er sonst zusammengebrochen wäre. Das Bett krachte sowieso bei jeder Bewegung. Ich dachte, da sperrt er dich nun ein und da sollst du also eine normale Jugendliche werden, und der Alte bringt es nicht mal zu einer ordentlichen Wohnungseinrichtung.

Ich stand dann mit Janie wieder auf dem Balkon. Janie stellte die Vorderfüße auf die Brüstung und sah elf Stockwerke runter und auf die öden Hochhäuser der Gropiusstadt rundherum.

Ich musste mit irgendjemandem reden und rief bei Narkonon an. Da gab es eine Riesenüberraschung. Babsi war schon angekommen. Sie meinte es also auch tatsächlich ernst mit dem Entziehen. Sie erzählte, dass sie mein Bett bekommen hätte. Ich war irrsinnig traurig, dass ich nicht mit Babsi bei Narkonon war. Wir quatschten lange.

Als mein Vater zurückkam, sagte ich überhaupt nichts. Dafür laberte er umso mehr. Er hatte mein ganzes Leben schon ausgeplant. Ich bekam einen richtigen Stundenplan für jeden Tag. Haushalt, Einkaufen, seine Brieftauben füttern und ausmisten.

Er hatte einen Taubenschlag draußen in Rudow. Er wollte mich zwischendurch telefonisch kontrollieren. Für die Freizeit hatte er eine ehemalige Freundin für mich organisiert, die Katharina, ein echter Teenie-Bopper, der auf ZDF-Hitparaden und Ilja Richter abfuhr.

Belohnung versprach mir mein Alter auch noch. Er wollte mich mal mit nach Thailand nehmen. Er flog nämlich mittlerweile mindestens einmal im Jahr nach Thailand. Er war auf dem totalen Thailandtrip. Natürlich wegen der Bräute da, aber auch wegen der billigen Klamotten, die es in Thailand gab. Er sparte sein ganzes Geld für die Thailandtrips. Das war so seine Droge.

Ich hörte mir also die Pläne meines Vaters an und dachte, dass ich das erst mal so laufenlassen wollte. Mir blieb auch eigentlich nicht viel was anderes übrig. Wenigstens wurde ich nicht mehr eingesperrt.

Am nächsten Tag lief gleich volles Programm. Ich habe die Wohnung sauber gemacht, eingekauft. Dann kam auch schon Katharina, um mit mir spazieren zu gehen. Ich bin mit der wie wild rumgerannt, und als ich ihr sagte, dass ich noch nach Rudow müsste, um die Tauben zu füttern, da hatte sie keinen Bock mehr mitzukommen.

Ich war also frei für den Nachmittag. Ich war wahnsinnig geil darauf, irgendwas zu törnen, weil ich immer noch so mies drauf war. Ich wusste nicht genau, was. Ich dachte, ich könnte für eine Stunde auf die Hasenheide fahren. Das ist ein Park in Neukölln. Da war eine ganz coole Haschszene. Ich hatte Lust auf einen Joint.

Aber ich hatte kein Geld. Ich wusste, wo Geld war. Mein Vater sammelte in einer Riesen-Asbachflasche Silbergeld. Mehr als hundert Mark waren in der Flasche. Eine Reserve für den nächsten Thailandtrip. Ich schüttelte fünfzig Mark aus der Flasche. Ich wollte für alle Fälle etwas mehr nehmen. Den Rest konnte ich wieder reintun. Ganz auffüllen wollte ich sie dann wieder mit Geld, das ich beim Einkaufen irgendwie einsparen konnte. Dachte ich.

Auf der Hasenheide traf ich gleich Piet. Piet war der Junge aus dem Haus der Mitte, mit dem ich zum ersten Mal in meinem Leben Haschisch geraucht hatte. Er drückte inzwischen auch. Deshalb fragte ich ihn, ob es auf der Hasenheide auch schon H gebe.

Er fragte: »Hast du Kohle?«

Ich sagte: »Ja.«

Er sagte: »Komm mit.« Er brachte mich zu ein paar Kanaken und ich kaufte ein halbes Halbes. Zehn Mark behielt ich übrig. Wir gingen auf die Toilette vor dem Park, Piet lieh mir sein Besteck. Er war mittlerweile auch schon ein ziemlich abgewichster Fixer geworden. Ich musste ihm die Hälfte des Dopes für die Spritze geben. Wir machten uns beide einen kleinen Druck.

Ich war unheimlich gut drauf. Die Hasenheide-Szene war die coolste Szene in Berlin. Nicht so abgefuckt wie die H-Szene am Kurfürstendamm. Es war eben noch hauptsächlich eine Haschischszene. Aber es gab auch Fixer da. Hascher und Fixer lagen total friedlich nebeneinander. Auf der Kudammszene galt ja Haschisch als Babydroge und Hascher waren das Letzte. Kein Kudammfixer gab sich mit einem Hascher ab.

Auf der Hasenheide war es ganz egal, was für eine Droge man nahm. Man konnte auch total clean sein. Das spielte keine Rolle. Man musste eigentlich nur ein gutes Feeling mitbringen oder sich eben antörnen. Da waren Gruppen, die machten Musik auf Flöten oder Bongos. Und Kanaken lagen da auch rum. Alle waren wie eine große, friedliche Gemeinschaft. Mich erinnerte das ganze Feeling hier an Woodstock, wo es ganz ähnlich gewesen sein musste.

Ich war pünktlich wieder zu Hause, bevor mein Vater um sechs Uhr kam. Er merkte nicht, dass ich breit war. Ich hatte ein bisschen schlechtes Gewissen wegen der Tauben, die nichts zu fressen bekommen hatten. Ich wollte ihnen am nächsten Tag eine doppelte Portion geben. Ich dachte, dass ich in Zukunft kein H mehr nähme, weil ich auf der Hasenheide auch mit ein bisschen Haschisch gut draufkäme und auch als Hascher voll anerkannt wäre. Ich wollte nie auf die miese H-Szene am Kurfürstendamm zurück. Ich glaubte echt, ich könnte auf der Hasenheide entziehen.

Ich ging jetzt jeden Nachmittag wenigstens kurz mit Janie auf die Hasenheide. Dem Hund gefiel es sehr gut da, weil da viele Hunde waren. Auch die Hunde waren hier total friedlich. Und alle mochten Janie und streichelten sie.

Die Tauben fütterte ich nur jeden zweiten oder dritten Tag. Das war voll ausreichend, wenn man sie die Kröpfe bis zum Platzen voll machen ließ und ihnen dann noch einen Vorrat hinstreute.

Ich rauchte Shit, wenn mir jemand was anbot. Es bot mir immer jemand was an. Denn das ist eben auch ein Unterschied zwischen H-Szene und Haschischszene, dass die Hascher abgeben, wenn sie was haben.

Ich lernte dann auch den Kanaken näher kennen, von dem ich am ersten Tag mit Piet das Dope gekauft hatte. Ich legte mich mal neben die Decke, auf der er mit ein paar anderen Kanaken hockte. Der Typ lud mich dann ein, mich mit auf die Decke zu setzen. Er hieß Mustafa und war Türke. Die anderen waren Araber. Alle so zwischen siebzehn und zwanzig Jahre alt. Sie aßen gerade Fladenbrot mit Käse und Melone und gaben mir und Janie was ab.

Den Mustafa fand ich irgendwie sehr cool. Er war Dealer. Aber ich fand die Art unheimlich cool, in der er dealte. Er hatte nichts von der Hektik und dem Getue der deutschen Stardealer. Mustafa riss Grasbüschel raus und steckte den Beutel mit Dope dann unter die Grasbüschel. Da konnte ruhig Razzia sein. Die Bullen hätten nie was gefunden. Wenn einer kaufen wollte, stocherte Mustafa seelenruhig mit seinem Taschenmesser im Gras rum, bis er das Dope wiedergefunden hatte.

Er verkaufte keine abgewogenen Päckchen wie die Dealer auf der H-Szene. Er holte immer ungefähr ein Viertel mit der Messerspitze raus. Die Portionen waren in Ordnung. Was dann am Messer hängenblieb, streifte er mit zwei Fingern ab und ich durfte es sniefen.

Mustafa sagte gleich, dass Drücken scheiße sei. H dürfe man nur sniefen, wenn man nicht abhängig werden wollte. Er und die Araber snieften nur. Und keiner war körperlich drauf. Die snieften nur, wenn sie mal Bock hatten.

Ich durfte auch nicht immer absniefen, was am Messer hängenblieb, weil Mustafa nicht wollte, dass ich wieder körperlich draufkam. Ich merkte, dass diese Kanaken echt mit Rauschgift umgehen konnten. Ganz anders als die Europäer. Für uns Europäer war H so ungefähr dasselbe wie früher für die Indianer das Feuerwasser. Ich dachte mal, mit H könnten die Orientalen die Europäer und Amerikaner genauso ausrotten wie damals die Europäer mit Alkohol die Indianer.

Ich lernte Kanaken nun also mal ganz anders kennen. Nicht als Du-bumsen-Freier, die für Babsi, Stella und mich immer das Letzte gewesen waren. Mustafa und die Araber waren sehr stolz. Man konnte sie sehr leicht beleidigen. Sie akzeptierten mich, weil ich für sie sehr selbstbewusst wirkte. Ich bekam nämlich sehr schnell raus, wie das bei ihnen lief. Man durfte zum Beispiel nie um etwas bitten. Bei denen war irgendwie Gastfreundschaft immer noch was ganz Wichtiges. Wenn man was wollte, hat man es sich genommen. Ob das nun Sonnenblumenkerne waren oder H. Man durfte ihnen aber auch nie das Gefühl geben, dass man ihre Gastfreundschaft ausnutzte. Ich wäre also nie auf die Idee gekommen, sie zu fragen, ob ich mir mal H mitnehmen dürfe. Was ich mir nahm, das sniefte ich auch sofort weg. Sie haben mich dann auch voll akzeptiert, obwohl sie sonst von deutschen Mädchen keine sehr hohe Meinung hatten. Ich kam drauf, dass Kanaken den Deutschen irgendwo auch einiges voraushaben.

Ich fand das also alles ganz cool und kam überhaupt nicht auf die

Idee, dass ich noch eine Fixerin sei, bis ich dann merkte, dass ich körperlich doch wieder drauf war.

Abends spielte ich inzwischen meinem Vater die bekehrte Tochter vor. Ich ging mit ihm oft in den Schluckspecht und trank ihm zu Gefallen schon mal ein kleines Bier. Ich hasste diese Alkigesellschaft im Schluckspecht irgendwie. Andererseits hatte ich mein Doppelleben voll drauf. Ich wollte auch im Schluckspecht anerkannt werden. Ich wollte mich in meinem späteren Leben, in dem es ja keine Drogen geben sollte, auch durchsetzen.

Ich übte flippern und trainierte wie eine Besessene Billard. Skat wollte ich auch lernen. Alle Männerspiele wollte ich beherrschen. Besser als die Männer. Wenn ich schon in dieser Schluckspechtgesellschaft leben musste, dann wollte ich mich da auch echt behaupten. Mich sollte da niemand angreifen können. Ich wollte ein Star in dieser Gesellschaft sein. Stolz wollte ich sein können. Wie die Araber. Nie jemanden um etwas bitten müssen. Nie mich unterlegen fühlen.

Aber mit dem Skatlernen wurde es nun schon nichts mehr. Ich hatte andere Sorgen, als ich zum ersten Mal wieder leicht auf Turkey war. Ich musste jetzt unbedingt jeden Nachmittag auf die Hasenheide und ich brauchte da auch Zeit, weil ich mir von Mustafa nicht einfach H nehmen und dann wieder abhauen konnte. Ich musste also für ihn vermitteln und seelenruhig Sonnenblumenkerne kauen, während die Brieftauben von meinem Vater schon den dritten Tag nichts zu fressen bekommen hatten. Ich musste jeden Nachmittag meine Begleiterin, die Katharina, wieder abschütteln, dann Haushalt, Einkaufen, zu den Zeiten am Telefon sein, wenn mein Vater gewöhnlich anrief, und immer neue Geschichten erfinden, wenn mein Vater rausgekriegt hatte, dass ich nicht zu Hause war. Das ganze gute Feeling war hin.

Dann kam der Nachmittag auf der Hasenheide, an dem mir plötzlich jemand von hinten die Augen zuhielt. Ich drehte mich um. Detlef stand vor mir. Wir lagen uns in den Armen und Janie sprang an uns hoch. Detlef sah gut aus. Er sagte, er sei clean. Ich guckte ihm in die Augen und sagte: »Mensch Alter, urisch clean bist du. Du hast Pupillen wie zwei angespitzte Stecknadeln.« Detlef hatte in Paris also tatsächlich entzogen, war auf dem Bahnhof Zoo angekommen und hatte sich einen Druck gemacht.

Wir gingen zu mir nach Hause. Wir hatten noch Zeit, bis mein Vater kam. Mein Bett war echt zu wackelig. Ich legte die Zudecke auf den Boden und wir schliefen ganz happy miteinander. Dann redeten wir über Entzug. Gleich nächste Woche wollten wir anfangen. Natürlich nicht sofort. Und Detlef erzählte, wie er mit seinem Freund den Freier abgelinkt hatte, um die Kohle für den Entzugstrip nach Paris zu bekommen. Sie hatten den Typen einfach in der Küche eingeschlossen, ganz in Ruhe sein Euroscheckheft mitgehen lassen und die Schecks auf dem Zoo für 1000 Mark an einen Hehler verkauft. Bernd war dafür schon eingefahren. Detlef glaubte, ihn würden die Bullen nicht kriegen, weil der Freier seinen Namen nicht kannte.

Wir trafen uns jetzt jeden Tag auf der Hasenheide, gingen meistens noch zu mir nach Hause und sprachen nicht mehr viel vom Entzug, weil wir sehr happy miteinander waren. Ich bekam nur immer weniger alles unter einen Hut. Mein Vater verschärfte seine Kontrollen und beschäftigte mich mit immer neuen Aufgaben. Für die Araberclique brauchte ich Zeit,um auch für Detlef Dope mit abzustauben. Für Detlef wollte ich viel Zeit haben. Der ganze Stress ging voll von vorne los.

Ich sah dann auch schon keinen anderen Ausweg mehr, als über Mittag auf den Zoo zu fahren, um einen Freier zu machen. Ich verheimlichte das Detlef noch. Aber das ganze gute Feeling ging mehr und mehr kaputt, weil der Fixeralltag eben wieder anfing. Die paar Feiertage, die man nach einem Entzug immer hatte – ohne Angst vor

Turkey und damit ohne den Zwang, immer Dope zu haben –, wurden nach jedem Entzug weniger.

Etwa eine Woche nachdem Detlef zurück war, tauchte Rolf auf der Hasenheide auf, der schwule Typ, bei dem Detlef wohnte. Er sah ziemlich mitgenommen aus und sagte nur: »Detlef ist eingefahren.« Sie hatten Detlef bei einer Razzia einkassiert und ihm dann auch gleich die Sache mit den Euroschecks angehängt. Der Hehler hatte ihn verpfiffen.

Ich ging zur Toilette am Hermannplatz, schloss mich ein und heulte erst mal ab. Es war also wieder nichts mit unserer tollen Zukunft. Es war wieder mal alles total realistisch, nämlich total hoffnungslos. Ich hatte dann vor allem Angst vor dem Turkey. Ich brachte es in meinem Zustand nicht, mich seelenruhig zu den Arabern zu setzen, Sonnenblumenkerne zu kauen und darauf zu warten, dass ein Snief für mich abfiel. Ich fuhr zum Bahnhof Zoo. Ich setzte mich auf ein Sims an den Reichsbahnschaukästen und wartete auf Freier. Es war aber absolut nichts los auf dem Bahnhof, weil irgendein tolles Fußballspiel im Fernsehen übertragen wurde. Nicht mal ein Kanake war in Sicht.

Dann kam ein Typ auf den Bahnhof, den ich kannte. Heinz, der alte Stammfreier von Stella und Babsi. Der Typ, der immer mit H bezahlte, Spritzen dazugab, aber dafür bumsen wollte. Mir war sowieso alles egal, seitdem ich wusste, dass Detlef für lange Zeit im Knast sein würde. Ich ging zu diesem Heinz hin, der mich nicht wiedererkannte, und sagte: »Ich bin die Christiane, die Freundin von Stella und Babsi.« Bei ihm klingelte es dann und er fragte gleich, ob ich mitkommen wolle. Er bot mir zwei halbe Halbe. Er zahlte ja immer in Naturalien und das war das Angenehmste an diesem Freier. Zwei halbe Halbe waren nicht schlecht, umgerechnet immerhin 80 Mark. Ich handelte dazu noch Extrageld für Zigaretten, Cola und so raus und wir fuhren los.

Auf der Szene am Lehniner Platz kaufte Heinz erst mal Dope, weil seine Vorräte aufgebraucht waren. Es war schon komisch, wie dieser Buchhaltertyp, der ein bisschen aussah wie der ehemalige Verteidigungsminister Leber, zwischen den Fixern rumschlich. Aber er kannte sich aus. Er hatte auch seine Stammdealerin, die ihm immer astreines Dope verkaufte.

Ich war schussgeil, kam schon echt auf Turkey und hätte mir am liebsten gleich im Wagen einen Druck gemacht. Aber der Heinz rückte das Zeug nicht raus.

Ich musste erst mal seinen Schreibwarenladen angucken. Er zog eine Schublade auf und holte Bilder raus. Die hatte er selber gemacht. Saublöde Pornos. Von wenigstens einem Dutzend Mädchen. Mal waren sie ganz drauf, nackend, mal auch nur ihr Unterleib im Ausschnitt. Ich dachte nur: Arme, blöde Sau. Und an den Frauenarzt dachte ich auch noch. Vor allem aber an das Dope, das dieser dämliche Freier immer noch in der Tasche hatte. Ich sah erst richtig drauf auf ein paar Fotos, als ich Stella und Babsi voll in action mit Heinz erkannte.

Ich sagte: »Astreine Fotos. Nun lass uns aber mal machen. Ich brauche echt einen Druck.« Wir gingen rauf in seine Wohnung. Er gab mir ein halbes Halbes und brachte auch einen Esslöffel zum Aufkochen. Er entschuldigte sich, dass er keine Teelöffel mehr habe. All seine Teelöffel hätten irgendwelche Fixerbräute mitgehen lassen. Ich knallte mir das ganze halbe Halbe rein und er brachte mir eine Flasche Malzbier. Er ließ mir noch eine Viertelstunde Zeit. Er hatte genügend Erfahrung mit Fixern, um zu wissen, dass man nach dem Schuss eine Viertelstunde Ruhe braucht.

Seine Wohnung sah nicht aus wie die Wohnung eines Geschäftsmannes. Babsi und Stella hatten immer gesagt, Heinz sei ein Geschäftsmann. In dem alten Wohnzimmerschrank hingen Schlipse und standen kitschiger Porzellankrimskrams rum und leere bastbezogene italienische Weinflaschen. Die Gardinen waren ganz gelb vor Dreck und zugezogen, damit niemand reinsehen konnte in die schmuddelige Wohnung. An der Wand waren zwei alte Sofas zusammengeschoben, auf denen wir es uns schließlich bequem machten. Keine Bettwäsche, nur eine alte karierte Wolldecke mit Fransen.

Dieser Heinz war nicht mal unnett, nur leider war seine größte Stärke das Nerven. Er nervte mich echt so lange, bis ich richtig mit ihm schlief, um endlich meine Ruhe zu haben und nach Hause zu können. Er wollte eben unbedingt, dass ich auch was empfinde, und ich tat dann auch so, weil er ja nicht schlecht bezahlt hatte.

Nach Stella und Babsi war ich nun die Stammbraut von Heinz. Ich fand ihn zunächst einfach praktisch, weil er mir viel Zeit sparte. Ich musste nicht stundenlang bei den Arabern rumhängen für einen lächerlichen Snief, ich brauchte nicht mehr am Zoo auf Freier zu warten, ich musste nicht mal mehr zur Szene, um Dope zu kaufen. Ich konnte also Haushalt, Tauben, Einkäufe und so weiter in der Zwischenzeit ganz gut erledigen.

Ich war fast jeden Nachmittag bei Heinz und ich hatte auch eigentlich nichts mehr gegen ihn. Er liebte mich auf eine Art. Er sagte mir ständig, dass er mich liebe, und ich musste sagen, dass ich ihn liebe. Er war wahnsinnig eifersüchtig. Er hatte immer Angst, dass ich auch noch auf den Bahnhof gehe. Und er war irgendwie nett.

Er war schließlich der einzige Mensch, mit dem ich mich noch ausquatschen konnte. Detlef im Knast. Bernd im Knast. Babsi bei Narkonon. Und Stella war wie vom Erdboden verschwunden. Meine Mutter wollte nichts mehr von mir wissen, dachte ich. Und meinen Vater musste ich ständig belügen. Jeder Satz, den ich ihm sagte, war irgendeine Lüge. Es gab nur Heinz, mit dem ich über fast alles reden konnte, vor dem ich keine Geheimnisse haben musste. Das Einzige, worüber ich mit ihm eigentlich nicht ehrlich sprechen konnte, war mein Verhältnis zu ihm.

Manchmal, wenn Heinz mich in die Arme nahm, fühlte ich mich richtig wohl. Ich hatte das Gefühl, dass er mich respektierte und dass ich ihm was bedeutete. Wer respektierte mich sonst? Wenn wir nicht auf seiner schmuddeligen Couch waren, fühlte ich mich eher als die Tochter von Heinz und nicht wie seine Geliebte. Aber er nervte eben doch ganz schön. Und das wurde mit der Zeit immer schlimmer. Er wollte, dass ich ständig bei ihm war. Ich musste ihm im Geschäft helfen und sollte mich seinen sogenannten Freunden zeigen. Er hatte keinen einzigen richtigen Freund.

Der Zeitaufwand für Heinz brachte mich wieder ganz schön ins Schleudern. Denn mein Vater wurde immer misstrauischer.

Er schnüffelte ständig in meinen Sachen. Ich musste aufpassen, dass nichts Verdächtiges in seine Wohnung kam. Alle Telefonnummern und Adressen, die was mit meiner Rolle als Fixerin und Stricherin zu tun hatten, musste ich verschlüsseln. Heinz wohnte zum Beispiel in der Waldstraße. Da habe ich in mein Notizbuch ein paar Bäume gemalt. Haus- und Telefonnummer waren als Rechenaufgabe verschlüsselt. Die Telefonnummer 3954773 stand dann so da: 3,95 Mark plus 47 Pfennig plus 73 Pfennig. Das habe ich dann auch noch ganz ordentlich ausgerechnet. Ich löste also gelegentlich noch richtige Rechenaufgaben.

Heinz löste dann eines Tages das Geheimnis um Stella. Stella war im Knast. Ich hatte davon nichts mitgekriegt, weil ich ja überhaupt keine Zeit und keinen Grund mehr hatte, mich auf dem Strich oder auf der Szene rumzutreiben. Heinz war ziemlich geschockt von der Nachricht. Nicht wegen Stella. Jetzt hatte er plötzlich Angst vor den Bullen. Er hatte Angst, dass Stella über ihn auspacken könne. Bei dieser Gelegenheit erfuhr ich, dass gegen Heinz schon seit längerem ein Ermittlungsverfahren lief. Wegen Verführung Minderjähriger und Ähnlichem. Das hatte ihn bisher ganz kalt gelassen, obwohl er schon vorbestraft war. Er meinte, er habe den besten Rechtsanwalt von Berlin. Aber dass Stella erzählen könnte, dass er die Mädchen mit Dope bezahlte, machte ihm schon Sorgen.

Ich war auch geschockt. Ich machte mir aber ebenfalls nicht zunächst Sorgen um die arme Stella, sondern um mich. Wenn sie Stella mit ihren vierzehn Jahren einlochten, dann war ich auch bei der nächsten Gelegenheit dran. Und auf Knast hatte ich nun überhaupt keinen Bock.

Ich rief bei Narkonon an, um Babsi die Neuigkeit zu erzählen. Ich telefonierte fast jeden Tag mit Babsi. Ihr gefiel der Entzug bei Narkonon so weit ganz gut. Sie war allerdings auch schon zweimal abgehauen, um sich zwischendurch mal einen Druck zu machen. Als ich nun bei Narkonon anrief, erzählten sie mir, dass Babsi im Westend-Krankenhaus sei. Gelbsucht.

Mit Babsi lief irgendwie immer das Gleiche wie mit mir. Kaum war man mal ernsthaft beim Entzug, kam eine Gelbsucht. Babsi hatte auch schon x-mal versucht zu entziehen. Das letzte Mal war sie sogar mit einem Drogenberater bis nach Tübingen gereist, um da in eine Therapie zu gehen. Im letzten Moment hatte sie dann doch noch Schiss gekriegt, weil das in Tübingen ein sehr strenger Laden war. Babsi war körperlich ebenso schlecht drauf wie ich. Wir haben uns immer gegenseitig sehr genau beobachtet. Die eine konnte an der anderen ziemlich genau sehen, wie weit sie schon runtergekommen war. Weil bei uns beiden immer ganz ähnliche Dinger liefen.

Ich fuhr am nächsten Vormittag gleich los, um Babsi im Krankenhaus Westend zu besuchen. Ich fuhr mit meinem Hund Janie bis zum Theodor-Heuss-Platz und dann rannten wir zu Fuß durch Westend. Das ist eine ziemlich geile Gegend. Irre Villen und jede Menge Bäume. Ich wusste gar nicht, dass es in Berlin so was gibt. Ich merkte, dass ich Berlin überhaupt nicht kannte. Alles, was ich in meinem Leben eigentlich bewusst gesehen hatte, Gropiusstadt und Umgebung, das kleine Viertel von Kreuzberg, in dem meine Mutter wohnte, und die vier Plätze, an denen die Szene war. Es regnete in Strömen. Janie und ich waren pudelnass. Aber wir beide waren sehr happy. Wir freuten uns über die vielen Bäume und ich freute mich vor allem auf Babsi.

Am Krankenhaus gab es erst mal wieder ein Problem, an das ich nicht gedacht hatte. Janie durfte natürlich nicht mit rein. Aber ein Pförtner war ganz dufte. Er nahm Janie so lange mit in sein Häuschen. Ich fragte mich zu der Station durch, auf der die Kranken liegen, und haute den erstbesten Arzt nach Babsi an. Der sagte: »Ja, das wüssten wir auch gern, wo die Babette ist.« Er erzählte, dass Babsi schon am Tag vorher abgehauen sei. Er sagte, es sei lebensgefährlich, wenn Babsi jetzt wieder mit irgendwelchem Rauschgift anfinge, weil die Gelbsucht noch nicht ausgeheilt sei und die Leber nicht mehr viel mitmache.

Ich ging mit Janie wieder zur U-Bahn. Ich dachte, dass Babsis Leber genauso kaputt war wie meine. Dass bei uns alles genau parallel lief. Ich hatte Sehnsucht nach Babsi. Ich hatte alle Streitereien vergessen. Ich glaubte, dass wir uns jetzt gegenseitig brauchten. Ich wollte sie auch ausquatschen lassen. Und sie überreden, zurück ins Krankenhaus zu gehen. Aber dann wurde ich wieder total nüchtern. Ich wusste, dass Babsi sowieso nicht ins Krankenhaus zurückgehen würde, nachdem sie schon wieder zwei Tage auf Trebe und auf H war. Ich kannte doch mich. Ich wäre auch nicht zurückgegangen. Babsi und ich waren uns verdammt ähnlich. Ich wusste auch nicht, wo ich sie suchen sollte. Sie flippte irgendwo auf dem Strich rum oder auf der Szene oder war bei einem Stammfreier. Ich hatte keine Zeit, sie überall zu suchen, weil mein Vater seine Kontrollanrufe zu Hause machte. Ich handelte nach der alten Fixermoral: Jeder Fixer ist sich selbst der Nächste. Ich fuhr nach Hause. Ich hatte nämlich überhaupt keinen Bock auf Szene oder Strich, weil ich noch Dope von Heinz hatte.

Am nächsten Vormittag ging ich runter, um mir die Zeitung zu holen, die BZ. Ich holte mir jeden Morgen eine Zeitung. Eigentlich, seit meine Mutter mir nicht mehr abends die Ausschnitte über Herointote in Berlin gab. Eher unbewusst suchte ich die Zeitung immer erst nach den Meldungen über Heroin-Opfer durch. Sie wurden immer kleiner, weil es immer mehr Tote gab. Aber ich kannte immer mehr von den Leuten, die da irgendwo mit einer Nadel drin gefunden wurden.

Ich schmierte mir also an diesem Morgen ein Marmeladenbrot und blätterte in der BZ rum. Es stand ganz vorne. Eine richtige Schlagzeile: »Sie war erst 14.« Ich wusste es sofort. Ich brauchte gar nicht weiter zu lesen. Babsi. Ich hatte es schon so ungefähr geahnt. Ich war eigentlich zu gar keiner Gefühlsregung fähig. Ich war total tot. Es war, als stünde da mein Tod in der Zeitung.

Ich ging ins Bad und machte mir einen Druck. Erst dann konnte ich etwas weinen. Es war nicht klar, ob ich um mich oder Babsi weinte. Ich rauchte eine Zigarette in meinem Bett, bevor ich alles lesen konnte, was in der Zeitung stand. Das war so richtig als kleine Sensation zurechtgeschrieben: »Die Einwegspritze aus milchigem Plastikmaterial steckte noch in der Vene der linken Hand des jungen Mädchens: Schülerin Babette D. (14) aus Schöneberg war tot. So wurde das bisher jüngste Rauschgiftopfer von einem Bekannten in einer Wohnung der Brotteroder Straße aufgefunden. Der Kripo erklärte Nadjy R. (30), er habe das Mädchen in der Diskothek ›Sound‹ in der Genthiner Straße aufgelesen. Da sie kein Quartier gehabt hätte, habe er sie in seiner Wohnung aufgenommen. Babette ist das 46. Rauschgiftopfer in Berlin in diesem Jahr.« Und so weiter. Schön drastisch geschrieben. So simpel, wie sich die Zeitungen die Fixerszene immer ausmalen. Sogar in den Illustrierten stand dann all dieser Schmus über Babsi, weil sie eben bis dahin die jüngste Rauschgifttote Deutschlands war.

Irgendwann gegen Mittag hatte ich mich erholt und hatte nur noch eine irre Wut. Ich war davon überzeugt, dass irgendein linkes Dealerschwein Babsi linkes Dope verkauft hatte, vielleicht Dope, das mit Strychnin versetzt war. Dope mit Strychnin gab es immer häufiger auf der Szene. Ich setzte mich in die U-Bahn und fuhr zur Polizei. Ich rannte, ohne anzuklopfen, in das Zimmer der Schipke. Ich packte aus. Ich sagte alles, was ich über linke Dealer wusste und über Zuhälter, die im H-Geschäft waren, und über das Sound. Das meiste schien sie gar nicht weiter zu interessieren. Und zum Schluss sagte sie dann wieder ihren Spruch auf: »Na, dann bis zum nächsten Mal, Christiane.«

Ich dachte, den Bullen sei es sowieso egal, wenn jemand linkes Dope verkaufe. Die seien ja nur froh, wenn sie wieder mal einen Fixer aus den Akten streichen konnten. Ich schwor mir, selber den Mörder von Babsi zu finden.

Der Typ, bei dem Babsi gefunden worden war, kam nicht in Frage. Der war relativ in Ordnung. Ich kannte ihn ziemlich gut.

Ein Freier mit urisch Kohle. Ein sehr ulkiger obendrein. Er umgab sich gern mit sehr jungen Mädchen. Er hatte mich schon mit seinem Sportwagen durch die Stadt gefahren, mich zum Essen eingeladen und mir Geld gegeben. Schlafen wollte er aber nur mit einem Mädchen, wenn die auch wirklich das Verlangen hatte. Da hätte er bei mir natürlich ewig warten können.

Der Kerl war zwar ein Geschäftsmann, hatte aber nie begriffen, dass das Anschaffen auch nichts anderes als ein Geschäft ist.

Ich ging also zum Autostrich an der Kurfürstenstraße, um so viel Geld zu machen, dass ich von allen möglichen linken Dealern Dope antesten konnte. Dann flippte ich auf der Szene rum, kaufte von ein paar Typen Dope und war schließlich total breit. Es wusste sowieso niemand, bei wem Babsi ihren letzten Druck gekauft hatte. Oder es wollte jedenfalls niemand Bescheid wissen.

Ich bildete mir noch ein, dass ich auf der Jagd nach Babsis Mörder sei, als es mir in Wirklichkeit nur noch darum ging, mich ohne Gewissensbisse vollzuknallen. Ich konnte mir also sagen: »Du musst dieses linke Schwein finden, auch wenn du selber dabei krepierst.«

Da hatte ich dann auch keine Angst mehr, wenn ich mich vollknallte.

Ich gab mir kaum noch Mühe, meinem Vater etwas vorzuspielen. Er ahnte es sowieso schon lange. Ich glaube, er wartete nur noch auf den letzten Beweis. Den bekam er dann auch.

Als ich eines Abends kein Dope mehr für den nächsten Morgen hatte und auch nicht mehr wegkonnte, weil mein Vater zu Hause war, rief ich heimlich Heinz an und verabredete mich mit ihm in der Gropiusstadt. Mein Vater überraschte Heinz und mich vor dem Schluckspecht. Heinz konnte gerade noch rechtzeitig abhauen. Aber mein Vater fand das Dope, das Heinz mir gegeben hatte, schließlich nach längerem Suchen.

Ich beichtete ihm gleich alles. Ich musste ihm vor allem alles über Heinz sagen. Ich hatte keine Kraft mehr zum Lügen. Mein Vater befahl mir, für den nächsten Tag mit Heinz ein Treffen auf der Hasenheide auszumachen, wo er mir wieder Dope geben sollte. Dann rief mein Vater die Bullen an, erzählte ihnen alles und verlangte, dass Heinz bei dem Treffen an der Hasenheide verhaftet würde. Die Bullen sagten ihm, dass man an der Hasenheide nur eine richtige Razzia machen könne, und das ginge nicht so von heute auf morgen. Die hatten also gar keinen Bock, so einen »Kinderverführer« – wie mein Vater sagte – zu verhaften, weil ihnen das zu viel Mühe machte. Ich war natürlich froh, dass ich nicht so eine miese Spitzelrolle spielen musste.

Ich hatte immer gedacht, mein Vater würde mich halb totschlagen, wenn er einmal entdeckte, wie ich ihn hintergangen hatte.

Aber mein Vater reagierte ganz anders. Er war ziemlich verzweifelt. Fast wie meine Mutter. Er redete sehr lieb auf mich ein. Er hatte irgendwie gecheckt, dass man mit dem H nicht mal so eben aufhören kann, auch wenn man echt will. Er machte sich immer noch irgendwelche Hoffnungen, es irgendwie mit mir zu schaffen.

Am nächsten Tag schloss er mich erst mal wieder in der Wohnung ein. Meinen Hund Janie nahm er mit. Ich sah Janie nie wieder. Ich kam tierisch auf Turkey. Schon mittags glaubte ich, es nicht mehr auszuhalten. Da rief Heinz an. Ich bettelte richtig, dass er mir Dope bringen solle. Da er ja ohne Schlüssel nicht mal ins Haus kam, wollte ich aus dem 11. Stock eine Schnur runterlassen. Ich kriegte Heinz schließlich rum. Als Gegenleistung verlangte er von mir, dass ich ihm einen Liebesbrief schreiben und den Brief zusammen mit einer Unterhose von mir an der Schnur runterlassen solle. Er gab Dope nie ohne Gegenleistung. Er war eben ein Geschäftsmann.

Ich suchte also alles an Schnüren zusammen, was ich in der Wohnung fand. Bindfaden, Plastikwäscheleine, Morgenrockgürtel und so weiter. Ich musste viele Knoten machen und immer wieder ausprobieren, bis diese zusammengeknotete Schnur elf Stockwerke lang war. Dann kritzelte ich noch diesen Brief. Voll auf Turkey.

Heinz meldete sich tatsächlich mit dem verabredeten Klingelzeichen. Ich nahm eine Unterhose, die ich selbst bestickt hatte, aus dem Schrank, steckte sie zusammen mit dem Brief in die Hülle meines Föhns und ließ die Luftpost aus dem Kinderzimmerfenster. Es klappte. Heinz steckte unten das Dope rein. Es sahen mittlerweile schon einige Leute unserem seltsamen Spiel zu. Aber Heinz schien das gar nicht zu stören und mich störte es sowieso nicht. Ich wollte nur das Dope. Erst als sich im neunten Stock ein kleiner Junge aus dem Fenster lehnte und immer nach der Schnur grapschte, wurde ich total hektisch. Ich brüllte rum und versuchte die Schnur von ihm wegzuhalten. Ich hatte urische Angst um das H.

Ich hatte es schließlich oben und wollte gerade das Dope aufkochen, da klingelte das Telefon. Heinz. Es habe ein Missverständnis gegeben. Er wollte eine getragene Unterhose von mir. Ich hatte das Dope und mir war eigentlich alles egal. Damit der Typ mich nicht weiter nervte, warf ich ihm den ältesten Schlüpfer aus dem Wäschekorb aus dem Fenster. Das Ding landete in einem Gebüsch. Heinz lief erst weg und schlich dann doch wieder an, um sich die Unterhose zu angeln.

Dieser Heinz war ein total kaputter und irrer Typ. Wie ich später erfuhr, lief schon seit fast drei Wochen ein Haftbefehl gegen ihn, als die Arie mit der Schnur lief. Die Bullen hatten nur noch keine Zeit gehabt, ihn abzuholen. Und sein Anwalt hatte ihm schon gesagt, wie schlecht es um ihn stand. Aber wenn es bei Heinz um Mädchen ging, rastete er total aus.

Zu seiner Gerichtsverhandlung musste ich als Zeugin. Ich habe da die Wahrheit gesagt. Irgendwo war der Heinz mir so egal wie jeder andere Freier. Es fiel mir trotzdem nicht leicht, gegen ihn auszusagen, weil er mir leidtat. Er war jedenfalls nicht schlechter als die anderen Freier, die den Fixerinnen Geld gaben und genau wussten, dass die das zu Dope machten. Er war nur ein ärmeres Schwein, weil er regelrecht süchtig war nach jungen Mädchen. Ich glaube, er hätte eher zu einem Psychiater gehört als in den Knast.*

Das Dope von Heinz reichte einigermaßen für die paar Tage, die mein Vater mich einschloss. Aus dem Entzug wurde also nichts. Als mein Vater die Wohnungstür den ersten Tag nicht abschloss, haute ich ab. Eine Woche war ich auf Trebe, bevor mein Vater mich fand und wieder mit nach Hause nahm. Ich wartete wieder, dass er mich schlug. Aber er war nur noch ein bisschen verzweifelter.

* Heinz G. wurde am 10. 2. 1978 vom Landgericht Berlin wegen Weitergabe von Heroin an Christiane und Babsi sowie wegen sexuellen Missbrauchs eines anderen Kindes zu dreieinhalb Jahren Freiheitsstrafe verurteilt.

Ich sagte ihm dann, dass ich das nicht schaffe allein. Man könne das nicht bringen, wenn man den ganzen Tag total allein sei. Babsi tot. Detlef im Knast. Stella im Knast. Ich erzählte ihm von Stella. Dass sie mit ihren vierzehn Jahren im Knast zu Grunde ginge. Ich hatte das von einem Mädchen gehört, das mit Stella in einer Zelle war und freigelassen wurde. Stella wollte sich ständig umbringen. Ihr einziger Halt waren die Terroristinnen, die im selben Knast waren. Stella hatte im Knast ein paarmal mit der Monika Berberich von der RAF gesprochen und war total auf die Frau abgefahren. Viele Fixer fanden die Terroristen unheimlich geil. Es gab auch Fixer, die hatten versucht, in eine Terrorgruppe reinzukommen, bevor sie mit H ausflippten. Und als dann die Schleyer-Entführung kam, törnte mich das auch irgendwie an. Ich war eigentlich gegen jede Gewalt. Ich hätte nie jemandem etwas tun können. Mir wurde schlecht, wenn ich Gewalt sah. Aber ich dachte dann, die von der RAF hätten vielleicht doch den Durchblick. Man könne diese Scheißgesellschaft nur mit Gewalt ändern.

Meinem Vater ging die Geschichte mit Stella richtig an die Nieren. Er wollte sie schließlich aus dem Knast holen und adoptieren. Ich hatte ihm eingeredet, dass ich es mit Stella zusammen schaffen würde, clean zu werden. Das war dann auch eine letzte Hoffnung für ihn. Eine idiotische Hoffnung. Aber wie hätte er es besser wissen sollen? Mein Vater tat sicher nicht das Richtige die ganze Zeit, in der ich bei ihm war. Aber er tat eben, was er konnte. Wie meine Mutter.

Mein Vater rannte dann dem Jugendamt die Bude ein und schaffte es tatsächlich, Stella aus dem Knast loszueisen. Sie war echt psychisch und körperlich am Ende. Sie war noch viel schlimmer drauf als in der Zeit vor dem Knast. Ich war noch nicht clean, als sie zu uns kam, obwohl ich mir das fest vorgenommen hatte, und brachte sie dann auch schon am ersten Tag wieder auf H. Sie hätte sowieso gleich wieder angefangen zu fixen. Wir redeten nur die ersten Tage noch ernsthaft von

Entzug. Dann hatten wir schnell raus, wie wir meinen Vater zu zweit beinah perfekt ablinken konnten. Wir teilten uns alle Aufgaben. Auch das Anschaffen machten wir oft schichtweise. Zum Anschaffen gingen wir nur noch auf den Autostrich an der Kurfürstenstraße.

Mir war alles so egal, dass ich keinen Horror vor dem Autostrich mehr hatte. Wir waren eine Clique von vier Mädchen auf der Kurfürsten- und Genthiner Straße. Außer Stella und mir die beiden Tinas. Die hießen zufällig beide Tina. Die eine von ihnen war noch ein Jahr jünger als ich. Also gerade erst vierzehn.

Wir arbeiteten immer mindestens zu zweit. Wenn eine mit einem Freier wegfuhr, notierte sich die andere die Autonummer, so, dass der Typ das sehen musste, also gar nicht erst auf linke Touren kam. Das war auch ein Schutz vor Zuhältern. Vor Bullen hatten wir keine Angst. Die Streifenwagen fuhren vorbei und die Bullen winkten uns oft fröhlich zu. Einer von ihnen gehörte sogar zu meinen ständigen Freiern. Ein ganz ulkiger Kerl. Er wollte immer Liebe. Und es war immer wieder schwer, ihm zu erklären, dass Anschaffen Arbeit ist und nicht Liebe.

Das musste man auch anderen Freiern erklären. Die meisten wollten irgendwie auch mit mir quatschen. Erst mal kamen immer dieselben Sprüche. Wie ein so hübsches Mädchen wie ich auf die Straße käme? Ich hätte das doch wirklich nicht nötig und so. Das waren die Sprüche, die mich am meisten nervten. Dann wollten sie mich auch noch retten. Richtige Heiratsanträge bekam ich. Dabei wussten sie natürlich genau, dass sie nur das Elend der Fixer ausnutzten, um sich zu befriedigen. Irrsinnig verlogen waren diese Freier. Sie meinten uns helfen zu können und hatten selber genug Probleme, mit denen sie nicht fertigwurden.

Es waren meistens Typen, die sich nicht zu Profinutten trauten. Die überhaupt irgendwie Schwierigkeiten mit Frauen hatten und deshalb auf den Babystrich kamen. Sie erzählten, wie total frustriert sie seien von ihrer Frau und ihrer Familie und dem ganzen Leben, in dem sich nichts verändere. Manchmal schienen sie sogar ein bisschen neidisch zu sein auf uns, jedenfalls darauf, dass wir noch so jung waren. Sie wollten wissen, was bei der Jugend so modern war, welche Musik, welche Kleidung, welche Sprüche.

Ein Typ, schon an die fünfzig, wollte unbedingt mal Haschisch rauchen, weil er meinte, die jungen Leute rauchen alle Haschisch. Ich bin also für Extrageld mit ihm durch halb Berlin gegurkt, um einen Dealer aufzutreiben, der Haschisch hatte. Mir war das noch nie so aufgefallen, aber es war echt irre, an jeder Ecke gab es H und nirgends Shit. Um ein bisschen Haschisch zu kaufen, brauchten wir bald drei Stunden. Der Freier rauchte dann im Wagen einen Joint und war hinterher ganz selig, dass er einen Joint geraucht hatte.

Es gab komische und linke Vögel auf dem Autostrich. Einem musste man immer auf seine Stahlschiene im Bein klopfen. Die hatte er seit einem Motorradunfall. Einer kam mit einem Papier, das wie eine amtliche Bescheinigung aussah. Darin wurde mit Stempel bescheinigt, dass der Typ unfruchtbar war. Er wollte nur ohne Gummi. Der linkeste Typ behauptete, er sei von einer Modellagentur und wolle Probeaufnahmen machen. Im Auto zog er dann eine Pistole und forderte Service ohne Geld.

Am liebsten waren mir nachher noch die Studenten, die zu Fuß auf den Strich gelatscht kamen. Das waren ziemlich verklemmte Typen. Aber mit ihnen hatte ich noch Bock zu quatschen. Über diese Scheißgesellschaft. Das waren die Einzigen, mit denen ich auch auf die Bude ging. Mit den anderen machte ich es im Auto oder in einer Pension. Da kostete das Zimmer den Freier noch mal wenigstens zehn Mark. Und dann war da für uns auch noch eine Extraliege aufgestellt und das frisch bezogene Doppelbett durften wir nicht benutzen. Diese Pensionen waren echt das Tristeste.

Mit Stella verständigte ich mich immer durch verschlüsselte Sprüche, die wir an Litfaßsäulen oder leere Plakatwände schrieben. So wussten wir bei Schichtwechsel immer, was die andere gerade machte und was mein Vater sich wieder zu unserer Kontrolle ausgedacht hatte. Wenn mir auf der Kurfürstenstraße zum Heulen und Kotzen zu Mute war, ging ich manchmal in einen Laden, der sich »Teen Challenge« nannte. Die hatten sich also direkt an Sound und Kinderstrich eingenistet, um unsereins zu bekehren. In dem Laden bekam man Broschüren und Bücher über kleine Stricherinnen und Fixerinnen aus Amerika zu lesen, die von Teen Challenge auf den Weg zu Gott gebracht worden waren. Ich quatschte mich da aus, trank Tee und aß eine Schmalzstulle. Wenn sie dann anfingen, vom lieben Gott zu reden, haute ich ab. Im Grunde nutzten sie auch in diesem Laden die Fixerinnen nur aus, indem sie versuchten, uns für ihre Sekte zu keilen, wenn wir total am Ende waren.

Gleich neben dem Sektenkeller in der Kurfürstenstraße hatte eine kommunistische Gruppe ihren Laden. Ich las manchmal ihre Anschläge im Schaufenster. Die wollten also die Gesellschaft total verändern. Das gefiel mir. Aber ihre Sprüche halfen mir in meiner Situation auch nicht weiter.

Dann sah ich mir die Schaufenster der großen Möbelgeschäfte an, die an der Kurfürsten- und an der Genthiner Straße sind. Der Traum von der eigenen Wohnung mit Detlef kam wieder. Das brachte mich nur noch schlechter drauf.

Ich war nun so ungefähr auf der untersten Stufe einer Fixerkarriere angekommen. Wenn auf dem Autostrich nichts lief, machte ich auch Kriminelles. Kleine Dinger, weil ich wirklich nicht für Kriminelles geboren bin, weil ich dazu nie die Nerven hatte. Als mich Fixertypen mal mit zu einem Einbruch mitnehmen wollten, kniff ich. Meine größte Tat war, nach fast einer ganzen Flasche Wermut mit einem Schlagring eine Autoscheibe einzuschlagen und ein Kofferradio zu klauen. Ansonsten half ich Fixern, die geklauten Sachen zu verhehlen. Ich transportierte heiße Ware auch von gewöhnlichen Kriminellen. Ich brachte Geklautes in die Schließfächer am Bahnhof Zoo und holte es auch wieder ab. Ich bekam dafür höchstens zwanzig Mark. Dabei war das gefährlicher als Klauen. Aber ich hatte ja sowieso keinen Durchblick mehr.

Zu Hause belog ich meinen Vater und stritt mich mit Stella. Ich hatte mit Stella ausgemacht, dass wir uns die Jobs aufteilen und auch das Dope. Darüber gab es dann den meisten Streit. Weil jede von uns glaubte, die andere linke sie ab. Unter dieses Leben, das ich führte, ging nichts mehr drunter.

Mein Vater wusste natürlich schon längst wieder, was mit mir los war. Er war aber mittlerweile voll ratlos. Ich auch. Ich wusste allerdings, dass mir meine Eltern nicht mehr helfen konnten.

Ich brachte die Schule nicht mehr. Auch wenn ich da nur rumsaß. Ich konnte das Rumsitzen nicht mehr ertragen. Ich konnte überhaupt nichts mehr ertragen. Ich konnte nicht mehr mit einem Freier rummachen, ich konnte nicht mehr relaxed auf der Szene rumflippen, ich hielt meinen Vater nicht mehr aus.

Es war also wieder mal so weit. Weltuntergangsstimmung. Selbstmordgedanken. Ich kannte das ja schon, dass es überhaupt nicht mehr weiterging. Aber ich war noch immer zu feige, mir den Goldenen Schuss zu setzen. Ich suchte noch immer nach irgendeinem Ausweg.

Da dachte ich, dass ich freiwillig in die Irrenanstalt gehen könnte. In die Bonhoeffer-Heilanstalten, also Bonnies Ranch. Das war so ungefähr das Letzte, was ein Fixer machen konnte. Bonnies Ranch war der totale Horror für jeden Fixer. Es hieß immer: lieber vier Jahre Knast als vier Wochen Bonnies Ranch. Einige Fixer waren nach einem Zusammenbruch zwangsweise eingeliefert worden in Bonnies Ranch und erzählten später die tierischsten Horrorgeschichten.

Aber ich dachte voll naiv, wenn ich mich freiwillig diesem Horror auslieferte, dann würde irgendjemand auf mich aufmerksam. Dann müßte das Jugendamt oder wer auch sonst merken, dass da eine Jugendliche war, die dringend Hilfe brauchte. Und dass die Eltern total unfähig waren, dieser Jugendlichen zu helfen. Der Entschluss, freiwillig nach Bonnies Ranch zu gehen, war wie ein Selbstmordversuch, bei dem man heimlich hofft, doch wieder aufzuwachen, damit hinterher alle sagen: Die Ärmste, hätten wir uns doch nur genug um sie gekümmert, wir werden jetzt nie wieder so hässlich zu ihr sein.

Als ich den Entschluss gefasst hatte, ging ich zu meiner Mutter. Sie behandelte mich zunächst sehr kühl, weil sie mich ja irgendwie wohl doch abgeschrieben hatte. Ich fing sofort an zu weinen, echt an zu weinen. Dann habe ich versucht, ihr meine Geschichte zu erzählen, ziemlich wahrheitsgetreu. Da hat sie auch geweint und mich in den Arm genommen und nicht wieder losgelassen. Wir haben uns beide richtig happy geweint. Meine Schwester war auch ganz glücklich, dass ich wieder da war. Wir schliefen zusammen in meinem alten Bett. Ich kam bald auf Turkey.

Ein neuer Entzug fing an. Ich wusste gar nicht mehr, der wievielte Entzug es war. Ich war mittlerweile wahrscheinlich Weltmeister im Entziehen. Jedenfalls kannte ich niemanden, der so oft freiwillig entzog wie ich. Und so ohne jede Erfolgsaussicht. Es war beinah wie beim ersten Entzug. Meine Mutter nahm sich wieder frei und brachte mir, was ich wollte: Valium, Wein, Pudding, Obst. Am vierten Tag brachte mich meine Mutter dann nach Bonnies Ranch. Ich wollte das echt, weil ich ja mittlerweile wusste, dass ich sonst schon am nächsten Tag wieder gedrückt hätte.

Ich musste mich da gleich nackend ausziehen und wurde in ein Badezimmer geschoben. Wie der letzte Aussätzige. In zwei Badewannen wurden da gerade zwei reichlich irre Omas gebadet. Mich steckten sie in die dritte Badewanne und da musste ich mich dann unter Aufsicht abschrubben. Meine Sachen bekam ich nicht wieder. Ich kriegte stattdessen eine Unterhose, die mir von den Rippen bis in die

Kniekehlen ging und die ich immer festhalten musste, damit sie nicht rutschte. Und ein ziemlich altes Oma-Nachthemd. Ich kam auf die Wachstation zur Beobachtung. Da war ich die Einzige unter sechzig. Die Omis waren alle ganz schön meschugge. Bis auf eine. Die nannten sie Püppi.

Püppi war den ganzen Tag mit irgendwelchen Arbeiten auf der Station beschäftigt. Sie machte sich echt nützlich und nahm den Schwestern allerlei Arbeit ab. Mit Püppi redete ich. Sie machte keinen irren Eindruck, sie dachte nur irgendwie sehr langsam. Sie war schon fünfzehn Jahre auf der Wachstation. Vor fünfzehn Jahren hatten ihre Geschwister sie auf Bonnies Ranch einliefern lassen. Sie war anscheinend nie durch irgendeine Therapie gegangen. Sie war eben immer auf der Wachstation geblieben. Vielleicht weil sie sich da so nützlich machte. Ich dachte, dass da irgendetwas nicht stimmen kann, wenn jemand fünfzehn Jahre auf der Wachstation bleibt, nur weil er ein bisschen langsam denkt.

Am ersten Tag inspizierte mich gleich ein ganzes Ärzteteam. Das heißt, die meisten Weißkittel waren wohl Studenten, die mich in meinem Oma-Nachthemd sehr frech musterten. Der Boss der Weißkittel stellte ein paar Fragen und ich erzählte ganz naiv, dass ich in ein paar Tagen in eine Therapie gehen wollte und dann in ein Internat nach Westdeutschland, um das Abitur zu machen. Er sagte immer »Ja, ja«, wie man so zu Irren Ja, ja sagt.

Als ich wieder in meinem Bett lag, fielen mir gleich Irrenwitze ein. Ich überlegte, ob ich etwas Falsches gesagt hätte, weil die mich irgendwie so behandelt hatten wie einer, der sagt, dass er Napoleon sei. Ich hatte plötzlich Angst, dass ich wie Püppi nie wieder aus der Wachstation rauskäme und in meinem Oma-Nachthemd und der Riesenunterhose vor mich hin dämmern würde.

Nach zwei Tagen wurde ich dann aber auf die B-Station verlegt, weil ich keine Entzugserscheinungen mehr hatte. Ich bekam meine Klamotten zurück und durfte sogar wieder mit Messer und Gabel essen und nicht nur mit einem Kinderlöffel wie auf der Wachstation. Auf der B-Station waren noch drei Fixerinnen, die ich von der Szene kannte. Wir vier saßen an einem Tisch, den die Omis gleich den Terroristen-Tisch nannten.

Eine von den Mädchen, Liane, hatte schon reichlich Knasterfahrung. Sie sagte auch, dass Bonnies Ranch viel schlimmer sei als Knast. Vor allem, weil man im Knast jederzeit an H rankäme, auf Bonnies Ranch aber sei das sehr schwierig.

So weit war es also ganz lustig in Bonnies Ranch, weil wir jetzt zu viert waren. Trotzdem bekam ich allmählich wieder Panik. Denn ich bekam von den Ärzten keine vernünftige Antwort darauf, wann ich rauskäme in eine Drogentherapie. Sie sagten nur »Wollen mal sehen« und was sie noch so Sprüche draufhatten, die sie den Irren jeden Tag vorklopften.

Die Abmachung mit meiner Mutter und dem Jugendamt war gewesen, dass ich vier Tage in Bonnies Ranch bleiben sollte, damit die sichergingen, dass ich clean war. Und dann sollte ich einen Therapieplatz kriegen. Ich hatte ja aber schon selber entzogen und war fast clean dahin gekommen. Und vom Therapieplatz war keine Rede mehr.

Der dickste Hammer kam dann nach ein paar Tagen. Mir wurde ein Papier gebracht, auf dem ich unterschreiben sollte, dass ich freiwillig drei Monate in der Anstalt bliebe. Ich weigerte mich natürlich und sagte, ich wolle sofort raus. Ich sei freiwillig gekommen und könne deshalb auch gehen, wann ich wolle. Da kam der Oberarzt und sagte, wenn ich nicht für drei Monate unterschriebe, dann würde er die Zwangseinweisung für sechs Monate veranlassen.

Ich fühlte mich also voll abgelinkt. Ich kam total auf den Horror.

Mir war plötzlich sonnenklar, dass ich jetzt komplett von diesen idiotischen Ärzten abhängig war. Was wusste ich, was die für eine Diagnose über mich anfertigten. Die konnten mir eine schwere Neurose oder auch Schizophrenie oder was weiß ich anhängen. Als Insasse einer Irrenanstalt hatte man ja nicht mehr die kleinsten Rechte. Ich dachte echt, jetzt geht es dir wie Püppi.

Das Schlimmste war, dass ich plötzlich selber nicht mehr wusste, wie verrückt ich war. Eine Neurose hatte ich ja allemal. Denn so viel hatte ich bei Gesprächen mit Drogenberatern schon mitgekriegt, dass Sucht eine Neurose ist, eine Zwangshandlung. Ich dachte an das, was ich schon alles gemacht hatte. Diese vielen Entzüge und dann sofort wieder anfangen, obwohl ich genau gewusst hatte, dass ich mich damit selber irgendwann umbringen würde. Der ganze Scheiß, den ich schon in meinem bisschen Leben gebaut hatte, was ich mit meiner Mutter gemacht hatte, wie ich andere Leute behandelt hatte. Normal war das bestimmt nicht. Ich hatte also einen ganz schönen Hau. Und ich überlegte jetzt nur noch, wie ich es vor den Ärzten und Schwestern verbergen konnte, dass ich echt nicht normal war.

Diese Schwestern behandelten mich wie eine Idiotin, also wie die anderen Idioten auch. Ich nahm mich unheimlich zusammen, um nicht mehr aggressiv auf sie zu reagieren. Wenn die Ärzte kamen und Fragen stellten, versuchte ich nur Antworten zu geben, die ich normalerweise nie gegeben hätte. Ich versuchte krampfhaft, nicht ich selber zu sein, sondern irgendeine andere Person, die ganz normal war. Und wenn die Ärzte dann wieder weg waren, dachte ich, dass ich genau das Falsche gesagt hatte. Dass die mich jetzt für total bekloppt halten.

Das Einzige, was sie mir an Therapie anboten, war Stricken. Darauf hatte ich nun echt keinen Bock. Ich glaubte auch nicht, dass mir das helfen würde.

Vor den Fenstern waren natürlich Gitter. Aber keine normalen

Gitter wie im Knast, weil es ja kein Knast war, sondern schön verschnörkelte Gitter. Ich kriegte raus, wie man durch eine bestimmte Drehung den Kopf durch diese Schnörkel bekam und dann richtig aus dem Fenster sehen konnte. Ich stand da manchmal echt stundenlang, die Eisengitter um den Hals, und guckte nach draußen. Es wurde allmählich Herbst, die Blätter wurden gelb und rot, die Sonne stand schon ziemlich tief und schien jeden Tag etwa eine Stunde zwischen zwei Bäumen durch, genau in das Fenster.

Manchmal band ich eine der Blechtassen an eine Wollschnur, ließ sie aus dem Fenster baumeln und schlug sie gegen die Hauswand. Oder ich versuchte einen ganzen Nachmittag vergeblich, mit der Wollschnur einen Zweig ranzuziehen, um ein Blatt abzupflücken. Abends dachte ich: Wenn du noch nicht irre warst, bist du es hier garantiert geworden.

Ich durfte nicht mal in den Hausgarten, um mit den Omas im Kreis rumzugehen. Jeder Terrorist hatte ein Recht darauf, einmal am Tag an die frische Luft zu kommen. Ich nicht. Bei mir bestand Fluchtgefahr. Hatten sie ja recht.

Ich fand in einem Schrank einen alten Fußball. Den schoss ich immer wieder gegen eine abgeschlossene Glastür und hoffte, dass die Glastür kaputtging. Bis sie mir den Fußball wegnahmen. Ich rannte mit dem Kopf gegen Scheiben. Aber die waren natürlich überall aus Panzerglas. Ich fühlte mich wie ein Raubtier in einem winzigen Raubtierkäfig. Ich tigerte stundenlang die Wände entlang. Einmal dachte ich, ich hielte das nicht aus. Ich müsste einfach rennen. Und da rannte ich einfach los. Immer den Flur rauf und runter. Bis ich absolut nicht mehr konnte und regelrecht zusammenbrach.

Ich ergeierte ein Messer und kratzte nachts zusammen mit Liane den Kitt aus einem verriegelten, aber nicht vergitterten Fenster. Die Scheibe rührte sich keinen Millimeter. Die nächste Nacht bauten wir ein Bett auseinander und versuchten, das Gitter eines offenen Fensters rauszubrechen. Die Omis im Zimmer hatten wir vorher so eingeschüchtert, dass sie sich nicht zu mucksen wagten. Manche hielten uns ja tatsächlich für Terroristen. Das Unternehmen war natürlich total sinnlos und machte so viel Krach, dass uns die Nachtwache erwischte.

So wie ich mich in dieser Irrenanstalt benahm, hatte ich keine Hoffnung mehr, dass die mich wieder rausließen. Ich kam immer weiter runter. Mein Körper baute nur scheinbar auf ohne Drogen. Ich bekam eine dicke Wampe. Mein Gesicht war käsig, eingefallen und gleichzeitig aufgeschwemmt und im Spiegel kam es mir vor wie das Gesicht von einer, die schon ihre fünfzehn Jahre auf Bonnies Ranch abgerissen hat. Ich schlief kaum noch. Es war auch fast jede Nacht was los auf der Station. Und ich dachte immer, ich verpasste eine Gelegenheit zur Flucht. Obwohl alles ganz hoffnungslos war, machte ich mich jeden Morgen zurecht, als würde ich gleich auf die Szene fahren. Ich bürstete meine Haare mit unheimlicher Ausdauer und schminkte mich und zog mir meine Jacke über.

Einmal kam wenigstens jemand vom Jugendamt. Der sagte auch nur: »Wir wollen mal sehen.« Aber über ihn erfuhr ich wenigstens, in welchem Knast Detlef war und welches Aktenzeichen er hatte. Ich setzte mich sofort hin und schrieb einen seitenlangen Brief. Und als ich den abgegeben hatte, fing ich gleich einen neuen an. Ich konnte mal wieder richtig losquatschen. Ausquatschen durfte ich mich allerdings in den Briefen auch nicht. Denn die wurden ja gelesen. Wahrscheinlich schon bei Bonnies, mit Sicherheit aber im Knast. Ich musste in den Briefen also wieder fleißig lügen. Dass ich überhaupt kein Verlangen nach irgendwelchen Drogen hätte und so weiter.

Von Detlef bekam ich dann auch einen ganzen Stapel Briefe auf einmal. Er schrieb, dass er unheimlichen Scheiß gebaut habe, als er dem Freier die Euroschecks klaute. Dass er das aber nur getan hatte, um in Paris zu entziehen. Er hätte mich damit überraschen wollen, weil wir es zusammen ja doch nie gebracht hätten. Detlef schrieb, dass er bald wieder rauskäme und dann eine Therapie mache. Ich schrieb, dass ich auch bald in die Therapie ginge. Und wir schrieben beide, dass wir nach der Therapie zusammen in eine Wohnung ziehen würden. Wir spannen uns in diesen Briefen also wieder mal unser gemeinsames Paradies nach der Therapie zusammen. Dabei dachte ich, wenn ich gerade mal nicht an Detlef schrieb, dass ich nie wieder aus Bonnies Ranch rauskäme.

Eine echte Chance hatte ich noch. Mein Pilz war wiedergekommen und ich sagte der Ärztin auf der Station jeden Tag, dass ich zur Operation ins Krankenhaus müsse, weil ich es vor Schmerzen nicht mehr aushielte. Eines Morgens wurde ich dann tatsächlich unter strenger Bewachung ins Rudolf-Virchow-Krankenhaus gebracht. Nach der Untersuchung musste ich gleich dableiben, denn es war wirklich ziemlich schlimm. Ich hatte schon von Fixern gehört, wie man aus dem Krankenhaus rauskommt. Ich besorgte mir einen Parkschein. Das ist die Erlaubnis, in den Krankenhauspark zu gehen. Den kriegt man natürlich als Fixerin nicht so ohne weiteres. Aber es gab da einen tollen Trick. Ich ging zu einer ganz lieben schlitzäugigen Schwester und erzählte ihr, ich wollte arme alte Omis, die nicht mehr laufen konnten, ein bisschen im Park rumschieben. Die war voll ahnungslos und fand das wahnsinnig niedlich von mir.

Ich ergeierte mir dann auch gleich eine Omi, die fand, dass ich ein sehr liebes Kind sei. Ich schob sie in den Park und sagte: »Warte einen Moment, Omi, ich bin gleich wieder da.« In den nächsten paar Sekunden war ich auch schon über den Zaun.

Ich lief zum U-Bahnhof Amrumer Straße und fuhr zum Zoo. Ich hatte mich noch nie so frei gefühlt. Ich ging gleich zur Szene an der TU-Mensa. Ich flippte da ein bisschen rum und setzte mich dann zu drei jungen Fixern auf eine Bank. Ich erzählte ihnen, dass ich gerade aus Bonnies abgehauen sei. Das imponierte ihnen natürlich kolossal.

Ich war tierisch schussgeil. Einer von den Jungs dealte. Ich fragte, ob ich nicht etwas auf Kombi haben könne. Er sagte, wenn ich ihm vermitteln helfen würde, könnte er mir was geben. Ich sagte Okay. Er gab mir was. Und ich drückte es gleich auf der Mensatoilette weg.

Ich hatte nur knapp die Hälfte von einem Viertel gedrückt. Das Dope war auch nicht übermäßig gut. Ich fühlte mich zwar ganz gut, hatte aber noch vollen Durchblick. Musste ich ja auch haben, weil ich für den Typ vermitteln sollte. Das war noch ein jungscher Typ, den ich ein bisschen von der Haschischszene auf der Hasenheide kannte. Er ging noch zur Schule. War so sechzehn. Ich merkte gleich, dass er nicht viel Erfahrung mit Dealen hatte. Sonst hätte er mir nicht gleich den Schuss ausgegeben, sondern hätte mich erst vermitteln lassen.

Ich roch dann, dass es plötzlich nur so von Zivilbullen wimmelte vor der Mensa. Der Typ checkte überhaupt nichts. Ich musste noch hin zu ihm und »Bullen« flüstern, bevor der irgendwas mitkriegte. Ich ging dann langsam Richtung Zoo und er schlich hinterher. Als mir ein Fixer vom Bahnhof entgegenkam, sagte ich: »Bleib stehn, Alter. Razzia bei der Mensa. Ich kann dir aber astreines Dope vermitteln.« Der jungsche Dealer kam auch gleich ran und holte echt sein ganzes Dope aus der Tasche und sagte, der Typ könne mal antesten. Ich dachte, mein Hamster bohnert. Dreihundert Meter weiter Razzia und der Idiot zieht sein H aus der Tasche.

Dann kamen auch gleich zwei Zivilbullen, die da schon gelauert hatten. Rennen machte keinen Sinn mehr. Dieser Anfänger von Dealer warf seine Päckchen nur so in der Gegend rum. Überall flatterte lila Stanniolpapier. Der glaubte wohl, er könne das noch dem Fixer oder mir in die Schuhe schieben, und laberte immer, er habe damit nichts zu tun.

Wir mussten uns gegen einen VW lehnen, die Arme hoch, und wurden nach Waffen durchsucht, obwohl keiner von uns älter als sechzehn war. Dieser Mistkerl von Bulle ging mir dabei auch noch an die Titten. Ich war aber total cool. Ich hatte ja meinen Druck gehabt und mich konnte nach Bonnies sowieso nichts mehr erschüttern. Ich hab sofort wieder auf gut erzogenes Kind gemacht. Die waren dann auch ganz freundlich, als sie die Personalien aufnahmen. Einer sagte zu mir: »Mensch, kaum fünfzehn, was machst du denn hier?« Ich sagte: Bummeln und steckte mir auch gleich eine Zigarette in die Flappe. Da wurde er ganz ärgerlich: »Los, weg mit dem Glimmstängel. Das ist doch das reine Gift in deinem Alter.« Ich musste die Zigarette wegwerfen.

Wir wurden in die Polizeiwache Ernst-Reuter-Platz gebracht und in eine Zelle gesperrt. Der Möchtegern-Dealer flippte gleich aus und schrie: »Lasst mich raus! Lasst mich raus!« Ich zog mir die Jacke aus, knüllte sie zum Kopfkissen, legte mich auf die Pritsche und döste auch weg. So eine Festnahme war das Letzte, was mich noch erschrecken konnte. Und auf die Idee, die Bullen könnten rauskriegen, dass ich von Bonnies getürmt war, kam ich gar nicht erst. Denn noch war ich bestimmt nicht als vermisst gemeldet.

Ich war dann auch nach zwei Stunden wieder raus. Ich ging wieder zur Mensa. Und auf dem Weg dahin kam der Moralische volles Rohr. Ich fing an zu flennen. Ich hatte also wieder nach einem Entzug bei der ersten Gelegenheit gedrückt. Und ich wusste nicht mehr, wohin. Ich konnte doch unmöglich mit Stecknadelpupillen bei meiner Mutter auftauchen und sagen: »Da bin ich, Mutti. Getürmt. Mach mir mal Abendessen.«

Ich ging zur Drogenberatungsstelle in der alten Mensa der Technischen Universität. Da waren sehr coole Typen und die richteten mich wieder so weit auf, dass ich bei meiner Mutter anrufen konnte. Meine Mutter war halbwegs beruhigt, als sie hörte, dass ich von der Uni aus anrief. Auf dem Weg nach Hause merkte ich, dass ich Fieber hatte. Als ich in meinem Bett lag, waren es schon über vierzig Grad. Meine Mutter holte den Notarzt, weil ich zu fantasieren anfing. Der wollte mir eine Spritze geben und ich hatte plötzlich panische Angst, weil ich die Spritze in den Hintern bekommen sollte. Ich konnte mir zwei-, dreimal täglich in den Arm stechen. Aber als der mir die Spritze in den Hintern knallte, flippte ich fast aus.

Das Fieber ging dann gleich wieder runter. Aber ich war total fertig. Bonnies Ranch hatte mir physisch und psychisch den Rest gegeben. Als ich nach drei Tagen wieder aufstehen konnte, fuhr ich sofort zur Drogenberatungsstelle. Ich musste auf dem Weg dahin über die Szene bei der Mensa. Ich rannte da, ohne links und rechts zu sehen, durch.

Eine Woche lang ging ich jeden Tag zur Drogenberatungsstelle. Da konnte ich endlich mal quatschen. Das war das erste Mal, dass ich irgendwo hinkam, und man ließ mich ausquatschen. Bisher war ich immer voll angelabert worden. Meine Mutter hatte mich immer vollgequatscht, mein Vater, die Narkonontypen, alle. In der TU-Mensa sollte ich erzählen und selber checken, was mit mir los war. Ich rannte noch zu den Beratern, als ich im Gesicht schon gelb war wie eine Zitrone. Als ich vor der Mensa ein paar Bekannte traf, rannten die regelrecht weg vor mir und schrien: »Mensch, hau ab mit deiner verdammten Gelbsucht.«

Ich wollte es nicht wahrhaben, dass ich mir schon wieder eine Gelbsucht eingefangen hatte. Es war auch echt verrückt. Immer wenn ich wirklich eine längere Zeit clean geblieben war und eine Hoffnung hatte, kriegte ich prompt diese Fixerkrankheit. Als die Bauchschmerzen ziemlich unerträglich wurden, fuhr ich mit meiner Mutter ins Klinikum Steglitz. Ich wollte nach Steglitz, weil die da eine astreine Kantine hatten. Da saß ich dann in der Aufnahme zwei Stunden rum und krümmte mich auf meinem Stuhl vor Schmerzen. Jede Schwester, die reinkam, konnte an meinem gelben Gesicht sofort ablesen, was mit mir los war. Aber die taten überhaupt nichts. Das Wartezimmer war voll mit Menschen, Kinder darunter. Wenn meine Gelbsucht wieder ansteckend gewesen wäre, hätte ich die alle infizieren können.

Nach zwei Stunden bin ich dann losgelaufen. Immer an der Wand lang, weil ich sehr schwach war und wahnsinnige Schmerzen hatte. Ich wollte mich nach der Isolierstation durchfragen, und als ein Arzt vorbeikam, sagte ich ihm: »Ich will ein Bett. Ich will hier nicht alle Leute anstecken. Denn ich habe die Gelbsucht, wie Sie vielleicht sehen können.« Der hat gemeint, da könne er so auch nichts dran machen. Ich müsse erst mal in die Aufnahme. Ich also wieder zurück.

Als ich dann endlich mit einer Ärztin sprechen konnte und ihr lieber gleich erzählte, dass ich die Gelbsucht wahrscheinlich vom Fixen hätte, sagte die doch eiskalt: »Tut mir leid, da sind wir nicht zuständig.«

Für Fixer will eben niemand zuständig sein. Meine Mutter und ich also wieder rein ins Taxi. Meine Mutter regte sich unheimlich über die Ärzte auf, weil die nichts für mich getan hatten. Am nächsten Morgen brachte sie mich ins Rudolf-Virchow-Krankenhaus. Das stank mir natürlich mächtig, weil ich da schon einmal abgehauen war.

Ein jungscher Assistenzarzt kam, um mir Blut abzunehmen. Ich habe ihm gleich meine Venen gezeigt, wo es sowieso keinen Sinn hätte, reinzustechen: »Da habe ich eine Thrombose. Die Vene ist sowieso total verknorpelt. Sie müssen eine nehmen, die darunter liegt. Nicht gerade reinstechen, sondern schräg, sonst kommen Sie sowieso nicht durch.«

Der Typ war ganz verunsichert, stach dann aber prompt doch in eine total verknorpelte Vene. Der zog und zog und es kam kein Blut, durch das Vakuum in der Spritze knallte dann die Nadel regelrecht wieder raus aus meinem Arm. Die nächsten Male hat er mich erst gefragt, wo er sie ansetzen sollte.

Ich schlief zwei Tage durch. Die Gelbsucht war nicht ansteckend.

Und am vierten Tag waren die Leberwerte schon wieder ganz gut, der Urin kaum noch rot und mein Gesicht wurde langsam wieder weiß.

Ich musste jeden Tag bei den Drogenberatern anrufen und machte das auch. Ich hoffte ja, da gleich einen Therapieplatz zu bekommen. Und dann kam der große Hammer. Detlef war wieder raus aus dem Knast. Meine Mutter brachte ihn gleich am nächsten Besuchstag, einem Sonntag, mit.

Na ja, große Liebe, Umarmungen, Küsse, Seligkeit. Wir wollten einen Moment allein sein und gingen raus in den Krankenhauspark. Es war, als wären wir nie getrennt gewesen. Kaum waren wir draußen, saßen wir schon in der U-Bahn, Richtung Szene. Der Zufall spielte mit. Wir trafen gleich einen Bekannten, Wilhelm, der es echt gut getroffen hatte. Der lebte bei einem Schwulen, einem sehr prominenten Arzt und Schriftsteller. Dieser Arzt gab Wilhelm nicht nur reichlich Kohle, sondern schickte ihn auch auf ein Privatgymnasium.

Wilhelm gab uns also gleich einen Druck aus. Ich war zum Abendbrot pünktlich im Krankenhaus zurück. Am nächsten Nachmittag kam Detlef wieder. Diesmal hatten wir echt Schwierigkeiten, Dope zu ergeiern, und ich war erst um halb elf Uhr abends wieder im Krankenhaus. Mein Vater hatte mich inzwischen besuchen wollen, weil er am nächsten Tag wieder mal nach Thailand flog.

Meine Mutter hatte dann wieder den verzweifelten Blick drauf, als sie kam. Ich fand, dass ich der letzte Dreck sei. Und dann kam auch noch mein Drogenberater und meinte, es hätte wohl keinen Zweck mit mir. Ich schwor mir und allen anderen, dass ich es ernst meinte mit dem Aufhören. Detlef heulte auch und sagte, es sei alles seine Schuld. Da ging er auch zur Drogenberatung. Und als er am Sonntag wiederkam, da hatte er schon für den nächsten Tag einen Therapieplatz.

Ich sagte: »Das finde ich hundertprozentig in Ordnung von dir, dass du das geschafft hast. Jetzt wird echt alles okay. Ich kriege auch noch meinen Platz. Ich schaffe das noch. Wir bauen nie wieder Scheiße zusammen.«

Wir gingen in den Park, und ich sagte: »Lass uns mal ganz schnell zum Zoo fahren. Ich muss mir noch einen Gruselroman kaufen, ›Rückkehr vom Totenkopfmond‹. Den dritten Teil. Die beiden ersten habe ich schon gelesen und meine Mutter hat die dritte Fortsetzung nirgends aufgetrieben.«

Detlef sagte: »Das ist ja prima, Alte. Da musst du ausgerechnet zum Zoo fahren, um dir einen Gruselroman zu kaufen. Sag doch gleich, dass du dir einen Druck machen willst.«

Das nervte mich unheimlich, dass Detlef plötzlich den Überlegenen mimte, der auf totalen Entzug ging. Ich dachte nämlich echt nicht an Dope. Ich wollte wirklich den dritten Teil von »Rückkehr vom Totenkopfmond«. Ich sagte: »Nun spinn dich bloß aus. Ich und Druck. Brauchst ja nicht mitzukommen.«

Detlef kam natürlich mit. In der U-Bahn fing ein altes Spiel von uns an. Ich legte mich sofort mit ein paar Omas an. Detlef war das wie immer peinlich und er ging auf die andere Seite des Waggons. Ich brüllte dann wie immer durch den ganzen Waggon: »He, Alter, du brauchst gar nicht so zu tun, als ob du nicht zu mir gehörst. Das sieht ja wohl jeder, dass du nichts Besseres bist als ich.« Dann kriegte ich wieder Nasenbluten. Das kriegte ich seit ein paar Wochen ständig in der U-Bahn. Ich war also total angenervt und wischte mir ständig das verdammte Blut aus dem Gesicht.

Zum Glück kriegte ich meinen Gruselroman am Zoo. Ich war schon wieder besser drauf und sagte zu Detlef: »Lass uns noch ein bisschen rumflippen. Das ist heute dein letzter Tag in Freiheit.« Wir flippten natürlich automatisch zur Szene. Stella war da und die beiden Tinas. Stella rastete mal wieder richtig aus vor Freude, mich wiederzusehen. Die beiden Tinas waren aber echt schlecht drauf. Turkey. Sie waren mit Stella auf der Kurfürstenstraße gewesen, hatten aber vergessen, dass Sonntag war. Und auf dem Autostrich läuft am Sonntagnachmittag nun überhaupt nichts. Da sind die Freier mit Mutti und den Kindern unterwegs und haben keine Zeit für so was.

Ich war irgendwie froh, dass ich aus der Scheiße raus war. Dass ich keine Angst vor Turkey zu haben brauchte und keine Freier machen musste. Ich hatte ja nun schon Wochen nichts mehr mit einem Freier gehabt. Ich fühlte mich den anderen überlegen und war richtig happy, echt übermütig. Und ich dachte noch: Mensch, das ist das erste Mal, dass du auf der Szene rumflippst und nicht schussgeil bist.

Wir standen an der Autobushaltestelle beim U-Bahnhof Kurfürstendamm. Neben uns waren zwei Kanaken, die mir ständig zuzwinkerten. Ich sah wohl trotz Gelbsucht am frischesten von uns vieren aus, weil ich ja nun lange Zeit relativ clean geblieben war. Ich hatte auch keine Fixerkluft an, sondern richtige Teeniekleidung, die ich mir von meiner Schwester ausgeliehen hatte, weil ich mich auch äußerlich von den Fixern unterscheiden wollte. Ich hatte mir im Krankenhaus sogar die Haare ziemlich kurz geschnitten.

Die Kanaken hörten nicht auf zu zwinkern. Ich fragte die beiden Tinas: »Soll ich die für euch klarmachen. Und wenn ihr erst mal nur vierzig Mark kriegt, dann könnt ihr euch wenigstens ein halbes Halbes teilen.« Den beiden Tinas war sowieso alles egal, so schlimm waren sie auf Turkey. Ich ging also im totalen Übermut zu den Kanaken und sagte: »Ihr wollt die zwei Mädchen? Ich fragen für euch. Fünfzig Mark. Capito?« Ich zeigte auf die Tinas.

Die grinsten blöd und sagten: »Nein, du, du bumsen, du Pension.«

Ich war total relaxed und überhaupt nicht mehr aggressiv und sagte: »Nee, das haut schon mal gar nicht hin. Aber Mädchen sind große Klasse. Vierzehn Jahre. Nur fünfzig Mark.« Die jüngere Tina war tatsächlich gerade erst 14 Jahre alt geworden.

Die Kanaken blieben stur. Und wenn ich mir die beiden Tinas ansah, konnte ich die Kanaken auch irgendwie verstehen. Die Tinas sahen auf Turkey wirklich nicht zum Anbeißen aus. Ich ging zurück zu den Mädchen und sagte, dass da so nichts liefe. Und dann ritt mich irgendwie der Teufel. Ich nahm Stella beiseite und sagte ihr: »Die Tinas schaffen in ihrem Zustand sowieso keine Freier mehr. Schon gar nicht Kanaken. Lass uns doch mitgehen. Dann geilen wir die erst ordentlich an und die Tinas machen sie schnell fertig. Die bumsen ja sowieso mit Freiern. Wir verlangen hundert Mark und kaufen ein halbes Gramm.«

Stella war sofort einverstanden. Dabei waren Kanaken für uns beide ja das Letzte. Jedenfalls hätte keine der anderen je eingestanden, etwas mit einem Kanaken gehabt zu haben.

Ich ging also zu den beiden Türken und machte ihnen den Vorschlag und die waren auch sofort voll fickerig. Nur Detlef war total sauer und meinte: »Jetzt gehst du also wieder anschaffen.« Ich sagte: »Hör doch auf. Ich mache überhaupt nichts. Wir sind doch vier Mädchen.« Ich bildete mir ein, ich machte das Ganze aus Mitleid mit den Tinas. Mitleid mag auch dabei gewesen sein. Aber unbewusst suchte ich wahrscheinlich nur einen Umweg, um an Dope zu kommen.

Ich sagte den anderen, wir müssten zur Pension Norma in der Nürnberger Straße, weil die die größten Zimmer hätten. In die anderen Pensionen würden die uns zu sechst gar nicht auf ein Zimmer lassen. Dann zogen wir los. Und plötzlich schlich noch ein dritter Kanake hinter uns her. Die beiden anderen erklärten: »Das Freund. Auch Pension.«

Wir sagten erst mal gar nichts und kassierten die hundert Mark ab. Stella ging mit einem der Kanaken Dope besorgen. Sie kannte einen Dealer, der die größten halben Gramms auf der Szene verkaufte. Als sie mit dem Dope zurückkam, zogen wir dann zu acht über die Tauentzien. Vorne wir vier Mädchen und Detlef, alle eingehakt. Wir räumten den Bürgersteig leer. Dahinter die drei Kanaken.

Aber es war eine ziemliche Spannung. Die beiden Tinas wollten das H haben. Stella gab es nicht raus. Sie hatte natürlich Angst, dass uns die Tinas abhauen würden. Außerdem wollten wir den dritten Kanaken loswerden, der in unserem Deal überhaupt nicht mit drin war.

Stella drehte sich dann um, zeigte auf den dritten und legte los: »Wenn Kanake da mitkommt, wir nix machen.« Sie brachte es sowieso, einen Türken mit Kanake anzureden.

Die drei Kanaken hielten aber mittlerweile Händchen und ließen sich überhaupt nicht beeindrucken. Stella sagte, dann sollten wir sie einfach ablinken und losrennen. Ich war zuerst voll dabei, weil ich flache Schuhe anhatte. Zum ersten Mal seit wenigstens drei Jahren lief ich mit flachen Schuhen rum. Die hatte ich mir auch von meiner Schwester geliehen. Dann kamen mir aber Bedenken. Ich sagte: »Wir treffen die bestimmt mal wieder und dann geht es uns dreckig.« Ich hatte echt vergessen, dass dies mein letzter Nachmittag auf Szene und Strich sein sollte.

Stella war sauer. Sie blieb zurück und redete noch mal auf die Kanaken ein. Wir gingen gerade unter der Treppe am Europa-Center durch. Als es still hinter uns wurde, drehte ich mich um und da war Stella weg. Wie vom Erdboden verschwunden. Mit dem ganzen Dope. Die Kanaken merkten das dann auch und taten ganz aufgeregt.

Ich dachte nur: Echt Stella. Ich hatte eine tierische Wut. Ich meinte, sie könnte nur ins Europa-Center abgehauen sein, und raste die Treppe der Fußgängerüberführung hoch. Detlef hinterher. Die beiden Tinas kamen nicht mehr weg. Die Kanaken hatten sie gekrallt. Ich rannte wie eine Irre durch das Europa-Center. Ich rechtsrum und Detlef linksrum. Keine Spur von Stella. Ich fand sie auch nicht und hatte obendrein ein schlechtes Gewissen wegen der Tinas.

Ich sah, wie sie von den Türken in eine Pension abgeschleppt wurden, und wartete draußen stundenlang, bis sie endlich mit der Dreckarbeit fertig waren. Nun sollten sie wenigstens ihren Druck kriegen, auf den sie so geil waren. Ich ahnte, wo Stella zu finden war. Tina und ich fuhren runter auf den U-Bahnhof Kurfürstendamm. Da war kaum noch was los, weil die Szene um diese Zeit zum Treibhaus abwanderte, oben am Kurfürstendamm. Aber wir suchten ja Stella und gingen direkt auf die U-Bahn-Toiletten. Kaum waren wir durch die Tür, hörte ich schon Stella voll in action. Sie quasselte auf jemanden ein. Auf dieser Toilette sind eine ganze Menge Türen, aber ich checkte sofort, auf welchem Klo Stella war. Ich haute mit den Fäusten gegen die Klotür und schrie: »Stella, mach sofort die Tür auf. Sonst passiert was.«

Die Tür flog auch gleich auf. Stella kam raus. Die kleine Tina klatschte Stella erst mal eine ins Gesicht. Stella, total breit, sagte: »Da, da habt ihr das ganze Dope. Ich will nichts davon haben.« Und weg war sie.

War natürlich voll gelogen. Stella hatte gut die Hälfte des halben Gramms gleich weggeknallt, damit wir nicht mehr rankamen. Die beiden Tinas und ich warfen den Rest von dem halben Gramm und das Dope, das wir gerade gekauft hatten, zusammen und teilten es gerecht untereinander auf.

Für mich war das mehr als genug nach dem Entzug. Ich hatte Mühe, von dem Klo wieder hochzukommen. Wir fuhren zum Treibhaus. Da war Stella wieder voll in action. Sie vermittelte für einen Dealer. Wir gleich: »Komm, du schuldest uns noch ein halbes Halbes.« Sie rückte auch ohne weiteres raus damit. Ein bisschen schlechtes Gewissen brachte sie doch noch.

Ich sagte: »Du bist das letzte Miststück. Ich will nie wieder was mit dir zu tun haben.«

Ich ging ins Treibhaus, drückte meinen Anteil von Stellas Dope weg und holte mir eine Cola. Ich saß allein in einer Ecke. Das waren die ersten Minuten seit dem Nachmittag, in denen ich zur Ruhe kam. Einen Moment hoffte ich, dass Detlef auftauchte. Dann war es eh zu spät. Ich hatte angefangen nachzudenken.

Das Nachdenken fing noch ganz harmlos an. Ich dachte: Das ist doch echt Scheiße. Erst linkt dich dein einziger Freund ab und dann deine beste Freundin. Es gibt eben überhaupt keine Freundschaft unter Fixern. Du bist total allein. Du bist immer allein. Alles andere ist Einbildung. Der ganze Terror um einen Druck an diesem Nachmittag. Das war ja nichts Besonderes. Jeden Tag ist dieser Terror.

Ich hatte einen lichten Moment. Ich hatte ja manchmal lichte Momente. Aber immer nur auf H. Wenn ich nüchtern war, dann war ich total unzurechnungsfähig. Das hatte dieser Tag mal wieder ausreichend bewiesen.

Ich dachte also weiter nach. Das war gar nicht dramatisch. Ich war ganz ruhig, weil ich mir ja genügend H reingeknallt hatte. In das Krankenhaus zurück ging ich nicht. Es war schon nach elf.

Ich wäre da sowieso rausgeflogen und mich hätte auch kein Krankenhaus mehr aufgenommen. Die Ärztin hatte meiner Mutter gesagt, dass meine Leber kurz vor der Zirrhose sei. Wenn ich so weitermachte, hätte ich jedenfalls nicht mehr als zwei Jahre. Mit Drogen-Info war es sowieso aus. Da brauchte ich gar nicht mehr anzurufen, denn die standen mit dem Krankenhaus in Verbindung. War auch richtig, dass sie solche wie mich nicht aufnahmen. Es gab schließlich viele Fixer in Berlin, die gern in die Therapie wollten und eben kaum Therapieplätze. Klar, dass nur Leute einen Therapieplatz bekamen, die noch genügend Power hatten, bei denen also echt eine Aussicht bestand, dass sie von der Droge wegkamen. Und zu denen gehörte ich ja nun mit Sicherheit nicht. Ich hatte wohl auch einfach ein bisschen früh angefangen, um da noch wieder rauszukommen.

Ich war ganz klar. Ich zog ganz nüchtern Bilanz und trank dabei meine Cola. Ich dachte ganz praktisch. Wo sollte ich in dieser Nacht hin? Meine Mutter hätte mir die Tür vor der Nase zugeschlagen. Oder sie hätte am nächsten Morgen die Polizei alarmiert und mich in ein Heim einweisen lassen. Das hätte ich jedenfalls an ihrer Stelle gemacht. Mein Vater war in Thailand. Stella ging sowieso nicht. Von Detlef wusste ich nicht mal, bei welchem Freier er in dieser Nacht pennte. Oder es war ihm tatsächlich ernst mit dem Entzug, dann war er bei seinem Vater. Dann war er ab morgen sowieso weg. Ich hatte also nicht mal ein Bett. Diese Nacht nicht und die nächste auch nicht.

Beim letzten Mal, als ich nüchtern nachgedacht hatte, war ich auf die zwei Möglichkeiten gekommen, die es damals für mich gab: entweder endgültig aufhören mit dem H oder Goldener Schuss. Die erste Möglichkeit war nun leider weg. Fünf oder sechs Entzüge ohne den geringsten Erfolg waren schließlich auch genug. Ich war weder besser noch schlechter als die anderen Fixer. Warum sollte gerade ich zu den paar Prozent gehören, die wieder von der Droge wegkommen. Ich war nichts Besonderes. Ich ging auf den Kudamm und fuhr zur Kurfürstenstraße. Ich war nachts noch nie auf der Kurfürstenstraße zum Anschaffen gewesen. Fixerinnen gingen da nachts nicht hin, weil zu viele Profinutten rumliefen. Ich hatte keine Angst. Ich machte ganz schnell zwei Freier und fuhr zurück zum Treibhaus. Ich hatte hundert Mark und kaufte mir ein halbes Gramm.

Ich wollte nicht auf die Toilette im Treibhaus und auch nicht auf die Toilette am Kurfürstendamm. Da war nachts zu viel Betrieb. Ich holte mir noch eine Cola und dachte darüber nach, auf welche Toilette ich gehen sollte. Mir fiel die Toilette am Bundesplatz ein. Da war nachts kein Mensch. Auch morgens war es da eigentlich immer völlig ruhig.

Ich ging zu Fuß zum Bundesplatz. Ich hatte keine Panik. Ich war total ruhig. So eine leere Toilette nachts hat eigentlich etwas Unheimliches. Ich fühlte mich aber irgendwie geborgen in dieser Toilette. Sie war sauber und hell. Ich hatte sie ganz für mich allein. Die Toiletten auf dem Bundesplatz sind die besten von Berlin. Die Klos sind riesengroß. Wir waren schon mal mit sechs Mann in einem Klo gewesen. Die Türen sind unten nicht offen, sondern gehen bis auf den Fußboden. Und es sind nirgends Löcher in die Wände gebohrt. Weil die Toiletten am Bundesplatz die besten von Berlin sind, haben sich da schon einige Fixer umgebracht.

Keine Omas, keine Spanner, keine Bullen. Es gab keinen Anlass zur Hektik. Ich ließ mir Zeit. Ich wusch mein Gesicht und bürstete mir die Haare, bevor ich das Besteck reinigte, das ich mir von Tina ausgeliehen hatte. Ich war sicher, dass das halbe Gramm reichen würde. Nach den letzten Entzügen hatte immer ein viertel Gramm genügt, mich auszuknocken. Jetzt hatte ich schon mehr als ein Viertel drin. Und mein Körper musste von der Gelbsucht ziemlich geschwächt sein. Ich hätte lieber ein ganzes Gramm gehabt. Atze hatte es mit einem ganzen Gramm gemacht. Aber ich hätte nicht noch zwei Freier machen können.

Ich suchte mir in Ruhe das sauberste Klo aus. Ich war wirklich total ruhig. Ich hatte keine Angst. Ich hätte nie gedacht, dass so ein Selbstmord so undramatisch ist. Ich dachte nicht an mein bisheriges Leben. Ich dachte nicht an meine Mutter. Ich dachte nicht an Detlef. Ich dachte nur an meinen Druck.

Ich verstreute wie immer meine Siebensachen um das Klo. Ich tat das Dope auf den Löffel, den ich auch von Tina hatte. Ich dachte einen Moment, dass nun auch ich Tina abgelinkt hatte. Die saß nämlich im Treibhaus und wartete auf ihr Besteck und auf ihren Löffel. Dann merkte ich, dass ich Zitrone vergessen hatte. Aber das Dope war gut und löste sich auch so.

Ich suchte mir eine Vene im linken Arm. Es war eigentlich wie bei jedem Druck. Nur, dass dies nun echt mein letzter sein sollte. Beim zweiten Versuch traf ich die Vene. Es kam Blut. Ich knallte das halbe Gramm rein. Ich kam nicht dazu, noch mal aufzuziehen, um den letzten Rest auch noch reinzudrücken. Was ich spürte, war, dass es mir erst das Herz zerriss und dann regelrecht die Schädeldecke vom Kopf sprengte.

Als ich wieder aufwachte, war es draußen hell. Die Autos machten einen Höllenlärm. Ich lag neben dem Klo. Ich zog mir Pumpe und Kanüle aus dem Arm. Ich wollte aufstehen, da merkte ich, dass mein rechtes Bein irgendwie gelähmt war. Ich konnte es etwas bewegen, aber das machte einen Höllenschmerz in den Gelenken. Vor allem im Oberschenkelgelenk. Ich habe die Tür irgendwie aufbekommen. Erst bin ich gekrochen, dann habe ich mich hochgezogen. Ich konnte auf einem Bein an der Wand längshüpfen.

Vor der Toilette waren zwei Jungs, so fünfzehn Jahre alt. Satinjacken, hautenge Jeans. Zwei kleine Schwule. Ich war froh, dass die schwul waren. Sie haben mich richtig aufgefangen, als ich da wie ein Gespenst aus der Toilette gehüpft kam. Sie checkten sofort was und einer sagte: »Was machst du denn für Sachen?« Ich kannte sie nicht, aber sie hatten mich schon auf dem Bahnhof gesehen. Die Jungs brachten mich zu einer Bank. Es war ein wahnsinnig kalter Oktobermorgen. Einer gab mir eine Marlboro. Ich dachte: Komisch, dass Schwule immer Marlboro oder Camel rauchen. Muss wohl an der Reklame mit den schwulen Typen liegen. Ich war irgendwie ganz happy, dass es nicht hingehauen hatte mit dem halben Gramm.

Ich erzählte den Jungs, wie Stella mich abgelinkt hatte und dass ich das halbe Gramm gedrückt hätte. Sie waren sehr lieb. Sie fragten, wo sie mich hinbringen sollten. Mich nervte die Frage, weil ich nicht nachdenken wollte. Ich sagte, sie sollten mich auf der Bank sitzenlassen. Aber ich zitterte vor Kälte, und sie meinten, ich müsse zum Arzt, weil ich ja nicht mal laufen könne.

Ich wollte zu keinem Arzt. Sie sagten, dass sie einen ganz coolen Typen kennen, einen Arzt, einen Schwulen, zu dem sie mich bringen könnten. Mich beruhigte, dass der Typ schwul war. Denn in so einer Situation hatte ich zu Schwulen mehr Vertrauen. Die Jungs holten ein Taxi und brachten mich zu dem schwulen Arzt. Der Typ war wirklich cool. Er ließ mir gleich sein Bett und untersuchte mich. Er wollte mit mir reden übers Drücken und so, aber ich wollte mit niemandem mehr reden. Ich bat ihn, mir Schlaftabletten zu geben. Er gab mir eine Schlaftablette und ein paar andere Medikamente.

Ich kriegte dann auch gleich mein Fieber und mein Nasenbluten. Meistens schlief ich die nächsten beiden Tage. Als mein Kopf am dritten Tag wieder richtig anfing zu arbeiten, hielt ich es nicht mehr aus. Ich wollte nicht nachdenken. Ich musste mich echt zusammennehmen, um nicht nachzudenken und auszuflippen. Ich konzentrierte mich auf zwei Gedanken: Der liebe Gott hat noch nicht gewollt, dass du den Löffel abgibst. Und: Das nächste Mal nimmst du garantiert ein ganzes Gramm.

Ich wollte raus, auf die Szene, einen Druck besorgen, rumflippen, nicht nachdenken bis zum echten Goldenen Schuss. Ich konnte immer noch nicht richtig laufen. Der schwule Arzt war echt um mich besorgt. Als er merkte, dass ich nicht mehr zu halten war, besorgte er mir noch Krücken. Ich humpelte auf den Krücken los und warf sie unterwegs weg. Ich wollte nicht mit Krücken wieder auf der Szene auftauchen. Wenn ich mich zusammennahm, konnte ich auch ohne Krücken humpeln.

Ich humpelte auf den Bahnhof Zoo und machte erst mal Freier. Es war auch gleich ein Kanake dabei. Zwar kein Türke, aber ein Grieche. Ich hatte ja eigentlich auch nichts gegen Kanaken. Und dieser komische Ehrenvertrag, den Babsi, Stella und ich mal geschlossen hatten, dass wir es nie mit einem Kanaken machen würden, der war mir jetzt sowieso egal. Mir war alles egal.

Vielleicht hatte ich irgendwo noch die Hoffnung, dass meine Mutter zum Bahnhof käme, um mich zu suchen. Wenn sie mich gesucht hätte, wäre sie zum Bahnhof gekommen. Deshalb ging ich wohl auch nicht auf die Kurfürstenstraße. Aber ich hatte es eigentlich sowieso im Gefühl, dass mich jetzt niemand mehr suchte. Und ich dachte mal einen Moment, dass es schön war, als meine Mutter noch auf mich wartete.

Ich kaufte Dope, machte mir einen Druck und ging auf den Bahnhof zurück. Ich brauchte Geld für den Fall, dass ich keinen Freier für die Nacht fand und in eine Pension gehen musste.

Auf dem Bahnhof traf ich dann Rolf, den ehemaligen Stammfreier von Detlef, bei dem ich oft am Wochenende geschlafen hatte. Detlef hatte in den letzten Wochen wieder bei Rolf gewohnt. Aber Rolf war kein Freier mehr. Er war auch längst auf H und ging am Bahnhof anschaffen. Er hatte es ziemlich schwer, mit seinen sechsundzwanzig Jahren noch Freier zu finden. Ich fragte Rolf nach Detlef. Rolf fing dann echt an zu flennen. Ja, Detlef sei in der Therapie. Es sei große Scheiße ohne Detlef. Rolf fand also das Leben sinnlos, wollte auch entziehen, liebte Detlef, wollte sich umbringen. Also Fixertrallala. Mich machte das Gelabere um Detlef ziemlich sauer. Ich begriff nicht, was für Ansprüche der runtergekommene Schwule an Detlef hatte. Der wollte doch allen Ernstes, dass Detlef die Therapie schmiß und zu ihm zurückkam. Er hatte Detlef sogar einen Wohnungsschlüssel mitgegeben. Als ich das hörte, rastete ich aus: »Du bist doch ein ganz mieser Dreckskerl. Detlef die Schlüssel geben, damit er auch ja weiß, wo er hinkann, wenn er mal schlecht drauf ist bei der Therapie. Wenn du ihn wirklich gernhättest, dann würdest du alles dafür tun, dass Detlef clean wird. Aber du bist eben doch nur eine miese schwule Sau.«

Rolf war auf Turkey und ich konnte ihn also leicht fertigmachen. Ich wurde dann auch netter, weil ich plötzlich die Idee hatte, dass ich bei Rolf schlafen könnte. Ich sagte ihm, wenn ich bei ihm pennen könne, würde ich einen Freier für ihn mitmachen und ihm Dope kaufen. Rolf war ganz selig, dass ich bei ihm schlafen wollte. Er kannte überhaupt nur zwei Menschen: Detlef und mich.

Ich schlief dann mit ihm in seinem französischen Bett. Ich verstand mich eigentlich ganz astrein mit ihm, weil Detlef nicht da war. Er war ein unheimlich armes Schwein eigentlich. Auch wenn ich ihn ekelhaft fand.

Da lagen dann Detlefs zwei Geliebte im französischen Bett und Rolf fing jeden Abend dasselbe Gelabere an: wie sehr er Detlef liebe. Regelmäßig fing er vor dem Einschlafen an zu heulen. Mich nervte das, aber ich hielt den Mund, weil ich den Platz in Rolfs Bett brauchte. Ich sagte nicht mal was, als er davon quatschte, dass er Detlef eine schöne Wohnung einrichten wolle, wenn sie beide clean seien. Mir war eigentlich sowieso alles scheißegal. Außerdem sagte ich mir irgendwann mal, dass wir ja Rolf auf dem Gewissen hatten. Der wäre ein armer, einsamer, schwuler Kranführer geblieben, der sich gelegentlich mal seinen Kummer wegsoff, wenn er uns nicht getroffen hätte.

Eine Woche ging das so. Anschaffen, Druck, Anschaffen, Druck und nachts das Gesülze von Rolf. Dann wachte ich morgens noch ziemlich früh auf, als jemand die Wohnungstür aufschloss und auf dem Flur rumpolterte. Ich dachte, es sei Rolf, und brüllte noch: »Sei leise, Mann, ich will schlafen.« Dann stand Detlef im Zimmer.

Dicke Umarmung, urische Freude. Bis mir einfiel: »Mensch, du bist aus der Therapie rausgeflogen.« Er nickte und erklärte dann auch, warum.

Wie jeder, der neu aufgenommen wurde, hatte Detlef erst mal drei Wochen Weckdienst. Es ist für jeden Fixer fast unmöglich, pünktlich zu sein. Morgens immer zur selben Zeit aufwachen und dann gleich Action machen, also die anderen wecken, das ist so ungefähr das

Härteste, was man von einem Fixer verlangen kann. Deswegen forderten die das auch in der Therapie, um ihre paar Therapieplätze nur mit Leuten zu belegen, die echt noch Power hatten. Detlef jedenfalls hatte das nicht gebracht, dreimal verpennt und musste seine Koffer packen.

Detlef erzählte, dass es ihm eigentlich gefallen habe bei der Therapie. Es sei ganz schön hart gewesen, aber er würde es das nächste Mal schon packen. Er wollte jetzt möglichst clean bleiben und sich dann noch mal um einen Therapieplatz bewerben. Er sagte, es seien einige Typen da gewesen, die wir von der Szene gut kannten. Frank zum Beispiel, dessen Freund Ingo gerade mit vierzehn Jahren gestorben war. Wie Babsi.

Ich fragte Detlef, was er nun machen wolle, und er sagte: »Erst mal einen Druck besorgen.« Ich bat ihn, mir Dope mitzubringen. Zwei Stunden später war Detlef wieder da. Er hatte einen ehemaligen Freier mitgebracht, der Piko hieß. Piko holte aus einer Tasche einen Plastikbeutel und stellte ihn auf den Tisch. Ich dachte, ich seh nicht recht. Ein Plastiksack voll mit Dope. Zehn Gramm. So viel H hatte ich noch nie in meinem Leben gesehen. Nachdem ich mit dem Staunen aufgehört hatte, fragte ich Detlef: »Bist du blöde geworden, zehn Gramm hier in der Wohnung.«

Er sagte: »Bestimmt nicht. Ich deale nämlich jetzt.«

Ich fragte: »Hast du vielleicht schon mal an die Bullen gedacht? Wenn sie dich noch mal erwischen, dann fährst du nämlich garantiert ein. Dann bist du ein paar Jahre weg vom Fenster.«

Detlef sagte: »Ich habe jetzt keine Zeit, über die Bullen nachzudenken. Ich muss nämlich jetzt erst mal sehen, wie ich über die Runden komme. Und hör auf mich zu nerven.«

Er fing gleich an, mit dem Taschenmesser Portionen abzuteilen, und sie auf kleine Blättchen Stanniolpapier zu häufeln. Ich merkte, dass die Stanniolpapierblättchen viel zu klein waren. Ich sagte: »Pass mal auf, Alter. Die Leute wollen beschissen werden. Du musst größere Päckchen nehmen, genauso viel Dope reintun und das ordentlich ausrollen. Das sieht dann nach mehr aus. Die Leute gehen nach der Optik. Denk mal an die Waschmittel. Riesenpackung und nur zweidrittel voll.«

Detlef sagte: »Hör auf mich zu nerven. Ich tu da extraviel Dope rein. Und das merken die Leute. Und dann spricht es sich rum, dass bei mir extraviel in den Päckchen drin ist.«

Dann kam ich erst auf die Idee zu fragen: »Sag mal, wem gehört das Dope eigentlich?« Es gehörte natürlich Piko, dem kleinen Ganoven. Der hatte sich früher mit Büroeinbrüchen über Wasser gehalten. Nun kam er gerade aus dem Knast, auf Bewährung. Und wollte mit dem gutmütig dämlichen Detlef eine schnelle Mark machen. Er hatte das Dope von Zuhältern auf der Potsdamer Straße. Knastbekanntschaften. Piko hatte es zu Dealerkonditionen gekauft. Nur dass er nicht selber dealen wollte, sondern das Detlef überließ. Piko hatte nämlich keine Ahnung von H und der Szene. Der soff nur.

Als Detlef fertig war mit dem Abpacken, zählten wir die halben Halben, die Halben und die Gramms zusammen, die er fertig gemacht hatte. Ich war in Mathematik nie stark. Aber ich kam dann noch vor Detlef drauf, dass das alles zusammen nur acht Gramm ergab. Er hatte statt ein bisschen zu wenig viel zu viel in die Päckchen getan. Hätte er das so verdealt, hätte er noch für zwei Gramm draufzahlen müssen.

Also das ganze Zeug zurück in den Klarsichtbeutel. Dabei blieb natürlich immer was am Papier hängen. Das konnte ich abkratzen für den Eigengebrauch.

Detlef machte dann größere Päckchen und rollte wie ein Wilder mit einer Bierflasche das Dope breit, damit es nach mehr aussah. Er machte nur halbe Halbe und am Ende hatte er tatsächlich 25 Stück.

Zwei Päckchen haben wir dann erst mal weggedrückt, um das Dope zu testen. Es war echt gutes H.

Gleich abends sind wir mit dem Zeug zum Treibhaus gegangen. Wir haben das meiste gebunkert. Wir hatten es an den Müllcontainern hinter dem Treibhaus eingegraben. Wir hatten immer höchstens drei Päckchen in der Tasche. Wenn Razzia gewesen wäre, hätten sie uns nicht gleich als Dealer rankriegen können. Es lief ganz gut. Wir haben gleich am ersten Abend 5 Gramm verdealt. Es sprach sich schnell rum, dass das Dope gut und die Portionen anständig waren. Nur Stella machte natürlich unser Dope schlecht. Dann kam sie aber doch an und wollte für uns vermitteln. Ich dummes Schaf ließ sie. Für fünf halbe Halbe, die sie vermittelte, bekam sie ein halbes Halbes. Für uns blieb da allerdings gar nichts mehr übrig. Wir bekamen nämlich von Piko keinen Pfennig Geld fürs Dealen. Wenn wir zehn Gramm verkauften, durften wir anderthalb behalten. Davon mussten wir aber noch unsere Vermittler bezahlen. Das heißt, es kam beim Dealen gerade unser Tagesbedarf an H zusammen.

Piko kam jeden Morgen zum Abrechnen. Wir hatten meist eine Abendkasse von etwa 2000 Mark. Das waren für Piko 1000 Mark Reingewinn, denn die Spanne vom Zwischenhändler zum Dealer ist 100 Prozent. Wir bekamen davon eben unsere anderthalb Gramm. Und Piko hatte fast kein Risiko, es sei denn, wir hätten ihn verpfiffen.

Da hatte Piko schon vorgebaut. Er drohte, wenn wir je verhaftet würden und der Polizei ein Wort sagten, könnten wir gleich einen Sarg bestellen. Seine Kumpel von der Potsdamer würden das schon erledigen. Denen entkäme auch im Knast keiner. Die hätten überall ihre Jungs. Er drohte auch mit seinen Zuhältern für den Fall, dass wir nicht korrekt abrechneten. Wir glaubten ihm jedes Wort. Ich hatte sowieso einen tierischen Horror vor Zuhältern. Spätestens seit sie Babsi gefoltert hatten.

Detlef wollte nicht einsehen, dass sein Piko uns unheimlich ablinkte. Er meinte: »Was willst du? Die Hauptsache ist doch, dass du nicht mehr anschaffen zu gehen brauchst. Ich will nicht, dass du irgendwann wieder anschaffen gehst. Und ich will auch keine stinkigen Freier mehr sehen. Also, was willst du?«

Den meisten kleinen Straßendealern ging es nicht anders als uns. Die hatten auch nie genug Geld zusammen, um zehn Gramm beim Zwischenhändler zu kaufen. Außerdem hatten sie nicht die Connection. Wie hätten wir an die Zuhälter von der Potsdamer rankommen sollen? Die kleinen Straßendealer, die selber abhängig waren, brauchten also meistens einen Zwischenmann, der sie nur mit Dope bezahlte. Die süchtigen Kleinhändler waren die armen Schweine, die alle irgendwann in den Knast gingen. An Typen wie Piko kamen die Bullen schon nicht mehr ran. Und diese Typen hatten nie Schwierigkeiten, neue Straßendealer zu finden, wenn die Bullen welche kassiert hatten. Fast jeder Fixer war bereit, für zwei Drucks am Tag zu dealen.

Das Dealen am Treibhaus wurde uns schon nach ein paar Tagen zu heiß, weil sich da ständig Zivilbullen rumdrückten. Ich hielt den Stress sowieso kaum noch aus. Da haben wir das neu organisiert. Ich vermittelte weiter am Treibhaus und Detlef hing am Bahnhof Steglitz rum. Wenn ich also einen Käufer hatte, habe ich ihn zum Bahnhof Steglitz geschickt.

Als Detlef nach einer Woche dann doch mal wieder mit Dope in der Tasche am Treibhaus rumflippte, hielt plötzlich ein Auto und ein Typ fragte, wo es zum Bahnhof Zoo gehe. Detlef rastete total aus und rannte los. Das Dope warf er irgendwo ins Gebüsch.

Als wir uns wiedertrafen, meinte Detlef, der Typ, der nach dem Bahnhof Zoo gefragt hätte, sei garantiert ein Bulle gewesen. Denn es gäbe niemanden, der nicht wisse, wo der Bahnhof sei.

Es war schlimm. Wir sahen jetzt in jedem Auto, in jedem Typen, der auf dem Kudamm rumlungerte, einen Bullen. Wir wagten nicht mal nach dem Dope zu suchen, das Detlef weggeworfen hatte. Wir dachten, dass die Bullen nur darauf warteten, dass wir es suchten, um uns zu überführen.

Wir gingen in den Athener-Grill, um zu beratschlagen. Wir konnten am nächsten Morgen nicht mit Piko abrechnen, weil das Dope ja weg war. Er hätte uns die Geschichte sowieso nicht geglaubt. Ich kam dann auf die Idee, ihm zu erzählen, dass wir von Kanaken abgelinkt worden seien. Dass Kanaken uns das ganze Dope und alles Geld abgenommen hätten. Ich sagte: »Irren Zauber mit Piko gibt es sowieso. Da können wir auch das Geld, das wir schon haben, noch ausgeben. Ich finde es sowieso eine Schweinerei, dass wir keinen Pfennig Geld bekommen, und diese schwule Sau verdient jeden Tag 1000 Mark an uns. Ich muss mir wenigstens mal was zum Anziehen kaufen. Ich habe überhaupt nichts Warmes. Ich kann doch nicht den ganzen Winter in den Klamotten rumlaufen, in denen ich aus dem Krankenhaus getürmt bin.«

Wir waren nicht zum Dealen geboren. Detlef wollte das noch nicht einsehen. Immerhin sah er schließlich ein, dass es egal war, ob wir nur zweihundert Mark bei Piko ablieferten oder gar nichts.

Wir gingen am nächsten Morgen sehr früh zum Flohmarkt. Wenn mir irgendeine Klamotte gefiel, zog erst Detlef sie über und dann ich. Wir wollten nur was kaufen, was wir beide tragen konnten, um es gelegentlich untereinander tauschen zu können. Ich kaufte schließlich eine alte, schwarze Kaninchenfelljacke, in der Detlef sehr niedlich aussah. Dann kauften wir uns noch Parfüm, eine Spieluhr und anderen Schrott. Das Geld kriegten wir aber nicht alle, weil wir es nicht fertigbrachten, irgendwelchen teuren Kram sinnlos zu kaufen. Wir bunkerten das Geld.

Kaum waren wir wieder bei Rolf in der Wohnung, kam Piko. Detlef sagte, er habe sich noch keinen Druck gemacht und er müsse sich einen Druck machen, bevor er abrechnen könne. Das stimmte natürlich nicht, denn wir hatten uns wie immer gleich nach dem Aufstehen unseren Druck gemacht. Detlef hatte Angst vor dem Theater mit Piko.

Piko sagte »Okay« und las in einem Gruselroman von mir. Detlef knallte sich noch ein halbes Halbes rein. Er poofte gleich wieder ein und zog vorher nicht mal die Nadel raus.

Ich dachte, es sei kein Wunder, dass er gleich einpennte, weil er ja schon vorher ein halbes Halbes dringehabt hatte. Ich zog ihm das Besteck aus dem Arm, weil ich es scheiße fand, dass er es einfach drinließ und das Blut in der Nadel geronn und dann überhaupt nicht mehr rauszukriegen war. Das war nämlich unser letztes Besteck. Als ich Detlef mit Watte und Alkohol den Einstich abtupfte, merkte ich, dass da überhaupt kein Widerstand war. Ich hob den Arm hoch und der fiel total lasch wieder runter. Ich schüttelte Detlef, um ihn wach zu kriegen. Da rutschte er vom Sessel. Sein Gesicht war grau und die Lippen blau. Ich riss sein Hemd auf und versuchte seine Herzschläge zu fühlen. Aber ich spürte keine Herzschläge.

Ich rannte in Unterhose und Hemd aus der Wohnung auf den Hausflur. Piko hinterher: »Mach keinen Quatsch.« Ich klingelte eine Rentnerin raus und sagte, ich müsse sofort die Polizei anrufen. Ich wählte den Notruf und sagte: »Mein Freund atmet nicht mehr. Der hat eine Überdosis genommen.« Ich gab dem Bullen die Adresse durch, da kam Piko reingerannt und schrie: »Hör auf, der ist schon wieder wach.« Ich sagte dem Bullen: »Nee danke, Sie brauchen nicht kommen. Falscher Alarm.« Und habe aufgelegt.

Detlef lag auf dem Rücken und hatte die Augen wieder auf. Piko fragte, ob ich am Telefon was von Drogen gequatscht und die Adresse gegeben hätte. Ich sagte: »Nee, nicht so direkt. Ich glaube, die haben das gar nicht so schnell geschnallt.«

Piko sagte: »Du bist eine dämliche, hysterische Kuh.« Er machte total hektisch an Detlef rum, ohrfeigte ihn und sagte, Detlef solle sofort aufstehen. Ich sagte, er solle Detlef erst mal lassen. Da schrie er: »Halt's Maul, dämliche Kuh, und hol mir Wasser.« Als ich aus der Küche zurückkam, stand Detlef schon und Piko redete auf ihn ein. Ich war wahnsinnig glücklich, dass Detlef wieder stand, und wollte ihn umarmen. Detlef stieß mich regelrecht zurück. Piko schüttete ihm das Wasser ins Gesicht und sagte: »Komm, Junge, wir müssen jetzt gehen.«

Detlef war noch immer ganz grau im Gesicht und konnte sich kaum auf den Beinen halten. Ich sagte ihm, er solle sich wieder hinlegen. Piko schrie wieder: »Halt's Maul.« Und Detlef sagte: »Ich habe keine Zeit.« Piko stützte Detlef und sie gingen aus der Wohnung.

Ich hatte überhaupt keinen Durchblick mehr. Ich zitterte wahnsinnig. Ich hatte ja auch echt einen Moment gedacht, Detlef sei tot. Ich legte mich aufs Bett und versuchte, mich auf einen Gruselroman zu konzentrieren. Dann klingelte es. Ich guckte durch den Spion. Da standen Bullen vor der Tür.

Bei mir setzte es total aus. Statt durchs Fenster abzuhauen, machte ich die Tür auf. Ich sagte, dass ich angerufen hätte. Die Wohnung gehörte einem Schwulen, der verreist sei. Und da seien heute Morgen zwei jungsche Typen gekommen und hätten sich was in den Arm gespritzt und einer sei umgefallen und da hätte ich eben die Polizei angerufen.

Die Bullen wollten dann wissen, wie die Typen hießen und wie sie aussahen, und ich habe irgendwas rumgelogen. Sie notierten meine Personalien. Es dauerte nicht lange, da kam eine Antwort und ein Bulle sagte: »Na, dann komm mal mit. Du bist als vermisst gemeldet.«

Die Bullen waren ganz nett. Ich durfte noch zwei Gruselromane in meine Plastiktüte packen und Detlef einen Brief schreiben. Ich schrieb: »Lieber Detlef, Du kannst Dir schon denken, dass ich erst mal eingefahren bin. Weitere Nachricht kommt demnächst. Viele liebe Küsse, Deine Christane.« Ich klebte das mit Tesafilm an die Haustür.

Sie brachten mich erst zum Revier Friedrichstraße und dann zu einer Sammelstelle. Da kam ich in eine Zelle, die war wie aus einem Wildwestfilm. Echt mit Gitterstäben statt einer Wand. Die Gittertür fiel dann auch mit dem gleichen Geräusch wie beim Sheriff von Dodge City ins Schloss, und das Schloss knarrte beim Zuschließen ebenso. Da stand ich, die Hände um zwei Gitterstäbe geklammert, und es war schon ganz schön deprimierend. Ich wollte nicht darüber nachdenken, wie deprimierend das war, legte mich auf die Pritsche und schlief ein, weil ich ziemlich breit war. Irgendwann brachten sie mir das Gefäß für die Urinprobe und einen Eimer zum Drunterstellen, damit ich nichts danebenpinkelte. Wer gerade vorbeikam, konnte sehen, wie ich pisste. Ich bekam den ganzen Tag weder etwas zu essen noch zu trinken.

Gegen Abend kam meine Mutter. Sie ging einmal an den Gitterstäben vorbei, ohne mich richtig anzusehen. Sie musste wohl erst noch was mit den Bullen klarmachen. Dann wurde aufgeschlossen, meine Mutter sagte »Guten Abend« wie zu einer Fremden und hakte mich sehr fest unter. Draußen im Auto wartete Klaus, der Freund meiner Mutter. Meine Mutter schubste mich richtig hinten in das Auto und setzte sich neben mich. Niemand sagte was. Klaus verfuhr sich offenbar und wir gurkten kreuz und quer in Berlin rum. Ich dachte: Jetzt sind die schon zu blöde, den Weg nach Kreuzberg zu finden.

Als wir bei einer Tankstelle hielten, sagte ich meiner Mutter, dass ich Hunger hätte und fragte, ob sie mir drei Bountys kaufen könne. Sie stieg aus und kaufte mir drei Bountys.

Nach dem zweiten Bounty wurde mir schlecht. Klaus musste anhalten, damit ich mich übergeben konnte. Wir fuhren auf die Nord-

Autobahn und da wusste ich, dass es woanders hinging. Ich dachte, in ein Heim und dass ich da bald wieder abhauen würde. Dann sah ich das Schild »Flughafen Tegel« und dachte: Das ist ja wohl das Schärfste. Die wollen dich aus Berlin abschieben.

Wir stiegen am Flughafen aus. Meine Mutter hatte mich sofort wieder fest im Griff. Da sagte ich zum zweiten Mal seit unserem Wiedersehen was: »Würdest du mich jetzt bitte loslassen.« Ich sagte das ganz langsam und betonte jedes Wort. Sie ließ mich dann auch los, blieb aber immer auf Tuchfühlung neben mir. Der Klaus machte die Nachhut, auch immer auf der Lauer. Ich war ziemlich willenlos. Sollten sie nur irgendwas machen. Mit mir war doch nichts zu machen. Das war meine Stimmung. Als meine Mutter mich dann zu einem Ausgang führte, über dem Hamburg stand, habe ich mich doch mal umgesehen, ob es eine Chance zum Abhauen gab. Aber ich war sowieso zu willenlos, um abzuhauen.

Hamburg, das war ein echter Hammer. In einem Dorf so fünfzig Kilometer von Hamburg wohnten eine Oma und eine Tante mit einem Onkel und ein Cousin von mir. Die allerletzten Spießer in meinen Augen. Ein Haus so ordentlich, dass es die Hölle war. Kein Staubkorn. Ich war in dem Haushalt mal stundenlang barfuß gelaufen und abends waren meine Füße noch so sauber, dass ich sie nicht zu waschen brauchte.

Im Flugzeug tat ich so, als ob ich meinen Gruselroman lesen würde. Ich schaffte auch ein paar Seiten. Meine Mutter war noch immer stumm wie ein Fisch. Sie hatte mir noch nicht mal mitgeteilt, wo es hinging.

Als die Stewardess ihren Spruch aufsagte, sie hoffe, dass wir einen angenehmen Flug gehabt hätten, merkte ich, dass meine Mutter weinte. Dann fing sie irrsinnig schnell an zu reden: Sie wolle noch immer nur mein Bestes. Und sie habe neulich geträumt, dass ich tot auf einem Klo gelegen habe, die Beine ganz verdreht und überall Blut um mich rum. Ein Dealer habe mich erschlagen und sie hätte mich identifizieren müssen.

Ich habe immer geglaubt, dass meine Mutter parapsychologische Fähigkeiten hat. Wenn sie abends mal sagte: »Kind, bleib hier, ich habe ein ungutes Gefühl«, dann bin ich prompt in eine Razzia reingekommen oder wurde abgelinkt oder es gab sonst welchen Terror. Ich musste jetzt an Piko denken, dass wir ihn abgelinkt hatten, und an seine Zuhälterfreunde. Ich dachte, vielleicht hat mir meine Mutter tatsächlich das Leben gerettet. Weiter dachte ich nicht. Ich wollte nicht weiter denken. Seit meinem missglückten Goldenen Schuss wollte ich überhaupt nicht mehr nachdenken.

Auf dem Hamburger Flughafen ging ich mit meiner Mutter und meiner Tante, die uns abholte, noch ins Restaurant. Meine Mutter musste ja gleich mit dem nächsten Flieger zurück. Ich bestellte eine Florida-Boy. Hatten sie nicht in dem scheißfeinen Laden. Ich dachte, was ist Hamburg nur für ein Kaff, dass es da nicht mal Florida-Boy gibt. Ich trank überhaupt nichts, obwohl ich einen tierischen Durst hatte.

Gemeinsam laberten dann meine Mutter und meine Tante auf mich ein. In einer halben Stunde verplanten sie mein ganzes zukünftiges Leben. Ich würde jetzt schön zur Schule gehen, neue Freunde finden, später eine Lehre machen, und wenn ich einen Beruf hätte, nach Berlin zurückkommen. So einfach war das also für die. Meine Mutter heulte wieder, als wir uns verabschiedeten. Ich kämpfte alle Gefühle nieder. Das war am 13. November 1977.

Christianes Mutter

Ich hatte mich den ganzen Tag unheimlich beherrschen müssen. Auf dem Rückflug nach Berlin heulte ich mir die Anspannung der letzten Wochen von der Seele. Ich war traurig und erleichtert zugleich. Traurig, weil ich Christiane weggeben musste. Erleichtert, weil ich sie endlich dem Heroin entrissen hatte.

Ich war mir endlich einmal sicher, das Richtige getan zu haben. Spätestens nach dem Fehlschlag der Narkonon-Therapie hatte ich erkannt, dass Christiane auf Dauer nur eine Überlebenschance hat, wenn sie dorthin kommt, wo es kein Heroin gibt. Als Christiane bei ihrem Vater wohnte und ich ein wenig Abstand und Ruhe fand, wurde mir immer klarer, dass sie in Berlin vor die Hunde gehen würde. Zwar versicherte mir mein geschiedener Mann, Christiane sei bei ihm clean geworden, doch darauf gab ich nichts mehr. Ich hätte nicht gedacht, dass sich meine Angst um Christianes Leben noch steigern könnte. Aber nach dem Tod ihrer Freundin Babsi hatte ich keine ruhige Minute mehr.

Ich wollte Christiane auf der Stelle zu ihren Verwandten nach Westdeutschland schaffen. Doch ihr Vater ließ das nicht zu. Er hatte sich inzwischen, weil Christiane bei ihm lebte, durch eine einstweilige Verfügung das Aufenthaltsbestimmungsrecht besorgt. Alle meine Worte nutzten nichts. Er hatte kein Einsehen. Vielleicht, weil er noch nicht meine Erfahrungen gemacht hatte. Vielleicht, weil er die Niederlage nicht einstecken konnte.

In dieser Zeit erhielt ich die Anklageschrift gegen Christiane. Ihr sollte wegen Vergehens gegen das Betäubungsmittelgesetz der Prozess gemacht werden. Frau Schipke vom Rauschgiftdezernat hatte mich telefonisch schon darauf vorbereitet. Zum Trost sagte sie mir, ich solle mir wegen Christiane bloß keine Vorwürfe machen. »Wer fixt, der fixt«, sagte sie, »das entscheidet jeder Fixer selber.« Sie würde viele Fixer aus guten Familien kennen. Die kämen ebenfalls vor Gericht. Ich bräuchte mich nicht zu quälen.

Ich empfand es als hinterhältig, dass in der Anklageschrift als Beweismittel gegen Christiane auch ein Heroinpäckchen angeführt wurde, das ich einmal in ihrem Zimmer gefunden hatte. In meiner Aufregung hatte ich seinerzeit die Frau Schipke angerufen. Ich ahnte natürlich nicht, dass mein Fund einmal gegen Christiane verwendet wird, als mich Frau Schipke scheinheilig bat, ihr dieses Päckchen zur Untersuchung zuzuschicken. Sie sagte noch: »Schreiben Sie keinen Absender auf den Brief, dann kann man nichts beweisen.«

Ich finde es nicht richtig, dass junge Leute wie Christiane wegen ihrer Drogenabhängigkeit verurteilt werden. Christiane hat niemandem etwas getan. Sie hat sich nur selber zerstört. Wer will darüber zu Gericht sitzen? Ganz abgesehen davon, dass noch kein Fixer im Gefängnis geheilt wurde, wie man weiß.

Die Anklageschrift war für mich ein Grund mehr, Christiane nach Westdeutschland zu schaffen. Ich wurde plötzlich resolut. Ich ging zur Vormundschaftsstelle und erklärte denen lang und breit die ganze Situation. Zum ersten Mal hörte man mir in einem Amt auch aufmerksam zu. Der zuständige Sozialarbeiter, Herr Tillmann, fand ebenfalls, dass Christiane in Westdeutschland am besten aufgehoben sei. Er wollte sich auch um einen Therapieplatz für Christiane bemühen, weil nicht abzusehen sei, wie schnell er mir wieder zum Aufenthaltsbestimmungsrecht über Christiane verhelfen könne. Die Einwilligung für eine Therapie könne er indes meinem geschiedenen Mann leichter abtrotzen. Das sah ich ein. Das waren keine leeren Versprechungen. Ich spürte, wie engagiert sich Herr Tillmann für Christiane einsetzte.

Kurz nach meiner Unterredung mit Herrn Tillmann stand Chris-

tiane plötzlich nachmittags bei mir in der Tür. Sie kam gerade wieder von der Drogenberatungsstelle. Sie war völlig kaputt, vollgepumpt mit Heroin und sprach von Selbstmord und Goldenem Schuss. Ich beruhigte sie erst mal und brachte sie ins Bett. Dann rief ich sofort Herrn Tillmann an. Er war prompt zur Stelle. Gemeinsam mit Christiane machten wir einen handfesten Plan: Zunächst sollte Christiane in der Landesnervenklinik körperlich entziehen. Anschließend sollte sie einen Platz in einer therapeutischen Wohngemeinschaft erhalten. Das hatte ihr die Drogenberatungsstelle in Aussicht gestellt. Außerdem stand Herr Tillmann mit der Therapiestätte ebenfalls wegen Christiane in Kontakt.

Christiane ließ alles willig mit sich geschehen. Herr Tillmann arrangierte das Notwendige blitzschnell. Wir bekamen einen Termin beim Jugendpsychiater und beim Amtsarzt, der die Einweisung ausstellte. Danach fuhr Herr Tillmann mit der Einweisung zu Christianes Vater und setzte ihn so lange unter Druck, bis er einverstanden war und ich Christiane in die Klinik bringen konnte.

Zwei Wochen später wurde Christiane ins Rudolf-Virchow-Krankenhaus überführt, wo ihr Pilz operiert werden sollte. Ich ging natürlich davon aus, dass man ein heroinsüchtiges Kind von Bonnies Ranch aus unter Aufsicht zur Operation ins Virchow-Krankenhaus bringt und sich dort weiter um alles kümmert. Doch die haben Christiane nur da ausgeladen. Alles Weitere war denen egal. Christiane konnte sich ungehindert aus dem Staub machen.

Ich war sehr verbittert über diese Schlamperei, die nun alles über den Haufen zu werfen drohte.

Nach dieser Erfahrung verlor ich den letzten Glauben in die Institutionen. Nur du ganz allein kannst deinem Kind und dir helfen, sagte ich mir. Herr Tillmann versuchte, mir neuen Mut zu geben. Zu ihm hatte ich ja auch Vertrauen.

Christiane blieb zum Glück nicht lange weg. Sie heulte sich am nächsten Abend bei mir aus. Es täte ihr ja alles so leid. Sie hätte sich schon wieder Heroin gedrückt. Ich schimpfte sie nicht aus. Ich hatte keine Aggressionen mehr gegen sie. Wie oft hatte ich zuvor aus lauter Verzweiflung über meine Unfähigkeit, ihr zu helfen, meine ganze Wut an Christiane ausgelassen. Als sie nun wieder bei mir war, nahm ich sie in den Arm und wir redeten in Ruhe miteinander.

Christiane wollte den Plan, den wir mit Herrn Tillmann aufgestellt hatten, unbedingt weiter verfolgen. Und ich sagte, gut, so machen wir's. Aber ich gab ihr auch klipp und klar zu verstehen, dass sie unwiderruflich nach Westdeutschland kommt, wenn sie noch ein einziges Mal Mist baut. Das hat sie sich sehr zu Herzen genommen und gab mir darauf ihr Ehrenwort.

In diesen Tagen ging sie regelmäßig zur Drogenberatungsstelle.

Sie klammerte sich wirklich an diese Therapie-Aussicht. Manchmal wartete sie stundenlang, ehe sie beim Drogenberater an die Reihe kam. Zu Hause setzte sie sich hin und schrieb ihren Lebenslauf für die Aufnahmeprozedur.

Es sah alles sehr gut aus. Der Therapieplatz schien nun so gut wie sicher. Die Wohngemeinschaft, die sie aufnehmen sollte, stand schon fest. Wir sprachen schon darüber, dass sie Weihnachten dann wohl nicht zu Hause feiern kann. Denn es war bereits Anfang November.

Ihr Vater hatte inzwischen auch die Erfolglosigkeit seiner Bemühungen eingesehen und legte sich nicht mehr quer. Es war echt Land in Sicht. Doch ausgerechnet jetzt kam Christianes zweite Gelbsucht dazwischen. Über Nacht hatte sie auf einmal fast 41 Grad Fieber. Am nächsten Vormittag brachte ich sie ins Klinikum Steglitz. Christiane war quittegelb. Sie konnte nicht mehr stehen und kroch auf dem Gang. Nach der Untersuchung sagte die Ärztin, Christiane hätte einen Leberstau auf Grund ihres Drogenmissbrauchs. Leider könne man sie aber hier nicht behalten, weil es im Klinikum Steglitz keine Isolierstation gebe. Das stimmte nicht. Ich hab mich später erkundigt: Das Klinikum Steglitz hat eine Isoliersta-

tion mit 25 Betten. In Wahrheit wollten sie keinen Fixer in dem feinen Klinikum haben. Immerhin machte uns die Ärztin noch einen Aufnahmetermin im Rudolf-Virchow-Krankenhaus für den nächsten Vormittag perfekt.

Innerhalb von ein paar Tagen ließ die Gelbfärbung bei Christiane nach. Bald war sie wieder ganz munter und freute sich bereits auf die Therapie. Ihr Gesprächspartner aus der TU-Drogenberatungsstelle besuchte sie sogar. Mit vereinten Kräften hielten wir sie bei der Stange. Ich war zuversichtlich wie schon lange nicht mehr.

Bis zu dem Tag, an dem Christianes Freundin Stella sie besuchte. Obwohl ich die Stationsschwester eindringlich gebeten hatte, aus gutem Grund niemanden mit Ausnahme des Drogenberaters ohne meine Begleitung zu Christiane zu lassen.

Ich hatte allerdings den unverzeihlichen Fehler gemacht, einmal Detlef mitzunehmen. Christiane hatte es sich so sehr gewünscht. Detlef war aus dem Gefängnis, wo er entzogen hatte, auf Bewährung entlassen worden. Er hatte jetzt auch einen Therapieplatz ergattert. Ich gönnte den beiden ein Wiedersehen. Sie hingen ja aneinander. Und ich dachte, vielleicht bestärkt sie das gegenseitig, wenn sie wissen, der andere geht auch in Therapie. Wie konnte ich nur so einfältig sein.

Christiane büchste schon bald für einen Nachmittag aus. Als ich sie abends nach der Arbeit besuchte, war sie gerade wieder zurückgekommen. Ich sah, dass sie sich was gespritzt hatte. Das allein hätte mich nicht mal mehr umgehauen. Aber als sie mir weismachen wollte, sie habe an der Gedächtniskirche nur Spaghetti essen wollen, als sie wieder log – knickten mir die Beine fast weg.

Ich bat die Stationsschwester, bei Christiane bleiben zu dürfen. Das Bett wollte ich bezahlen. Sie sagte, das ginge leider auch nicht. Sie würde künftig schon aufpassen. Drei Tage später, als ich sie wieder nach der Arbeit besuchen wollte, kommt mir die Schwester entgegen und sagt: »Ihre Tochter ist nicht da.«

»Ja, kann ich mal erfahren, wo sie ist?«, fragte ich.

»Das wissen wir nicht. Sie hatte Erlaubnis, im Park spazieren zu gehen, und ist nicht zurückgekommen.«

Ich kann nicht beschreiben, wie mir zu Mute war. Zu Hause legte ich mich ins Wohnzimmer neben das Telefon. Abends um zwanzig nach elf rief das Krankenhaus an, Christiane sei wieder da. Die Gleichgültigkeit der Schwester war erschütternd. Die vertreten den Standpunkt: »Wenn sie abhaut, dann haut sie eben ab. Das ist ja ihre Sache. Wir haben schon genug Rauschgiftsüchtige hier gehabt. Die hauen doch alle ab.« Genau so hat man mit mir am nächsten Tag geredet, als ich den Schwestern Vorwürfe machte.

Auch die Ärztin schien das alles ziemlich kalt zu lassen. Sie erklärte mir lediglich, darauf weiter keinen Einfluss zu haben. Wenn Christiane noch einmal die Hausordnung verletzen würde, müsste sie wegen Disziplinlosigkeit entlassen werden. Die Auswertung der Leberpunktion habe übrigens ergeben, dass sie höchstens 20 Jahre alt wird, wenn sie so weitermacht. Sie wolle ihr entsprechend ins Gewissen reden. Mehr könne sie leider dazu nicht sagen.

Am nächsten Abend kam ein Anruf aus dem Krankenhaus, Christiane sei wieder weg. Da hab ich die ganze Nacht auf dem Sofa neben dem Telefon verbracht. Und Christiane kam überhaupt nicht zurück. Sie blieb zwei Wochen verschwunden und ließ nichts von sich hören.

Die ersten zwei, drei Tage suchte ich noch zusammen mit meinem Freund nach ihr. Auf der üblichen Tour durch die Diskotheken und U-Bahnhöfe. Dann musste ich ihre Sachen aus dem Krankenhaus abholen. Und als ich mit ihrer Tasche nach Hause kam und die Bücher und den Kram auspackte, den ich ihr ins Krankenhaus gebracht hatte, war ich erstmals auf dem Punkt angelangt, wo ich mir sagte: So, nun lässt du sie voll auf die Schnauze fallen.

Ich sagte mir: Gut, wenn sie es nicht anders will, dann soll sie sehen, wo sie bleibt. Ich hörte auf, nach ihr zu suchen. Ich war unsagbar ver-

letzt. Sie sollte spüren, dass meine Geduld zu Ende war. Wie lange ich das durchgehalten hätte, sei dahingestellt.

Ich meldete sie auf dem nächsten Polizeirevier als vermisst und ließ den Beamten ein Foto von ihr da. Bei irgendeiner Razzia würden sie Christiane schon erwischen. Und dann wollte ich mit ihr ins nächste Flugzeug steigen und sie nach Westdeutschland bringen.

Nach vierzehn Tagen, an einem Montagmorgen, erhielt ich den entscheidenden Anruf vom Polizeirevier Friedrichstraße. Der Beamte am Telefon war ungewöhnlich nett. Obwohl Christiane auf dem Revier herumtobte. Ich bat den Polizisten, er solle Christiane festhalten. Am frühen Nachmittag würde ich sie abholen und gleich per Flugzeug nach Westdeutschland bringen.

Ich bestellte die Tickets. Einen Hin- und Rückflug für mich. Für Christiane einen Hinflug. Als ich das aussprach, fühlte ich einen Stich. Dann telefonierte ich mit meinen Verwandten.

Am Nachmittag war alles erledigt. Auf dem Weg zur Polizei nahm ich noch meinen Freund mit. Ich dachte, wenn sie zwischen uns sitzt, kann sie nicht aus dem Auto springen.

Christiane sagte kein Wort. Ich sagte auch nichts. Ich war nicht in der Lage dazu.

Auf dem Flughafen zitterten mir die Knie, das Herz schlug mir bis zum Hals. Christiane sagte noch immer nichts. Sie beachtete mich gar nicht. Bis zum Abflug saß sie schweigend in ihrem Sessel, knabberte an den Fingernägeln und las in einem Roman, den sie bei sich hatte. Sie machte keinerlei Anstalten, abzuhauen.

Ich atmete erst auf, als wir im Flugzeug saßen. Während des Starts schaute sie aus dem Fenster. Es war schon dunkel. Ich sagte zu ihr: »So, jetzt ist Schluss. Das Kapitel Rauschgift ist vorbei. Du kommst zu Tante Evelyn. Ich hoffe, dass du dort endgültig ein neues Leben beginnst.«

Bei Tante und Oma war ich erst mal vier Tage auf Turkey. Als ich wieder aufstehen konnte, legte ich gleich volle Montur an. Von der Kaninchenfelljacke bis zu den Stiefeln mit den höchsten Hacken machte ich mich auf Fixerbraut. Ich schminkte mich und ging mit dem Hund meiner Tante in den Wald. Ich machte mich jeden Morgen zurecht, als ginge es zur Szene, um dann in den Wald zu laufen. Ich blieb mit den hohen Hacken im Sand stecken und stolperte alle paar Meter und schlug mir beim Hinfallen die Knie grün und blau. Aber als meine Oma mit mir einkaufen gehen wollte, um mir ein paar »Laufschuhe« zu schenken, bekam ich schon bei dem Wort Laufschuhe einen urischen Horror.

Ich kriegte allmählich raus, dass man mit meiner Tante, die gerade erst dreißig war, ganz gut quatschen konnte. Nicht über die Probleme, die ich wirklich hatte. Aber über die wollte ich auch nicht reden, an die wollte ich gar nicht denken. Mein echtes Problem hieß nämlich H. Dope und alles, was damit zusammenhing. Detlef, Szene, Kudamm, breit sein, nicht denken müssen, frei sein. Ich versuchte, auch ohne H nicht zu viel zu denken. Alles, was ich dachte, war eigentlich, dass ich bald abhauen würde. Aber im Gegensatz zu früher machte ich nie einen richtigen Plan zum Abhauen. Ich schob das vor mir her. Ich dachte: Eines Tages haust du ab. Ich wollte wahrscheinlich nicht echt abhauen, weil ich Angst hatte vor dem, was ich die letzten zwei Jahre als Freiheit verstanden hatte.

Meine Tante zwängte mich total in Verbote ein. Ich musste mit meinen fünfzehn Jahren pünktlich um halb zehn zu Hause sein, wenn ich überhaupt wegdurfte. Das kannte ich seit meinem zwölften Lebensjahr nicht mehr. Mich nervten diese Verbote wahnsinnig. Aber komischerweise hielt ich sie fast immer ein.

Vor Weihnachten sind wir nach Hamburg gefahren, um Weihnachtseinkäufe zu machen. Das ging schon morgens los. Rein in die Kaufhäuser. Es war der totale Horror. Stunden sich durch diese elenden Massen von Spießern zu drängeln, die überall nach Sachen grapschen und in ihren dicken Brieftaschen wühlen. Meine Oma und meine Tante, mein Onkel und mein Cousin zogen sich Plünnen an und wieder aus. Für Tante Hedwig und Tante Ida und für Jochen und für Herrn und Frau sowieso fanden sie überhaupt kein Geschenk. Und mein Onkel brauchte noch ein paar Schuhsohlen zum Selberbesohlen und für das Auto auch noch was, was in den Kaufhäusern billiger ist.

Meine Oma ist so klein und wieselt in Kaufhäusern so rum, dass sie ständig in den Menschentrauben verschwunden war. Dann ging das Gesuche los. Manchmal hatte ich alle verloren und dann dachte ich natürlich ans Abhauen. Ich hatte gleich gecheckt, dass in Hamburg an der Mönckebergstraße eine Szene ist. Ich hätte nur rauszulaufen brauchen aus einem Kaufhaus und ein paar Fixertypen anquatschen können und dann wäre alles schon weitergelaufen. Aber das brachte ich irgendwie nicht. Weil ich gar nicht genau wusste, was ich wollte. Obwohl ich mir gesagt habe: »Bevor du wirst wie die und nur noch auf Kaufen und Kaufhäuser abfährst, verreckst du lieber auf irgendeiner Toilette.« Ich glaube, wenn ein Fixer gekommen wäre und hätte mich angequatscht, dann wäre ich weg gewesen.

Aber eigentlich wollte ich eben nicht weg. Und deshalb habe ich meinen Leuten ein paar Mal gesagt: »Ich bring das nicht mehr. Bitte fahrt jetzt nach Haus und dann geht ihr noch mal ohne mich einkaufen.« Da haben die mich echt angeguckt, als sei ich eine Verrückte. Denn für sie ist wahrscheinlich der Weihnachtseinkauf der Höhepunkt des Jahres.

Abends fanden sie dann das Auto nicht wieder. Wir rannten von Parkdeck zu Parkdeck und fanden das Auto nicht. Das fand ich irgendwie eine ganz gute Situation. Weil wir plötzlich eine Gemeinschaft waren. Wir redeten durcheinander, jeder hatte andere Ratschläge, aber wir hatten endlich mal alle ein gemeinsames Ziel: Wir wollten das verdammte Auto wiederfinden. Ich unterschied mich von den anderen nur dadurch, dass ich das Ganze sehr komisch fand und immer lachen musste, während die anderen immer mehr in Panik gerieten. Es war mittlerweile ziemlich kalt und alle bibberten. Nur mir machte Kälte nicht viel aus, weil mein Körper ja ganz andere Sachen gewöhnt war.

Meine Tante stand schließlich im Eingang von Karstadt unter dem Warmluftpuster und wollte keinen Schritt mehr weitergehen. Mein Onkel musste sie mit Gewalt unter der warmen Luftdusche vorziehen. Dann haben wir das Auto doch noch gefunden, und alle haben gelacht. Auf der Nachhausefahrt fühlte ich mich ganz wohl. Ich fühlte mich wie in einer Familie, zu der ich doch irgendwie gehörte.

Ich passte mich ein bisschen an. Ich versuchte das jedenfalls. Es war schwierig. Ich musste bei jedem Satz unheimlich genau aufpassen, was ich sagte. Bei jedem Wort. Wenn mir das Wort »Scheiße« rausrutschte, sagte meine Oma gleich: »So ein schönes Kind und so ein hässliches Wort.« Dann entspann sich womöglich noch eine Diskussion, weil ich mich angenervt fühlte. Und zum Schluss rastete ich aus.

Weihnachten kam. Der erste Heiligabend seit zwei Jahren, den ich wieder unter einem Tannenbaum feierte. Die letzten beiden Heiligabende war ich auf der Szene gewesen. Ich wusste nicht, ob ich mich auf den Tannenbaum freuen sollte. Ich nahm mir aber vor, mich zusammenzureißen und Freude über die Geschenke zu zeigen. Ich freute mich dann echt über die Geschenke. Ich hatte noch nie so viel zu Weihnachten geschenkt bekommen. Irgendwann erwischte ich mich aber dabei, wie ich überschlug, was das alles gekostet hatte, und das dann in halbe Halbe umrechnete.

Mein Vater kam auch über Weihnachten. Ihn hielt es wie immer nicht lange zu Hause. Er ging mit mir an beiden Weihnachtstagen abends in eine Teenie-Popper-Diskothek. Ich habe jedes Mal sechs oder sieben Cola-Rum in mich reingeknallt und bin dann auf dem Barhocker eingepennt. Mein Vater war ganz selig, dass ich jetzt Alkohol soff. Und ich habe mir schon gesagt: Irgendwann wirst du dich an die Dorfteenies hier gewöhnen und auch an den Discosound.

Am nächsten Tag flog mein Vater zurück nach Berlin, weil da abends ein Eishockeyspiel war. Mein Vater war inzwischen ein Eishockeyfan geworden.

Nach den Weihnachtsferien musste ich dann zur Schule. Ich kam in die neunte Klasse der Realschule. Ich hatte zunächst Angst vor der Schule. Ich hatte ja drei Jahre praktisch nicht am Schulunterricht teilgenommen. Im letzten Jahr war ich überhaupt nur noch ein paar Monate hingegangen, weil ich die andere Zeit krank oder gerade mal wieder auf Entzug war oder geschwänzt hatte. Mir gefiel es aber gleich am ersten Tag ganz gut in der Schule. Die Klasse malte gerade ein Bild auf eine öde weiße Wand im Klassenzimmer. Ich durfte sofort mitmachen. Wir malten schöne alte Häuser. Genau die Häuser, in denen meine Traumwohnung einmal sein sollte. Davor waren nur fröhliche Menschen. Auf der Straße stand noch eine Palme, an die ein Kamel gebunden war. Ein total starkes Bild. Darüber schrieben wir: »Unter dem Asphalt liegt der Strand.«

Im Jugendclub entdeckte ich dann ein ganz ähnliches Bild. Da stand nur ein anderer Spruch drunter: »Nicht jammern und picheln, sondern Hammern und Sicheln.« Im Jugendclub gaben die politisch Interessierten den Ton an.

Ich merkte schnell, dass die Jugendlichen vom Land und aus der Kleinstadt, die in der Nähe von unserem Dorf war, auch nicht sehr zufrieden waren. Auch wenn äußerlich vieles anders war als in Berlin. In der Schule war längst nicht so viel Krawall. Die meisten Lehrer konnten sich noch durchsetzen. Die meisten Jugendlichen zogen sich auch noch sehr brav an.

Ich wollte die Schule schaffen, obwohl mir ziemlich viel fehlte. Ich wollte das unbedingt bringen, wenigstens den Realschulabschluss. Ich machte zum ersten Mal seit der Grundschulzeit Schularbeiten. Nach drei Wochen hatte ich mich schon ganz gut in der Klasse eingelebt und bekam das Gefühl, dass ich es echt packen könnte.

Wir hatten dann gerade Kochkurs, da wurde ich zum Rektor gerufen. Der saß hinter seinem Schreibtisch und fummelte ganz nervös in einem Schnellhefter rum. Ich peilte ganz schnell, dass der Schnellhefter meine Akte war, die sie wohl gerade aus Berlin geschickt hatten. Und ich wusste, dass in dieser Akte alles über mich drin war. Das Jugendamt hatte irgendwann meine Schule in Berlin voll informiert.

Der Rektor hüstelte erst noch ein bisschen rum und dann sagte er, dass er mich zu seinem Bedauern nicht auf der Schule behalten könne. Ich würde den Anforderungen einer Realschule nicht gerecht. Den Typen muss meine Akte so aufgeregt haben, dass er mich direkt aus dem Unterricht holen ließ. Der hatte nicht mal bis nach Schulschluss warten können, um mich aus seiner Realschule zu feuern.

Ich sagte gar nichts, weil ich nicht sprechen konnte. Der Rektor wollte mich sofort weghaben. Schon in der nächsten Pause sollte ich mich beim Rektor der Hauptschule melden. Ich war total fertig. Ich ging wie besinnungslos rüber zur Hauptschule. Und als ich dann da beim Hauptschulrektor war, habe ich nur noch losgeheult. Der meinte, das sei doch alles gar nicht so schlimm. Ich solle mich auf den Hosenboden setzen und einen guten Hauptschulabschluss machen.

Als ich draußen war, habe ich dann endlich mal wieder Bilanz gemacht. Ich hatte eigentlich kein Mitleid mit mir. Ich habe mir gesagt: »Das ist doch ganz klar, dass du jetzt Rechnungen vorgeknallt bekommst für das, was du gemacht hast.« Ich habe auf einmal gecheckt, dass all die Träume vom ganz neuen Leben ohne H dummes Zeug waren. Dass die anderen mich nicht so sahen, wie ich gerade zu sein glaubte, sondern dass sie mich nach meiner Vergangenheit beurteilten. Meine Mutter, meine Tante und eben der Rektor.

Mir wurde auch klar, dass ich nicht von heute auf morgen ein anderer Mensch werden konnte. Mein Körper und meine Psyche kamen auch mit immer neuen Rechnungen. Meine kaputte Leber erinnerte mich ständig daran, was ich mit ihr angestellt hatte. Und es war eben auch nicht so, dass ich das Leben bei meiner Tante auf einmal ganz cool packte. Ich rastete bei den geringsten Kleinigkeiten aus. Ständig gab es irgendwelchen Krach. Ich hielt keinen Stress und keine Hektik aus. Und wenn ich dann mal wieder echt in einem Tief war, fiel mir ein, dass ich mich mit Drogen da ganz einfach wieder rausgebracht hätte.

Nach dem Rausschmiss aus der Realschule traute ich mir nicht mehr zu, was zu leisten. Ich war wieder ziemlich willenlos. Ich konnte mich nicht gegen den Rausschmiss wehren, obwohl dieser Rektor nach drei Wochen natürlich überhaupt keinen Überblick hatte, ob ich das geschafft hätte. Ich hatte keine Zukunftspläne mehr. Ich hätte wieder zur Gesamtschule gehen können. Da gab es eine, die mit dem Autobus zu erreichen war. Auf der Gesamtschule hätte ich dann beweisen können, was ich auf dem Kasten hatte. Aber meine Angst war zu groß, dass ich da auch versagen könnte.

Was es bedeutete, dass ich auf die Hauptschule zurückgestuft wurde, habe ich erst allmählich begriffen. Es gibt bei uns zwei Discos, so Jugendclubs. In die eine gingen fast nur Realschüler und Gymnasiasten, in die andere Hauptschüler und Lehrlinge. Ich war erst in dem Club, in dem auch Gymnasiasten waren. Als ich aber von der Realschule geflogen war, habe ich da das Gefühl gekriegt, dass ich schief angeguckt wurde. Da bin ich in die andere Disco gegangen.

Das war eine ganz neue Erfahrung für mich. Diese Trennung gab es in Berlin nicht. Nicht an der Gesamtschule und natürlich erst recht nicht auf der Szene. In der neuen Schule fing die Trennung schon auf dem Pausenhof an. Quer über den Schulhof lief ein weißer Strich. Auf der einen Seite waren in den Pausen die Oberschüler, auf der anderen die Hauptschüler. Es war verboten, über den weißen Strich zu gehen. Ich durfte mich also mit meinen Mitschülern aus der alten Klasse nur über den Strich unterhalten. Das fand ich echt das Schärfste an dieser Einteilung in Jugendliche, die es vielleicht im Leben noch zu was bringen, und Jugendliche, die als Hauptschüler sowieso schon der letzte Schrott sind.

Das war also die Gesellschaft, an die ich mich anpassen sollte. »Anpassen« war jedes zehnte Wort meiner Oma. Gleichzeitig meinte sie, als ich von der Realschule geflogen war, ich sollte mich außerhalb der Schule nicht mit Hauptschülern abgeben, sondern meine Freunde aus dem Gymnasium und der Realschule holen. Ich habe ihr gesagt: »Nun finde dich mal damit ab, dass deine Enkelin eine Hauptschülerin ist. Und ich passe mich an und finde meine Freunde in der Hauptschule.« Das gab dann wieder einen Riesenkrach.

Zunächst wollte ich in der Schule total abschalten. Dann merkte ich aber, dass der neue Klassenlehrer schwer in Ordnung war. Das war ein älterer Typ. Irgendwo total altmodisch in seinen Ansichten, also richtig konservativ. Manchmal hatte ich sogar den Eindruck, dass der den Nazis noch was Gutes abgewann. Aber er hatte Autorität, ohne rumzubrüllen. Er war der Einzige, bei dem wir noch freiwillig aufstanden, wenn er in die Klasse kam. Er war nie gestresst und ist wirklich noch auf die Einzelnen eingegangen. Auch auf mich. Manche von den jungschen Lehrern hatten sicherlich eine ganze Menge Idealismus. Aber sie wurden irgendwie mit ihrem Job nicht fertig. Die wussten genauso wenig, wo es längsging, wie die Schüler. Manchmal ließen sie alles laufen, und wenn das Chaos total war, brüllten sie wieder rum. Vor allem hatten sie keine klaren Antworten auf die Probleme, die uns so beschäftigten. Die kamen immer mit Wenn und Aber, weil sie total verunsichert waren und eben selber nicht wussten, wo es längsging.

Unser Klassenlehrer machte uns keine Illusionen darüber, was heute ein Hauptschüler ist. Er sagte uns, dass wir es wahnsinnig schwer haben würden. Aber mit etwas Fleiß könnten wir auf einigen Gebieten auch Gymnasiasten überlegen sein. Zum Beispiel in der Rechtschreibung. Kein Abiturient sei heute mehr perfekt in Orthografie. Wir hätten also schon eine größere Chance, wenn wir Bewerbungen in total korrektem Deutsch schreiben könnten. Er versuchte uns beizubringen, wie man mit Leuten umgeht, die sich überlegen vorkommen. Und er hatte immer irgendwelche starken Sprüche auf Lager. Meistens Lebensweisheiten aus dem vorigen Jahrhundert. Man konnte drüber lachen. Die meisten Schüler taten das auch. Aber ich fand, dass immer ein Kern Wahrheit drinsteckte. Ich war oft anderer Meinung als er. Aber mir gefiel an ihm, dass er noch zu wissen schien, wo oben und unten ist.

Die meisten Schüler mochten den Klassenlehrer nicht besonders. Der war ihnen wahrscheinlich zu anstrengend, sie nervte seine dauernde Moral. Die meisten waren sowieso total uninteressiert. Ein paar sahen zu, dass sie ein gutes Abschlusszeugnis kriegten, um vielleicht doch noch als Hauptschüler eine Lehrstelle zu ergeiern. Die machten noch brav ihre Schularbeiten, genau das, was aufgegeben war. Mal ein Buch lesen oder sich für irgendetwas interessieren, was nicht aufgegeben war, das gab es bei denen auch nicht. Wenn unser Klassenlehrer oder auch einer von den jungen Lehrern mal eine Diskussion anzufangen versuchte, dann haben alle nur blöd geglotzt. Zukunftspläne hatten die in meiner Klasse so wenig wie ich. Was kann ein Hauptschüler auch für Pläne machen? Wenn er Glück hat, dann kriegt er irgendeine Lehrstelle. Da kann er dann nicht danach gehen, was ihm vielleicht Spaß macht, sondern muss sehen, was angeboten wird.

Es war vielen auch echt egal, was sie später machten. Vielleicht eine Lehrstelle oder als Ungelernter Geld machen oder aber auf Stütze gehen. Da galt so die Meinung: Verhungern tut bei uns keiner, eine Chance hat ein Hauptschüler auch nicht, warum also groß anstrengen. Bei ein paar Typen war schon auszumachen, dass sie mal kriminell würden, ein paar soffen schon. Die Mädchen machten sich sowieso weiter keine Gedanken. Für die stand fest, dass irgendwann ein Typ für sie sorgen würde, und bis dahin konnten sie irgendwo verkaufen oder am Fließband jobben oder auch noch zu Hause rumhängen.

So waren nicht alle, aber das war die Grundstimmung an der Hauptschule. Total nüchtern, keine Illusionen und erst recht keine Ideale. Das zog mich ganz schön runter. Ich hatte mir mein Leben ohne Drogen anders vorgestellt.

Ich habe mir oft Gedanken darüber gemacht, warum die Jugendlichen so mies drauf waren. Sie konnten sich eben an nichts mehr freuen. Ein Moped mit sechzehn, ein Auto mit achtzehn, das war irgendwie selbstverständlich. Und wenn das nicht da war, dann war man minderwertig. Auch für mich war es ja in allen meinen Träumen selbstverständlich gewesen, dass ich erst mal eine Wohnung und ein Auto hatte. Sich abrackern für eine Wohnung, für ein neues Sofa wie meine Mutter, das war nicht drin. Das waren die abgespitzten Ideale unserer Eltern: Leben, damit man sich was anschaffen kann. Für mich, und ich glaube auch für viele andere, waren die paar materiellen Dinge erst mal die Mindestvoraussetzung zum Leben. Dann musste aber noch was kommen. Eben das, was das Leben auch sinnvoll macht. Und das war nirgends in Sicht. Ein paar, dazu zählte ich auch mich, waren aber noch immer auf der Suche nach dem, was so ein Leben auch sinnvoll macht.

Als wir in der Schule über den Nationalsozialismus sprachen, hatte ich sehr zwiespältige Gefühle. Auf der einen Seite drehte es mir den Magen um, wenn ich daran dachte, zu welcher grauenhaften Brutalität Menschen fähig sind. Andererseits fand ich es gut, dass es früher noch was gab, woran die Menschen glaubten. Ich habe das dann im Unterricht auch mal gesagt: »Irgendwie wäre ich gern während der Nazizeit Jugendlicher gewesen. Da wussten die Jugendlichen doch noch, wo es längsgeht, da hatten sie Ideale. Ich glaube, für einen Jugendlichen ist es besser, falsche Ideale zu haben als gar keine.« Ich meinte das nicht voll ernst. Aber es ist schon was dran.

Auch bei uns auf dem Land gingen die Jugendlichen schon auf alle möglichen Trips, weil sie das Leben, das ihnen die Älteren anboten, nicht befriedigte. Sogar der Brutalotrip kam schon bis in unser kleines Dorf. Schläge austeilen statt einstecken. Wie schon zwei Jahre früher in Berlin wurden ein paar Jungen und Mädchen echt von der Punkerbewegung angetörnt. Mich hat es immer erschreckt, wenn ich merkte, dass Leute, die sonst ganz in Ordnung waren, im Punk den geilen Trip sahen. Denn das ist eigentlich nur noch Brutalität. Schon die Musik ist einfach fantasielos und nur noch tierisch brutaler Rhythmus.

Ich kannte einen Punker bei uns ganz gut. Man konnte mit ihm echt quatschen, solange er sich nicht die Sicherheitsnadel durch die Backe pikste und den Totschläger einsteckte. Bei uns im Dorfgasthaus hat es ihn dann erwischt. Sie haben zwei Stühle auf ihm zertrümmert und ihm dann eine abgebrochene Flasche in den Bauch gerammt. Er ist im Krankenhaus gerade noch durchgekommen.

Am stärksten habe ich die Brutalität in den Beziehungen zwischen Jungen und Mädchen empfunden. Da quatschen alle über Emanzipation. Aber ich glaube fast, dass die Jungen die Mädchen noch nie so brutal behandelt haben wie heute. Da kommt irgendwie der ganze Frust der Typen raus. Die wollen Macht haben und Erfolg und das bekommen sie sonst nicht, und da holen sie es sich bei den Weibern.

Ich bekam einen richtigen Horror vor den meisten Typen in diesen Discos. Weil ich vielleicht ein bisschen anders aussah als die anderen, wurde ich ständig von denen angemacht. Und dieses Nachgepfeife und dieses »Na Alte, wie ist es mit uns«, das hat mich irgendwie mehr angenervt als das Getue der Freier auf dem Autostrich Kurfürstenstraße. Wenn die Freier einen in Berlin an den Wagen winkten, dann lächelten sie wenigstens noch. Das hatten die starken Typen da gar nicht nötig. Meinten sie. Ich glaube, die meisten Freier waren noch freundlicher und sogar zärtlicher als die jungschen Aufreißertypen in den Discos mit ihren Bräuten. Diese Typen wollten bumsen ohne eine Freundlichkeit, ohne die geringste Zärtlichkeit und natürlich ohne wenigstens zu bezahlen.

Mein Horror gegen Jungs ging dann so weit, dass mich überhaupt niemand mehr anrühren durfte. Ich fand schon diese ganzen Knutschregeln, die es da gab, echt pervers. Dass sich ein Junge also automatisch das Recht rausnahm, spätestens wenn er den zweiten Abend mit einem Mädchen ging, mit dem Knutschen anzufangen. Und die Mädchen machten mit, auch wenn sie nicht den geringsten Bock darauf hatten, mit dem Typen zu knutschen. Einfach, weil das die Regel war. Und weil sie Angst hatten, dass der Typ nicht mehr mit ihnen gehen würde und die Jungs dann rumquatschten, sie sei eine frigide Zicke.

Ich habe das also nicht gebracht. Ich wollte das nicht bringen. Auch wenn ich einen Jungen sehr gernhatte und bin dann mit ihm gegangen, habe ich gleich erst mal klargestellt: »Versuch nie, mich aufzureißen. Fasse mich nicht an. Wenn was läuft, dann mach ich den Anfang.« In dem halben Jahr, das ich jetzt aus Berlin weg bin, habe ich nie den Anfang gemacht. Noch war jede Freundschaft zu Ende, wenn der Junge versuchte, mit mir zu schlafen.

Da spielte natürlich auch noch eine Rechnung eine Rolle, die ich wegen meiner Vergangenheit zu bezahlen hatte. Auch wenn ich mir einbildete, dass das Anschaffen eigentlich nie richtig was mit mir zu tun hatte, dass das nur eine unumgängliche Begleiterscheinung der Heroin-Abhängigkeit war, wurde nun mein Verhältnis zu Jungs dadurch mitbestimmt. Wie die Typen sich oft verhielten, verstärkte bei mir nur den Eindruck, dass mich wieder Kerle ausnutzen wollten.

Ich versuchte den Mädchen in meiner Klasse irgendetwas von den Erfahrungen, die ich mit Männern gemacht hatte, mitzuteilen. Ohne dass ich ihnen genau sagen konnte, welche Erfahrungen ich mit Typen hatte. Aber ich kam nie mit meiner Message durch. Ich war zwar so eine Art Briefkastentante in meiner Klasse und musste mir alle Probleme mit Jungs anhören und Ratschläge geben, weil die checkten, dass ich irgendwie mehr Erfahrungen hatte. Aber sie schnallten nie, was ich ihnen wirklich zu sagen versuchte.

Die meisten Mädchen lebten nur für die Typen. Sie akzeptierten voll die ganze Brutalität in den Beziehungen. Wenn etwa ein Typ seine Braut sitzenließ und mit einem anderen Mädchen ging, dann waren sie nicht etwa sauer auf den Typen, sondern auf seine neue Freundin. Die war dann eine alte Sau, die letzte Hure und ich weiß nicht noch was. Und die stärksten Typen waren für viele die brutalsten Typen.

Ich begriff das erst ganz, als wir eine Klassenreise machten. Wir fuhren in die Pfalz. Gleich in der Nähe unserer Unterkunft war eine Diskothek. Die meisten Mädchen mussten da schon am ersten Abend hin. Als sie wiederkamen, schwärmten sie von coolen Typen mit geilen Böcken, also Motorrädern. Typen mit geilen Böcken waren für sie das Größte.

Ich habe mir die Disco dann auch mal angesehen und ziemlich schnell gecheckt, was da lief. Da kamen die Typen aus der Umgebung mit ihren Mopeds, Motorrädern und Autos, um Schülerinnen aufzureißen, die auf Klassenreise waren. Ich habe also versucht, das den Mädchen aus meiner Klasse klarzumachen, dass sie in dieser Disco nur von Typen ausgenutzt würden. Aber ich bin mit meinen Weisheiten überhaupt nicht rübergekommen. Schon eine Stunde bevor die Disco öffnete, standen die Weiber vor dem Spiegel und haben an sich rumgeschminkt und an ihren Haaren rumgezupft. Dann haben sie sich nicht mehr bewegt, damit die Frisur nicht wieder verrutscht.

Die haben vor dem Spiegel ihr ganzes Ich abgelegt. Die waren nur noch ihre eigene Maske, die den Typen mit den heißen Böcken gefallen sollte. Ich war irrsinnig sauer, wenn ich das sah. Auf eine Art erinnerte das auch an mich. Ich hatte mich auch weggeschminkt und verkleidet, um erst den Typen von der Haschszene und dann von der H-Szene zu gefallen. Ich hatte auch irgendwie mein Ich aufgegeben, um nur noch Fixerbraut zu sein.

Die ganze Klassenreise drehte sich nur noch um diese miesen Aufreißer, obwohl die meisten Mädchen zu Hause einen festen Freund hatten. Die Elke, mit der ich in einem Zimmer schlief, schrieb den ersten Abend noch einen Brief an ihren Freund. Den zweiten ging sie in die Disco und kam ganz deprimiert wieder. Sie sagte mir, dass sie mit einem Typen geknutscht habe. Ich glaube, sie hatte das nur gemacht, weil sie den anderen Mädchen beweisen wollte, dass sich für sie auch einer von den Typen interessiert. Sie hatte ein wahnsinnig schlechtes Gewissen wegen ihres festen Freundes und fing sogar an zu weinen. Sie bildete sich aber ein, sie hätte sich in den Motorradtypen verknallt. Ihr fester Freund hatte natürlich noch kein Motorrad. Am nächsten Abend kam sie dann total fertig zurück und heulte nur noch. Ihr Typ hatte ein anderes Mädchen aus der Klasse gefragt: »Sag mal, ist die Alte eigentlich zu besteigen, oder was ist mit der.«

Da war noch ein anderes Mädchen, die Rosi, die war dann noch viel schlimmer dran. Eine Lehrerin erwischte sie mit einem Typen im Auto, als die beiden gerade beim Mausen waren. Mausen wurde das genannt. Die Rosi war so besoffen, dass sie kaum noch laufen konnte. Der Typ hatte ihr einen Cola-Rum nach dem anderen eingeflößt.

Die Rosi war noch Jungfrau gewesen und nun natürlich total kaputt. Die anderen Mädchen riefen eine Versammlung ein, um zu beratschlagen, was man mit Rosi machen solle. Die haben sich nicht etwa über den Typ aufgeregt, der Rosi besoffen gemacht und dann mehr oder weniger vergewaltigt hatte. Die verlangten alle echt, dass die Rosi nach Hause geschickt werden solle. Ich war das einzige Mädchen, das dagegen redete. Die waren nämlich urisch sauer, dass unsere Lehrer ein totales Discoverbot verhängten. Die wollten also nur selber knutschen und mausen.

Mich hat es irgendwie fertiggemacht, dass es überhaupt kein Zusammengehörigkeitsgefühl unter den Mädchen gab. Dass jedenfalls jede Freundschaft aufhörte, sobald Typen ins Spiel kamen. Das war irgendwo auch nicht anders als mit dem H, das immer wieder die Freundschaft zwischen Babsi, Stella und mir gestört hatte.

Obwohl ich eigentlich nicht direkt beteiligt war, machte mich das hoffnungslos und kaputt. Die letzten beiden Tage der Klassenreise hatte ich einen bösen Rückfall. Ich war von morgens bis abends besoffen.

Ich war trotzdem mittlerweile entschlossen, mit der Welt, so wie sie war, zurechtzukommen. Ich dachte nicht mehr ans Abhauen. Mir war klar, dass Abhauen wieder Flucht in die Drogen war. Und ich machte mir immer wieder deutlich, dass mir das nun erst recht nichts gebracht hatte. Ich dachte, es müsse irgendeinen Mittelweg geben. Sich nicht total an diese beschissene Gesellschaft anpassen und mit ihr doch fertigwerden. Ich fand dann auch einen Freund, der mich sehr ruhig machte. Mit ihm konnte man reden. Und er schien trotzdem immer zu wissen, was Sache ist. Er konnte träumen, er hatte aber auch für alles eine praktische Lösung. Er fand auch vieles beschissen. Aber er meinte, wenn man nur was leiste, dann könne man sich eines Tages von dieser Gesellschaft sozusagen loskaufen. Er wollte erst Kaufmann werden und gut Kohle machen und sich später eine Blockhütte in den Wäldern von Kanada kaufen, um dort zu leben. Für ihn war Kanada genauso der große Traum wie für Detlef.

Er war Gymnasiast und brachte mich dann echt auf den Lerntrip. Ich merkte, dass mir selbst die Hauptschule noch was gab, wenn man für sich selber arbeitete, und nicht, um den lächerlichen, wertlosen Hauptschulabschluß zu machen. Ich las unheimlich viel. Ziemlich wahllos. Goethes Werther und den Werther von dem DDR-Schriftsteller Plenzdorf, Hermann Hesse und vor allem Erich Fromm. Das Buch von Erich Fromm »Die Kunst des Liebens« wurde richtig zur Bibel für mich. Ich habe ganze Seiten auswendig gelernt. Einfach dadurch, dass ich sie immer wieder lesen musste. Ich habe auch Passagen aus dem Buch abgeschrieben und mir über das Bett gehängt. Dieser coole Typ hat wirklich den totalen Durchblick. Wenn man sich an das hielte, was er schreibt, dann müsste das Leben sinnvoll sein, weil man es einfach packt. Nur ist es eben so schwierig, nach diesen Regeln zu leben, weil die anderen sie nicht kennen. Ich würde gern mal mit dem Erich Fromm darüber reden, wie er es macht, in dieser Welt nach seinen Prinzipien zu leben. Jedenfalls merkte ich, dass die Wirklichkeit so ist, dass man sie mit seinen Sprüchen eben auch nicht immer konfrontieren kann.

In jedem Fall müsste dieses Buch erst mal die wichtigste Lektüre in der Schule sein. Dachte ich. Aber in unserer Klasse wagte ich nicht mal davon zu reden, weil mich dann die anderen wahrscheinlich wieder blöd angemacht hätten. Ich nahm das Buch manchmal mit in die Schule. Einmal las ich während der Stunde drin, weil ich dachte, ich fände eine Antwort auf eine Frage, die im Unterricht zur Sprache gekommen war. Der Lehrer sah das, guckte auf den Titel und nahm mir das Buch sofort weg. Als ich es nach der Stunde wiederhaben wollte, sagte er: »Das Fräulein liest also Pornografie im Unterricht. Das Buch bleibt erst mal konfisziert.« Das sagte er echt. Der Name Fromm sagte ihm nichts oder erinnerte ihn nur an Fromms. Und der Titel »Die Kunst des Liebens« signalisierte ihm natürlich sofort Pornografie. Was kann auch Liebe für diese frustrierten Typen schon anderes sein? Der meinte also, die alte rauschgiftsüchtige Stricherin will die Kinder der Klasse mit Pornografie verderben.

Am nächsten Tag hat er mir das Buch wieder mitgebracht und gesagt, das Buch sei in Ordnung. Ich solle es trotzdem nicht mehr in die Schule mitbringen, weil der Titel so missverständlich sei.

Es gab Sachen, die mich mehr runterzogen als diese eigentlich belanglose Geschichte mit dem Fromm-Buch. Ich bekam Trouble mit unserem Rektor. Das war auch ein total frustrierter und verunsicherter Typ. Der hatte nicht die geringste Autorität, obwohl er Rektor war. Das versuchte er mit Drill und Brüllen auszugleichen. Wenn wir bei ihm morgens Unterricht hatten, dann mussten wir erst mal ein Lied singen und dann Gymnastik machen. Zum Wachwerden, meinte er. Bei ihm kriegte man nur gute Zensuren, wenn man genau das sagte, was er vorgebetet hatte.

Wir hatten bei ihm auch Musik. Und da wollte er uns mal einen Gefallen tun und über Musik reden, die uns so interessierte. Er fing an, ständig von der »heutigen Jazzmusik« zu reden. Ich wusste echt nicht, was er meinte. Ich dachte, der meint vielleicht Popmusik, und da habe ich gesagt: »Was meinen Sie eigentlich mit heutiger Jazzmusik? Pop und Rock sind doch was total anderes als Jazz.« Vielleicht hatte ich wieder mal den falschen Ton drauf. Bestimmt habe ich mal wieder losgeredet, ohne vorher nachzudenken, was ich mit meinem Gerede eigentlich bezwecken wollte. Jedenfalls rastete dieser Direktor sofort voll aus. Er brüllte tierisch und schickte mich aus der Klasse.

In der Tür habe ich dann noch versucht einzulenken und habe gesagt: »Wir müssen uns wohl irgendwie missverstanden haben.« Da rief er mich zurück. Aber zurückgehen konnte ich dann auch nicht und bin die Stunde draußen geblieben. Ich hatte mich immerhin so weit unter Kontrolle, dass ich nicht gleich nach Hause bin.

In der nächsten Stunde musste ich dann in das Büro des Rektors. Schon als ich reinkam, habe ich gesehen, dass er einen Schnellhefter in der Hand hatte. Als ich vor ihm stand, war mir klar, dass das wieder meine Akte aus Berlin war. Er blätterte in dem Schnellhefter und tat so, als würde er lesen. Dann sagte er, ich sei hier nicht in Berlin. Im Übrigen sei ich ohnehin nur Gast an seiner Schule. Er könne mich unter den gegebenen Umständen jederzeit rausschmeißen. Ich solle mich also benehmen wie ein Gast.

Ich flippte danach total aus. Ich wollte überhaupt nicht mehr zur Schule. Ich kippte ja schon bei viel unwichtigeren Anlässen immer wieder seelisch aus den Latschen. Ich brachte es nicht, das zu konfrontieren. Ich brachte es nicht, mir zu sagen, dieser Idiot kann dich überhaupt nicht beeinflussen. Wenn der sich gegen dich nur mit diesen Akten wehren kann, dann ist der eigentlich noch schwächer als du.

Ich backte nach diesem Zwischenfall jedenfalls wieder ganz kleine Brötchen. Vorher hatte ich mir auch unter dem Einfluss meines Freundes vorgenommen, nach einem guten Hauptschulabschluss zu versuchen, auf eine Gesamtschule zu kommen. Obwohl ich wusste, dass das unheimlich kompliziert für einen Hauptschüler ist. Dann wollte ich nichts mehr von Schule hören. Ich war sicher, dass ich das nicht schaffen würde. Die psychologischen Eignungstests, die Sondererlaubnis vom Schulrat und was man noch alles brauchte, wenn man nicht Hauptschüler bleiben wollte. Und ich wusste, dass meine Akte aus Berlin schon überall sein würde, wo ich hinkam.

Ich hatte meinen sehr vernünftigen Freund, ich bekam auch allmählich Kontakt zu den Jugendlichen aus dem Dorf, die mir irgendwie in ihrer Art sehr gefielen. Die waren sehr anders als ich. Aber sie waren jedenfalls meistens noch besser drauf als die aus der Kleinstadt. Es gab eine richtige Gemeinschaft unter den Jugendlichen im Dorf. Sie hatten sich sogar einen eigenen kleinen Club eingerichtet. Da gab es keine Aufreißertypen. Da hatte alles noch irgendwie eine sehr altmodische Ordnung, auch wenn die Jungs mal zu viel tranken. Und die meisten akzeptierten mich, obwohl ich ganz anders war.

Ich dachte eine Zeit lang, ich könne so wie die werden oder so wie mein Freund. Aber ich hielt diesen Trip nicht lange durch. Mit meinem Freund war es aus, als er endlich mit mir schlafen wollte. Das hätte ich nie gebracht. Ich konnte mir einfach nicht vorstellen, mit irgendjemand anderem zu schlafen als mit Detlef. Ich liebte also Detlef noch immer. Ich dachte viel an ihn, obwohl ich nicht an ihn denken wollte. Manchmal schrieb ich ihm Briefe, die ich an seinen ehemaligen Stammfreier Rolf schicken wollte, bei dem er zuletzt gewohnt hatte. Aber ich war immer vernünftig genug, die Briefe nicht abzuschicken.

Dann hörte ich, dass er wieder im Knast saß. Stella war auch im Knast.

Ich dachte viel an Detlef und Stella und es gab bei uns in der Umgebung Jugendliche, zu denen ich mich mehr hingezogen fühlte als zu den Gleichaltrigen aus dem Dorf. Mit diesen Jugendlichen konnte ich besser reden, freier über meine Probleme quatschen. Bei denen war ich anerkannt und musste keine Angst haben, dass sie hinter meine Vergangenheit kämen. Die sahen die Welt mehr wie ich. Da musste ich mich nicht verstellen und anpassen. Mit denen kam ich gefühlsmäßig auf die gleiche Wellenlänge. Trotzdem wehrte ich mich zunächst dagegen, mit ihnen allzu engen Kontakt zu haben. Denn sie experimentierten alle mit Rauschgift.

Meine Mutter, meine Tante und ich, wir alle hatten gemeint, ich wäre in einen Winkel Deutschlands gekommen, wo es kein Rauschgift gibt. Jedenfalls bestimmt keine harten Drogen. Wenn in den Zeitungen etwas über Heroin stand, dann wär ja immer auch nur von Berlin die Rede oder mal von Frankfurt. Ich habe eben auch gedacht: Du bist da die einzige Ex-Fixerbraut weit und breit.

Ich wusste es schon nach einer der ersten Einkaufsfahrten mit meiner Tante besser. Wir fuhren Anfang 1978 zum Einkaufen nach Norderstedt, so eine Neubauschlafstadt in der Nähe von Hamburg. Ich habe wie immer auf den ersten Autofahrten in meiner neuen Umgebung Typen beobachtet, die etwas ausgefreakt aussahen. Ich habe mir überlegt: Drücken die nun, haschen die oder sind es einfach nur Studenten. In Norderstedt sind wir in einen Schnellimbiss gegangen, um eine Currywurst zu essen. An einem Tisch saßen ein paar Kanaken. Zwei standen plötzlich auf und setzten sich an einen anderen Tisch. Ich weiß nicht, woher, aber ich hatte sofort das Gefühl, da läuft was mit H. Ich wusste irgendwie, wie sich Kanaken benehmen, wenn was mit H läuft. Ich drängte meine Tante, aus dem Laden rauszugehen, ohne ihr was von meinem Verdacht zu sagen.

Hundert Meter weiter dann, vor einem Jeansladen, rannten wir dann voll rein in die H-Szene von Norderstedt. Ich habe natürlich sofort gepeilt, dass da Fixer rumhingen. Dann bildete ich mir zumindest ein, dass die alle mich ansahen. Dass die auch in mir gleich die Fixerbraut wiedererkannten. Ich flippte regelrecht aus. Ich hatte volle Panik. Ich fasste meine Tante am Arm und sagte ihr, dass ich sofort wegmüsse. Sie checkte auch irgendwas und meinte: »Wieso denn, du hast doch damit überhaupt nichts mehr zu tun.« Ich sagte: »Hör auf. Ich kann das noch nicht konfrontieren.«

Das war also schon die Zeit, als ich nicht mehr ans Abhauen dachte. Als ich echt meinte, ich würde nie wieder etwas mit Heroin zu tun haben. Mich hatte es geschockt, dass die mich erkannt hatten. Ich zog zu Hause sofort meine Klamotten aus und wischte mir die Schminke aus dem Gesicht. Meine Pfennigabsatzstiefel zog ich nicht wieder an. Von dem Tag an versuchte ich so auszusehen wie die Mädchen in meiner Klasse.

Aber ich war dann doch im Club immer häufiger mit den Leuten zusammen, die haschten und Trips schmissen. Ich habe mal eine Pfeife mitgeraucht und mich auch mal davor gedrückt. Ich kam da in eine astreine Clique rein. Die meisten in der Clique waren Lehrlinge. Sie kamen aus den anliegenden Dörfern. Sie hatten alle eine ganze

Menge auf dem Kasten. Sie waren nicht so total abgestumpft wie die meisten in der Hauptschule. Sie machten sich echt Gedanken. Es brachte mir was, mit ihnen zu reden. Vor allem aber gab es in dieser Clique die ganze Brutalität nicht. Alle Aggressionen blieben draußen. Es war total friedlich.

Ich habe mal ganz dumm gefragt, warum das alles bloß nicht ohne Törnen gehe. Und da haben sie gesagt, das sei echt eine dämliche Frage. Wie man denn abschalten solle von dem ganzen Scheiß am Tage?

Bis auf einen Typ waren alle wahnsinnig frustriert in ihrem Job. Der eine war in der Gewerkschaft und Jugendvertrauensmann in seinem Betrieb. Der sah einen Sinn in dem, was er tagsüber tat. Er setzte sich für die anderen Jugendlichen im Betrieb ein, und das gab ihm eine Bestätigung. Er war auch der Meinung, dass man die Gesellschaft ändern könne. Er brauchte oft gar keinen Joint, um gut draufzukommen, und trank dann nur ein paar Schluck Rotwein.

Die anderen sahen überhaupt keinen Sinn in dem, was sie taten. Sie redeten ständig davon, die Lehre zu schmeißen. Sie wussten nur nicht, was sie danach tun sollten. Sie kamen voller Frust und Aggressionen von ihrer Arbeit. Und wenn wir dann zusammensaßen, dann fing einer an, vom Ärger mit dem Meister oder so zu erzählen, und dann sagte ein anderer: »Kannst du nicht mal aufhören mit dem ganzen Feeling von der Arbeit.« Dann ging eine Pfeife rum und danach war für sie erst echt Feierabend.

Ich war noch besser dran als sie. Mir machte die Schule manchmal sogar Spaß. Andererseits ging es mir wie ihnen. Ich wusste auch nicht recht, wozu das ganze Lernen und der Stress in der Schule gut waren, seit mir klar wurde, dass ich weder Abitur noch Realschule machen konnte. Und ich merkte, dass ich als ehemalige Süchtige auch mit einem noch so guten Hauptschulabschluss keinen Job finden würde, auf den ich Bock hätte.

Den ganz guten Hauptschulabschluß kriegte ich. Aber keine Lehrstelle. Nur einen Aushilfsjob nach irgendeinem Gesetz, das arbeitslose Jugendliche von der Straße schaffen soll. Ich habe fast ein Jahr nicht mehr gedrückt. Aber ich weiß natürlich, dass es ein paar Jahre dauert, bis man echt clean ist. Im Moment gibt es keine großen Probleme.

Wenn wir abends mit unserer Clique zusammensitzen und Rotwein trinken und die Pfeife ein paar Mal rumgegangen ist, dann sind diese ganzen alltäglichen Probleme weg. Wir reden über Bücher, die wir gelesen haben. Wir beschäftigen uns mit schwarzer Magie und Parapsychologie und mit dem Buddhismus. Wir suchen einfach nach Leuten, die auf einem guten Trip sind, um von ihnen etwas zu lernen. Weil wir selber auf einem ziemlich miesen Trip waren.

Ein Mädchen aus der Clique ist Krankenschwesternschülerin, und die hat dann auch Pillen mit in die Clique gebracht. Ich habe eine Zeit lang wieder mit Valium getörnt. Trips rühre ich nicht an, weil ich Angst habe, auf Horror zu kommen. Die anderen sind meistens noch ganz gut drauf auf LSD.

In unserer Kleinstadt gibt es keine Szene für harte Drogen. Wer harte Drogen nimmt, flippt meistens in Hamburg rum. Es gibt auch keinen Dealer am Ort, der H verkauft. Man wird also nicht so leicht zum H verführt wie in Berlin oder Hamburg oder auch Norderstedt.

Wenn man aber H haben will, kriegt man es natürlich ohne Schwierigkeiten. Es gibt Typen mit den Verbindungen. Es kommen auch manchmal Dealer vorbei, die haben einen richtigen Drogen-Bauchladen. Wenn man so einen Typen fragt, ob er was zum Törnen habe, sagt der: Was willst du haben? Valium, Valeron, Shit, Trips, Koks oder H?

In unserer Clique glauben alle, die Sache mit den Drogen unter Kontrolle zu haben. Es ist jedenfalls einiges anders als vor drei, vier Jahren in der Gropiusstadt.

Es ist eine andere Art von Freiheit, auf die unsere Clique hier mit

Drogen kommt. Wir brauchen kein Sound, um uns bei urisch lauter Musik betäuben zu lassen. Für die Leute aus dieser Clique ist es das Letzte, unter dem Reklame-Glitzer-Glitzer des Kurfürstendamm auf Freisein zu machen. Wir hassen alle die Stadt. Wir sind total auf dem Naturtrip. An den Wochenenden fahren wir mit dem Auto kreuz und quer durch Schleswig-Holstein, laufen dann irgendwo zu Fuß los, bis wir einen total coolen Platz gefunden haben. Wir sind oft im Moor, an Plätzen, an die sonst garantiert kein Mensch kommt.

Das Geilste aber ist unsere Kalkgrube. Ein wahnsinniges Loch mitten in der Landschaft. Fast einen Kilometer lang und 200 Meter breit und bald 100 Meter tief. Die Wände sind senkrecht. Es ist sehr warm da unten. Kein Wind. Unten wachsen Pflanzen, die wir sonst noch nirgends gesehen haben. Unheimlich klare Bäche fließen durch dieses Wahnsinnstal. Und aus den Wänden kommen Wasserfälle. Das Wasser färbt die weißen Wände rostrot. Überall liegen weiße Brocken rum, die aussehen wie die Knochen von Urtieren und vielleicht auch Mammutknochen sind. Der riesige Bagger und die Förderbänder, die am Alltag einen nervenden Lärm machen, sehen an den Wochenenden aus, als lägen sie schon seit Jahrhunderten still. Der Kalk hat sie auch längst weiß gemacht.

Wir sind ganz allein in diesem Wahnsinnstal. Vor der übrigen Welt liegen ringsum die senkrechten Kalkwände. Es kommt kein Geräusch von draußen rein. Das einzige Geräusch machen die Wasserfälle.

Wir stellen uns immer vor, dass wir die Kalkgrube kaufen, wenn die Förderung eingestellt wird. Wir wollen uns Blockhäuser da unten bauen, einen Riesengarten anlegen und Tiere halten und alles dahaben, was man zum Leben braucht. Den einzigen Weg, den es aus der Grube gibt, wollen wir wegsprengen.

Wir hätten sowieso keinen Bock, je wieder nach oben zu gehen.